LES PATRIOTES

*

Né en 1932 à Nice, Max Gallo a été professeur d'histoire, puis éditorialiste, député, ministre et député européen. Il est l'historien romancier le plus connu de France et l'auteur d'un grand nombre de biographies (*Robespierre, Jaurès, Vallès, de Gaulle, Napoléon, Victor Hugo, Louis XIV*), d'essais et de romans, en particulier le cycle en dix volumes de *La Machinerie humaine* (1992-1999). Max Gallo a été élu à l'Académie française en 2007.

MAX GALLO

de l'Académie française

Les Patriotes

Suite romanesque

L'OMBRE ET LA NUIT

*

FAYARD

© Librairie Arthème Fayard, 2000.
ISBN : 978-2-253-15204-0 – 1ʳᵉ publication LGF

*En souvenir de mon père et
de ses camarades, résistants dès 1940.*

Ceci est un « roman d'Histoire » qui essaie de « peindre des choses vraies par des personnages d'invention » (Victor Hugo, 1868). Toute ressemblance entre ces derniers et des hommes et des femmes ayant vécu ces années majeures, serait fortuite. Et il en irait de même pour les situations évoquées ici. Il s'agit d'un roman ! Mais sa matière est l'Histoire vraie ! Le tableau n'est pas le sujet peint, et l'est pourtant.

M.G.

Les petites choses et les grandes choses se promènent ensemble dans le cœur des hommes, et elles sont égales en peines et en joies. Les politiciens ont tort quand ils disent que les sentiments personnels disparaissent quand les grandes décisions sont prises.

JEAN MOULIN.
(propos rapportés par Louis Dolivet
et cités par Pierre Péan in
Vies et morts de Jean Moulin.)

L'histoire est la rencontre
d'un événement et d'une volonté.

CHARLES DE GAULLE.

PROLOGUE

Chaque matin, peu après onze heures, un vieil homme grand et maigre empruntait l'avenue de l'Observatoire, à Paris. Il longeait les jardins, traversait la rue Auguste-Comte, puis, du même pas lent, levant à peine sa canne à pommeau d'argent, il suivait les allées qui conduisent aux terrasses plantées de marronniers.

C'étaient les dernières années du xxᵉ siècle, mais l'ordonnancement du jardin qui entoure le palais du Luxembourg avait peu changé depuis cent cinquante ans. Le jardin paraissait hors du temps, immuable îlot de silence préservé derrière ses hautes grilles noires et dorées. Le vieil homme souvent s'arrêtait, s'appuyant à sa canne pour reprendre souffle. Il jetait un regard autour de lui comme s'il cherchait un souvenir, puis reprenait sa marche plus lentement encore.

Sous les marronniers dont les feuillages, l'été, formaient une voûte continue couvrant d'une ombre fraîche toutes les terrasses, des hommes et des femmes, en cette fin de siècle, se rassemblaient chaque jour en petits groupes autour de quelques maîtres d'arts martiaux. Ils exécutaient les figures rituelles de l'aïkido ou du kendo, faisant virevolter leur bâton dans des duels à distance qu'ils ponctuaient parfois de brusques sauts, jambes repliées, le bâton brandi à l'horizontale. Ils poussaient alors de brefs cris sourds qu'ils semblaient arracher à leur ventre plus qu'à leur gorge. Puis ils s'immobilisaient dans des postures hiératiques, impassibles, les yeux rivés sur leur maître qui, lui, restait figé, buste droit, le bras gauche levé, l'autre tenant le bâton.

Appuyé à un tronc d'arbre, serrant le pommeau de sa canne à deux mains, le vieil homme observait ces escrimeurs silencieux qui paraissaient combattre des fantômes. Entre ces duellistes et lui, il semblait s'être créé au fil des mois, et sans doute même des années, une complicité que ne trahissait qu'une brève inclinaison de tête ou un échange de regards.

Une seule fois le vieil homme s'était approché de l'un des maîtres au moment où celui-ci, en fin d'exercice, enlevait sa veste de coton noir. Le maître avait paru surpris de cette audace inattendue, mais le vieil homme, dans un geste humble et timide, avait ôté sa casquette, laissant ainsi apparaître un crâne rasé dont les os saillaient comme si déjà la mort s'en était emparée. Le maître d'aïkido s'était incliné cérémonieusement.

— Expliquez-moi, avait dit le vieil homme.

— Il faut rechercher l'unité de soi, avait répondu le maître ; la faiblesse doit devenir une force, et la chute elle-même le moyen de vaincre.

Il avait posé sa main à plat sur sa poitrine.

— Ici, dans la respiration, là — sa main avait glissé jusqu'au ventre — est l'énergie primordiale, le *ki*.

Il avait entamé un lent mouvement de rotation du torse, jambes immobiles, puis avait bondi, poussant un cri rauque, avant de reprendre sa posture.

Le vieil homme avait reculé d'un pas.

— La vraie force est intérieure, avait continué le maître en baissant la tête Le muscle n'est rien. Le *kiaî*, le cri, exprime l'énergie intérieure, celle du vrai combattant.

Le vieil homme avait souri, dévoilant ainsi des dents jaunes, déchaussées. C'était une nouvelle fois une image fugitive de la mort qui avait recouvert sa bouche.

— Intérieur, combattant..., avait-il murmuré, penché vers le maître qu'il dominait de sa haute taille. Nous aussi, autrefois, nous avons finalement vaincu la force brutale, bestiale. Nous avions...

Il s'était interrompu, cherchant ses mots.

— L'énergie primordiale, le *ki*, avait complété le maître.

Le vieil homme avait levé sa canne.

— Nous nous appelions Forces françaises de l'intérieur, France combattante...

Le maître avait salué, glissé le long bâton dans un étui, replié sa veste, puis, après avoir à nouveau incliné la tête, il s'était éloigné, silhouette trapue entre les troncs noirs des marronniers.

Les saisons s'étaient succédé, mais le vieil homme n'avait plus cherché à dialoguer avec le maître ou les escrimeurs. Ceux-ci avaient remarqué qu'après les avoir longuement observés, adossé à un tronc, comme s'il avait mis un point d'honneur à refuser de s'asseoir, le vieil homme avait coutume de se diriger vers le bord de la terrasse. Il s'immobilisait durant plusieurs minutes devant ce qui, de loin, apparaissait comme un renflement du sol recouvert de terre et de feuilles.

Il restait là, droit, bras tendus, tenant sa canne horizontale à hauteur de ses cuisses. Il ressemblait ainsi à une statue, son grand manteau raglan ou sa gabardine enveloppant son corps décharné.

Le 30 mai 1999, après qu'un violent orage eut brisé de nombreuses branches de marronniers, l'un des escrimeurs l'aperçut ainsi, puis, quelques secondes plus tard, il lui sembla que le vieil homme s'affaissait, les jambes fléchies, glissant lentement sur le côté, la canne levée comme s'il réalisait enfin, après des années d'observation, une figure d'aïkido.

Gorgée d'eau, la terre, ce matin-là, était boueuse.

Ce n'est que bien plus tard, une fois la séance terminée, que les escrimeurs et leur maître s'aperçurent que le vieil homme était étendu sur le tumulus, immobile.

Ils s'approchèrent, découvrant que le renflement du sol, à demi caché par les branches et les feuilles, était une stèle de pierre grise haute de quelques dizaines de centimètres, un tronc de pyramide portant sur sa face supérieure deux glaives croisés et un profil de femme serti dans la pierre. C'était une guerrière au front ceint de lauriers, une sorte de Marianne combattante.

Chacun des quatre pans latéraux portait une inscription gravée; de la terre s'était incrustée à l'intérieur des sillons de chaque lettre.

Tout en se penchant sur le corps du vieil homme, ils lurent :

ICI,
HUIT HÉROS
DE LA RÉSISTANCE
ONT ÉTÉ FUSILLÉS
PAR LES ALLEMANDS
LE 19 AOÛT 1944

Ils soulevèrent le corps et découvrirent ainsi sur deux autres faces de la stèle les noms de sept « volontaires FFI ».

Le maître murmura :

— Forces intérieures.

Au moment de s'éloigner, portant le corps sans vie vers le palais du Luxembourg, il lut sur la face que le vieil homme avait recouverte et cachée :

GENEVIÈVE VILLARS,
FONDATRICE DU RÉSEAU « PROMÉTHÉE »

— Le feu intérieur, l'énergie des origines, ajouta-t-il.

À l'infirmerie du palais, ce 30 mai 1999, on ne put que constater le décès du vieil homme.

Les gendarmes du Sénat examinèrent ses papiers.

Il se nommait Bertrand Renaud de Thorenc. Il était né le 7 janvier 1904 et habitait au 27, avenue de l'Observatoire.

Dans son portefeuille, on trouva une vieille carte professionnelle de journaliste, une pièce attestant qu'il était compagnon de l'ordre de la Libération, et une photo de jeune fille au dos de laquelle était inscrit d'une écriture un peu tremblée, mi-effacée :

Geneviève Villars,
pour Bertrand Renaud de Thorenc,
Berlin, mars 1936.

Ami, entends-tu le vol noir
Des corbeaux sur la plaine,
Ami, entends-tu les cris sourds
Du pays qu'on enchaîne...

Le Chant des partisans,
paroles de Joseph Kessel
et Maurice Druon.

Eh bien, puisque ceux qui avaient le devoir
de manier l'épée de la France l'ont laissée
tomber, brisée, moi, j'ai ramassé le tronçon
du glaive.

CHARLES DE GAULLE.

PREMIÈRE PARTIE

1

C'est à Berlin, dans l'un des salons de l'hôtel Bismarck, que Geneviève Villars, le 30 mars 1936, avait donné à Bertrand Renaud de Thorenc cette photo d'elle qu'on devait retrouver dans le portefeuille du très vieil homme — plus de soixante-trois ans s'étaient écoulés depuis lors — découvert mort sous les marronniers du jardin du Luxembourg, un jour d'orage, le 30 mai 1999.

Elle s'était présentée peu après dix-huit heures à la réception de l'hôtel, à droite d'une immense rotonde couverte d'une coupole vitrée sur laquelle crépitait ce jour-là une pluie drue. Il faisait déjà sombre et le lustre à pendeloques de cristal brillait, la lumière rebondissant sur les larges dalles de marbre blanc que cachaient ici et là des tapis fauves.

Le concierge de l'hôtel en habit noir avait dévisagé cette grande jeune femme aux traits réguliers qui, tout en gardant les mains enfoncées dans les poches d'un imperméable gris au col relevé, demandait à voir le journaliste français Bertrand Renaud de Thorenc, de *Paris-Soir*.

Elle avait parlé avec assurance dans un allemand parfait où traînait cependant une pointe d'accent. Était-elle autrichienne ou bavaroise?

Peut-être au contraire venait-elle des pays baltes? À moins qu'elle ne fût l'une de ces Juives polonaises qui s'accrochaient à Berlin, dans tous les replis de la ville, les bordels, les cabarets, les music-halls, les boîtes à lesbiennes ou les salons des grands hôtels, et dont les nazis, quoi qu'ils prétendissent ou voulussent, n'avaient pas encore réussi à épouiller la capitale?

Elle avait bien l'audace et l'allure d'une de ces femmes-là, avec ses cheveux noirs mi-longs qu'elle avait tenté, semblait-il, de dissimuler sous le col de l'imperméable, mais qui, à la faveur d'un mouvement d'épaules, avaient jailli, frisés, trempés par la pluie. Sous l'imperméable, elle ne portait qu'une robe de soie à grands motifs floraux, serrée par une ceinture de cuir rouge, qui lui moulait le corps.

Le portier s'était détourné et, sur un ton de mépris, avait répondu sans la regarder que le journaliste français avait quitté sa chambre, remis la clé, réglé sa note.

Tout à coup, la jeune femme s'était mise à s'exprimer en français d'une voix irritée, disant que Bertrand Renaud de Thorenc n'avait sans doute pas quitté l'établissement, qu'il devait prendre le train de Paris à vingt et une heures, qu'il lui avait assuré qu'il serait à l'hôtel jusqu'à vingt heures quinze, qu'elle était la fille du commandant Joseph Villars, attaché militaire à l'ambassade de France à Berlin, et qu'elle exigeait qu'on recherchât monsieur de Thorenc, lequel avait sûrement laissé un message pour elle s'il avait dû s'absenter.

Le concierge s'était empressé. Peut-être en effet, avait-il répondu en français, monsieur de Thorenc était-il dans l'un des salons de l'hôtel qui, comme autant d'alvéoles un peu sombres, entouraient la rotonde.

Il avait fait mine de devancer Geneviève Villars qui traversait déjà le hall, mais elle l'avait écarté d'un mouvement du menton, refusant par la même occasion qu'un groom l'escortât, puis, les poings toujours enfouis dans les poches, elle s'était avancée jusqu'au seuil de chacun des salons.

De petites lampes à abat-jour de tissu découpaient dans la pénombre de ces pièces à l'ameublement cossu, composé de tables basses et de larges fauteuils de cuir, des cônes de lumière qui n'éclairaient pas le visage des personnes assises. Un feu de bois brûlait dans les cheminées. D'un salon à l'autre, c'était le coloris des abat-jour qui changeait : rose là, bleu ici, vert pâle ailleurs, orange dans le dernier.

Les clients étaient nombreux. Situé sur la Königstrasse, non loin du château royal, l'hôtel Bismarck n'était pas le plus luxueux de Berlin, mais assurément le plus élégant, celui que fréquentaient les envoyés spéciaux de la presse internationale, les diplomates, les observateurs et sans doute aussi les espions, bref, tous ceux qui tentaient de sonder et de comprendre les intentions du chancelier Adolf Hitler, au pouvoir depuis plus de trois ans.

Quand Geneviève Villars faisait irruption dans l'un des salons, les conversations s'interrompaient. Elle sentait les regards se tourner vers elle et elle avait la tentation de fuir aussitôt, mesurant ce que sa démarche avait d'incongru, voire de scandaleux. Qu'une jeune fille de vingt ans acceptât ainsi le rendez-vous d'un homme qui en avait plus de trente, simplement parce qu'il ne l'avait point quittée des yeux au cours du dîner que ses parents avaient offert à son intention — le journaliste devait interviewer le chancelier Hitler —, voilà qui la surprenait elle-même. Dans le vestibule, il avait eu l'impudence de lui chuchoter : « Je pars demain, passez me voir à l'hôtel Bismarck, je vous attendrai jusqu'à vingt heures quinze », avant de se tourner vers son père et sa mère, de s'incliner respectueusement tout en les remerciant pour cette soirée, et il avait paru dès lors ignorer Geneviève, se bornant à lui lancer un coup d'œil bienveillant et quelque peu ironique comme à une enfant autorisée à se mêler aux jeux des grandes personnes.

Elle était donc restée en retrait, écoutant les dernières phrases échangées entre son père et Bertrand Renaud de Thorenc.

— Faites comprendre au chancelier que nous n'allons pas accepter la remilitarisation de la Rhénanie, avait commencé le commandant Villars. C'est une violation du traité de Versailles que la France refuse.

— Je vais seulement lui poser des questions, mon commandant, avait murmuré Bertrand Renaud de Thorenc. C'est la loi du journalisme : on est à chaque fois, peu ou prou, le porte-parole de celui qu'on interviewe.

Le commandant Villars avait esquissé un geste d'impatience :

— Croyez-vous vraiment que les Allemands ont besoin de votre concours pour faire passer leur propagande en France ?

Geneviève s'était insensiblement rapprochée. Peut-être cette opposition entre son père et Thorenc, qu'elle avait sentie sourdre durant la soirée, allait-elle jaillir, là, sur le seuil de la maison, à l'instant du départ ?

— Je suis journaliste et citoyen français, avait répondu Thorenc. Comme journaliste, je me contente de rapporter les propos de mes interlocuteurs ; comme citoyen, je choisis mon camp.

Elle avait une fois de plus été gênée par le regard que Thorenc lui avait décoché, insistant, provocant, lui rappelant comme par défi le rendez-vous qu'il lui avait fixé à l'hôtel Bismarck.

— Mais comment voulez-vous, avait-il poursuivi, que je croie les propos de notre président du Conseil qui déclare avec superbe : « Nous ne sommes pas disposés à laisser placer Strasbourg sous le feu des canons allemands ! », et qui se contente de cette phrase comme si monsieur Hitler pouvait être impressionné et séduit par la belle voix méridionale de monsieur Albert Sarraut ?

Il avait ri.

— Quant à vos généraux, mon commandant, avait-il repris, ils disent — je le tiens de quelques officiers — que l'on ne peut répondre à Hitler sans décréter sinon la mobilisation générale, du moins celle de plusieurs classes de réservistes.

Le commandant Joseph Villars avait baissé la tête.

— Quel est le gouvernement qui mobiliserait à la veille d'élections ? avait-il grommelé en haussant les épaules. Vous connaissez aussi bien que moi, mon cher, les mots d'ordre du Front populaire : le pain, la liberté, la paix... Qui oserait dire qu'il faut prendre le risque de faire la guerre pour sauver la paix ?

— Le Front populaire, c'est aussi l'antifascisme, avait répliqué Thorenc. Mais c'est un état d'esprit bien peu répandu dans nos milieux, n'est-ce pas ?

— Allez donc écouter votre chancelier, avait maugréé le commandant Villars, et que votre *Paris-Soir* titre ensuite sur toute sa première page : « Je veux la paix ! déclare Adolf Hitler. La remilitarisation de la Rhénanie n'est qu'une décision conforme au droit des nations et à l'intérêt de la France », etc.

— Il nous proposera peut-être même un accord, une sorte de pacte de non-agression, pourquoi pas ? dit Thorenc.

Puis, la tête à demi tournée vers Geneviève Villars, il avait lancé :

— Je rencontre le chancelier demain à la Chancellerie, puis j'attendrai à l'hôtel Bismarck qu'Alexander von Krentz, le chargé de presse, ait présenté le texte de mon interview à Hitler ou à son ministre Ribbentrop.

— Parce qu'il vous faut l'imprimatur de Hitler ! s'était indigné Villars.

— Ce sont ses réponses, avait riposté Thorenc. Il en est à la fois propriétaire et comptable.

Puis, pendant que l'ordonnance ouvrait la porte, il avait à nouveau insisté sans la regarder :

— Je suis à l'hôtel Bismarck...

Geneviève Villars n'avait pas eu à entrer dans le dernier salon, celui aux abat-jour en tissu orange. Elle avait vu Bertrand Renaud de Thorenc se lever, bondir presque hors de son fauteuil, s'avancer vers la lumière sans la quitter des yeux.

Il portait une veste de tweed aux poches plaquées ; sa cravate de laine brun foncé tranchait sur sa chemise à petits carreaux blancs et beiges. Il marchait à grandes enjambées, un peu penché en avant, la main droite tendue vers elle, cependant que de la gauche il repoussait ses cheveux noirs légèrement bouclés en arrière, dégageant son front, révélant ainsi un visage triangulaire au menton très prononcé, à la bouche plutôt petite, aux maxillaires effacés, mais au haut large et comme évasé.

Geneviève n'avait pas pris la main qu'il lui tendait ni répondu à son sourire. Il y avait dans la joie de Bertrand Renaud de Thorenc une assurance orgueilleuse qui l'irritait. Évidemment, il avait été convaincu qu'elle viendrait. C'était l'un de ces hommes qui séduisent, conquièrent puis abandonnent : grand reporter, sans doute quelque peu aventurier, entre Malraux et Mermoz, comme on disait, ayant interviewé Mussolini quelques mois auparavant, Hitler le matin même — quelle femme pouvait lui résister ?

— Geneviève, vous me comblez de bonheur ! avait-il murmuré.

Elle avait fait la moue :

— Et votre chancelier ?

Il lui avait pris le bras, l'entraînant vers le centre de la rotonde.

Elle s'était dégagée, sans sortir les mains de ses poches :

— Il vous a convaincu ? avait-elle interrogé.

— Je n'imaginais pas que, venant ici, vous alliez me parler de monsieur Adolf Hitler.

— Vous croyez que les femmes sont idiotes ?

Il s'était placé en face d'elle, l'empêchant d'avancer.

— Je n'ai que quelques minutes. Je suis en compagnie d'Alexander von Krentz qui m'apporte les dernières modifications au texte de Hitler. Elles sont importantes.

Elle l'avait regardé avec dédain, presque avec mépris.

— Mais que voulez-vous que je vous dise ? s'était-il exclamé. Que Hitler m'a reçu durant une heure et demie, qu'il porte à onze heures du matin des souliers vernis comme pour un bal d'ambassade, et qu'il a des doigts longs, fuselés, la main sensible et déliée d'un artiste ?

Il avait de nouveau essayé de lui prendre le bras.

— Geneviève..., avait-il commencé.

Tout à coup, son visage s'était comme froissé, des rides lui cernant la bouche, lui striant le front. Elle avait pensé qu'en somme, c'était déjà un vieil homme.

Elle avait lu sur le bureau de son père une courte notice biographique indiquant que Bertrand Renaud de Thorenc était né à Paris le 7 janvier 1904, qu'il portait le nom de sa mère, l'actrice et romancière Cécile de Thorenc, puisqu'il avait été conçu hors mariage et non reconnu par son père, qu'on pensait être Simon Belovitch, le banquier et producteur de cinéma, dont les relations d'affaires avec l'Union soviétique étaient nombreuses et suspectes.

— Vous n'avez pas le temps, avait-elle lancé, et moi non plus.

Il avait semblé décontenancé. Elle l'avait regardé, puis, d'un geste brusque, avait sorti la main de sa poche et lui avait tendu cette photo d'elle, prise par son père, l'année précédente, dans le parc du château qui appartenait à la famille de sa femme, Blanche de Peyrière. Elle aimait cette photo parce qu'à l'arrière-plan du cliché on devinait la conque où se dressait l'abbaye de Sénanque, et elle pouvait imaginer les champs de lavande qui entouraient la vieille demeure seigneuriale.

Thorenc avait regardé la photo d'un air effaré. Il avait semblé à Geneviève qu'il hésitait entre le rire suffisant et l'émotion.

Elle lui avait tourné le dos, traversant la rotonde à pas pressés tout en jugeant qu'elle avait eu un comportement stupide de gamine mal élevée, espiègle, à la fois timide et provocatrice.

Elle avait espéré que Bertrand Renaud de Thorenc essaierait de la rejoindre, mais elle avait poussé la porte à tambour de l'hôtel sans qu'il tentât de la retenir et elle s'était retrouvée seule sur la Königstrasse que battait la pluie.

2

Après être resté quelques instants immobile à regarder tourner la porte à tambour, Bertrand Renaud de Thorenc était retourné s'asseoir près d'Alexander von Krentz. Celui-ci lui avait lancé un rapide coup d'œil, puis lui avait tendu une liasse de feuillets.

— Notre chancelier a relu votre interview. Elle est excellente. Le Führer a précisé quelques-unes de ses réponses, vous serez satisfait.

Il avait hoché la tête et ajouté :

— Je crois que ces déclarations auront un grand retentissement en France.

Il s'était interrompu, s'était légèrement penché en souriant, et Thorenc s'était tout à coup rendu compte qu'il avait posé la photo de Geneviève Villars sur la petite table au centre du cône de lumière que l'abat-jour teintait de couleur orangée. Von Krentz avait montré le cliché :

— La plus jolie femme de toute la colonie française, avait-il murmuré.

Puis, se penchant encore davantage, il avait chuchoté :

— Mais comment un Allemand oserait-il rêver d'elle ? Son père, le commandant Villars, dirige l'antenne du Service de renseignement français à Berlin.

Il s'était reculé, toujours souriant, contre le dossier de son fauteuil.

— Elle est intouchable!

D'un geste brusque, Thorenc avait glissé la photo dans sa poche et commencé à parcourir le texte de l'interview.

— Si *Paris-Soir* donne à cet entretien l'importance qu'il mérite, avait repris von Krentz, je crois que les malentendus entre la France et la nouvelle Allemagne seront dissipés, et vous, mon cher Thorenc, vous serez devenu le personnage-clé de l'amitié franco-allemande!

Thorenc avait haussé les épaules : il n'aspirait pas à jouer un rôle politique et n'était qu'un journaliste, avait-il dit. En ce qui concernait les malentendus entre les deux pays, secouant la trentaine de feuillets, il avait ajouté sur un ton ironique que le chancelier en personne parlait de « rapprochement franco-allemand » et affirmait même — il avait extrait une page de la liasse : « Ma politique extérieure est toute tendue vers l'amitié avec la France... Il n'y a pas de motif de conflit entre nos deux pays. » Thorenc avait conclu :

— Parfait, parfait, qui ne souscrirait à cela? Mais, à propos de malentendu, vos canons et vos tanks stationnent en Rhénanie, et la violation du traité de Versailles est un fait patent.

Il avait repris les feuillets.

— Votre chancelier a d'ailleurs eu l'habileté de faire disparaître tous les passages de l'interview portant sur cette remilitarisation de la Rhénanie, et de les remplacer par de grandes et vagues envolées.

Il avait à nouveau lu :

— « Je veux montrer à mon peuple que la notion d'inimitié éternelle entre la France et l'Allemagne est absurde, que nous ne sommes nullement des ennemis héréditaires... »

Thorenc s'était rapproché du chargé de presse :

— C'est bien venu, agréable à lire, mais, von Krentz, vous ne pensez pas que les lecteurs français auraient bien aimé savoir quelles sont les intentions précises de votre chancelier concernant les canons et les tanks qui ont pris position à Cologne ?

Von Krentz avait écarté les bras d'un air las.

— Vous n'allez pas répéter, vous, Thorenc, que Strasbourg est sous le feu des canons allemands, comme votre président du Conseil... Vous n'êtes pas un politicien, Thorenc ! Et voulez-vous que je vous fasse une confidence... mais je suis sûr que vous êtes de mon avis : Adolf Hitler non plus !

— Permettez-moi de préférer les politiciens, avait rétorqué Thorenc ; ils sont moins brutaux, vous ne trouvez pas ?

— Allons, allons...

Von Krentz avait tapoté l'accoudoir du fauteuil occupé par Thorenc.

— ... Vous autres, Français, vous savez pourtant ce qu'est une révolution ? Le national-socialisme est une révolution.

— Il y a deux ans, juste un peu plus de deux ans, l'avait interrompu Thorenc, j'étais ici à l'hôtel Bismarck, c'était à la fin juin 1934, le 30 a eu lieu ce que vous-mêmes avez appelé la « Nuit des longs couteaux », ces exécutions sommaires des premiers nazis : Ernst Röhm, par exemple, que j'avais interviewé...

Von Krentz avait froncé les sourcils.

— La fin d'une époque, avait-il répliqué d'un ton sec. Une révolution fait remonter des bas-fonds toutes sortes de personnages. Il faut alors remettre de l'ordre. Après, vous savez bien ce qu'a dit notre chancelier, le 1er juillet 1934, et les Allemands ont gravé ces mots dans leur mémoire : « Chacun doit savoir que celui qui osera lever la main contre l'État peut être assuré qu'il mourra. » Voilà ce qu'a déclaré le Führer.

Il avait souri et, d'un geste de la main, semblé vouloir écarter le souvenir de ces événements passés.

— Vous-mêmes, combien de morts place de la Concorde, le 6 février 1934 ? Vingt, cinquante ? Vos élections législatives ont lieu dans quelques semaines : êtes-vous sûr que, pour votre pays, la victoire du Front populaire apportera l'ordre, le respect de l'État ?

Thorenc avait fait un mouvement comme pour se lever.

— Affaire française, avait-il répliqué.

D'un geste amical, von Krentz lui avait saisi le poignet, répétant :

— Je vous en prie, Thorenc, nous bavardons en toute indépendance, avec franchise. Comment bâtir une vraie relation si l'hypocrisie et les arrière-pensées empêchent toute discussion ? Vous et moi, nous sommes de bonne foi, nous appartenons à la même génération, nous avons eu la chance de ne pas participer à la grande tuerie, à cette guerre affreuse qui a marqué chez vous et chez nous tous les hommes de plus de quarante ans ; cela nous donne d'immenses responsabilités. Au fond, Thorenc, nous devons sauver la civilisation européenne que cette guerre civile, en 1914, a profondément blessée. L'Europe, vous comme nous avons été saignés pour le profit de qui ? De ceux qui sont nos ennemis communs : les États-Unis et puis les bolcheviques. Les premiers rejettent leurs racines européennes, les seconds veulent les détruire. Ils ne croient ni à l'âme des peuples ni aux traditions. Or, vous et moi — vous, Bertrand Renaud de Thorenc, et moi, Alexander von Krentz — nous sommes issus de la plus ancienne histoire de ce continent. Si nous cherchions bien, nous trouverions nos aïeux engagés dans les mêmes combats, peut-être même au service des mêmes rois.

Von Krentz avait à nouveau écarté les bras, mais c'était cette fois un geste joyeux, exprimant presque de l'enthousiasme.

— La croisade, Thorenc, la croisade !

Bertrand Renaud de Thorenc avait gardé la tête baissée. Il se sentait accablé. Il avait tant de fois déjà entendu ces arguments, à Paris, dans le cercle littéraire Europa que sa mère animait dans leur appartement de la place des Vosges et où se retrouvaient une fois par mois, le mardi, ceux qu'elle appelait avec emphase les « Précurseurs », ou les « Grands Européens ». Dans cette étrange assemblée se côtoyaient Otto Abetz, du comité France-Allemagne, Drieu La Rochelle et, lors de ses passages à Paris, Ernst Jünger, mais aussi des journalistes, certains à gauche, d'autres à droite, Gaston Bergery ou François Luchaire, des hommes politiques comme Paul de Peyrière, député, écrivain — et parce que en effet c'était bel et bien le même monde, comme venait de le souligner Alexander von Krentz, Paul de Peyrière était aussi le grand-père de Geneviève Villars, puisque la mère de la jeune femme — ou plutôt jeune fille, jeune fille, bien qu'elle eût eu l'attitude théâtrale d'une de ces pucelles qui se rêvent femmes fatales ou garces — n'était autre que Blanche de Peyrière, la propre fille de Paul de Peyrière.

D'ailleurs, c'est dans l'appartement de la place

des Vosges que Bertrand Renaud de Thorenc avait rencontré pour la première fois Alexander von Krentz, invité d'honneur de Cécile de Thorenc. Von Krentz y avait longuement évoqué la tradition européenne, de saint Bernard et des chevaliers Teutoniques aux idéaux nationaux-socialistes. Lui, Bertrand, avait été à la fois désespéré et fasciné de voir comment cette assemblée de personnalités qui se voulaient — et se croyaient — brillantes, sceptiques, critiques, indépendantes, avait félicité von Krentz pour son esprit européen, son sens du destin européen. Les plus enthousiastes avaient été Drieu La Rochelle et Paul de Peyrière. Ce dernier ne s'était pas fait faute de rappeler que le berceau de sa famille était le château de Peyrière, situé à quelques kilomètres seulement de l'abbaye de Sénanque où soufflait encore l'esprit de la croisade et donc de saint Bernard.

— L'opposition entre la France et l'Allemagne n'est qu'une perversion récente de l'histoire européenne, avait énoncé Paul de Peyrière. La vraie menace, bolchevique, barbare, antichrétienne, antieuropéenne, nous enseigne en effet que, comme au temps de saint Bernard et des chevaliers Teutoniques, nous devons être solidaires, car nous sommes issus de la même civilisation et devons donc la défendre.

— La croisade..., avait répété Bertrand Renaud de Thorenc en se redressant et en dévisageant Alexander von Krentz.

Puis il avait continué d'une voix sourde, sur un ton presque monocorde, soulignant qu'il était issu de père inconnu et que de bonnes âmes faisaient même de lui le bâtard d'un homme d'affaires juif, Simon Belovitch. Celui-ci, banquier et producteur de cinéma, se rendait souvent à Moscou.

— Ma mère elle-même, avait précisé Thorenc d'une voix ironique, reconnaît que ce monsieur Belovitch a payé la remise en état de notre ferme fortifiée de Thorenc, ce qu'avec son goût immodéré de la grandeur elle appelle notre « château », mais qui n'est, croyez-moi, qu'une grosse bâtisse dominant une plaine de terre rouge, argileuse, une doline. Donc (Thorenc avait à son tour martelé familièrement du plat de la main l'accoudoir du fauteuil d'Alexander von Krentz) mon père est peut-être ce Juif, peut-être même l'un de ces judéo-bolcheviques dont vous pensez, vous autres nazis, qu'ils sapent la civilisation européenne. En somme, mon cher von Krentz, je ne suis certainement pas un lointain disciple de saint Bernard, mais un bâtard bon pour le camp de concentration !

Il avait souri.

— On me dit que des unités qui ont choisi pour emblème la tête de mort, les SS — *Totenkopf*, n'est-ce pas ? — ont été chargées de la garde de ces camps : Dachau, Buchenwald, Oranienburg, c'est bien cela ? Pourquoi ne tenteriez-vous pas de m'obtenir une autorisation de reportage afin que je puisse rendre compte aux lecteurs de *Paris-Soir* des effets des lois raciales ? Cela fait près d'un an, depuis votre spectaculaire rassemblement de Nuremberg, qu'elles sont entrées en application, je ne me trompe pas ?

— Vous êtes français jusqu'au bout des ongles, mon cher Thorenc ! avait répondu Alexander von Krentz en riant. Où nous mènerait une discussion polémique ? Si je vous disais que vous êtes, vous, la France, la faille, la plaie béante par laquelle tout ce qui n'est pas européen s'insinue en Europe, infecte notre belle civilisation, que trouveriez-vous à répliquer? Car il est incontestable que vous accueillez tout le monde : nègres, Arabes, Juifs, gitans...

Von Krentz parlait d'une voix posée.

— Vous avez même, en 1923, fait occuper des régions allemandes — ainsi la Ruhr — par des troupes sénégalaises. Ne croyez-vous pas que, d'une certaine manière, peut-être sans le vouloir, vous avez souillé le Rhin? Avez-vous plus de points communs avec ces Africains ou avec nous qui partageons avec vous la gloire de Charlemagne? Défendre ensemble Aix-la-Chapelle : voilà un projet qui devrait nous être commun, un vrai programme européen, qu'en pensez-vous, Thorenc?

Le journaliste avait haussé les épaules.

— J'aime la culture africaine. J'apprécie beaucoup l'art nègre... un art dégénéré, selon monsieur Goebbels.

— Ne nous jugez pas trop vite! soupira Alexander von Krentz. J'ai vécu une dizaine d'années à Paris, j'aime beaucoup votre capitale, j'ai de l'estime pour madame Cécile de Thorenc, votre mère...

— Parlez-moi plutôt de mon père! fit Thorenc en se levant.

— Mon cher, mon cher, ce qui compte c'est la mère. Vous êtes un Thorenc, vous n'y pouvez rien.

— Bâtard de Juif, peut-être! avait lancé Thorenc en se dirigeant vers la rotonde.

Alexander von Krentz l'avait rejoint.

— Nous vous connaissons bien. Croyez-vous que nous aurions accepté que vous rencontriez notre chancelier si nous avions eu le moindre doute sur vous? Vous avez été baptisé à Notre-

Dame le 20 janvier 1904, vous assistez souvent à la messe en compagnie de votre mère. Notre service de renseignement est, je crois, supérieur au vôtre. Demandez donc au commandant Villars ce qu'il pense de l'Abwehr ! Vous devriez d'ailleurs rencontrer le major Oscar Reiler : un officier de tradition. Il m'a dit à plusieurs reprises qu'il lisait vos articles avec le plus grand profit. Votre interview de Mussolini, l'année dernière, était remarquable, et votre reportage en Éthiopie, en janvier, avec les troupes italiennes de première ligne, témoignait d'un réel courage.

Bertrand Renaud de Thorenc s'était engagé dans la porte à tambour. Surpris par la violence de la pluie dont les rafales balayaient la Königstrasse, il s'était immobilisé sous le large auvent de l'hôtel Bismarck, regardant autour de lui, s'étonnant d'espérer encore découvrir Geneviève Villars, l'imaginant tout à coup avec tendresse courant sous l'averse jusque chez elle, pleine de colère et de dépit, jeune fille à n'en pas douter, ne maîtrisant pas encore ses élans, dépourvue de rouerie, fière et maladroite.

Il s'était tourné vers Alexander von Krentz qui, le bras tendu, lui désignait la voiture officielle des services de presse de la chancellerie du Reich qui allait le conduire à la gare.

— Nous nous reverrons sans doute à Paris, avait dit l'Allemand. La ville me manque, j'y ai tant d'amis !

Il avait sorti de sa sacoche une revue qu'il tendit à Thorenc :

— Pour votre voyage.

Tout en escortant Thorenc jusqu'à la voiture, à l'abri du grand parapluie du portier, il lui avait expliqué qu'il s'agissait de la revue de la Jeunesse hitlérienne, *Wille und Macht, Volonté et Puissance*.

— Lisez ce que déclare votre ambassadeur à Berlin, François Perrot : « L'influence allemande fertilise l'esprit français. » C'est admirable de perspicacité. Voilà un homme sans préjugés, n'est-ce pas ?

Thorenc s'était installé dans la voiture et avait jeté ostensiblement la revue sur le siège.

— Voulez-vous que je présente vos amitiés à mademoiselle Villars ? avait encore lancé von Krentz.

— Vous prendriez un tel risque ? Attention aux SS et à la Gestapo, Krentz ! avait grincé Thorenc en tirant brutalement la portière.

3

Geneviève Villars n'avait pas reconnu immédiatement Alexander von Krentz. Elle était restée à l'abri sous les corniches qui ornaient la façade de l'hôtel de ville. Le bâtiment, situé de l'autre côté de la Königstrasse, faisait face à l'hôtel Bismarck.

Elle s'était arrêtée là, essoufflée et trempée, espérant encore voir surgir de la porte à tambour Bertrand Renaud de Thorenc. Puis, engourdie, désespérée, elle n'avait plus bougé, donnant de temps à autre avec hargne des coups de pied dans la flaque qui se formait devant elle, la pluie débordant des gouttières et en jaillissant par saccades.

Une fois, une seule fois elle avait bondi vers la chaussée pour tenter d'arrêter un taxi, mais il avait suffi de ces quelques pas pour que l'averse traverse son imperméable colle à sa peau sa robe de soie trop légère, et qu'elle se mette à grelotter à cause du vent qui s'engouffrait dans la Königstrasse, glissant le long des bras de la Spree qui séparaient tout le quartier en une série d'îlots surplombés par la masse sombre du château royal.

Enfin, malgré le gris rideau de pluie qui hachurait à intervalles réguliers les lueurs rouges et vertes de l'enseigne de l'hôtel Bismarck, elle avait aperçu Bertrand Renaud de Thorenc.

Il avait attendu quelques instants sous l'auvent, regardant autour de lui, et elle avait eu l'intuition qu'il la cherchait Peut-être se serait-elle avancée, mais, à l'instant où cette tentation la faisait se pencher en avant, elle avait remarqué une seconde silhouette qui se plaçait à côté de celle de Thorenc sous le grand parapluie brandi par le portier de l'hôtel.

Les deux hommes étaient restés un moment côte à côte. Le second, dont l'allure était familière à Geneviève mais dont elle ne discernait pas le visage, parlait en gesticulant, puis remettait un document à Thorenc, l'accompagnait jusqu'à la longue Mercedes garée devant le perron.

La portière avait claqué et la voiture avait démarré aussitôt, soulevant de hautes gerbes qui avaient masqué l'homme resté planté sous le parapluie. Quand elles étaient retombées, l'éclair rouge de l'enseigne avait éclairé son visage et elle avait identifié Alexander von Krentz.

Elle s'était alors souvenue que Thorenc avait mentionné le nom de cet homme qu'elle avait souvent rencontré à l'Institut de Linguistique de Berlin où elle donnait chaque semaine cinq heures de cours de français. Alexander von Krentz venait rôder dans le hall.

Elle l'avait également vu à l'une des soirées de l'ambassade de France où elle était conviée en compagnie de ses parents. Après avoir, selon ses propres termes, « présenté ses respects » à madame la comtesse de Peyrière-Villars et au commandant, il leur avait demandé l'autorisation d'inviter mademoiselle leur fille à danser la prochaine valse. Il avait claqué les talons en s'inclinant devant elle. Elle avait été sur le point de refuser quand, d'un regard, son père l'en avait dissuadée.

Von Krentz avait les mains sèches, dures et maigres. Il ne devait pas avoir plus d'une trentaine d'années, peut-être même était-il un peu plus jeune que Thorenc dont il avait la haute taille.

Durant toute la danse, Geneviève avait évité de croiser son regard. Dans une peau mate, sous ses cheveux noirs, brillants et plaqués, von Krentz arborait des yeux très clairs, dans les bleus ou les gris, qui n'exprimaient aucune émotion, aucune curiosité, même, mais qui perçaient comme deux éclats aigus chaque fois qu'on les croisait. Et cependant, le visage du chargé de presse était plutôt avenant. Il souriait souvent avec une sorte d'indifférence un peu lasse, un peu dédaigneuse, comme pour marquer qu'il appartenait depuis des générations à ce monde-là, celui des puissants, et qu'il continuait d'y paraître moins par ambition que par sens du devoir.

Il avait raccompagné Geneviève jusqu'à ses parents, s'était de nouveau incliné et avait murmuré :

— Une fois de plus, je me découvre francophile. Heureusement, c'est aussi le sentiment de notre chancelier et de l'Allemagne tout entière.

Il avait longuement évoqué ses séjours à Paris,

regretté de ne pouvoir pour l'heure y résider. Il enviait Otto Abetz qui dirigeait le comité France-Allemagne. Il savait que le Führer attachait une importance vitale aux relations entre les deux pays.

— Cher commandant Villars, vous avez, comme lui, combattu quatre ans en première ligne, vous avez vu mourir des hommes qui vous étaient proches, vous comprenez donc ses sentiments. Comme on le dit chez vous : « Plus jamais ça ! »

Il avait raconté comment il avait été reçu, quelques années plus tôt, par Cécile de Thorenc au cercle Europa, dans l'appartement de la place des Vosges, situé juste à côté de la maison de Victor Hugo.

— Tout un symbole, avait-il souligné. Hugo, vous le savez, commandant, a été le plus ardent défenseur de l'union de l'Europe, et, ma foi, c'est son pire ennemi, Napoléon III, qui est à l'origine de la guerre de 1870, donc des catastrophes qui ont suivi.

Il avait égrené les noms de tous ceux qu'il connaissait à Paris, journalistes, banquiers, écrivains, peintres, etc., les thèmes des conférences qu'il avait prononcées au Grand Pavois, ce cercle qui réunissait sur les Champs-Élysées les partisans de l'amitié franco-allemande : Brinon, Pucheu, Scapini...

— Scapini est un homme admirable. Aveugle de guerre, il a voué, sa vie durant, tout ce qu'il lui restait d'énergie à empêcher que ne se reproduise un conflit entre nos deux pays.

— Mais qui y pense, cher ami ? avait lancé, sur un ton désinvolte et agacé, le commandant Villars, signifiant d'un mouvement d'épaules qu'il souhaitait mettre fin à la conversation.

C'était un mois plus tôt, en février 1936, donc.

Cette réception à l'ambassade de France avait été plus compassée qu'à l'ordinaire, presque morose. Les diplomates espagnols avaient été très entourés. Avec des mines graves, ils avaient refusé de commenter la victoire du Frente popular dans leur pays; l'un des attachés militaires avait cependant confié au commandant Villars que l'armée espagnole ne laisserait pas s'installer l'anarchie et qu'elle défendrait les valeurs traditionnelles de l'hispanité.

Dans la voiture qui les ramenait à leur résidence, située au coin de la Friedrichstrasse et de la Zigerstrasse, l'un des quartiers les plus prisés de Berlin avec ses maisons basses entourées de vastes jardins, Villars avait répété qu'il était inquiet, que la situation en Europe lui paraissait se dégrader à grands pas. Tout à coup, il s'était emporté contre cet Alexander von Krentz :

— Il n'est pas un geste, même la valse qu'il a sollicitée de Geneviève, ou encore sa présence dans le hall de l'Institut de linguistique — je sais qu'il s'y rend, on me l'a rapporté —, qui ne soit calculé. Il faut que vous sachiez (il s'était tourné vers sa femme et Geneviève) que c'est un agent de l'Abwehr, qu'il est en permanence en mission pour ce service de renseignement. C'est l'un des hommes de confiance de l'amiral Canaris. Blanche (il s'était penché vers sa femme), vous vous souvenez de Canaris ?

L'amiral les avait invités dans sa villa de Sckachtensee. Il avait organisé une promenade sur le lac. Ses deux filles étaient aussi charmantes que sa femme, une aristocrate prussienne, était racée.

— C'est un renard, avait conclu Villars. Et Alexander von Krentz est encore plus dangereux, parce qu'il est aussi au service de Heydrich, le chef du SD, le service de protection nazi. Heydrich est le plus intelligent des fauves. Von Krentz est l'employé de ces deux maîtres-là. Un jour, il trahira l'un pour l'autre, mais, pour l'instant, il les sert avec passion, dévouement, habileté, obstination (Villars empilait les mots, lèvres à demi fermées) et vous devinez pourquoi : parce qu'il sait tout ce que la France représente, et qu'il entend nous vaincre, nous humilier. Il est prêt, pour cela, à tout accepter d'Adolf Hitler et des nazis.

Blanche de Peyrière avait secoué la tête, lancé un regard à Geneviève, mais sa fille avait détourné les yeux, refusant toute complicité, acquiesçant instinctivement aux propos de son père.

— Vous êtes excessif, Joseph, avait dit Blanche. Ce von Krentz, soucieux de maintenir de bonnes relations avec nous, m'a paru au contraire admirer sincèrement notre pays. D'ailleurs, mon frère Charles...

— Je vous en prie, Blanche ! avait coupé Villars d'un ton cassant. Laissez votre frère à ses illusions.

Il avait fermé les yeux et ajouté à mi-voix :

— Et à ses compromissions...

— Vous soupçonnez tout le monde, avait répliqué sèchement son épouse. C'est intolérable, cette façon de vous ériger en grand juge !

Assise entre eux deux, Geneviève avait posé sa main gauche sur le bras de sa mère, la droite sur celui de son père, et elle les avait étreints. Blanche de Peyrière et Joseph Villars s'étaient tus.

Mais ce n'était que partie remise, et leur fille le savait.

Entre les deux familles, les Villars et les Peyrière, l'opposition était radicale. Geneviève souffrait de ce fossé qu'elle avait ressenti dès l'enfance, lorsque, à l'occasion d'un anniversaire ou d'une fête, les proches se retrouvaient, le plus souvent au château de Peyrière. Cette noble demeure était vaste, expliquait Blanche. Joseph Villars répliquait que la maison de ses parents, rue des Nobles, dans le village de Visan, était bien suffisante pour accueillir une trentaine de personnes.

— Mais le parc, rétorquait Blanche, les enfants peuvent y jouer, ils n'ont pas cela à Visan...

Le jardin de la maison de la rue des Nobles était en effet un petit carré caillouteux. « Un jardin de curé ou de notaire », avait déclaré non sans mépris Paul de Peyrière. Le père de Joseph Villars gérait en effet une étude à Carpentras.

De guerre lasse, le commandant acceptait de se rendre au château.

Il s'installait sous l'un des platanes du parc, jambes croisées, yeux mi-clos. Il fumait, indifférent à ce qui se passait autour des tilleuls plantés en quinconce devant la façade.

On avait dressé la grande table. Paul de Peyrière présidait, sa femme Constance de Formerie lui faisait face. Entre eux, chacun s'installait comme il voulait.

— C'est le seul désordre que j'accepte, lançait Paul de Peyrière. Vous voyez, mon cher gendre, ajoutait-il, tourné vers Joseph Villars, je sais aussi être républicain, quand il faut.

Feignant de ne pas avoir entendu, Villars ne répondait pas et préférait s'approcher de la table des enfants : les cinq Villars — Pierre, Philippe, Geneviève, Brigitte, Henri — et Luc de Formerie, neveu de Constance, l'épouse de Paul de Peyrière, et fils de Louis de Formerie, qu'on ne voyait guère à ces assemblées. Agent de change, banquier, le frère de Constance vivait entre Genève et New York; veuf, il confiait son fils à Paul de Peyrière et à Constance. Mais Luc, plus âgé que les enfants Villars avait eu tôt fait de rejoindre la table des « grandes personnes » entre ses cousins Xavier et Charles de Peyrière.

Les années n'avaient pas atténué les antipathies, les conflits.

En 1936, Xavier de Peyrière arborait déjà le grade de colonel quand Joseph Villars était « seulement » commandant.

— Quelle idée, mon cher Joseph, disait Paul de Peyrière, vous avez eue de choisir l'aviation ! Vous aviez fait une guerre courageuse dans l'infanterie : quelle folie vous a pris ?

— Joseph..., commençait à soupirer Blanche.

Mais son mari l'interrompait d'une voix cassante :

— L'aviation sera l'arme décisive de la prochaine guerre, avec les chars.

— Voilà que tu penses comme de Gaulle ! lançait Xavier de Peyrière. Or tu n'ignores pas que personne, à l'état-major, ni Gamelin ni Weygand, ne partage ce point de vue. Et le maréchal Pétain a donné son sentiment avec clarté. La défensive, la forteresse, l'artillerie de place forte : tels seront les ressorts de la guerre future.

— Au moins je ne me laisserai pas enterrer dans les casemates de la ligne Maginot, ironisait Joseph Villars en retournant s'asseoir sous son platane.

Quand elle n'était pas encore une jeune fille, Geneviève allait s'installer sur ses genoux.

Maintenant elle restait assise à table entre ses

oncles Xavier et Charles de Peyrière, et elle lançait parfois un regard implorant à son père pour
qu'il ne répondît pas à Charles.

Elle aimait bien cet oncle-là, peut-être parce
qu'il était d'une élégance recherchée, maniérée,
parfumée, que l'on murmurait qu'il bondissait
d'une femme à l'autre, et qu'en poste à l'ambassade de Varsovie il avait été l'amant de toutes les
épouses d'ambassadeurs et de toutes les
comtesses polonaises. Mais elle détestait aussi
chez lui la grimace qui, tout à coup, crispait son
visage quand il s'emportait contre « ce Juif de
Blum » :

— D'ailleurs, ajoutait-il, est-ce son nom véritable ? Xavier Vallat prétend qu'il porte je ne sais
plus quel patronyme, peut-être « Kalfurkens-
tein ». C'est allemand ! C'est juif ! C'est socialiste,
mais ça dîne dans une vaisselle d'or, et ça veut
gouverner un vieux pays chrétien comme le
nôtre ! Le représentant d'une tribu nomade à la
tête d'un pays aussi enraciné, terrien, paysan :
comment pourrions-nous accepter cela ?

Paul de Peyrière approuvait son fils.

— Autour de moi, personne ne l'accepte ; je ne
rencontre que des adversaires du Front populaire.

— Qui voyez-vous ? avait lancé Joseph Villars.

Il s'était levé et avait commencé à marcher
autour de la grande table. Blanche de Peyrière
avait baissé la tête, déjà accablée à la perspective
de l'altercation que son mari allait provoquer.
Geneviève, elle, aurait eu envie de se boucher les
oreilles, tant elle craignait que son père ne fût
réduit au silence et vaincu. D'autant que ce
n'étaient pas ses fils — Pierre, qui venait d'entrer
à l'agence Havas ; Philippe, encore élève à Polytechnique ; Henri, lycéen — qui viendraient à son

secours. Quand les « pères » débattent entre eux, les enfants se taisent. Et que pouvaient faire les filles, qui n'avaient pas à se mêler des affaires du monde ?

Chez les Peyrière, on trouvait déjà ridicule que Geneviève eût entamé des études d'ethnologie et suivît des cours de préhistoire à l'université de Berlin ; quant à Brigitte, elle songeait à faire médecine.

— Qui je vois ? avait répliqué Paul de Peyrière. Mais des Français honorables ! De vrais Français ! Les seuls qui comptent : ceux qui votent pour moi ! Ceux que vous ignorez, mon cher Villars, parce qu'ils sont Croix-de-Feu, Volontaires nationaux ou de l'Action française. Vous les appelez sans doute des ligueurs ou des camelots du roy, peut-être même des fascistes. À votre guise ! Mais, si vous pensez que le colonel de La Rocque n'est pas patriote et que ses Croix-de-Feu sont des agents de l'Allemagne, comment voulez-vous que nous nous comprenions ?

— Je souhaite simplement qu'on ne sacrifie pas les intérêts de la France à des idées allemandes ou italiennes, et pour être tout à fait clair (il s'était appuyé des deux mains à la table, regardant fixement Charles de Peyrière qui lui faisait face), je vois, moi, des Français qui sont prêts à se soumettre à Hitler ou à Mussolini pour empêcher Blum, Juif et socialiste, de gouverner !

Charles de Peyrière s'était levé en haussant les épaules.

— Il s'agit de savoir ce que sont et où sont les intérêts français. Et il est bien possible, en effet, que, sur ce point, je ne sois pas d'accord avec vous, Joseph. Mais je suis aussi patriote français que vous !

Charles avait commencé à faire les cent pas et

Geneviève n'avait pu s'empêcher d'admirer la perfection de son attitude. Il portait un costume croisé sombre à fines rayures sur lequel une large pochette, faisant une tache blanche, ajoutait une note de fantaisie inattendue. Il avait enfoncé sa main gauche dans la poche de sa veste et ce geste, qui aurait pu paraître vulgaire, lui donnait au contraire de l'aisance.

Charles levait à peine la main droite pour ponctuer ses phrases.

— Si vous étiez en poste à Varsovie, cher Joseph, vous changeriez d'avis. Il y a bien sûr une puissance allemande conquérante, qui rêve d'un nouveau partage de la Pologne, qui n'accepte pas que ses nationaux soient contraints, pour se rendre à Dantzig, d'exhiber par deux fois leurs papiers pour pouvoir franchir un corridor polonais! Reconnaissez que nous avons été fous d'isoler ainsi une ville allemande du reste de l'Allemagne! Les Allemands de Dantzig veulent être rattachés à l'Allemagne.

— Comme les Allemands des Sudètes dont on a décidé, à Versailles, qu'ils seraient tchèques, mais qui veulent être rattachés à leur mère patrie, avait ajouté Paul de Peyrière.

— Et pourquoi pas les Autrichiens ou les Alsaciens? avait rugi Villars. Que voulez-vous? Une Europe allemande?

— Et vous, une Europe bolchévisée? avait riposté Charles de Peyrière en se retournant avec vivacité. À Varsovie, nous sentons très bien la menace des soviets. Demandez aux Polonais ce qu'ils en pensent, ou même à votre colonel de Gaulle qui, en 1920, a combattu les bolcheviques en Pologne avec Weygand.

— Je me moque des Russes! avait répliqué Villars. Ils n'ont pas de canons sur le Rhin.

Il s'était penché pour vriller son regard dans celui de son beau-père :

— Est-ce que vous avez lu *Mein Kampf*?

Paul de Peyrière avait haussé les épaules, murmurant qu'il ne faisait aucun cas des écrits des hommes politiques. Ces livres-là étaient faits pour être reniés, relégués aux oubliettes. Hitler avait rédigé *Mein Kampf* en 1924 alors qu'il était en prison. Plus de dix ans avaient passé, qu'allait-on déterrer là?

— Vous y comprendriez, avait repris Villars, ce que pense Hitler de la France, et quel danger représente l'Allemagne nazie.

— Les Russes ne sont pas sur le Rhin, c'est vrai, avait répondu Charles de Peyrière en souriant. Seulement, leurs agents, leurs valets siègent à la Chambre des députés. Ils ont signé avec votre Blum un pacte de Front populaire. Que vous ne sentiez pas la menace que font peser les moscoutaires sur notre pays, voilà qui me sidère, mon cher Villars!

Il avait regardé Paul de Peyrière qui approuvait sentencieusement son fils cadet.

L'aîné, le colonel Xavier de Peyrière, faisait une moue dubitative, tournant alternativement la tête vers son frère, Charles, puis vers Joseph Villars. À un moment donné, il s'était levé, avait pris Philippe Villars par le bras et l'avait entraîné loin de la table et des tilleuls, le questionnant sur l'enseignement dispensé au jeune homme à Polytechnique, puis murmurant que les officiers n'avaient pas à participer à ce genre de discussion, mais à se battre quand on le leur commandait.

— Heureusement, avait continué sur sa lancée Charles de Peyrière, des Français s'organisent pour résister au coup de force que les Rouges risquent de déclencher. Il suffirait aux communistes d'un millier d'hommes pour s'emparer du pouvoir à Paris et en faire l'allié, le vassal de Moscou. C'est avec les vrais Français, décidés à empêcher une pareille éventualité, que vous devriez entrer en contact, Villars.

— Je suis républicain, avait déclaré Philippe Villars en se redressant. Je respecte le suffrage universel. Je n'aime ni les coups d'État, ni les conspirations.

Il était retourné s'installer sous son platane.

Geneviève Villars avait quitté la table et, passant près de lui, s'était penchée pour l'embrasser furtivement sur la joue, puis elle s'était élancée à grandes enjambées vers les champs de lavande.

4

Geneviève Villars s'était souvenue des lavandes que la pluie poussée par le vent couchait parfois sur la terre rouge.

Elle marchait sous l'averse dans la Königstrasse. Elle avait vu Alexander von Krentz quitter à son tour l'hôtel Bismarck à bord d'une voiture officielle noire ornée d'un petit pavillon métallique à croix gammée. Tout en lui ouvrant la portière, le chauffeur en uniforme — peut-être l'un de ces SS dont Geneviève haïssait la morgue, la démarche mécanique, le corps massif, cette tête de mort qui brillait comme une menace sur leur casquette ou leurs épaulettes — avait salué von Krentz, bras tendu. Elle avait éprouvé à cet instant un sentiment de violente colère, mêlée de désespoir. Que pouvait-on opposer à ces hommes-machines qu'elle voyait depuis trois ans parader, de plus en plus sûrs d'eux ? Elle avait la sensation physique que tout ce qu'elle avait aimé en Allemagne, ici, à Berlin, se rétrécissait, se dissolvait, et qu'à la place surgissait cette armée d'automates noirs avançant au pas de l'oie, qui, peu à peu, enrégimentait la ville, le pays entier. Les étudiants de l'Institut de linguistique avaient même changé de visage, lui avait-il semblé. Ils arboraient un regard plus dur, les tempes et la nuque rasées. Ils paraissaient la juger avec une hauteur condescendante. Ils venaient étudier en uniforme, portaient ce brassard rouge avec un disque blanc et l'araignée noire en son centre. Ils posaient sur son bureau la revue de la Hitlerjugend, *Wille und Macht*. Ils l'invitaient à des conférences de Baldur von Schirach ou, lorsqu'il était de passage à Berlin, d'Otto Abetz, président du comité France-Allemagne.

Et elle en voulait à ces écrivains français, à ces artistes qui, assis à la tribune aux côtés d'Abetz, exaltaient d'une même voix l'amitié entre les deux pays. Comment pouvaient-ils être dupes de l'habileté hypocrite des nazis, des grandes effusions d'un Alexander von Krentz ou d'un Otto Abetz ?

François Perrot, l'ambassadeur de France, l'avait présentée à ce dernier lors d'une réception donnée en son honneur à l'ambassade. Abetz était un homme à la haute stature, au corps massif et lourd, comme trop à l'étroit dans son uniforme. Ses cheveux blonds étaient soigneusement ramenés en arrière, son visage au teint pâle exprimait une sorte de veulerie. Il lui avait baisé la main, félicitant Geneviève pour les cours de français qu'elle dispensait à l'Institut de linguistique et pour sa parfaite maîtrise de la langue allemande.

— On me dit, avait-il continué, que vous suivez à l'université de Berlin les conférences du professeur Heicke. C'est le plus grand des ethnologues vivants et je suis heureux de savoir qu'une brillante intelligence française profite ainsi de la science allemande. L'ethnologie est une discipline capitale. Vous n'ignorez pas — il s'était tourné vers François Perrot — quelle importance le Führer attache à la notion de race, non pas d'un point de vue sentimental ou polémique, mais sous l'angle scientifique, et le professeur Heicke est à cet égard un modèle de rigueur, n'est-ce pas mademoiselle Villars ?

— L'ethnologie, avait-elle répondu, me prouve chaque jour qu'il n'y a pas de race supérieure, donc pas non plus de race inférieure.

L'ambassadeur avait eu un sourire gêné et Otto Abetz s'était contenté de hocher la tête avant de murmurer d'une voix suave :

— Nous verrons, nous verrons, mademoiselle Villars. Sous la politesse, toujours la menace...

Geneviève avait atteint la Spree et commencé à longer l'un des bras de la rivière. Le quartier était désert, composé de bâtiments officiels séparés par de larges avenues et des canaux. La pluie tombait drue, glacée.

Elle avait regardé autour d'elle, espérant à nouveau arrêter un taxi, mais les rares voitures auxquelles elle faisait signe semblaient accélérer en la voyant, comme si leurs chauffeurs avaient craint un piège.

La peur, voilà ce qui imprégnait maintenant Berlin, et Geneviève ne supportait plus cette angoisse qui contaminait peu à peu chaque moment, chaque individu, chaque lieu. Lorsqu'elle y était arrivée, en 1932, elle avait aimé cette ville où pourtant les nazis défilaient, tuaient déjà. Mais on s'y battait encore, Hitler n'était pas encore chancelier.

Maintenant, l'ordre régnait. La Gestapo surveillait chaque geste.

Plusieurs étudiants de l'Institut de linguistique, sans doute juifs, avaient disparu. Quand elle avait interrogé la secrétaire de l'Institut à propos de Stephen Luber, un jeune journaliste qui suivait ses cours et dont elle avait aimé les traits, le regard triste, elle avait vu la figure de l'employée se figer. Celle-ci l'avait dévisagée avec des yeux hostiles, et Geneviève avait eu l'impression que la ville entière, chacun de ses habitants, même, étaient devenus comme un bloc de métal aux arêtes tranchantes. Ceux qui ne se montraient pas agressifs se dérobaient, lâches, terrorisés.

À chaque instant, Geneviève se sentait blessée. Jusqu'à cette pluie, sur le pont conduisant à la Donhoff Platz, elle la ressentait comme autant de flèches s'enfonçant en elle, traversant son imperméable, sa robe, lui griffant la peau.

Elle avait songé à ces averses de *là-bas*, au sud, si loin dans le temps et l'espace...

Le mistral pouvait être glacé, la pluie violente, pourtant les éléments avaient quelque chose de vivant, de généreux, même dans leur démesure et leur brutalité.

Ici, ce soir du 30 mars 1936, la pluie aussi paraissait métallique.

Là-bas, sur le vignoble qui entourait le village de Visan où elle avait passé plusieurs étés dans la maison des Villars, ses grands-parents, la pluie dansait, chuintante.

Là-bas, parmi les champs de lavande qui

s'étendaient autour du château de Peyrière, l'averse tambourinait sur les feuilles des platanes ou des tilleuls, zébrait la campagne, mais, quelques minutes après, le soleil séchait la terre, le mistral se levait, l'horizon devenait cet entassement de couleurs vives, ces variations de bleu et de rouge, et les nuages glissaient en s'en allant au ras des cimes lointaines.

Là-bas, sur le plateau de Murs, autour de la ferme qui appartenait à des cousins éloignés, les Barneron, l'ondée passait dans un grand fracas tonitruant, et les moutons, affolés par la foudre, se blottissaient les uns contre les autres sur l'étendue pierreuse. Parfois l'orage durait toute une nuit, mais, au matin, le ciel avait la limpidité d'une eau de source.

Pluie d'ici, pluie de là-bas...

Geneviève s'était mise à marcher plus lentement dans la Zigerstrasse.

Quelques passants lui lançaient de brefs coups d'œil, mais détournaient vite le regard pour ne pas la voir, ne pas être témoins, jamais, de crainte d'être jugés complices pour n'avoir pas dénoncé ce qui pouvait être considéré comme anormal.

Geneviève épiait sa silhouette dans les miroirs des boutiques. Elle éprouvait un sentiment de fierté à se voir si différente, avec ses cheveux collés par la pluie, l'eau ruisselant sur son visage, son imperméable devenu noir tant il était imbibé d'eau. Ses chaussures, imprégnées elles aussi, suintaient à chaque pas.

Elle s'était joyeusement ébrouée, se souvenant de courses sous la pluie avec ses frères ou son cousin Mathieu, le fils de son oncle Raymond Villars, médecin à Lyon. Mathieu, qui avait passé quelques jours à Visan, avait été surpris par un grain, et Geneviève, malgré la violence du vent, était allée à sa rencontre. Elle aimait la compagnie de ce garçon un peu plus âgé qu'elle et qui avait choisi d'entrer dans les ordres. Elle l'avait retrouvé couché sur le sol au milieu des vignes, bras en croix, comme pour une ordination, sa robe de dominicain déchirée, roussie par la foudre. Elle l'avait aidé à se relever, l'avait embrassé.

— Un miracle, Mathieu! avait-elle plaisanté.

Ils étaient rentrés au village, enlacés, riant à gorge déployée, puis, tout à coup, Mathieu s'était tu, l'avait regardée avec une sorte d'effroi et s'était écarté d'elle, disant qu'il allait prier, remercier Dieu, et Geneviève l'avait vu se diriger à grands pas vers l'église de Visan où, disait-on, un pape autrefois — quand les papes séjournaient en Avignon — avait célébré la messe.

Mathieu Villars avait quitté Visan le soir même pour regagner le couvent Fra Angelico, sur la colline de Fourvière, à Lyon. Et, toute la nuit, Geneviève avait repensé à cet instant où Mathieu s'était écarté d'elle comme si elle avait été le diable, la tentation.

Peut-être était-elle trop spontanée, peut-être ne se comportait-elle pas comme devait le faire une femme, peut-être n'était-elle qu'une petite-fille de simple paysanne, ce qu'était sa grand-mère paternelle, Marguerite Barneron. La cousine de celle-ci, Léontine, qui régnait en maîtresse femme sur la ferme de Murs, ne lui avait-elle pas dit qu'elle avait le corps des Barneron, et qu'avec des hanches et une poitrine comme les siennes, elle ferait une bonne pondeuse? Encore fallait-il qu'elle se décide, qu'elle jette son dévolu sur un homme, un bon mâle, bien monté. Car c'était aux femmes de prendre les hommes qu'elles voulaient.

En était-elle capable, le désirait-elle ? Peut-être était-ce pour cela qu'elle avait donné cette photo d'elle à Bertrand Renaud de Thorenc : pour lui faire comprendre que, s'il avait fait le premier pas en lui fixant rendez-vous à l'hôtel Bismarck, c'était elle qui, d'elle-même, s'offrait.

Mais ce monsieur de Thorenc avait eu autre chose à faire : son interview à corriger, une conversation à poursuivre avec Alexander von Krentz... Tant pis pour lui. Tant pis pour elle !

Geneviève avait poussé à deux mains le portail du parc. Le bureau de son père, au premier étage de la maison qui en comportait deux, était éclairé.

Elle allait lui demander l'autorisation de rentrer en France. Elle ne supportait plus les von Krentz, les défilés noirs, les cortèges hérissés de flambeaux, ces voix gutturales qui criaient *Heil, Heil, Sieg Heil...*

Son père ne pourrait lui refuser cela. Elle avait vingt ans. Elle voulait être une femme décidant de sa vie.

5

Tout à coup, un homme avait surgi devant Geneviève Villars.

Il s'était avancé vers elle, marchant sur le côté droit de l'allée comme s'il avait voulu éviter la lumière tombant de la fenêtre du premier étage, et rester ainsi dans la nuit que le feuillage des arbres et la pluie rendaient plus dense.

Geneviève s'était immobilisée, essayant de distinguer les traits de l'individu, partagée entre le désir d'aller vers lui — car c'était peut-être Bertrand Renaud de Thorenc qui avait enfin compris qu'elle s'était offerte à lui en lui remettant cette photo d'elle — et une peur paralysante, car elle n'avait pas reconnu dans la silhouette plutôt trapue l'homme qu'elle espérait et dont, bouleversée par la peur et l'émotion, elle prenait conscience à cet instant, avec un sentiment de honte et d'angoisse, qu'elle le désirait, qu'en lui tendant cette photo c'était comme si elle s'était déshabillée devant lui — et elle se sentait si coupable qu'elle en oubliait de crier pour avertir son père qu'un homme avait pénétré dans le parc.

Elle n'avait plus bougé, d'abord paralysée, maintenant terrorisée, se souvenant des récits de son père qui racontait, indigné, ces assassinats, ces enlèvements, ces chantages qui, depuis l'arrivée des nazis au pouvoir, se succédaient sans relâche. Il l'avait d'ailleurs mise en garde, la prévenant qu'on pouvait se servir d'elle pour peser sur lui, car les gens de l'Abwehr, de la Gestapo, du SD, ceux de l'amiral Canaris ou de Heydrich n'ignoraient rien de ses vraies fonctions.

Geneviève l'avait interrogé du regard : il ne lui avait jamais rien confié de ses activités.

— Je les espionne et ils le savent, avait-il répondu. Ils n'aiment pas ça, mais, en même temps, c'est la règle du jeu. Ils font de même à Paris. Les attachés militaires sont là pour ça.

Il s'était interrompu, et, d'un geste qui lui était familier, avait pris ses tempes entre ses mains, les avait pressées, massées.

— Mais, avait-il poursuivi, ce sont des gens qui ne respectent plus aucune règle. Canaris a peut-être encore la nostalgie d'un grand jeu à la loyale, mais Heydrich, Goebbels, Himmler, Hitler sont des tueurs !

Elle aurait voulu crier au souvenir de ces mots et de ce qu'elle avait vécu, observé, compris deux ans plus tôt, le 30 juin 1934, lors de cette Nuit des longs couteaux où elle avait écouté, enfermée avec son père dans le bureau du premier étage — la seule fenêtre éclairée de la maison par où se faisait entendre, cette nuit, le crépitement d'une machine à écrire — Hitler clamer de sa voix tour à tour rauque et veloutée :

« Je suis à moi seul le justicier suprême du peuple allemand... De tout temps et ailleurs, on a décimé les mutins... J'ai donné l'ordre de fusiller les principaux coupables et j'ai également ordonné de cautériser les abcès de notre empoisonnement intérieur et de l'empoisonnement étranger, jusqu'à brûler la chair vive... »

Et elle se souvenait d'une vive altercation survenue quelques jours plus tard entre son père et l'ambassadeur de France, François Perrot, dans l'un des petits salons de l'ambassade ; la violence des propos avait paru d'autant plus forte que les deux hommes s'étaient exprimés à voix basse, sans se regarder, en guettant la porte du salon comme s'ils craignaient que quelqu'un ne fasse irruption. Geneviève Villars était restée collée à la cloison pour se faire oublier, ne perdre aucun mot. François Perrot s'était montré le plus violent, méprisant, même :

— Vous perdez la raison, commandant Villars ! Cette liquidation des nazis les plus outranciers, des souteneurs, des criminels qui avaient revêtu la chemise brune des Sections d'assaut pour perpétrer leurs forfaits est un acte salubre. Le chancelier Hitler s'est débarrassé de la boue qui collait à ses semelles. Il vient d'entrer dans le palais du pouvoir. Il est devenu un homme d'État comme les autres. Bonaparte n'a pas fait autre chose en brumaire. C'est ainsi qu'on devient respectable, et, pour nous, Français, cette purge est un gage de paix.

La colère avait fait trembler le père de Geneviève :

— Hitler est capable de tout ! avait-il rétorqué. Voilà la leçon de tous ces crimes : trahison et hypocrisie. Un bourreau qui joue soudain les pudibonds, qui prêche, qui tolère le stupre et l'orgie mais frappe au nom de la vertu. La vieille Allemagne n'avait pas mérité ça ! Mais, monsieur l'ambassadeur, le sang retombera aussi sur nous, sur toute l'Europe. Ils ont massacré leurs camarades, pourquoi ne chercheraient-ils pas à tuer leurs ennemis ?

Perrot était sorti du salon en s'exclamant :

— Ne soyons plus leurs ennemis, voilà tout ! La guerre est finie, commandant, et personne, ici comme à Paris, n'en souhaite une autre. Je suis là aussi pour empêcher quelques excités d'en faire renaître les conditions.

Geneviève avait pris le bras de son père qui avait murmuré :

— Ils veulent être aveugles : où nous conduiront-ils ?

L'homme s'était approché à deux ou trois pas de Geneviève. Ses traits demeuraient dans l'ombre, mais elle avait vu ses paumes ouvertes, la gauche levée à hauteur du visage, la droite tendue vers elle.

L'attitude était si humble, presque suppliante, qu'elle en avait été gênée, oubliant un instant ses craintes ; puis, brusquement, l'homme s'étant avancé, elle avait dit en allemand :

— Qu'est-ce que vous faites là ? Que voulez-vous ? Qui êtes-vous ?

Elle s'était aussitôt reproché d'avoir parlé

d'une voix étouffée comme si elle avait voulu ménager l'intrus, établir avec lui une certaine complicité.

Elle avait reculé et l'homme, en faisant un pas de plus, était entré dans le triangle que découpait dans la nuit la lumière tombant du bureau du commandant Villars.

Geneviève avait cru reconnaître les yeux cernés de gris, les paupières lourdes du jeune journaliste qui avait suivi les cours de français à l'Institut de linguistique et qui avait disparu depuis plusieurs semaines. Mais elle avait hésité à le nommer, se demandant si elle ne se trompait pas, tant il avait changé, le visage comme décharné, les joues affaissées, et même, à présent qu'il avait laissé retomber les bras, le corps tassé, la tête enfoncée dans les épaules.

— Vous vous souvenez de moi ? avait-il répété plusieurs fois en français.

Elle avait reconnu sa voix voilée par l'anxiété.

— Stephen Luber, avait-elle murmuré.

Elle l'avait interrogé de nouveau sur les raisons de sa présence ici, chez elle, caché dans le parc de sa maison, cette nuit-là.

Elle n'avait plus bougé à partir du moment où il s'était approché d'elle. Le visage de Luber était maintenant dans l'axe de la lumière. C'était toute sa peau qui était grisâtre, et pas seulement ses cernes, encore plus foncés que ses joues couvertes d'une barbe de plusieurs jours.

Il grelottait, n'ayant pour se protéger de la pluie qu'une veste qu'on devinait déjà imbibée d'eau.

Brusquement, il avait saisi un instant les poignets de Geneviève. Ses mains étaient glacées. Il s'était mis à parler sur un ton exalté, ne s'interrompant que pour tousser :

— Ils voulaient se servir de moi contre vous, c'était une machination. Je devais d'abord rapporter tout ce que vous disiez dans votre cours, je leur remettais mes notes, puis ils ont exigé davantage. J'étais chargé de vous compromettre. Ils voulaient qu'il y ait un scandale, que votre père soit contraint de quitter Berlin. Ils vous auraient même arrêtée.

— Vous auriez pu me prévenir, avait murmuré Geneviève en se remettant à marcher.

Luber avait secoué la tête, les yeux hagards. Il précédait Geneviève d'un pas, tourné vers elle, avançant à reculons comme s'il avait tenu à ce qu'elle le vît toujours de face.

Elle s'était tout à coup rendu compte qu'elle faisait d'instinct le tour de la maison, évitant le perron, et se dirigeait vers le logement des gardiens, une construction basse comportant deux pièces. Il était inoccupé. Souvent, elle s'y installait pour travailler loin de sa mère qui, lorsqu'elle la savait dans sa chambre, au deuxième étage de la maison, ne pouvait s'empêcher de venir lui lire les lettres qu'elle avait reçues de ses autres enfants, de l'interroger sur une robe ou sur le plan de table d'un prochain dîner.

Geneviève s'était assise en face de Luber qui racontait comment il avait été convoqué au siège de l'Abwehr. Alexander von Krentz l'avait reçu en compagnie du major Reiler. Ils savaient tout de lui : qu'il avait écrit dans un journal socialiste, qu'il était fiancé à une étudiante juive. Il devait et pouvait se racheter, lui avait signifié von Krentz, sinon il finirait dans un camp et sa fiancée serait arrêtée avec toute sa famille. En revanche, il suffisait qu'il exécute les consignes et, une fois le but atteint, il serait autorisé à quitter l'Allemagne avec sa fiancée.

Il avait accepté.

— Votre père était leur cible...

Elle s'était levée et il avait dû penser qu'il ne l'avait pas convaincue, car il s'était mis à parler plus vite, avec exaltation, expliquant qu'il avait compris que, quoi qu'il fît, il était perdu, qu'on se servirait de lui, puis qu'on l'incarcérerait. Il avait donc fui avec sa fiancée, réussi à la faire passer en Autriche, mais lui-même avait été arrêté par les douaniers autrichiens et refoulé en Allemagne. Il était parvenu à échapper aux policiers qui le ramenaient à Berlin. Il avait rôdé plusieurs nuits autour de l'ambassade de France, mais elle était étroitement surveillée; il s'était alors souvenu qu'un jour, à la fin d'une leçon, Geneviève Villars lui avait indiqué qu'elle habitait dans le quartier de la Zigerstrasse. Il avait repéré la maison, s'était caché dans le parc, enfin elle était apparue...

— Je veux fuir ce pays! avait-il gémi. Sinon...

Il s'était mis à sangloter, cachant sa tête dans ses bras croisés qu'il avait posés sur la table.

Geneviève s'était approchée. Elle lui avait touché l'épaule pour le rassurer, murmurant qu'elle allait essayer de lui venir en aide.

Elle avait été surprise et choquée par la vivacité avec laquelle il s'était redressé, la saisissant par la taille, collant son visage contre son ventre, se pressant contre elle, ressassant qu'ils le tueraient, qu'elle ne pouvait imaginer ce qu'ils étaient capables de faire.

Elle avait essayé de le repousser, mais, lorsqu'elle avait posé ses mains sur sa tête pour l'écarter d'elle, elle s'était sentie si troublée qu'elle avait levé les bras, et Stephen Luber était resté ainsi serré contre elle. Puis, passé un temps dont elle n'aurait su dire s'il était bref ou long, quelques secondes ou plusieurs minutes, elle s'était brutalement dégagée en pesant sur ses épaules tandis qu'il la fixait, bouche entrouverte, avouant enfin qu'il n'avait pas été arrêté à la frontière autrichienne mais qu'il était revenu à Berlin rien que pour elle, pour la prévenir.

Geneviève Villars avait quitté la pièce au moment où elle avait cru deviner que Stephen Luber murmurait qu'il l'aimait.

6

Mains croisées derrière la nuque, le dossier de son fauteuil basculé en arrière autant qu'il avait pu, jambes étendues, Bertrand Renaud de Thorenc observait Stephen Luber assis en face de lui.

Luber était au contraire penché en avant pour se rapprocher de son interlocuteur. Faisant mine d'y prendre appui, il posait parfois les mains sur le rebord du bureau encombré de journaux qui les séparait, et ce geste avait le don d'exaspérer Thorenc.

À plusieurs reprises déjà, il avait fait pivoter son fauteuil pour se détourner de son vis-à-vis et regarder en direction de la fenêtre ouverte.

Le soleil paraissait rendre plus aigus les bruits montant de la rue du Louvre. Une fois même, tout en faisant signe à Luber qu'il pouvait continuer à parler, Thorenc s'était levé, avait marché jusqu'au balcon et s'y était accoudé, penché vers la rue. Devant l'immeuble de *Paris-Soir*, c'était la cohue. Side-cars et camionnettes de presse, vélos des vendeurs au numéro encombraient le trottoir et une partie de la chaussée. Des queues de badauds se pressaient devant les panneaux, attendant qu'on affiche la dernière édition du journal qui tombait vers quinze heures.

Mais Luber s'était interrompu et Thorenc, après quelques secondes d'hésitation, était retourné s'asseoir ; reprenant la même attitude, il avait invité Luber, d'un mouvement du menton, à poursuivre son récit.

Luber s'était remis à parler lentement, cherchant ses mots, secouant parfois la tête, signifiant par là que la difficulté était trop grande et qu'il s'apprêtait à renoncer. Thorenc se taisait, laissant l'autre tousser puis se racler la gorge comme si de telles ponctuations avaient pu l'aider à composer sa phrase. À un moment donné, Luber s'était exclamé :

— J'étais sûr que vous parliez allemand !

Mais Thorenc n'avait pas répondu.

Il ne souhaitait aider en rien cet homme dont le nom même lui avait déplu.

Quand sa secrétaire, Isabelle Roclore, lui avait présenté la carte de visite sur laquelle était écrit, sous le nom, Stephen Luber, « de la part de Geneviève Villars, Berlin », il avait eu aussitôt un mouvement d'irritation, jetant la carte sur son bureau ; il s'était rapproché de la cloison vitrée afin d'entrevoir l'homme qui attendait, feuilletant des journaux, assis dans le bureau voisin.

Thorenc avait décoché un coup d'œil à Isabelle. Elle avait fait la moue, lâchant sans qu'il ait eu besoin de l'interroger :

— C'est un Allemand, bavard. Il a insisté, il doit vous voir absolument. Il dit bien connaître l'une de vos amies, à Berlin.

La secrétaire s'était penchée vers le bureau, posant le doigt sur la carte de visite. Thorenc n'avait pu éviter de lorgner l'encolure échancrée de la robe bleue d'Isabelle Roclore, qui laissait voir la naissance des seins.

Elle avait dû le sentir, car elle s'était encore avancée, bras tendu, s'emparant de la carte :

— Geneviève Villars, c'est bien ça, avait-elle dit en levant brusquement la tête, et ses lèvres s'étaient trouvées face à la bouche de Thorenc.

Elles étaient charnues, à l'image de tout le corps de cette jeune femme blonde, plutôt grande mais potelée, désirable comme un fruit frais. Vive, intelligente, elle était capable de reconstruire un reportage à partir des bribes que lui téléphonait Thorenc, souvent du bout du monde.

Il était resté ainsi, tout près des lèvres d'Isabelle, murmurant :

— Quand est-ce qu'on se voit ? Ce soir ? Je vous invite à dîner, puis on ira à la Boîte-Rose, et on revient ensuite faire un tour au journal. On se retrouve chez moi vers vingt heures ?

Elle avait avancé les lèvres.

Ce n'était pas la première fois qu'elle se rendait à l'atelier de Thorenc, situé boulevard Raspail au numéro 216, à quelques dizaines de mètres du carrefour avec le boulevard du Montparnasse, donc tout près du Dôme, de la Coupole, du Sélect et de la Palette, ces brasseries où l'on pouvait souper à toute heure.

Mais est-ce qu'on dînerait ?

Si tout se passait bien, Isabelle monterait l'escalier qui, dans l'atelier, conduisait à la loggia. Comme elle avait dit la première fois en se penchant au-dessus de la balustrade et en regardant la baie vitrée d'une douzaine de mètres qui donnait sur le boulevard :

— On a le vertige !

Thorenc l'avait prise par la taille :

— Je vais vous rassurer, accrochez-vous.

Et il l'avait fait basculer sur le lit.

Elle avait été tour à tour passive et inventive, soumise et impérieuse, mais surtout joyeuse, riant aux éclats, prenant son plaisir avec gaieté. Puis, nue, elle avait demandé où se trouvait la salle de bains, lançant, alors que l'eau du bain coulait :

— Qu'est-ce qu'on fait maintenant ? On va boire et danser, non ?

Il l'avait entraînée rue Delambre, à la Boîte-Rose, dont la façade s'ornait d'une silhouette de femme aux seins nus, le sexe caché par une faveur fraise.

Pour accéder au bar, il fallait se faufiler par un étroit couloir, puis descendre un escalier raide qui conduisait à une petite cave enfumée où se pressaient une centaine de personnes, dont plus de la moitié étaient des jeunes femmes.

La Boîte-Rose était à la fois un bar, un cabaret, une maison de passe, un lieu de rencontres et de conciliabules. On y côtoyait des hommes politiques, des journalistes, des policiers, des informateurs. On y vendait de la cocaïne et on y échangeait des dollars, vrais ou faux.

Françoise Mitry, une femme d'une trentaine d'années, qui avait été danseuse aux Folies Bergère, régnait sur l'endroit. Elle avait eu pour amant, assurait-on, un préfet de police, peut-être Chiappe, celui dont la destitution avait servi de prétexte aux ligues d'extrême droite pour déclencher les émeutes du 6 février 1934. Celles-ci, en réaction, avaient fait naître le Front populaire qui, depuis un mois et demi, gouvernait le pays. Mais Françoise Mitry n'avait pas pour autant changé ses habitudes. On assurait même qu'elle avait des amis dans l'entourage du nouveau président du Conseil, Léon Blum, et que la police continuait de la protéger.

Elle était toujours aussi assurée, tutoyant et embrassant sur la bouche hommes et femmes, ne portant pas de soutien-gorge mais laissant voir au travers de sa robe longue, lamée, largement fendue sous les aisselles, des seins qu'elle avait fermes.

Lorsqu'elle était entourée, Françoise disait volontiers, en s'esclaffant, qu'elle aimait tout le monde, les fascistes et les camelots du roy, les francs-maçons et les Croix-de-Feu, les socialistes et même monsieur Daladier, les écrivains et les lesbiennes, les sados et les tapettes, les Juifs et les masos, mais qu'elle ne supportait pas les gens qui sentaient le moisi, le rance, l'huile de friture ; elle avait d'ailleurs remarqué que, parmi ceux-là, il y avait beaucoup de communistes, quoique pas toujours.

On rencontrait chez elle Drieu La Rochelle et Joseph Kessel, Rebatet et le vieux Paul de Peyrière qui, assurait-on, était l'un de ses amants en titre.

— Est-ce qu'il peut ? interrogeait-on à mi-voix.

Paul de Peyrière avait encore de la prestance et moins de soixante-dix ans.

— C'est un jeune homme, si on le compare à Pétain ; et pourtant, le vainqueur de Verdun est resté vert...

C'était d'ailleurs le même Paul de Peyrière qui parlait le plus souvent de Pétain, assurant que le Maréchal incarnait le salut de la Patrie, qu'on avait bien fait appel à lui après les émeutes de février 34, mais, naturellement, francs-maçons et Juifs s'étaient débarrassés de lui parce qu'il représentait les valeurs françaises.

Thorenc avait rencontré Peyrière à la mairie de Saint-Denis, dans le bureau du maire, Doriot, qui lançait alors son mouvement, le Parti populaire français.

Ç'avait été une étrange rencontre que celle du vieil écrivain, député provençal, qu'on eût plutôt imaginé chez les royalistes de Charles Maurras, et Jacques Doriot, débraillé, outrancier, issu du communisme et qui rêvait d'être le Mussolini français. Le maire de Saint-Denis était entouré d'hommes jeunes, Marin, Carentan, Bernot; l'ambition et la détermination de ces pirates de la politique se lisaient sur leur visage mobile, leur bouche avide, leurs yeux vifs. Ils paraissaient fascinés par la manière dont les fascistes et les nazis étaient parvenus au pouvoir. Ils parlaient de la jeunesse qui avait emboîté le pas au Duce et au Führer, de ces nouveaux mouvements militarisés, énergiques, qui avaient réussi à balayer les mannequins poussiéreux de la république parlementaire à la française, si ridicule avec ses présidents du Conseil en queue-de-pie et haut-de-forme, ses crises ministérielles à répétition.

— Le seul danger, avait exposé Doriot, ce sont les communistes. Je les connais : j'en viens ! Ils sont mus par Moscou, c'est dire que leur politique est passionnément antiallemande; l'aboutissement de cette politique, c'est la guerre et la vassalité envers Moscou.

Il avait martelé son bureau de sa main épaisse et grasse.

— On ne peut garantir la paix que par un arrangement avec Berlin.

C'est à ce moment que Paul de Peyrière était intervenu. Sa voix se voulait tranchante, mais elle faiblissait souvent, comme si l'énergie lui faisait tout à coup défaut.

— Il faut se débarrasser à n'importe quel prix de la menace rouge, avait-il dit, et les pires, ce sont ses complices : les Daladier, les Blum. Ces gens-là ne sont que des Kerenski, ils laisseront la place à Thorez comme Kerenski a laissé le palais d'Hiver à Lénine. Je suis aux côtés de Jacques Doriot, ici, dans son bastion populaire, pour empêcher cela. En politique, avait-il ajouté en désignant Doriot, Marin, Carentan, Bernot, la relève est là. Il nous faut des hommes virils !

Une lueur d'inquiétude avait tout à coup traversé ses yeux.

— Ce n'est pas une question d'âge, avait-il repris en s'efforçant d'enfler la voix. Voyez le maréchal Pétain, et, si j'osais...

On avait ri : on ne lui demandait pas de confidences ! Personne ne doutait de ses moyens !

Doriot l'avait remercié d'apporter au Parti populaire français l'adhésion de l'intelligence et de la gloire littéraire en même temps que la voix d'un député.

Paul de Peyrière s'était cambré.

Peut-être, en effet, était-il pour de bon l'amant de Françoise Mitry ?

Françoise avait accueilli Thorenc et Isabelle Roclore en les prenant par les épaules et en chuchotant à l'oreille du journaliste :

— Appétissante, celle-là. Si tu me la laisses, je prends.

Elle s'était penchée, obligeant Isabelle à se serrer contre elle.

— Tu voudrais passer la nuit avec moi ?

Isabelle avait ri tout en se dégageant et, entraînant Thorenc, avait murmuré :

— Les femmes, ce sera pour plus tard !

Ils avaient passé deux ou trois heures à boire, à se frotter l'un contre l'autre sur la piste exiguë en fredonnant les blues que quatre musiciens noirs, juchés sur une estrade plongée dans une lumière rosée, interprétaient en se dandinant.

Au beau milieu de la nuit, un homme jeune, aux cheveux trop longs qu'il ne cessait de ramener des deux mains en arrière, s'était assis près de Thorenc et avait commencé à lui reprocher de ne pas avoir posé à Hitler les questions qu'il fallait sur les ambitions territoriales des nazis, sur les Sudètes, Dantzig, l'Alsace et la Lorraine...

— Au fond, tout au long de cette interview, vous êtes entré dans son jeu.

Thorenc s'était retourné vivement, avait empoigné les revers de la veste de l'homme, l'attirant vers lui, prêt à lui faire éclater les lèvres d'un coup de tête.

L'homme avait balbutié. Il admirait le travail de Thorenc. Lui-même était journaliste, mais à l'agence Havas ; il débutait. Puis il avait ajouté :

— Vous avez rencontré ma sœur à Berlin ; mon père y est attaché militaire : le commandant Villars...

Thorenc avait lâché les revers du garçon, puis avait pris le poignet d'Isabelle Roclore et l'avait entraînée.

Comme convenu, ils étaient repassés au journal.

C'était le moment de la journée que préférait Thorenc. Prêtes à tirer la première édition, les rotatives commençaient à tourner, faisant trembler les vitres de l'immeuble. Au troisième étage, où se trouvait le bureau de Thorenc, régnaient le silence et la pénombre. On entendait, étouffés, le crépitement des téléscripteurs, les voix des rédacteurs qui, au deuxième, bouclaient les articles des pages centrales. Les courriers apportaient les dépêches de la nuit. Pierre Lazareff, le chef des informations, arrivait lui aussi, appelait Thorenc pour choisir ensemble le titre de « une ».

La nuit était finie, Isabelle Roclore s'asseyait dans son bureau qu'une cloison vitrée séparait de celui de Thorenc.

Il avait repensé à ces moments-là tout en effleurant les lèvres d'Isabelle Roclore et en respirant son parfum tandis qu'elle était penchée vers lui, lui parlant de cet Allemand qui attendait de l'autre côté de la cloison.

Elle agitait la carte de visite, murmurant d'une voix narquoise :

— Qu'est-ce que je fais de l'ami de votre Berlinoise ?

Il se souvenait nettement de Geneviève Villars, de cette photo que la jeune fille lui avait donnée, de la tentation qu'il avait eue, sur le quai de la gare, attendant le train pour Paris, de rester à Berlin afin de la retrouver, puisqu'elle s'était d'une certaine manière offerte à lui avec ce cliché ridicule, ce geste sentimental et provocant.

À son retour, il avait placé la photo sur l'un des rayonnages de sa bibliothèque, dans l'atelier du boulevard Raspail, comme tel ou tel de ces souvenirs de reportages qu'il disposait çà et là et devant lesquels il s'arrêtait parfois, le temps de se remémorer une scène, une rencontre. Mais, devant la photo de Geneviève Villars, il n'éprouvait qu'un sentiment de regret mêlé de colère contre lui-même, comme s'il s'était mal conduit, bêtement — pire, peut-être : comme quelqu'un qui brise, par maladresse et vanité, quelque chose de frêle et d'unique, un élan sincère et naïf.

C'est donc sans bienveillance, en se tenant sur la réserve, qu'il avait écouté Stephen Luber qu'Isabelle Roclore avait fait entrer dans le bureau ; avec irritation, même, quand le visiteur lui avait parlé avec insistance de Geneviève, répétant que c'était elle qui l'avait incité à solliciter ce rendez-vous, assurant que Thorenc lui viendrait en aide.

Thorenc s'était levé une première fois sans quitter des yeux Luber, se demandant si cet Allemand, à la fois obséquieux et arrogant, n'était pas d'aventure l'amant de la jeune femme. Tout en revenant s'asseoir, il s'en voulait d'être blessé par cette hypothèse qui devait correspondre à la réalité, et il se reprochait déjà d'avoir imaginé une fois de plus, à propos d'une jeune et jolie femme, qu'elle était pure, vierge, etc., alors qu'elles avaient toutes déjà couché, que c'était cela qu'elles voulaient toutes — et lui-même n'était-il pas le premier à en profiter ? Le reste : seulement des apparences, comme une couche de maquillage sur les lèvres, les paupières, les joues. Puis, quand elles prenaient de l'âge, elles se teignaient les cheveux et l'on ne savait plus rien d'elles, et même elles finissaient par oublier qui elles étaient vraiment.

Il avait trouvé Stephen Luber de plus en plus insupportable. L'Allemand multipliait les remerciements, les compliments. Il avait lu l'interview de Hitler et à peu près tous les reportages de Thorenc. Il avait lui-même été journaliste, prétendait-il, avant, du temps que l'Allemagne était libre. Il précisa avec une humilité que Thorenc jugeait feinte :

— Un petit journaliste : je débutais !

Lui aussi ! Comme ce Pierre Villars, le frère de Geneviève, qui n'en avait pas moins voulu lui donner des leçons...

Puis Luber avait saisi le rebord du bureau à pleines mains :

— Vous savez ce qu'ils attendaient de moi ?

Thorenc n'avait pas cillé, ne manifestant aucune espèce de curiosité.

L'autre avait expliqué qu'il devait compromettre Geneviève Villars afin de provoquer un scandale diplomatique ; les journaux auraient parlé d'elle, on l'aurait arrêtée, expulsée, et le commandant Joseph Villars aurait été rappelé à Paris.

— Je puis vous fournir tous les détails, les noms des agents de l'Abwehr qui organisent ce genre de traquenards. Il y a Alexander von Krentz, le major Reiler et le chef du SD, Heydrich...

Thorenc avait marché une nouvelle fois jusqu'à la fenêtre.

La luminosité était si vive, en ce début d'après-midi de la mi-juillet, qu'il avait dû fermer les yeux, ébloui par le reflet du soleil dans les vitres des immeubles sis de l'autre côté de la rue du Louvre. De la chaussée montait une vapeur sentant l'essence et le goudron. Il s'était retourné, avait regardé Stephen Luber et éprouvé un sentiment de dégoût, comme si la chaleur et l'âcre odeur de la rue l'avaient écœuré.

Sans doute avait-il dévisagé Luber sans réussir à masquer ce qu'il éprouvait, car l'Allemand avait paru décontenancé, débitant précipitamment :

— J'ai été journaliste, je veux vous aider, vous fournir tous les éléments d'une grande enquête sur le nazisme, ses agents et ses complices. Il faut les combattre, ils sont dangereux, ce sont des criminels : mes amis sont arrêtés, enfermés dans des camps...

Puis, à voix plus basse, il avait ajouté :

— Je peux faire aussi des traductions, j'ai besoin de travailler, monsieur de Thorenc. Je suis exilé, je souhaite obtenir la nationalité française.

— Comment êtes-vous sorti d'Allemagne?

Thorenc avait aussitôt regretté d'avoir posé cette question. Luber s'était redressé.

— Geneviève Villars m'a beaucoup aidé. Sans elle, rien... Vous connaissez le commandant, son père : il m'a fait confiance...

Il s'était approché du bureau pour ajouter :

— Je le renseigne. Je sais reconnaître un Allemand nazi d'un antinazi. Paris est plein de faux exilés, d'espions. Ils préparent la guerre, monsieur de Thorenc! Je peux prêter main-forte...

Il affichait à nouveau son air servile, hochant la tête pour souligner ses dires. Peut-être étaient-ce ses traits grossiers, nez fort, joues flasques, et son teint gris qui déplaisaient à Thorenc. Il avait fini par se le reprocher.

— Bien, bien, avait-il marmonné.

Il s'était levé pour mettre fin à l'entretien et avait regardé Isabelle Roclore, qui les guettait de l'autre côté de la cloison vitrée et qui comprendrait sans doute qu'elle devait faire irruption dans le bureau et inviter Stephen Luber à sortir.

Tout à coup, l'un des coursiers qui découpaient les dépêches sur les téléscripteurs et les portaient dans les différents bureaux était entré en agitant plusieurs feuillets qu'il avait tendus à Thorenc, lançant que « ça » tombait de toutes les agences — Havas, AP, UP :

« Sédition militaire au Maroc espagnol. Insurrection en Espagne. La Légion étrangère a pris la tête du mouvement et s'est rendue maîtresse des villes. Des détachements de rebelles auraient débarqué sur la côte sud de la Péninsule. Les

76

généraux Franco et Capaz seraient les instigateurs de la révolte. Les républicains du Frente popular dénoncent un coup de force fasciste. »

Thorenc avait parcouru les dépêches. Il n'était pas surpris. Il s'était rendu à Madrid au début de juillet, il y avait donc seulement deux semaines. La victoire du Front populaire en France ne semblait pas avoir rassuré les socialistes d'outre-Pyrénées. Il avait longuement discuté avec José Salgado, un jeune professeur de l'université de Madrid, convaincu que l'Europe allait maintenant s'embraser. Le nazisme, à l'entendre, ne pourrait accepter d'être pris en tenailles entre les Fronts populaires de France et d'Espagne, d'une part, et les communistes russes de l'autre.

— Il va craindre d'être écrasé par une alliance entre Paris, Madrid et Moscou. En France comme en Espagne, on va aussi avoir peur des Rouges.

Il avait conclu d'un ton fataliste :

— Il y aura des guerres civiles, et puis une nouvelle guerre européenne. On ne sait pas qui ouvrira le feu, des militaires espagnols ou des conspirateurs français. Mais ils agiront. Que feront les Anglais ? Comment jouera Moscou ? Une partie d'échecs bien compliquée... Vous avez confiance en Léon Blum ?

— Honnête, avait répondu le Français.

Salgado avait haussé les épaules.

— Dur ou mou ? avait-il interrogé.

Thorenc n'avait pas répondu.

Lazareff venait de s'engouffrer dans le bureau.

— Je t'envoie là-bas, Bertrand. On lance une édition spéciale. J'annonce ton départ !

Il était déjà ressorti.

Thorenc avait tout à coup aperçu Stephen Luber qui était resté debout, appuyé à la cloison vitrée. Il l'avait pris aux épaules, poussé hors du bureau en répétant d'une voix exaspérée :

— Excusez-moi, mais je n'ai plus le temps.

Luber résistait, traînant les pieds et se retournant, répétant qu'il avait des révélations à apporter sur les espions allemands, qu'il y avait un grand reportage à écrire pour alerter l'opinion. Puis il avait changé de ton, chuchoté que Geneviève Villars se trouvait à Paris, qu'elle souhaitait rencontrer Thorenc mais n'osait solliciter un rendez-vous. Néanmoins, il était sûr de son désir de le revoir.

— Elle a beaucoup d'admiration pour vous, avait-il ajouté.

Thorenc s'était immobilisé, fixant Luber qui avait baissé les yeux tout en insistant encore :

— Je vous assure, elle souhaite vous rencontrer...

Thorenc s'était exclamé :

— Dehors ! Plus tard, plus tard !

Puis il s'était tourné vers Isabelle Roclore, écartant les mains en signe d'impuissance.

Il n'avait pas eu besoin de parler, elle avait dit : « À votre retour... », et, lui ayant annoncé qu'une voiture l'attendait, ayant précisé le nom de l'hôtel madrilène où elle avait déjà réservé une chambre à son intention, elle s'était dressée sur la pointe des pieds et, de ses lèvres, lui avait effleuré la bouche.

DEUXIÈME PARTIE

7

C'était déjà la fin du mois d'août 1936. On tuait en Espagne depuis plus de quarante jours.

Bertrand Renaud de Thorenc, le menton appuyé sur ses paumes, n'éprouvait plus qu'une immense lassitude.

Autour de lui, calle Gijón dans cette taverne de Madrid au plafond noir voûté comme celui d'une cave, des hommes aux uniformes dépareillés chantaient dans toutes les langues *L'Internationale*, levant le poing et criant de temps à autre. Leurs mots résonnaient, roulaient dans les salles enfumées : « *¡No pasarán!* »

Thorenc se souvenait de Pampelune, de Séville, de Badajoz, des cadavres étendus sur le sable des arènes. Il s'était d'abord étonné qu'ils eussent tous des cheveux crépus noirs, puis, en approchant, il avait découvert que le visage des morts était recouvert de masses mouvantes, essaims gluants de grosses mouches noires qui cachaient le gris, le brun, le blanc des mèches des combattants, le plus souvent fusillés après s'être rendus. Aux fenêtres et aux balcons, sur les bâtiments officiels, pendaient les drapeaux blancs de la soumission aux rebelles de Franco.

Les volontaires nationaux criaient : « ¡ *Arriba España!* »

À Séville, dans le salon poussiéreux de l'hôtel d'Angleterre, il avait interviewé le général Queipo de Llano, lequel avait expliqué que, tous les jours, il faisait exécuter quelques personnalités de la ville. Le général s'était tout à coup interrompu, avait consulté sa montre et dit :

— Tenez, en ce moment-ci, on fusille le gouverneur de Cadix et trois de ses principaux collaborateurs.

Dans le hall de l'hôtel, des volontaires avaient entouré Thorenc. Il était le premier correspondant français qu'il leur était donné de rencontrer.

Il avait noté leurs propos exaltés : il fallait rétablir l'ordre en Espagne ; les Rouges du Frente popular massacraient les prêtres, violaient les religieuses, brisaient les reliques des saints.

— Il faut les traiter comme des bêtes sauvages, avaient dit ces hommes jeunes parmi lesquels Thorenc avait brusquement cru reconnaître un visage.

Quand le groupe des volontaires s'était dispersé, l'homme s'était en effet approché de lui :

— Nous nous sommes vus à Saint-Denis, dans le bureau de Doriot. Vous vous souvenez, il y avait ce vieil écrivain... il est, à Séville, l'hôte de Queipo de Llano.

— Paul de Peyrière, avait murmuré Thorenc.

L'homme avait tendu la main en précisant qu'il s'appelait Jacques Carentan, mais ne souhaitait pas que son nom fût cité. Tout en souriant, il avait ajouté, posant la main sur le bras du journaliste, qu'il n'était pas homme à oublier ceux qui le trahissaient, et qu'il avait la mémoire longue.

Thorenc avait donc reposé son stylo. Mais

l'homme avait secoué la tête. Il souhaitait qu'on sache, à Paris, qu'il y avait des volontaires français dans le camp de Franco. Il s'était finalement séparé de Doriot, qu'il jugeait encore trop prudent. Il avait préféré les camelots du roy, puis le Parti social français que venait de créer le colonel de La Rocque.

— C'est le communisme ou nous. La guerre civile a commencé en Italie en 1920. Elle s'est poursuivie en Allemagne en 1933. Maintenant, c'est ici. Est-ce qu'on peut imaginer que la France va rester en dehors? Les gens s'aveuglent : même Doriot, même Marcel Déat, même Laval! Pour ne pas parler des socialistes et de ceux qui partent en congés payés! Qu'ils regardent de l'autre côté des Pyrénées et ils verront que Saint-Sébastien brûle! J'y étais...

Carentan était un petit homme maigre pourvu d'une fine moustache noire qui soulignait des lèvres minces. Il avait haussé les épaules :

— La non-intervention, ça ne tient pas! J'ai vu ici des Allemands, des Italiens, et de l'autre côté — vous irez, c'est votre métier —, vous rencontrerez des Français, des Anglais, des Russes. C'est comme ça. Moi, j'en ai eu assez de l'hypocrisie, alors j'ai accroché ça!

Il avait frappé du plat de la main ses cartouchières et l'étui de son pistolet.

On avait entendu s'élever devant l'hôtel une immense clameur. Le général Queipo de Llano partait pour les avant-postes. Jacques Carentan s'était éloigné, lançant tout en agitant le bras :

— On se retrouvera en France...

Puis, juste avant de franchir la porte à tambour, il avait complété :

— ... si nous sommes encore vivants!

Thorenc avait quitté Séville peu après et s'était dirigé vers la frontière portugaise. Dans la plupart des bourgs, les arènes avaient été transformées en forteresses par les paysans et les ouvriers qui avaient cherché à résister aux rebelles. Leurs corps étaient encore là sur les gradins, dans le sable, contre les palissades, certains boursouflés, d'autres desséchés. Parfois, assiégés par des légionnaires de Franco, quelques hommes tenaient encore un quartier, le clocher d'une église. Les officiers disaient que ces irréductibles, qu'ils allaient enfumer avec des chiffons imprégnés de soufre et d'essence, se suicideraient plutôt que de se rendre.

Thorenc avait gagné Lisbonne par des routes sur lesquelles roulaient en sens inverse des camions chargés de volontaires criant : « ¡ Arriba España ! » C'était la comédie de la « non-intervention » à laquelle on feignait encore de croire à Paris.

De retour rue du Louvre, dans son bureau de Paris-Soir, il s'était retrouvé désorienté par le calme estival. La violence n'explosait que dans les manchettes des journaux. ATROCITÉS FASCISTES, titrait L'Humanité communiste. L'Action française monarchiste dénonçait « les horreurs de la terreur rouge », cependant que Le Figaro racontait « les persécutions religieuses auxquelles se livrent les anarchistes et les communistes » entre Madrid et Barcelone.

Peut-être était-ce la fatigue de ces jours de reportage ? Il s'était senti en proie à un accès de désespoir et s'était enfermé dans son bureau après avoir chassé Isabelle Roclore d'un geste de la main. Il avait le sentiment que plus rien ne pouvait enrayer la course à la guerre généralisée, que la violence étendait désormais partout son ombre sur l'Europe. Il avait même été saisi de colère, au point de déchirer le journal, quand il avait découvert la manière dont *L'Humanité* rendait compte de la condamnation à mort des opposants à Staline : « La Révolution se défend, avait-il lu. Les seize terroristes trotskistes ont été exécutés hier. Vive le Parti bolchevique et son guide, Staline ! » Dans le corps de l'article, le rédacteur évoquait ces « vils individus aux ordres de Trotski et de la Gestapo hitlérienne... »

Comment pouvait-on faire confiance à des hommes que le fanatisme aveuglait et qui semblaient prêts à suivre Staline dans ses choix les plus criminels ? Ils plaçaient leur fidélité à l'URSS au-dessus de tout ; ils étaient des patriotes bolcheviques, autrement dit des « internationalistes », avant d'être des patriotes français.

Thorenc avait passé plus de deux heures dans cet état de prostration, quand Lazareff l'avait appelé pour le féliciter de ses reportages.

— Les meilleurs ! avait-il répété.

Sans paraître attendre de réponse, le chef des informations avait ajouté :

— Tu ne veux pas repartir pour Madrid, bien sûr ? Les troupes de Franco vont donner l'assaut. Leurs avions ont déjà bombardé la ville. Les Brigades internationales, qui comptent beaucoup de Français dans leurs rangs, sont là-bas. Le sort de la capitale dépend d'elles.

— Demain matin, avait lâché Thorenc.

Il avait quitté le bureau d'un Lazareff exultant qui voulait qu'on plaçât un bandeau en première page, dès les prochaines éditions, annonçant : « Bertrand Renaud de Thorenc sera à Madrid demain dans le camp républicain alors que les troupes nationalistes s'apprêtent à donner l'assaut. »

En passant la tête dans le bureau d'Isabelle, Thorenc lui avait dit qu'il l'invitait à partager une nuit d'insomnie et de beuverie, etc. Il l'avait vue couvrir la machine à écrire de sa housse, prendre son sac, et, pour la première fois depuis près de cinquante jours, il avait goûté une bouffée de joie. Il lui avait posé le bras sur l'épaule en murmurant :

— Je pars demain pour Madrid.

Ils avaient passé la plus grande partie de la nuit à la Boîte-Rose. Des clients s'étaient battus, s'accusant mutuellement de trahir la France au nom du fascisme ou du Front populaire.

Les « videurs » de la boîte, deux Nord-Africains, Ahmed et Douran, avaient eu du mal à séparer les antagonistes, à les contraindre à remonter l'escalier, et les cris avaient longtemps retenti, là-haut : « Le fascisme ne passera pas ! » ou « ¡ Arriba España ! » Sans doute avaient-ils continué à se battre dans la rue Delambre.

— Ils sont devenus cons, avait dit Françoise Mitry en s'asseyant à leur table. Ils ne rient même plus. J'espère qu'ils continuent de baiser, mais ils ne rêvent en fait que de se bagarrer. Les uns accusent Blum de fournir des armes aux Espagnols rouges, d'autres lui reprochent d'être partisan de la non-intervention, et certains crient : « Vive Franco ! » Moi (elle s'était levée) je les emmerde tous !

— Et Paul de Peyrière ? avait questionné Thorenc.

La tenancière avait secoué la tête.

— Ce vieux fou est parti en Espagne avec Brasillach et quelques autres. Il veut rencontrer le général Franco. Il m'a déclaré que, s'il n'était pas si vieux, il se serait porté volontaire pour combattre.

Penchée vers lui, elle avait caressé les cheveux de Bertrand Renaud de Thorenc :

— Si tu retournes là-bas, ne te fais pas tuer. Tu auras le temps de mourir ici, car si ça continue comme ça, on ne tardera pas à s'entr'égorger chez nous aussi.

Elle avait rejeté la tête en arrière :

— Front populaire, Frente crapular, Front popuguerre, comme dit Paul ! Sois prudent, chéri...

Elle l'avait embrassé et s'était éloignée en se faufilant entre les danseurs.

Ils avaient quitté la Boîte-Rose vers les cinq heures du matin, Isabelle Roclore soutenant Thorenc qui avançait les yeux fermés, le menton sur la poitrine, dodelinant de la tête. Sur la rue Delambre et le boulevard Raspail tombait une pluie fine qui annonçait l'automne.

Isabelle avait fouillé dans les poches de la veste de Thorenc pour trouver les clés de l'atelier et elle n'avait même pas essayé de lui faire monter l'escalier conduisant à la loggia où se trouvait le lit.

Elle l'avait aidé à s'allonger sur le canapé placé devant la bibliothèque et, en se redressant, elle avait vu, posée sur les rayonnages, la photo d'une jeune femme. Elle avait retourné le cliché, lu la dédicace tracée d'une écriture un peu tremblée :

Geneviève Villars,
pour Bertrand Renaud de Thorenc,
Berlin, mars 1936.

Elle s'était souvenue de cet Allemand qui avait rendu visite à Thorenc, le 17 juillet, le jour même du pronunciamiento de ce général en Espagne... Il s'était recommandé de la même Geneviève Villars et Thorenc, à la fin, l'avait flanqué à la porte.

Depuis, ce Stephen Luber avait téléphoné à plusieurs reprises. Insistant, bavard, pas désagréable pour autant, il cherchait à savoir où se trouvait Thorenc, comment on pouvait le joindre, car, prétendait-il, il avait des renseignements à lui transmettre. L'Allemand l'avait même invitée à dîner ; Isabelle avait refusé, mais l'autre l'avait attendue, un soir, peut-être était-ce le 4 août ? Alors qu'elle avait d'abord voulu l'ignorer, il avait tant insisté qu'elle avait accepté de prendre un verre en sa compagnie. Marchant à ses côtés le long de la rue du Louvre, il lui avait expliqué qu'il tenait à la remercier. Elle l'avait regardé avec étonnement, mais il avait hoché la tête, disant qu'il n'ignorait pas le rôle qu'elle avait joué, le jour de son rendez-vous avec Thorenc, en ne l'éconduisant pas comme d'autres l'auraient fait. Depuis lors, il avait trouvé du travail.

Il avait baissé la voix, lui avait pris le bras, lui chuchotant qu'il analysait la presse allemande pour le compte — il avait hésité — d'une administration française un peu particulière. Il avait ri :

— Vraiment, vous ne voulez pas dîner ?

Il avait été aimable, mais elle avait à nouveau décliné l'invitation, restant pourtant avec lui dans ce bar de la place de la Bourse jusqu'à près de vingt-deux heures. Il avait commandé d'abord des whiskies, puis une bouteille de champagne, parlant sans s'interrompre, souvent d'un ton larmoyant, racontant comment les nazis l'avaient soumis à un atroce chantage, menaçant sa fiancée, juive, sa famille, l'obligeant à espionner des gens qu'il estimait. Enfin il vivait dans un pays libre !

Il avait pris la main d'Isabelle et l'avait raccompagnée en taxi, la lutinant, cherchant à l'embrasser dans le cou. Elle l'avait repoussé et il avait pris un air penaud. Il n'était qu'un Allemand, s'était-il excusé; il ne connaissait pas toutes les délicatesses des mœurs françaises.

Elle s'était penchée vers lui, l'avait embrassé sur la joue et avait fait arrêter le taxi loin de chez elle, car elle ne souhaitait pas que Stephen Luber sût à quel numéro de la rue de la Convention elle habitait. Elle était entrée au hasard dans un immeuble, et, demeurée sous le porche, par l'entrebâillement de la porte, elle avait vu le taxi stationner longuement comme si Stephen Luber s'était douté qu'elle essayait de le berner.

Curieux et tenace, l'Allemand!

Luber avait retéléphoné plusieurs fois, y compris ce jour-là encore, jouant les soupirants, cherchant à savoir si Thorenc avait envoyé son reportage, depuis quelle ville, et s'il comptait rentrer bientôt à Paris.

Étonnée par l'insistance de Luber, elle n'avait pas répondu. Elle s'était dit qu'elle devrait parler de lui à Thorenc.

Mais celui-ci, couché en chien de fusil, ronflait maintenant sur le canapé.

À Madrid, quelques jours plus tard, dans la taverne de la calle Gijón, Thorenc s'était souvenu de la surprise qu'il avait éprouvée lorsque, montant dans la loggia, le lendemain en fin de matinée, il avait découvert Isabelle Roclore endormie en travers du lit.

Il s'était glissé près d'elle. Elle était nue. Elle s'était pelotonnée contre lui cependant qu'il la caressait, et il avait aimé qu'elle fît mine de continuer à dormir, ne paraissant s'éveiller qu'après, alors qu'il était déjà sous la douche. Il avait ri quand elle avait lancé:

— J'ai fait un drôle de rêve, pas désagréable du tout...

Au bout de quelques minutes, elle était apparue tout habillée pour l'informer qu'elle se hâtait de courir au journal. Tout en descendant l'escalier de la loggia, elle avait tenu à ajouter qu'elle avait remarqué la photo de Geneviève Villars.

— Jeune! avait-elle crié. Très jeune fille de bonne famille. J'ai bu un verre avec son soi-disant ami, Stephen Luber, l'Allemand...

Puis elle avait claqué la porte.

Thorenc était resté plusieurs minutes à remâcher ces dernières heures passées à Paris, puis il s'était redressé, faisant un signe à José Salgado qui venait de faire son entrée dans la taverne. Le plafond voûté était si bas que le nouvel arrivant était contraint de s'y déplacer en baissant la tête.

Salgado s'était assis en face de Thorenc. Seuls les lunettes cerclées d'acier, le visage fin, presque féminin, pouvaient rappeler qu'il avait été professeur de littérature française à l'université de Madrid. Mais il portait à présent une veste d'uniforme; le baudrier de cuir serrait sa poitrine et un lourd étui à revolver écrasait sa poche gauche.

Il avait posé sa casquette d'officier devant lui sur la table.

Plusieurs explosions, pourtant lointaines, avaient fait trembler les murs de la taverne, et de la poussière était tombée des voûtes. Les chants, les cris avaient redoublé : « ¡ No pasarán ! »

— On se bat chez moi, à la cité universitaire, avait déclaré l'Espagnol. Si nous les repoussons, la guerre durera longtemps; sinon, ils vaincront en moins d'une semaine...

Il avait baissé la tête et ajouté d'une voix résolue :

— Ils ne passeront pas, cette fois. Nous nous battrons donc des années. Il y aura des centaines de milliers de victimes et, à la fin, nous serons vaincus...

Thorenc avait écarquillé les yeux, montrant par cette mimique qu'il ne comprenait pas le propos de Salgado.

— Si vous continuez à laisser les nazis dicter leur loi au reste de l'Europe, avait repris ce dernier, si vous acceptez que Hitler parle d'« espace vital » et que les Allemands des Sudètes réclament leur rattachement au Reich, vous laisserez garrotter l'Espagne républicaine comme le fait déjà Blum avec sa politique de non-intervention, cependant que les Allemands et les Italiens, eux, continuent d'aider Franco. Nous serons donc battus, et puis ce sera votre tour. Quand les troupes de Franco défileront dans Madrid, vos fascistes ou peut-être les Allemands eux-mêmes se prépareront à conquérir Paris. Voilà ce qui vous attend.

Il avait empoigné la bouteille de vin, avait rempli le verre de Thorenc puis avait bu au goulot à grands traits.

— Si vous écrivez ça, avait-il repris, ne me citez pas. Je ne veux pas être fusillé par les communistes comme défaitiste ou agent de Franco. C'est qu'ils ne plaisantent pas !

À cet instant, un groupe de volontaires des Brigades internationales avait entonné *La Marseillaise*.

— Si nous nous battions maintenant tous ensemble — vous, nous, l'Angleterre —, nous serions invincibles, avait murmuré Salgado. Mais il y faudrait d'autres hommes politiques que Blum, Chamberlain ou Daladier...

Thorenc s'était levé. Parmi les volontaires, il

lui avait semblé reconnaître cet homme jeune aux cheveux longs qui, adossé au comptoir, contemplait rêveusement la salle.

Il s'était approché. L'homme avait tourné la tête, lui avait souri tout en le saluant d'un geste de la main. Il portait une chemise blanche largement ouverte sur une poitrine osseuse. Les manches étaient retroussées, laissant voir des bras maigres.

— Ça nous change de la Boîte-Rose! avait-il lancé.

Thorenc n'en avait plus douté, il s'agissait bien de Pierre Villars.

— Reportage pour Havas? lui avait-il demandé en s'accoudant au comptoir.

Le jeune Villars avait ri :

— Qu'est-ce que vous en pensez?

Thorenc avait ouvert les paumes pour marquer son incertitude.

— J'ai pensé que je ne pouvais plus me contenter d'être un voyeur, avait commencé à expliquer le fils cadet du commandant Villars. Je me suis mis en congé de journalisme. J'ai choisi mon camp. Et vous? Toujours les reportages?

Thorenc avait été irrité par ce garçon qui lui faisait une nouvelle fois la leçon. Il était retourné à sa table. Villars l'y avait rejoint.

— Ce que vous avez écrit sur les morts des arènes de Badajoz, ces essaims de mouches couvrant le visage des fusillés, les propos du général Queipo de Llano à Séville, tels que vous les avez rapportés, voilà ce qui m'a décidé à venir ici...

— Et votre sœur? l'avait coupé Thorenc.

— Mon père a quitté Berlin. Elle est rentrée avec lui. Vous devriez les rencontrer. Dans notre famille, tout le monde vous lit. Il est vrai que c'est pour des raisons différentes...

92

Il avait souri et s'était éloigné.

Thorenc avait fermé les yeux. Il n'avait plus entendu les cris et les chants qu'étouffait de loin en loin la rumeur de la canonnade.

8

Thorenc se reprochait son irritabilité.

Depuis qu'il était rentré d'Espagne à la mi-novembre 1936, sûr que Madrid allait résister à l'assaut des troupes de Franco, comme l'avait prévu José Salgado — mais ce dernier avait été grièvement blessé lors des combats de la cité universitaire —, il avait la sensation de se trouver à chaque instant en déséquilibre.

Il suffisait d'une dépêche d'agence, du titre d'un journal, que ce fût *L'Humanité* ou *L'Action française*, *Gringoire*, *L'Écho de Paris*, ou naturellement *Je suis partout* qui associait la prétention intellectuelle à l'antisémitisme, pour qu'il basculât dans le gouffre noir de la colère. Sa bouche s'emplissait d'une salive âcre. Il hurlait, tapait du poing sur son bureau. Il claquait la porte de celui d'Isabelle Roclore, si fort que la cloison vitrée vibrait.

Après, il se laissait tomber dans son fauteuil, reprenait la dépêche ou le journal. Il s'en voulait. Comment pouvait-il être surpris, indigné par l'aveuglement des communistes, leur mauvaise foi ? L'URSS, L'ÉTAT LE PLUS DÉMOCRATIQUE DU MONDE, avait titré *L'Humanité* au moment même où, à Moscou, on extorquait par la torture les aveux des prévenus, tous anciens membres du Parti, et où on exécutait, on assassinait à tour de bras. Quant à *L'Action française* et *Je suis partout*, ils dénonçaient, eux, le « Front juif dit populaire », « les apaches, les salopards rouges ».

Tout cela était si attendu : pourquoi se laisser emporter ?

Il prenait de bonnes résolutions. Convoquait Isabelle Roclore, s'excusait, l'invitait à dîner. Parfois, il lui faisait porter une douzaine de roses.

Mais il suffisait, pour le mettre hors de lui, qu'elle entre et dise que Stephen Luber insistait pour obtenir un nouveau rendez-vous, qu'il téléphonait de la part du commandant Villars auquel Thorenc pouvait d'ailleurs s'adresser pour obtenir confirmation qu'il souhaitait cette rencontre...

— Qu'est-ce que je fais ? Qu'est-ce que je réponds ? interrogeait la secrétaire.

Thorenc se montrait grossier, injuste : Qu'elle couche avec Luber, lui lançait-il, mais qu'elle lui foute la paix ! Il ne voulait voir personne, surtout pas ce bonhomme-là.

Isabelle n'était pas rancunière. Elle acceptait de passer la soirée et donc la nuit avec Thorenc. Mais, le visage comme tordu par l'amertume et l'impatience, il n'avait plus d'entrain.

Les maîtres d'hôtel de la Coupole ou de la Palette tardaient à prendre la commande, pestait-il. La table était mal placée, les voisins bruyants, les garçons indolents, le curry d'agneau figé et le vin bouchonné. Il s'exclamait :

— Ce pays m'emmerde !

C'était peut-être cela qu'il se reprochait le plus : d'avoir le sentiment de ne plus être accordé à son pays, de le voir se déchirer alors que les plus graves périls le menaçaient, de ne rencontrer autour de lui que les jeux mesquins de la rivalité politique, ou la haine, ou l'indifférence, ou, pis encore, la trahison.

Il lui arrivait de regretter l'Espagne. Au moins, là-bas, les masques étaient tombés. La ligne de front partageait le pays, les familles. Il fallait choisir, être d'un côté ou de l'autre, et des deux côtés on risquait sa vie.

On assurait que les communistes avaient fusillé des centaines d'officiers dans un stade de Madrid pour les empêcher de constituer cette *quinta colonna*, la « cinquième colonne » qui, selon Franco, allait, de l'intérieur même de la ville, en poignarder les défenseurs.

On savait que les nationalistes ne faisaient que peu de prisonniers, tuant à bout portant ceux qui, pauvres soldats en espadrilles, levaient les bras pour se rendre. Et Thorenc avait toujours devant les yeux ces nuées de mouches noires agglutinées sur les visages des morts.

S'il s'emportait tant, c'est qu'il aurait voulu crier : « Voilà ce qui nous attend ! » Et il était pris par une sorte de frénésie, comme s'il n'avait qu'un désir : que cela arrive au plus vite, puisqu'il avait la conviction que c'était inéluctable.

Mais non, ici, cela pourrissait lentement : une lente agonie, simplement ponctuée de temps à autre par un acte criminel qu'on s'empressait de dissimuler sous les falbalas de la paix, des congés payés, des défilés de mode ou des présentations des derniers modèles de voitures.

Mais Roger Salengro, le ministre de l'Intérieur de Blum, que *L'Action française*, *Je suis partout*, *Gringoire* et *L'Écho de Paris* accusaient d'avoir déserté en 1916, d'avoir été condamné à mort par un conseil de guerre, se suicidait, impuissant devant la calomnie. Il n'avait servi à rien que

Blum eût présenté toutes les pièces du dossier devant les députés, disant :

« Il y a un homme qui, depuis des semaines, est affreusement torturé... Mais, pour les infâmes, cette souffrance infligée à un homme n'a pas plus d'importance que l'atteinte portée à la nation ! »

Bien sûr, les obsèques de Salengro, à Lille, avaient été émouvantes : les socialistes en chemise rouge, le peuple levant le poing... Mais Blum, quelques mois plus tard, avait démissionné.

La haine était maquillée par les usages parlementaires au moment même où l'on apprenait qu'un Comité secret d'action révolutionnaire constituait au sein de l'armée, dans tout le pays, de petits groupes de deux à trois conjurés. L'on citait, parmi eux, les noms d'Eugène Deloncle, de Joseph Darnand, de Jacques Carentan. Pour échapper aux poursuites, ce dernier avait gagné l'Espagne. La Cagoule, comme on appelait aussi ce Comité, était responsable de deux attentats à la bombe commis, rue de Presbourg et rue Boissière, contre des locaux du patronat français, provocation destinée à aviver les tensions et à créer un climat de guerre civile.

Des rumeurs émanant de la préfecture de police, que recueillaient les journalistes de *Paris-Soir*, assuraient que les explosifs ayant servi à ces attentats provenaient d'Italie, transmis sans doute à la Cagoule par les services fascistes de renseignement. On soupçonnait Carentan d'avoir dirigé l'opération avant de refranchir les Pyrénées. Ils étaient d'ailleurs plusieurs cagoulards — Carentan, donc, mais aussi Versini, Chapus, Jehan de Valréanne — à être en relations avec les fascistes italiens et à combattre, fût-ce pour de brèves périodes, dans les rangs franquistes.

Thorenc s'était de nouveau emporté quand il avait lu la série d'articles que Paul de Peyrière et Brasillach avaient fait paraître dans *Je suis partout* au retour de leurs séjours en Espagne.

Le *pronunciamiento* franquiste, exposaient-ils, marquait le sursaut du Bien contre le Mal. L'Europe devait le soutenir. Il était l'un des aspects, l'un des grands moments de la lutte contre le communisme, qui menaçait la civilisation européenne. L'Italie avait, la première, vaincu le poison; l'Allemagne nationale-socialiste était tout entière dressée contre le bolchevisme; l'Espagne le combattait à son tour. Si elle voulait rester une grande nation européenne, la France devait maintenant relever le défi.

Ces deux-là au moins parlaient clair.

Du coup, Thorenc avait voulu écouter Paul de Peyrière qui, comme le précisait le carton d'invitation qu'il venait de recevoir, s'entretiendrait avec ses amis dans le cadre du cercle Europa, présidé par madame Cécile de Thorenc. La soirée, privée, aurait lieu place des Vosges, au domicile de cette dernière.

Il n'avait pas revu sa mère depuis plus de six mois et, comme chaque fois qu'il la retrouvait, il avait éprouvé un sentiment de gêne.

Il s'était immobilisé sur le seuil de la grande pièce dont les hautes fenêtres donnaient sur la place. Des chaises frêles en bois doré étaient alignées en face de deux fauteuils pourpres dans lesquels allaient prendre place le conférencier et la présidente d'Europa.

Les invités, pour la plupart encore debout, se pressaient autour d'elle qui pérorait, riant aux éclats.

Thorenc avait aperçu les cheveux trop blonds de sa mère, sa longue tunique dorée, les multiples bracelets qui couvraient ses poignets, et, comme si elle avait senti sur elle son regard, elle s'était brusquement tournée vers lui.

Elle s'était avancée, prenant ceux qui l'entouraient à témoin :

— Mon fils, Bertrand Renaud de Thorenc. Vous avez sûrement lu ses reportages, son interview du chancelier allemand, ses conversations avec le Duce...

Il n'avait pu articuler un mot, se contentant de s'incliner cependant que sa mère, d'autorité, lui prenait les mains, continuant à jouer son rôle. À cet instant, comme si souvent depuis l'enfance, il avait détesté cette comédienne mimant les sentiments, cette actrice rouée ne pensant qu'aux regards de son public, toujours et n'importe où en scène, ne connaissant que la sincérité des simulacres.

— J'ai eu si peur, disait-elle en l'entraînant, mais parlant fort pour qu'on l'entendît. Ces horreurs que tu as décrites ! On aurait pu te fusiller...

Elle s'était tournée vers l'assistance :

— Vous savez ce que m'a dit Saint-Exupéry qui revenait de Madrid ? « En Espagne, Cécile, on fusille comme on déboise. » Voilà ce qu'il nous faut éviter absolument : la guerre en Europe, la guerre civile en France. J'ai renoncé à terminer le roman que j'avais en cours pour me vouer à cette tâche : la paix, la paix à tout prix !

Elle avait déjà abandonné Thorenc et frappait dans ses mains, faisant tintinnabuler ses bracelets.

— Allons, allons, il faut commencer ! Mais où est Paul de Peyrière ?

Elle avait rejoint l'écrivain qui l'attendait dans le hall, l'avait conduit jusqu'à son fauteuil, mais, à l'instant où elle s'apprêtait à s'asseoir auprès de lui, elle avait ouvert les bras, joué le ravissement, et s'était élancée vers l'entrée de la pièce, bousculant les invités qui étaient en train de gagner leur place.

Elle avait lancé :

— Chers amis, je suis heureuse, voici...

Elle avait tendu le bras, désigné Otto Abetz et Alexander von Krentz qui se tenaient sur le seuil. Un homme de petite taille d'une quarantaine d'années, que Thorenc ne connaissait pas, les escortait.

Les trois nouveaux arrivants s'étaient inclinés devant Cécile de Thorenc qui, rayonnante, clamait d'une voix forte, bien posée, à laquelle elle imprimait le vibrato de l'émotion :

— Je suis heureuse d'accueillir monsieur Otto Abetz, du comité France-Allemagne, monsieur le baron Alexander von Krentz qui, après avoir occupé des fonctions éminentes à la chancellerie du Reich, vient d'être nommé à l'ambassade d'Allemagne à Paris, et monsieur le comte Charles de Peyrière, le fils de Paul de Peyrière, qui est premier secrétaire à l'ambassade de France à Varsovie. Je les espérais, ils sont là : c'est le signe de l'importance que joue, dans cette Europe nouvelle que nous aspirons tous à voir naître, notre cercle Europa !

Elle avait conduit les trois hommes à leur place, au premier rang, puis s'était installée dans son fauteuil au côté de Paul de Peyrière.

Après avoir toussoté, l'écrivain avait commencé à parler :

— Chers amis, l'Europe où se sont enflammés, sur la terre du Cid, d'Isabelle la Catholique et de Charles Quint, les brasiers de la guerre, notre Europe est à un carrefour de son histoire...

Thorenc avait écouté debout, appuyé au cadre de la porte, à demi dissimulé par les plis de la tenture de velours rouge qui retombaient de part et d'autre, retenus par un cordon doré.

Sa nervosité était si grande qu'il n'avait cessé, tout au long de l'interminable causerie de Paul de Peyrière, de serrer dans son poing droit le gland à franges de soie qui terminait le cordon.

Il n'y avait pourtant rien d'inattendu dans les propos de Peyrière qui racontait d'une voix fluette, soulignant chaque mot d'un mouvement presque efféminé de ses mains, comment les Rouges fusillaient les Christ en croix dans chaque église d'Espagne, comment ils déterraient les cercueils de saints pour les profaner, comment ils ouvraient la porte de cette terre de croisade à toute la racaille — il s'interrompait, relevait un peu la tête comme pour marquer le courage qu'il lui avait fallu pour se rendre là-bas, y affronter les Russes, les Juifs, les communistes, les anarchistes, tous ceux-là qu'il osait donc désigner par ce mot, le seul qui leur convînt — oui, toute la racaille d'Europe! Et même du monde, des Américains étant venus se mêler à ce flot boueux! Paul de Peyrière avait posé ses deux mains à plat sur les accoudoirs de son fauteuil, le buste penché en avant :

— Mais, avait-il lancé, enflant sa voix autant qu'il le pouvait, la *Reconquista* a commencé. Il faut que nous apportions notre aide à ces vaillants défenseurs de la civilisation européenne. Il faut qu'ici même, nous soutenions tous ceux — Jacques Doriot, Marcel Déat... — qui se dressent contre ce gouvernement qui veut nous entraîner dans la guerre voulue par les bolcheviques et les Juifs! Il faut que nous aidions les efforts d'un Pierre Laval qu'on a chassé du pouvoir parce qu'il était l'homme de l'alliance avec Rome et de l'accord avec Berlin ! Il faut que nous nous tournions tous vers le maréchal Pétain, notre Franco !

Puis, de sa main droite levée, il avait tempéré les applaudissements en ajoutant à mi-voix, l'œil malicieux :

— ¡ Arriba Pétain !

Thorenc n'avait pu entendre plus de quelques minutes sa mère qui, après voir embrassé Paul de Peyrière, le félicitait avec une emphase ridicule.

Comme un gosse rageur, il avait dénoué le cordon tressé, laissé retomber la tenture, fait quelques pas dans le hall où deux serveurs achevaient de dresser le buffet.

Fallait-il accorder de l'importance aux propos de ce vieux beau, à cette réunion de quelques dizaines de personnes sous la présidence d'une femme qui se donnait ainsi l'illusion d'être encore sur scène, de jouer un rôle ? Se pouvait-il que l'histoire de ce pays fût écrite demain par ces gens-là ?

Il s'était immobilisé. Il avait repensé aux morts couverts de mouches dans les arènes de Badajoz. Il s'était tout à coup souvenu des mains fines du chancelier Hitler, de ses souliers vernis ridicules, de son teint blafard, de sa tête enfoncée dans les épaules, de son dos voûté. Ce Führer que des dizaines de milliers d'hommes en uniforme, rassemblés à Nuremberg, acclamaient à l'égal d'un dieu, n'était, tel qu'il l'avait rencontré, qu'un personnage falot, médiocre, pas plus impressionnant qu'un Paul de Peyrière ! Et cependant, il avait fondé le IIIe Reich et allait porter le feu partout en Europe !

Thorenc avait tressailli. On venait de lui toucher l'épaule. Il s'était retourné.

Alexander von Krentz le saluait.

— Votre mère est une femme exceptionnelle, avait dit l'Allemand en s'inclinant.

D'un geste décidé, il avait pris le bras de Thorenc :

— Ce qui se passe ici est important, avait-il poursuivi en l'entraînant vers le buffet. C'est de la rencontre de gens comme nous — Paul de Peyrière, votre mère, vous, moi... — que dépend l'avenir de l'Europe. Si nous avons l'intelligence et la sagesse de rester unis, d'œuvrer ensemble, nous pourrons empêcher les forces de destruction... (il avait baissé la voix comme pour une confidence importante)... elles sont partout, Thorenc... de l'emporter.

Après que le journaliste eut dégagé son bras, von Krentz avait pris une coupe de champagne.

— Le Führer a été très satisfait de votre interview et de l'écho qu'elle a connu. Il attache la plus grande importance à l'opinion française. Il n'y a pas de paix possible en Europe sans l'entente, la collaboration étroite entre la France et l'Allemagne. C'est aussi pour cela qu'il m'a envoyé à Paris.

Il avait pris une seconde coupe, l'avait tendue à Thorenc :

— J'éprouve chaque jour, ici, la justesse de ce dicton allemand : « Heureux comme Dieu en France »...

Il s'était penché vers son interlocuteur :

— Et vous, mon cher Thorenc, heureux ? Vos reportages en Espagne étaient remarquables et, comme chacun de vos écrits, courageux. Mais cela suffit-il au bonheur ?

Il avait mis familièrement le bras sur son épaule :

— Avez-vous revu cette jeune femme, la fille du commandant Villars ? Elle est à Paris, je crois. Elle semblait très éprise de vous.

D'un mouvement brusque, Thorenc s'était écarté de von Krentz.

Un serveur avait repoussé les pans de la tenture rouge et Cécile de Thorenc était apparue entre Paul de Peyrière et Otto Abetz qu'elle tenait l'un et l'autre par le bras.

9

Longtemps Bertrand Renaud de Thorenc s'était reproché d'avoir assisté à cette soirée. Il s'en était voulu de ne pas avoir quitté rapidement ces gens qui se congratulaient. Mais on l'avait entouré, interrogé, félicité.

Se tournant vers Alexander von Krentz et Otto Abetz, Charles de Peyrière avait expliqué que l'interview du chancelier allemand, que Thorenc avait réalisée quelques mois auparavant, avait connu un énorme retentissement à Varsovie. Il avait fallu au journaliste et à *Paris-Soir* beaucoup de courage pour oser donner ainsi la parole à Hitler. Mais Charles de Peyrière le savait par les conversations qu'il avait eues au Quai d'Orsay avec de nombreux diplomates : on avait partout compris, et pas seulement en Pologne, que la France pouvait écouter l'Allemagne et s'entendre avec elle. Et tous ceux — « croyez-moi, avait-il insisté, ils sont nombreux ! » — qui souhaitaient le maintien de la paix en Europe s'en réjouissaient. « Bien sûr, cela ne fait pas l'affaire des boutefeux, mais nous savons tous qui ils servent ! »

Pourquoi Bertrand n'avait-il pas riposté? Pourquoi la colère, qui si souvent l'habitait depuis qu'il était rentré d'Espagne, ne l'avait-elle pas emporté? Peut-être parce que l'attitude de sa mère l'avait désespéré, le laissant honteux.

Cécile de Thorenc riait, se pavanait, elle voulait séduire, allant d'Otto Abetz à Alexander von Krentz, de Paul de Peyrière à Lucien Rebatet, d'un académicien à ce Maurice Varenne qu'elle présentait à son fils.

— Je vous laisse, disait-elle d'un air affairé en jetant des regards autour d'elle.

Déjà elle s'éloignait, donnant l'ordre à l'un des serveurs de quitter le buffet pour circuler avec un plateau parmi les invités.

Bertrand Renaud de Thorenc avait dû écouter Maurice Varenne l'assurer que les milieux économiques étaient favorables à la paix, donc à un accord avec l'Allemagne. Il était inspecteur des Finances, proche de Pierre Pucheu dont Thorenc devait connaître le rôle dans l'essor de l'industrie métallurgique. Il faisait partie d'un petit groupe de polytechniciens, banquiers, inspecteurs des finances dont le premier souci était de moderniser le pays. Mais, pour cela, n'est-ce pas, il fallait un renouvellement du personnel politique, un pouvoir stable et fort, non pas dictatorial comme celui de Hitler, la France avait sa personnalité, mais tenant fermement les rênes et ne se laissant pas déborder par les agitateurs, communistes ou autres.

— Mais je crains, avait poursuivi Varenne, que le pays n'accepte cette véritable révolution nationale qu'après une secousse violente où il prendra conscience qu'il est au fond du trou et qu'il ne peut s'en sortir qu'en se soumettant à une discipline rigoureuse. Il faut un électrochoc, mon cher!

Il s'était penché vers Thorenc :

— Vous devriez voir Pierre Laval, et aussi l'entourage du Maréchal. Ce sont deux hommes ouverts à ces idées. Il faut que l'opinion — et vous en êtes le maître, mais si, mais si... — sache que la relève existe, que l'avenir, ce n'est pas alternativement Léon Blum, Camille Chautemps, Édouard Daladier ou même Paul Reynaud. Ces hommes sont usés, tout le monde le sait. Eux-mêmes n'ont aucune énergie. Peut-être Reynaud brûle-t-il d'une flamme un peu plus vive, mais, croyez-moi...

Thorenc s'était laissé prendre par le bras, entraîner dans la grande pièce où les chaises vides étaient maintenant en désordre, les deux fauteuils pourpres laissés comme un des éléments du décor pour une prochaine représentation.

— Laval et Pétain sont notre dernière chance, avait insisté Varenne.

Il parlait bras croisés, sa tête chauve un peu penchée ; son visage à la peau très blanche restait inexpressif, mais ses yeux mobiles semblaient toujours aux aguets.

— Derrière Laval et le Maréchal, vous savez comme moi qu'il y a d'autres hommes, décidés et violents, non seulement Doriot et son PPF, mais aussi Marcel Déat, le colonel de La Rocque et le Parti social français, et surtout les gens de la Cagoule.

Varenne avait fermé à demi les yeux.

— Vous n'ignorez pas de quoi ils sont capables ! Ils rêvent de prendre le pouvoir par la violence. Ils sont... (Varenne avait hésité)... l'équivalent des Sections d'assaut. Vous avez vu comment Hitler les a liquidées ! Mais la Nuit des longs couteaux a eu lieu alors qu'il était devenu chancelier du Reich grâce à leur aide. Qu'en sera-t-il ici ? Quoi qu'il en soit, nous n'échapperons pas à un bouleversement, à une grande et dure explication. Souhaitons qu'elle ne tourne pas au bain de sang, n'est-ce pas ?

Il avait posé ses deux mains sur les épaules de Thorenc. Le geste était si inattendu, si familier que celui-ci avait reculé, renversant une chaise ; le bruit de la chute semblait avoir rompu le charme, effacé cette complicité que Maurice Varenne avait cherché à créer entre eux deux.

Il avait ri, quelque peu gêné, ajoutant :

— Pensez-y quand vous écrivez. Voilà les perspectives qui se dessinent. Pourquoi ne pas les esquisser ? Pensez-y, pensez-y, avait-il répété en regagnant le hall où se tenait le gros des invités.

Thorenc avait eu le sentiment de s'être compromis en écoutant ce genre de propos.

Il avait violemment écarté les chaises cannées et, une fois dans le hall, tiré un serveur par le bras afin qu'on aille chercher son imperméable.

L'homme lui avait lancé un regard étonné, presque effrayé, puis s'était exécuté.

Thorenc ne l'avait pas laissé l'aider à enfiler les manches du vêtement. Il avait ignoré les invités, quittant l'appartement de sa mère sans saluer aucun d'eux alors qu'il devinait qu'on le suivait du regard et qu'on était surpris et choqué par son départ précipité.

Il s'était enfin retrouvé seul dans la pénombre de la place des Vosges, ce lac de silence cerné par les rumeurs de la ville.

Il avait marché dans les petites rues désertes du Marais, puis avait traversé des places que battaient le vent ainsi qu'une pluie fine qui devenait drue, sur l'autre rive de la Seine, au fur et à mesure qu'il gravissait, ressentant déjà la fatigue, les rues en pente qui mènent à la place du Panthéon.

Cela faisait des années qu'il n'arpentait plus ce quartier, qu'il ne longeait plus la façade de son ancien lycée, Henri-IV, ni ne se glissait plus le long de la rue d'Ulm.

Il s'était arrêté quelques minutes pour contempler la loge du concierge de l'École normale supérieure, scruter la façade du bâtiment. Il avait pensé à ceux de ses condisciples dont les journaux commençaient à citer les noms. Dans la cour de l'École, il avait autrefois croisé certains d'entre eux, Nizan, Sartre, Aron, aperçu Brasillach, plus jeune de quelques années, et Delpierre qui était peut-être, avec lui-même, parmi les plus connus des normaliens de ces années-là.

Puis, sous l'averse, il s'était éloigné avec le sentiment que ce passé allait être balayé, les êtres qu'il avait croisés là, projetés dans des destins dont personne n'avait encore idée dans la mesure où la vie, pour l'instant, continuait, conservant, en dépit du Front populaire, des grèves, de la violence des propos, ses apparences tranquilles. Mais certains, tel Maurice Varenne, espéraient, préparaient déjà la « secousse violente » qui renverserait l'édifice.

Longeant les grilles du jardin du Luxembourg, il avait enfin atteint le carrefour Raspail-Montparnasse et, au coin de la rue Delambre, avait hésité un instant.

L'enseigne de la Boîte-Rose l'avait attiré : incapable de s'endormir, tourmenté par la soirée qu'il avait passée, l'attitude passive qu'il y avait adoptée, il ne pouvait imaginer de finir cette nuit seul.

Il ne pourrait ensevelir ces mauvais moments qu'en s'étourdissant.

Il était entré dans la Boîte-Rose avec une sorte d'impatience, dévalant l'étroit escalier comme pour s'immerger dans le bruit, la moiteur des corps qui se pressaient sur la piste, s'agglutinaient au bar ou se précipitaient pour occuper une table dès qu'il s'en libérait une.

Il avait enfin accédé au comptoir, bu plusieurs cognacs, et, tout à coup, il avait senti quelqu'un se glisser près de lui, s'appuyant contre son épaule avec insistance.

Il avait tenté de se déplacer, mais l'autre avait continué à peser sur lui. Au bout de quelques minutes, Thorenc s'était tourné et avait aussitôt reconnu le visage grisâtre, les traits lourds de Stephen Luber.

Comme la première fois qu'il l'avait rencontré dans son bureau de *Paris-Soir,* l'homme arborait une expression à la fois servile et prétentieuse. Sous l'humilité, Thorenc sentait une force contenue, dissimulée et perverse.

Il l'avait ignoré, commandant un autre verre, cherchant des yeux une table où il pourrait s'installer, une fille avec qui finir la nuit. Mais l'Allemand s'était mis à chuchoter. Et Thorenc avait dû l'entendre dire à quel point il était heureux de l'avoir rencontré. Depuis qu'il avait su que le journaliste fréquentait régulièrement la Boîte-Rose, il s'y rendait tous les soirs. Ce n'était pas dans ses habitudes de hanter de tels lieux, mais il devait absolument parler à Thorenc à qui il avait un message à transmettre. Le commandant Villars souhaitait le voir. La rencontre devait se dérouler dans une parfaite discrétion et lui, Luber, avait été chargé de prendre le premier contact.

— Je travaille pour lui, avait-il répété.

Puis, serrant le bras de son interlocuteur, il avait ajouté :

— Il a besoin de vous.

Thorenc s'était dégagé, repoussant Luber, mais l'autre, tout en s'accrochant, lui avait glissé une carte de visite dans la poche de sa veste :

— Il y a le numéro auquel vous pourrez le joindre à n'importe quel moment, avait-il précisé. Faites-le, je vous en prie.

Thorenc s'était éloigné.

L'alcool qu'il avait bu, au lieu de l'étourdir, l'avait réveillé. Il avait traversé la piste de danse, lorgné les quelques jeunes femmes qui se tenaient adossées à l'escalier. Elles fumaient avec une placidité dans le visage une immobilité qui révélaient qu'elles n'avaient laissé là que leur corps et leurs yeux vides.

Il avait aperçu Françoise Mitry qui avait relevé ses cheveux en un haut chignon et dont les épaules, les bras et le haut de la poitrine étaient nus ; moulant ses hanches, sa robe longue faisant ressortir la minceur de sa taille et la longueur fuselée de ses jambes.

Il s'était approché d'elle et elle s'était collée à lui.

— Toi, avait-elle murmuré, tu es seul, tu divagues...

Elle avait passé une main dans ses cheveux.

— Tu es mouillé comme un chien qu'on a jeté à l'eau.

Elle s'était essuyé lentement la main au revers de la veste de Thorenc.

— Un homme comme toi, je ne veux pas que tu...

D'un mouvement de tête, elle avait montré les filles adossées à l'escalier et qui n'avaient pas bougé.

— Tu es à la fois trop vieux et trop jeune pour ça. Raconte-moi...

Il s'était peu à peu détendu quand elle lui avait pris la main, l'entraînant vers la table qu'elle se réservait, sur une sorte d'estrade, dans un renfoncement sombre, si bien que, de là, on voyait toute la salle sans en être vu.

— J'ai passé la soirée à écouter Paul de Peyrière, avait lâché Thorenc.

Elle avait rejeté la tête en arrière, riant aux éclats, exagérant sa gaieté.

— Tu es fou ! avait-elle dit en se penchant en avant, glissant son index droit entre le col de chemise et le cou du journaliste.

Elle l'avait fait glisser, ajoutant d'une voix rauque :

— Pourquoi écouter ce vieux ? Comme si tu avais besoin de l'entendre pour savoir ce qu'il pense !

De sa main gauche, doigts tendus, elle avait entrepris de caresser l'intérieur de la cuisse de Thorenc.

— C'est un écrivain qui n'a plus rien à dire, avait-elle repris en secouant la tête. Alors il est devenu député, il s'intéresse à la politique, à la guerre. Il espère qu'il va ainsi retrouver des choses à dire et à écrire, qu'on va le lire, l'écouter. Et il n'a pas tort, puisque toi-même, tu sembles t'intéresser à lui ! Peyrière ? Il cherche sa jeunesse qui a foutu le camp ! Il rêve de mourir héroïquement pour arrêter cette vie dont il ne sait plus quoi faire...

— Tu couches avec lui ? avait marmonné Thorenc sans la regarder.

Elle avait crispé ses doigts sur la cuisse de Bertrand.

— Tu imagines que c'est pour le plaisir ?

Françoise avait ricané.

— Une femme seule, propriétaire d'une boîte,

tu crois que ça peut exister sans risque ? Paul de Peyrière, écrivain connu, député influent, je n'ai qu'un mot à dire pour qu'il téléphone au ministre de l'Intérieur, et mes ennuis disparaissent. Regarde...

Elle avait saisi le menton de Thorenc et l'avait forcé à tourner la tête.

— Ils sont là chaque soir.

Elle avait montré une table où étaient assis deux hommes qui paraissaient s'ennuyer ferme, muets, les bras croisés, les yeux mi-clos.

— Les flics des Renseignements généraux. Mais j'ai mieux : Paul de Peyrière m'a fait rencontrer, à la préfecture de police, Marabini et Bardet, deux commissaires qui me gâtent. Si jamais tu as des ennuis...

Elle avait approché ses lèvres des siennes.

— Il me protège, je te protège...

Elle avait brutalement serré sous l'étoffe le sexe de Thorenc.

— Mais, tant que tu as ça, jouis, écris ce qui te chante et laisse les affaires politiques aux vieux impuissants. Ne t'en mêle pas. Il n'y a que des mauvais coups à prendre. C'est pourri, ces histoires-là.

Elle s'était levée en lui prenant la main.

Savait-il qu'elle avait aménagé un lieu pour elle, « avec tout ce qu'il faut » derrière le bar ?

10

Lorsque le commandant Joseph Villars s'était
avancé vers lui, Bertrand Renaud de Thorenc
avait éprouvé un sentiment inattendu, fait
d'intense émotion et de timidité.

Il s'était immobilisé, jetant un coup d'œil au
planton qui se tenait derrière lui et saluait l'officier avant de refermer la porte. Puis il avait examiné la vaste pièce mansardée. Elle était faiblement éclairée par d'étroites ouvertures en forme
de demi-lunes qui donnaient sur le boulevard des
Invalides et l'avenue de Tourville.

Il apercevait la petite cour qu'il avait dû traverser pour pénétrer dans ce bâtiment austère, aux
allures de vieille caserne, sis au 2 *bis* de l'avenue
et qui semblait lester de sa masse grise le dôme
des Invalides.

Il avait présenté ses papiers à un adjudant qui
avait consulté un de ces grands registres entoilés
de noir qu'on trouvait dans les postes de garde,
les commissariats, parfois aussi les hôtels. Il
avait eu un léger mouvement de recul tant cette
modeste entrée était poussiéreuse, ce sous-officier traditionnel.

Pourquoi, après des mois, avait-il fini par téléphoner à ce numéro que lui avait remis Stephen
Luber, et par accepter ce rendez-vous ?
Qu'avait-il à faire avec un officier du Service de
renseignement, représentant de ce 2e Bureau de
l'état-major dont on disait qu'il était en charge de
l'espionnage ?

Il s'était senti ridicule en emboîtant le pas au
planton, en gravissant ces majestueux escaliers
aux marches basses d'ardoise usée, aux murs
écaillés, puis en longeant ces étroits couloirs du
dernier étage.

Brusquement, quand il avait reconnu le commandant, il s'était senti aussi emprunté qu'un adolescent pénétrant dans le bureau du proviseur.

Villars lui avait tendu la main, l'avait serrée chaleureusement, et, d'un ample geste, l'avait convié à s'asseoir en face de lui tout en prenant place derrière son bureau encombré de dossiers.

Bertrand Renaud de Thorenc était resté debout, attendant que Villars se fût installé. L'espace de ces quelques secondes, il avait essayé de maîtriser son émotion, de comprendre pourquoi il avait la gorge serrée alors qu'il avait pu s'asseoir en face du Führer ou traverser sous le regard du Duce l'immense bureau de Mussolini, dans son *palazzo* de la piazza Venezia, sans ressentir le moindre trouble.

Tout à coup, son malaise s'était dissipé sans qu'il cessât pour autant d'être troublé. Il venait en effet de découvrir à quel point le commandant Villars ressemblait à sa fille. C'était la même forme de visage au menton prononcé, au front bombé, au nez assez fort avec une petite bosse à peine perceptible sur le milieu de l'arête. L'ovale des yeux, la teinte de l'iris étaient identiques. En fixant ce visage, il avait eu un instant l'impression de se trouver en face de Geneviève dont il avait contemplé la photo avant de quitter son atelier, relisant la dédicace inscrite au verso, se souvenant de ce mois de mars 1936 à l'hôtel Bismarck, à Berlin.

Il y avait deux ans, déjà ; à présent, Hitler venait d'entrer dans Vienne, acclamé par des centaines de milliers d'Autrichiens.

Quand il avait vu cette foule aux bras tendus, Thorenc s'était décidé à téléphoner à Villars.

Il avait cependant hésité encore quelques jours. Il n'ignorait pas que, s'il devenait un « correspondant » des services de renseignement, lui qui se voulait journaliste indépendant, écrivant ce qu'il voyait sans jamais céder aux injonctions des uns ou des autres, il devrait, à terme, renoncer à ce métier dont il avait rêvé depuis qu'il savait lire, abandonnant l'École normale supérieure avant le concours d'agrégation pour faire paraître ses premiers articles dans *Paris-Soir*.

Dès son retour de Vienne, son reportage sur l'*Anschluss* avait été publié dans plusieurs numéros du journal. Thorenc avait été invité à dîner chez Jean Lévy, un journaliste spécialisé dans les questions militaires, qui, sous le pseudonyme de Jean Marbot, écrivait de nombreux articles et des livres sur ce type de sujets. Lévy-Marbot voulait présenter à quelques amis proches cet officier supérieur, le colonel de Gaulle, un hérétique qui avait osé signer un ouvrage, *Vers l'armée de métier*, dans lequel il préconisait la création de divisions blindées. Il y développait une stratégie opposée à celle de l'état-major, donc de Pétain. Celle-ci était défensive, fondée sur les forteresses de la ligne Maginot dressées face au Rhin, jusqu'à la forêt des Ardennes. À partir de là, avait déclaré le Maréchal, il n'était plus besoin de construire des casemates, puisque jamais une offensive, surtout pas celle de chars, ne pourrait traverser les futaies du massif ardennais.

Le mépris que de Gaulle avait suscité au sein de l'état-major avait avivé la curiosité de Thorenc. Il avait même résolu de consacrer une série d'articles aux questions militaires, interrogeant le ministre de la Guerre, le général Maurin, lequel s'était exclamé, quand Thorenc l'avait interrogé sur *l'armée de métier* :

— De Gaulle, il a pris un porte-plume, le journaliste Marbot, et un phonographe, Paul Reynaud !

Puis Maurin avait ri, précisant :

— Vous rapporterez ces propos non comme une déclaration officielle que vous auriez recueillie de ma bouche, mais comme ce que l'on dit de l'état d'esprit régnant dans les couloirs du ministère de la Guerre. Ajoutez même ceci : avec ses chars, de Gaulle est comme Alcibiade coupant la queue de son chien pour se faire remarquer !

Maurin s'était encore esclaffé, concluant :

— De Gaulle, je l'enverrai en Corse !

Finalement, Thorenc n'avait pas publié son enquête. La direction de *Paris-Soir*, c'est-à-dire Jean Prouvost, propriétaire du journal, avait jugé, comme le lui avait rapporté, gêné, Pierre Lazareff, que le patriotisme commandait un devoir de réserve sur ces problèmes de stratégie.

— Nous ne sommes pas des spécialistes, tu en conviens, Thorenc ? avait argumenté le chef des informations. Donc, comment choisir de soutenir contre l'état-major tout entier un colonel, certes talentueux, dit-on, mais un peu fantasque, aux idées originales, mais cela suffit-il pour qu'elles soient justes ? Pétain, c'est Verdun ; et Verdun, c'est la victoire !

Il était sage de ne rien publier sur le sujet.

Thorenc avait donc écouté avec d'autant plus d'attention, dans le salon de Jean Lévy, ce colonel de Gaulle au visage hautain qui parlait avec une cigarette fichée dans le coin de la bouche, qui assurait que le Führer avait fait traduire en allemand son livre *Vers l'armée de métier*, que l'état-major de la Wehrmacht mettait sur pied des *Panzerdivisionen* dont l'organisation était celle-là même que lui, de Gaulle, avait préconisée pour les divisions blindées, « au char près », martelait-il d'une voix quelque peu gouailleuse. L'une de ces divisions, survolée par des centaines d'avions, avait déjà participé au défilé du 1ᵉʳ mai 1937 à Berlin.

— Mais notre ministre de la Guerre ne lit pas les rapports de ses attachés militaires.

— Que peut-il se produire? avait interrogé Thorenc.

Jean Lévy avait élargi la question en demandant à de Gaulle comment il voyait évoluer la situation internationale et le rôle que pouvait jouer en France le maréchal Pétain dont commençaient à se rapprocher des hommes politiques influents comme Pierre Laval et même Marcel Déat, ou encore de jeunes hauts fonctionnaires, des inspecteurs des finances tels Pierre Pucheu ou Maurice Varenne.

— Ma réponse sera très simple, avait répondu de Gaulle. Nous allons rapidement à la guerre contre l'Allemagne, et pour peu que les choses tournent mal pour nous, l'Italie ne manquera pas d'en profiter et de nous décocher le coup de pied de l'âne.

Le colonel s'était levé et était allé s'accouder à la cheminée en allumant une autre cigarette.

— Il s'agit de survivre, avait-il poursuivi, les yeux plissés, le visage enveloppé de fumée. Tout le reste est littérature! Nous n'avons pas les moyens de refuser le concours des Russes, quelque horreur que nous éprouvions pour leur régime. C'est l'histoire de François Iᵉʳ allié des musulmans contre Charles Quint...

Passant les mains sur ses joues, tirant la peau de son visage vers le bas, accusant ainsi ses traits creusés, la forme allongée de sa physionomie, Lévy avait murmuré :

— C'est effrayant. Croyez-vous que nous pourrons faire face, résister?

De Gaulle avait haussé les épaules, esquissé une moue. Cela dépendait de chacun, avait-il lâché sobrement.

— Une cinquième colonne, avait repris Lévy, comme en Espagne ?

Le colonel avait hoché la tête. En France, c'était aussi une tradition nationale : l'ennemi avait toujours trouvé des partisans, des soutiens. Il en était ainsi depuis la guerre des Gaules. Il suffisait de relire César. Au temps des guerres de Religion, protestants et catholiques avaient fait appel à leurs alliés hollandais ou espagnols. À l'évidence, cela continuait : les uns servaient Moscou, les autres Rome ou Berlin. Et puis il y avait, derrière les grands mots, les ambitions mesquines des uns et des autres, celles de Laval, celles de Pétain.

— En effet, ça vibrionne autour du Vieux, avait ironisé de Gaulle. Le Maréchal perd les pédales. Il est très fatigué. Ses absences de mémoire s'accroissent. Il n'est plus lui-même. Songez donc, il a quatre-vingt-deux ans ! Je l'ai bien vu, dès 1925 : depuis l'âge de soixante-neuf ans, très exactement, il décline, décline. Et, autour de lui, certains s'occupent à monter une cabale.

Il avait salué Lévy, puis Thorenc ainsi que Delpierre que ce dernier avait connu jadis à l'École normale et qui travaillait au *Populaire*, le quotidien socialiste.

— Rien ni personne n'arrêtera plus le Maréchal sur le chemin de l'ambition sénile, avait-il ajouté sur le seuil du salon. Il ne maîtrise plus ses démons intérieurs.

Il avait paru hésiter, puis avait lancé :

— Jamais peut-être comme en ce moment le sort de la nation n'a tenu aux décisions que chaque Français prendra en son âme et conscience.

Il avait souri.

— Le moment que nous vivons rappelle, je le crois, je le sens ainsi, les périodes les plus décisives de notre histoire.

C'est ce soir-là que Bertrand Renaud de Thorenc avait vraiment décidé de rencontrer le commandant Joseph Villars au 2 *bis* de l'avenue de Tourville.

11

Le commandant avait appuyé les avant-bras au bord de son bureau. Il s'était penché en avant et avait croisé ses doigts devant sa bouche comme pour étouffer encore un peu plus sa voix. Il chuchotait presque, et ce comportement avait contribué à désorienter Bertrand Renaud de Thorenc.

— Vous êtes pour nous un homme précieux, avait répété plusieurs fois l'officier.

Il s'était penché davantage; la lumière de la lampe d'opaline verte ayant éclairé ses yeux et le bas de son visage, la ressemblance avec Geneviève Villars n'en avait été que plus troublante.

— Quand je dis pour nous, avait repris l'officier, je veux dire : pour la France, Thorenc.

Il avait prononcé ces mots-là sans emphase, du même ton presque monocorde. Thorenc avait cherché à retrouver les souvenirs de ce dîner chez les Villars, à Berlin, qui remontait à deux ans presque jour pour jour. À l'époque, Villars ne lui avait pas laissé cette impression de confesseur. L'homme lui avait alors paru beaucoup plus énergique, capable de discuter avec vigueur. C'était comme si, passant de Berlin à Paris, du poste d'attaché militaire à celui de responsable de la section allemande du Service de renseignement, il s'était transformé. Le soldat était devenu un homme de bureau usant des précautions d'un homme d'Église.

Il avait montré d'un geste les dossiers qui s'étalaient sur son bureau :

— Vous n'imaginez pas la force de l'Abwehr, avait-il dit. L'amiral Canaris la dirige de main de maître, en expert ; quant à Heydrich, il a monté avec le SD un service redoutable. Naturellement, c'est nous qu'ils visent. Ils ont des agents partout, qu'ils tiennent par le chantage ou par l'argent qu'ils leur versent. Quand je dis cela — il avait appuyé sa main gauche sur une pile de dossiers —, je ne parle pas au hasard, je n'invente pas de toutes pièces une cinquième colonne. Je sais combien touche chaque mois tel de vos confrères, mon cher Thorenc, combien de fois il a été invité à des voyages en Allemagne, tous frais payés, s'entend. Et moyennant de multiples cadeaux. D'ailleurs...

Il avait à nouveau croisé les doigts devant sa bouche.

— Vous connaissez tous les acteurs de cette sinistre comédie. C'est à la demande de Canaris que Hitler a fait nommer à Paris Alexander von Krentz. Otto Abetz et lui forment un duo parfait qui chante l'amitié franco-allemande à des oreilles accueillantes, n'est-ce pas ?

Thorenc avait baissé la tête et il lui avait semblé que le silence se prolongeait plusieurs minutes.

— Ne changez rien à vos habitudes, avait enfin repris l'officier. Vous êtes un homme précieux parce que vous pouvez rencontrer tout le monde, que vous avez bien sûr vos entrées au cercle Europa. Vous voyez, même madame votre mère, quoi qu'elle pense et malgré elle, peut nous être utile. Restez ce que vous êtes : un journaliste qui interviewe Hitler, Mussolini, Queipo de Llano, et qui peut donc recevoir les confidences de tel ou tel des messieurs qui entourent ces grands fauves.

Villars s'était levé. Il était fluet, marchait en baissant la tête comme s'il avait craint de se heurter au plafond mansardé.

— Que vous ont dit Maurice Varenne, von Krentz, Otto Abetz ou Charles de Peyrière ?

Il avait aussitôt levé la main comme pour rassurer Thorenc :

— Bien sûr, je ne suis pas un commissaire des Renseignements généraux. Je ne dois me préoccuper que de l'action allemande dans notre pays, et tenter de la contrer. Le problème, c'est qu'il n'y a guère de frontière étanche entre les opinions de certains hommes politiques français et les thèmes de la propagande allemande. Que ces gens servent le Reich par conviction ou par esprit de lucre, au fond, le résultat est le même.

— C'est ainsi que, depuis la guerre des Gaules et les guerres de Religion, nous sommes un pays où l'on se sert de l'étranger pour régler nos questions intérieures, avait murmuré Thorenc, soucieux de prononcer enfin quelques mots.

Villars s'était arrêté, avait souri :

— Si je ne savais pas, mon cher, que vous avez rencontré de Gaulle chez Lévy en compagnie de Delpierre, je l'aurais deviné. C'est du de Gaulle tout craché ! Je le pratique depuis longtemps.

Nous sommes de la même promotion de Saint-Cyr. Il a eu le malheur... ou le bonheur d'être fait prisonnier en 1916. Il a donc survécu à l'hécatombe, comme moi. Il a choisi les chars, moi l'aviation. À nous deux, Thorenc, nous sommes l'armée qu'il faudrait à la France, mais nous ne réussirons pas à l'imposer avant...

Il était retourné s'asseoir à son bureau.

— Je crains beaucoup qu'il ne nous faille recevoir une sacrée leçon pour nous contraindre à nous moderniser, comme après 1870.

Il avait ajouté :

— Mais je suis ici pour empêcher précisément un nouveau Sedan.

Villars avait ouvert un dossier et avait paru oublier pendant plusieurs minutes la présence de Thorenc, puis il s'était remis à parler, les mains posées l'une sur l'autre, le pouce de la gauche soutenant le menton, sans regarder son interlocuteur. Il avait expliqué que, selon toutes les informations recueillies, Hitler, après l'Anschluss, tenterait bientôt — d'ici quelques semaines ou quelques mois — un coup de force contre la Tchécoslovaquie afin de contraindre Prague à lui céder la région des Sudètes où la population d'origine allemande, organisée par des nazis locaux, réclamait son rattachement au Reich.

— Si la France cède, elle perdra toute autorité non seulement auprès des nations balkaniques, dont elle prétend être la protectrice, mais aussi de la Pologne et, plus grave encore, de la Russie.

Il avait relevé la tête.

— Vous avez rencontré Charles de Peyrière, n'est-ce pas ? C'est le frère de ma femme. Un brillant diplomate, mais acquis à l'idée qu'il faut s'entendre avec l'Allemagne. Oui — il avait soupiré —, ma femme Blanche est une Peyrière, ce qui me permet d'entendre, au cours des réunions familiales, son père Paul et ses deux fils, Charles et le colonel Xavier de Peyrière. Tous admirent le maréchal Pétain. Si je prononce en leur présence le nom de De Gaulle ou des quelques hommes politiques décidés à faire face à Hitler et à prendre le risque de la guerre, ils perdent aussitôt tout leur sang-froid.

Il avait écarté les mains.

— Nous en sommes là, Thorenc. Nos choix nous divisent. Nous sommes en effet redevenus des tribus gauloises prêtes à s'exterminer l'une l'autre, tant les passions sont fortes. Voilà ce qui m'effraie. En 1914, nous étions unis ; un quart de siècle plus tard, nous sommes un peuple divisé. Tout cela est préoccupant, vous ne trouvez pas ?

Il s'était levé, s'était approché du journaliste.

— Vous avez rencontré mon fils Pierre à Madrid, je crois. Il est fasciné par Malraux, par les communistes. Mon fils ! Rien n'est simple... Je n'ai pu que l'aider. Il a organisé un trafic d'armes au profit des républicains espagnols. Il a travaillé avec Pierre Cot, le ministre de l'Air de Blum, dont les contacts avec les Soviétiques nous inquiètent. Mais Cot avait autour de lui une équipe remarquable et courageuse avec qui mon fils a noué des liens amicaux. Ces gens-là sont des patriotes, et vous ne le savez sans doute pas, Thorenc, mais ils vous lisent avec attention. Mon fils me parle constamment d'un jeune préfet, Moulin, qui vous cite comme l'un des rares observateurs lucides de la scène internationale.

Thorenc avait suivi Villars jusqu'à la porte.

— Ce n'est là qu'un premier contact, trop bref, mais nous n'avons pas le temps d'attendre, avait dit l'officier ; vous devez déjà me donner une réponse.

Il avait longuement fixé son visiteur :

— Oui ou non, voulez-vous travailler avec nous ?

Thorenc avait eu la gorge serrée. Il n'avait pu que faire oui d'un hochement de tête. Villars lui avait mis la main sur l'épaule.

— Si vous n'êtes pas déterminé, si vous hésitez, il ne faut pas accepter ; mais dites-vous bien ceci...

Il avait pour la première fois haussé la voix :

— Le Service de renseignement, c'est le service de la France ; nous essayons de précéder des événements qui vont débouler comme une avalanche. Je partage l'avis de mon fils et du préfet Moulin : vous êtes un des rares Français à avoir les yeux grands ouverts, et je vous fais totalement confiance.

— Je suis décidé, confirma Thorenc.

Villars avait déjà posé la main sur la poignée de la porte, mais il s'était ravisé et avait repris :

— Cet Allemand nommé Stephen Luber peut vous être utile. Il a de nombreux contacts dans toute l'Europe, et d'abord en Allemagne. Songez-y, pour vos reportages...

Thorenc avait penché la tête d'un air dubitatif.

— Je sais, avait repris l'officier, l'homme n'est pas très sympathique. Mais il nous a donné des preuves de son efficacité.

Puis Villars avait ouvert la porte.

Dans la pénombre du couloir, Thorenc avait distingué une silhouette qui s'avançait.

Il avait reconnu Geneviève qui s'était immobilisée à quelques pas.

— Ma fille, avait dit le commandant. Mais vous vous connaissez, je crois ?

Thorenc s'était effacé pour la laisser entrer. Elle lui avait jeté un bref regard, puis avait brusquement tourné la tête.

12

Thorenc avait cru qu'il avait oublié le regard, la silhouette, le mouvement d'épaules de Geneviève Villars, la façon dont elle s'était penchée vers son père, qu'elle dépassait d'une dizaine de centimètres, pour l'embrasser avant d'entrer dans le bureau mansardé du 2 *bis*, avenue de Tourville.

Thorenc avait alors deviné la fierté du commandant qui avait suivi sa fille des yeux et murmuré :

— Elle est ethnologue, elle vient d'être admise au musée de l'Homme. Elle est comme tous mes enfants : passionnée. Un caractère entier, intraitable !

Il avait ajouté en souriant :

— Du silex.

Quelques jours plus tard, alors qu'il s'apprêtait à sonner à l'appartement des Villars, situé au quatrième étage de l'immeuble cossu du 102, rue Saint-Dominique, à quelques pas de l'avenue Bosquet (en l'invitant à dîner, Villars lui avait recommandé : « Faites-vous déposer à l'angle de la rue et poursuivez votre route si vous avez l'impression qu'on vous a filé. C'est peu probable, mais il ne faut pas qu'on sache que nous vous voyons »), Thorenc s'était remémoré la scène qu'il s'était déjà repassée en esprit à de nombreuses reprises : Geneviève Villars apparaissant dans la pénombre du couloir, lui jetant un bref regard, puis détournant la tête avant de s'introduire dans le bureau de son père.

Il en avait déduit que l'allègre fébrilité avec laquelle il s'était dirigé vers la rue Saint-Dominique après avoir fait arrêter le taxi au bord de la

124

Seine, quai Branly, au bout de l'avenue Bosquet, tenait à son espoir de revoir Geneviève Villars et de connaître son intimité. Il avait imaginé qu'elle devait encore habiter chez ses parents, qu'enfin il réussirait peut-être à échanger quelques mots avec elle, à obtenir d'elle ce rendez-vous qu'elle ne lui avait pas accordé à Berlin.

Devant la porte palière, il avait gardé quelques secondes la main levée au-dessus du bouton de sonnette. Il s'était même demandé si tout ce qu'il avait entrepris ces jours derniers n'avait pas eu pour but exclusif de lui ménager une nouvelle rencontre avec Geneviève.

Car jamais il n'avait insisté avec autant de vigueur auprès de Pierre Lazareff pour que *Paris-Soir* l'envoie en reportage en Tchécoslovaquie, dans la région des Sudètes.

— Trop tôt, il ne se passe rien, avait répondu le chef des informations. Retourne plutôt en Espagne...

Thorenc avait argumenté, demandé à voir Jean Prouvost afin de le convaincre.

Lazareff avait paru surpris, puis avait guidé Thorenc jusqu'au dernier étage, là où, dans un vaste bureau tapissé des collections du journal reliées plein cuir, se tenait le propriétaire.

C'était un homme brun aux allures de dandy, au sourire ironique un peu méprisant.

— Ah, monsieur de Thorenc, avait-il dit en levant à peine la main.

Le geste était las.

— Lazareff a dû vous dire combien j'apprécie vos reportages.

Il avait esquissé une moue.

— Un peu bellicistes, cependant. Je ne veux pas que *Paris-Soir* jette de l'huile sur le feu ou affole l'opinion. Nous avons une mission d'information, mais aussi le devoir de garder la mesure. La préservation de la paix doit être notre préoccupation constante, car c'est l'intérêt du pays et le souhait le plus cher des Français. Vous êtes d'accord, Thorenc ?

— Précisément..., avait commencé le journaliste.

Il avait expliqué qu'il voulait donner la parole à tous les responsables qui, en Tchécoslovaquie, tenaient le sort de la paix entre leurs mains, aussi bien Conrad Henlein, le chef du parti des Allemands des Sudètes, qu'Édouard Benès, le président de la République tchécoslovaque.

— Notre allié, avait-il conclu.

Jean Prouvost avait écarté les mains tout en se rejetant contre le dossier de son fauteuil.

— Notre allié, notre allié... Ne vous engagez pas ! Serait-il raisonnable, mon cher, de sacrifier la paix pour la Tchécoslovaquie, même si la France l'a portée sur les fonts baptismaux ? Après tout, les Allemands des Sudètes sont allemands, même s'ils vivent à l'intérieur des frontières tchécoslovaques, et nous sommes pour le principe des nationalités !

Il avait allumé un cigare, regardé la fumée s'élever en larges volutes.

— Je ne veux pas d'un reportage qui exacerbe les passions, avait-il conclu.

— Il s'agit seulement de présenter la situation telle qu'elle est et comme elle est vécue..., avait murmuré Thorenc.

À cet instant précis, il avait pensé — ç'avait été comme une brusque douleur — que la France allait abandonner la Tchécoslovaquie, que Hitler s'emparerait de la région des Sudètes aussi facilement qu'il avait réalisé l'Anschluss.

Prouvost l'avait longuement dévisagé, puis s'était tourné vers Lazareff :

— Je vous laisse décider, Pierre ; c'est vous qui êtes le chef des informations.

Puis, non sans affectation, et sans plus regarder Thorenc, il avait lentement déplié la dernière édition de *Paris-Soir* et s'était absorbé dans sa lecture.

Il y avait deux jours de cela.

Depuis lors, Thorenc avait rencontré Jan Marzik, un diplomate tchécoslovaque, afin d'obtenir une interview de Benès. Marzik avait le visage massif, des cheveux coupés court sur un front carré. Il s'était montré soupçonneux.

— Prouvost est proche de Laval, avait-il souligné. Il est partisan de l'entente avec l'Allemagne. Pourquoi vous envoie-t-il là-bas ? Vous voulez préparer l'opinion française à la trahison ?

Thorenc avait essayé de le rassurer, cherchant à le persuader qu'au contraire il souhaitait avant tout faire entendre la voix du président de la République tchécoslovaque.

— Vous verrez aussi les nazis de Conrad Henlein ? avait questionné Marzik.

Le journaliste avait dû rester dans le vague :

— Je suis reporter. Il me faut une information complète. Mais il n'est peut-être pas nécessaire que je rencontre Henlein. J'hésite encore...

— Ce sont nos ennemis et les vôtres, avait grommelé Marzik. Mais les Français en sont-ils persuadés ?

Il avait raccompagné Thorenc jusqu'à la porte de son bureau.

— Les Français sont devenus une nation de Ponce Pilate. Dans les Sudètes aussi, comme en Espagne, vous allez choisir la non-intervention, je le pressens. Mais cette lâcheté retombera sur vous et vos enfants !

Thorenc n'avait pas répondu.

Une heure plus tard, il avait revu Alexander von Krentz dans un bar du quartier de l'Opéra. L'Allemand s'était montré chaleureux :

— Nous sommes du même côté de l'Europe, Thorenc, lui avait-il dit. Vous autres Français, qui avez été naguère les artisans de la liberté et de la souveraineté des peuples, vous ne pouvez pas ne pas soutenir la revendication de tout un peuple. Les Sudètes sont des Allemands, même si vous les avez forcés, en 1919, à accepter un passeport tchécoslovaque. Je suis très heureux que vous vouliez aujourd'hui rencontrer Conrad Henlein : c'est un homme simple, mais droit et raisonnable. Il revendique l'autonomie des Sudètes. Vous n'allez pas faire la guerre pour les Sudètes ou parce que les Tchèques ont édifié quelques fortins en Bohême à leur frontière avec l'Allemagne ?

Von Krentz avait déjà organisé le voyage. Conrad Henlein, avait-il affirmé, se félicitait de pouvoir enfin s'entretenir avec un journaliste français qui éclairerait l'opinion internationale.

— Une fois de plus, vous œuvrez pour la paix européenne, Thorenc ! s'était-il exclamé avec effusion.

Thorenc était rentré de ces rendez-vous irrité, humilié. Il avait harcelé Isabelle Roclore : il voulait des réservations d'hôtels dans une dizaine de villes sudètes — Marienbad et Karlsbad, bien sûr, mais aussi Teplitz, Tratnau, Kaplitz, Troppau. Isabelle l'avait longuement dévisagé.

— Je ne vous ai jamais vu aussi impatient, avait-elle constaté. C'est quoi ? La guerre va éclater là-bas ?

Elle avait déposé sur son bureau les billets de train, puis, au moment de quitter la pièce, elle s'était retournée :

— Mais peut-être ne s'agit-il que d'un rendez-vous avec une femme, qui sait ?

Il avait juré, avait dû crier pour qu'elle referme la porte. Puis il avait téléphoné à Villars pour lui annoncer son départ pour Prague.

— Parfait, Thorenc, parfait. Il faut donc que je vous voie d'urgence.

Il s'était tu quelques secondes, puis avait ajouté :

— Venez chez moi, rue Saint-Dominique.

Et il l'avait à nouveau invité à prendre, comme il disait, « quelques précautions élémentaires ».

Thorenc avait remonté l'avenue Bosquet en se retournant plusieurs fois pour s'assurer qu'il n'était pas suivi, et il se retrouvait à présent au quatrième étage du 102, rue Saint-Dominique, hésitant à sonner, espérant que Geneviève Villars lui ouvrirait.

C'était le commandant qui l'avait accueilli, le prenant aussitôt par le bras et disant :

— Cette idée de reportage en Tchécoslovaquie est excellente. Nous avons besoin de savoir si l'Allemagne contrôle directement le parti de Conrad Henlein.

Il avait fait entrer le journaliste dans une petite pièce qui lui servait de bureau. Une carte était déployée sur la table.

— Si la Tchécoslovaquie tombe, c'est plus grave que l'Anschluss, avait-il expliqué. Les Allemands s'empareraient de l'industrie tchécoslovaque d'armement, de Skoda, etc.

Il s'était penché.

— Voici les villes où vous devez vous rendre, avait-il ajouté.

Thorenc avait pris quelques notes cependant que le commandant soliloquait.

Les pressions anglaises étaient fortes pour

qu'on abandonnât Prague et s'entendît avec Hitler. Quant à l'opinion, elle ne voulait de la guerre à aucun prix.

— Ils applaudiront la capitulation devant l'Allemagne, avait-il conclu.

Thorenc avait perçu un léger grincement, comme celui d'une porte qu'on ouvre très lentement.

Il n'avait pas voulu se retourner, mais était resté les deux mains appuyées à la table, fixant la carte. Il s'était souvenu du mot employé par le commandant Villars pour parler de sa fille. « Du silex », avait-il dit.

Il s'était alors redressé.

Geneviève se tenait dans l'encadrement de la porte, ses cheveux noirs tombant sur ses épaules, les bras le long du corps, pareille à une statue primitive, inaltérable.

13

Il pleuvait sur la Bohême et l'eau ruisselait dans les ruelles pavées des petites villes auxquelles leurs maisons fleuries aux volets peints donnaient l'allure de gros bourgs autrichiens, bavarois ou même alsaciens. Sous la floraison de parapluies bariolés, la foule paraissait joyeuse, insouciante. Thorenc regardait et écoutait les gens s'interpeller en allemand.

Il avait vu Conrad Henlein dont le bureau s'ornait d'une photographie dédicacée du Führer. Petit, le visage rond, l'homme s'exprimait d'une voix douce. Il semblait moins brutal que résolu, répétant :

— Nous sommes allemands, nous voulons nous administrer comme des Allemands. Nous acceptons pourtant de servir dans l'armée tchèque, mais à la condition que nous restions entre nous, au sein de régiments allemands.

Le soir, Thorenc était allé s'asseoir dans la salle commune de l'hôtel. C'était une taverne allemande. On y buvait de la bière et les hommes chantaient, rythmant leurs refrains en frappant leur chope sur les longues tables de bois qui tremblaient.

Seul dans un coin de la salle, il avait commencé à écrire, puis, s'interrompant, il s'était remémoré les quelques moments passés rue Saint-Dominique chez les Villars.

Geneviève l'avait conduit au salon et, dans le long couloir, Thorenc avait murmuré :

— J'ai placé votre photo chez moi, vous êtes toujours avec moi.

Elle s'était retournée, marquant un temps d'arrêt sur le seuil de la pièce :

— Mais vous n'êtes jamais chez vous ! J'ai lu vos reportages : l'Espagne, l'Éthiopie...

La voix était à la fois grave et ironique.

— Si nous pouvions nous voir..., avait-il chuchoté.

— Pourquoi pas ? avait-elle répondu.

Puis elle s'était adressée à sa sœur Brigitte, une jeune fille blonde qui commençait ses études de médecine, et, quelques instants après, Henri, qui préparait son baccalauréat de philosophie, avait interrogé Thorenc sur sa prochaine destination.

Le commandant avait sermonné son fils : on ne posait pas de questions, on écoutait. Henri avait baissé la tête et Geneviève avait prévenu que son père était « redoutable ».

— Je parie, avait-elle poursuivi, que monsieur de Thorenc part pour Prague.

Elle avait ajouté en riant :

— Nous sommes tous passionnés par l'actualité : où pourriez-vous vous rendre, si ce n'est en Tchécoslovaquie ? On ne parle que des Sudètes et des appétits de Hitler...

Feignant de se résigner, Villars avait soupiré.

— Vous êtes ethnologue ? avait interrogé le journaliste.

— On le dit, avait répondu Geneviève. En fait, plutôt préhistorienne.

Puis elle avait quitté le salon et la pièce avait tout à coup semblé vide à Thorenc.

Depuis lors, ce vide était en lui.

Il avait téléphoné plusieurs fois chez les Villars, faisant au commandant de brefs comptes rendus, espérant chaque fois que Geneviève décrocherait la première. Mais c'était Blanche de Peyrière — madame Villars — qui répondait, ou bien Henri. Thorenc avait osé demander à ce dernier des nouvelles de sa sœur. Geneviève était à Nice où elle participait à des fouilles dans une grotte située au bord de la mer, non loin du port. On y avait découvert des reliefs de repas, des traces de foyer, et même des empreintes de pas. Le journaliste avait hésité, n'osant demander la date de son retour, mais, au moment où il s'apprêtait à raccrocher, Henri Villars lui avait indiqué d'un ton joyeux — Thorenc avait imaginé le sourire espiègle du garçon — que Geneviève était descendue à l'hôtel de l'Olivier. À Nice, avait-il répété. Thorenc avait balbutié quelques mots de remerciement.

— Un bon renseignement, n'est-ce pas ? avait répliqué Henri.

Ce soir-là, il avait longuement déambulé dans

la ville de Teplitz. Il n'avait pas senti la pluie. Il se reprochait cette allégresse qui chantonnait en lui, l'indifférence avec laquelle il avait regardé ces groupes d'hommes en chemise brune qui collaient des affiches sur lesquelles, dans la lumière jaunâtre des lampadaires, se détachaient des croix gammées.

Tout à coup, on l'avait entouré, bousculé, interrogé. Français ? On avait brandi des matraques. C'était à cause du diktat de Versailles qu'ils avaient perdu leur patrie, avaient hurlé ces hommes. Qu'est-ce qu'il faisait là ? Il espionnait pour le compte des Tchèques ? Mais le Führer allait flanquer une raclée à tous ceux qui avaient humilié les Allemands.

Thorenc avait répété qu'il était journaliste, qu'il avait rencontré Conrad Henlein et qu'il raconterait dans son journal si on l'agressait, ce qu'il avait subi. Les hommes s'étaient concertés et il en avait été quitte pour des injures.

Il s'était étonné, lorsqu'il s'était retrouvé dans sa chambre d'hôtel, de n'éprouver aucune colère. Il n'avait même pas envisagé une seconde d'écrire un article pour raconter l'incident, téléphonant plutôt à Isabelle Roclore pour qu'elle lui trouvât d'urgence le numéro d'appel de l'hôtel de l'Olivier, à Nice. Il l'avait réveillée, mais ne s'était même pas excusé, lui demandant d'avertir Lazareff qu'il partait le lendemain pour Prague, puis, de là, après avoir rencontré Benès, le président de la République, directement pour la Côte d'Azur.

La nuit lui avait paru courte et légère.

Tout au long de la journée du lendemain, Thorenc avait essayé de joindre l'hôtel de l'Olivier.

Il s'était arrêté au bureau de poste de chacune des villes qu'il avait traversées. Puis, avant de monter dans sa chambre de l'Imperial Palaz, à Prague, sur la place de la Nation, il avait exigé de la standardiste qu'elle tente devant lui d'établir la liaison avec Nice. Elle lui avait répondu ce qu'on lui ressassait depuis le matin, à savoir qu'il y avait plusieurs heures d'attente et qu'on ne pouvait lui donner aucune certitude. Elle avait murmuré en secouant la tête, comme s'il se fût agi d'un mot magique : « *Nizza, Nizza, Nizza* », et elle avait ajouté : « *Nein, nein, nein.* » Et c'était comme si ces sons avaient tout à coup fait naître chez Thorenc une violente amertume qui s'était muée peu à peu en désespoir.

Il avait trouvé poussiéreuse et oppressante la grande chambre qu'on lui avait réservée et dont les larges fenêtres équipées de rideaux trop lourds donnaient sur la place.

Il était ressorti presque aussitôt. Arrivé à l'ambassade de France où il était convié à dîner par Lucien Touzon, l'ambassadeur, il s'était senti au bout du rouleau, fataliste, comme s'il était désormais persuadé que plus rien ne pouvait être fait pour empêcher la Tchécoslovaquie de succomber.

Il n'avait même pas paru étonné quand Lucien Touzon lui avait suggéré de faire comprendre au président Benès, qu'il devait voir le lendemain en fin d'après-midi, que l'intérêt de Prague était de faire des concessions à Conrad Henlein, que ce serait là un moindre mal, une manière d'éviter le dépeçage de la République au bénéfice de Hitler.

— Nous ne respecterons donc pas notre traité d'alliance. n'est-ce pas ? avait interrogé Thorenc d'un ton las.

Touzon avait attendu que le domestique eût quitté la salle à manger, puis s'était penché vers lui. Âgé d'une cinquantaine d'années, il avait l'élégance un peu maniérée des diplomates. Il portait un nœud papillon rouge sombre à petits pois blancs comme une touche personnelle d'originalité et d'indépendance d'esprit. Façon de rappeler qu'il était aussi écrivain. Il avait publié quelques romans, des récits de voyage dont la critique, à Paris, avait loué la vivacité et la désinvolture. Il illustrait, avait-on dit, cette tradition brillante du Quai d'Orsay, dans la lignée de Paul Claudel, Saint-John Perse, Paul Morand, tous écrivains de race et négociateurs de talent.

— Vous savez comme moi, avait dit Lucien Touzon, qu'on ne se battra pas pour les Sudètes. J'ai reçu ici même, hier, Charles de Peyrière qui regagnait son poste à Varsovie. Il m'a confirmé qu'au sein du gouvernement, personne — personne, vous entendez — n'est décidé à soutenir la ligne intransigeante de Benès. Peyrière a vu Daladier ; le président du Conseil ne veut en rien se couper des Anglais. Or, Neville Chamberlain est favorable à l'apaisement. Le Premier ministre britannique doit d'ailleurs (Touzon avait parlé plus bas) rencontrer le chancelier allemand. Voilà où nous en sommes. On *fait figure*, mais on ne se battra pas.

L'ambassadeur en avait paru satisfait. Thorenc savait-il que ses livres, notamment son dernier essai, *La Gloire de l'Europe*, avaient été traduits en allemand et très bien accueillis par la presse berlinoise ? Il avait repris :

— Je constate ici, à Prague, que le collègue avec qui j'entretiens les meilleures relations est Karl von Bethman, qui représente l'Allemagne. Un homme d'une culture remarquable, qui a vécu à Paris plusieurs années. Et qui, croyez-moi, n'est pas plus nazi que vous et moi, mais il défend les intérêts de son pays dont il estime que, pour l'instant, Hitler est le gérant élu. Qu'y pouvons-nous ? Il faut s'en accommoder.

Il avait fait servir le café, puis, sur le ton de la confidence, avait ajouté que Bethman avait été prévenu, par l'ambassadeur d'Allemagne à Paris, de la venue de Thorenc à Prague. Et qu'on lui avait précisément suggéré, de Paris, de favoriser le voyage du journaliste en Bohême. Car, il ne fallait pas se le dissimuler, les Allemands étaient naturellement en relations étroites avec le parti de Conrad Henlein.

— Tout s'est parfaitement déroulé, j'imagine ? avait interrogé Touzon.

Thorenc s'était contenté de baisser la tête et le diplomate avait continué de faire l'éloge de Karl von Bethman, puis, raccompagnant son invité jusqu'au seuil, lui prenant familièrement le bras, il avait ajouté :

— Faites passer le message à Benès : personne ne fera la guerre pour que la Tchécoslovaquie conserve les Sudètes. Et, entre nous, Thorenc, c'est tant mieux ! Qui veut se battre pour ça ? Quelques personnalités obsédées et aveuglées par leur germanophobie, qui pensent les relations internationales comme au XVIIe siècle. Que veulent ces gens-là : une nouvelle guerre de Trente Ans ? Elle a commencé ici, en Bohême. Bel exploit : l'Europe ravagée ! Et puis il y a les communistes, mais eux agissent pour le compte de Moscou qui a en effet intérêt à ce qu'Allemands et Français s'entr'égorgent. L'URSS comptera les cadavres et le communisme s'installera à Berlin et à Paris. En voilà qui ont au moins la logique pour eux !

Thorenc n'avait pas eu envie de répondre. Avec une sorte de plaisir douloureux et malsain, il avait au contraire adopté l'attitude faussement

136

humble et passive du journaliste, ce regard modeste, cette expression d'approbation complice qui suscitent la confidence de l'interlocuteur. Lucien Touzon s'y était laissé prendre, ajoutant qu'il avait beaucoup de respect et d'admiration pour Cécile de Thorenc, et approuvait son action. Il regrettait de ne pas être à Paris afin de participer aux activités du cercle Europa. Il l'avait chargé, lui, Thorenc, de transmettre à « madame votre mère l'expression de toute mon estime, et même — c'est l'ambassadeur de France qui parle — de l'assurer de ma gratitude. Elle fait beaucoup pour les relations franco-allemandes et nous en ressentons les effets ici, à Prague. Et Charles de Peyrière me le confirmait il y a peu : il en va de même à Varsovie ».

Comment cette France-là pouvait-elle envisager un seul instant de s'opposer à Hitler ? C'est ce que s'était exclamé Thorenc en téléphonant le lendemain au commandant Villars avant de se rendre au Hradçany, le palais présidentiel.

— Notre représentant, avait-il dit sans citer de nom, n'est pas celui de la France, mais du cercle Europa. Ils sont prêts à tout lâcher, commandant !

Il avait été quelque peu rasséréné par les propos vigoureux de Villars, sa colère, sa certitude que, quels que soient les abandons, il y aurait au bout la victoire.

— N'oubliez pas cela, Thorenc : nous sommes un drôle de peuple qui se redresse toujours... Venez me voir dès votre retour.

Il était resté quelques secondes silencieux, puis avait murmuré :

— Mes amitiés à votre fille Geneviève.

Villars avait-il entendu ? Il avait simplement répété : « À bientôt, à bientôt », et, après ce qui avait semblé à Thorenc un temps d'hésitation, il avait raccroché.

Était-ce d'avoir prononcé le prénom de Geneviève, d'avoir ainsi exprimé cette pensée d'elle qui l'habitait? Thorenc, en pénétrant dans le palais de Hradčany, puis en s'avançant vers Édouard Beneš, avait d'abord eu, l'espace de quelques minutes, le sentiment que la crise pouvait se dénouer sans que ce pays succombât.

Beneš s'était montré plein d'assurance et de fierté. Il avait évoqué les fortifications infranchissables édifiées dans les monts de Bohême, puis la puissance économique de son pays, la vigueur et la renommée de ses entreprises. Le monde entier connaissait la qualité des véhicules — « des tanks aussi, mon cher ami » — produits par Skoda, celle des chaussures fabriquées par Bata...

Puis il avait eu un léger haussement d'épaules :

— Il y a bien sûr la question des Sudètes, avait-il ajouté, mais nous sommes forts et prêts.

Et il avait souri :

— La France aussi est forte et fidèle.

La gorge serrée, Thorenc avait eu le sentiment que la gêne qu'il éprouvait était perceptible.

— Vous êtes nos alliés et nous avons une totale confiance en vous, avait continué Beneš.

Le journaliste avait été accablé. Beneš pouvait-il ignorer à ce point ce qu'était l'état d'esprit des dirigeants français, du président du Conseil Édouard Daladier? Il s'était souvenu de la curieuse formule de Lucien Touzon : « On *fait figure,* mais on ne se battra pas », et de la mission dont celui-ci l'avait chargé. Mais comment faire comprendre à Beneš que la France allait renier sa parole et qu'elle s'accrocherait à la paix, dût-elle assister les bras croisés à l'assassinat de la Tchécoslovaquie ?

Le Président s'était levé. Éclairé par le soleil d'un crépuscule voilé, le parquet du grand salon craquait sous les pas.

— Écrivez bien que je remercie la France de son soutien, avait-il insisté, et que le peuple tchécoslovaque sait qu'il peut compter sur le peuple français.

Thorenc s'était immobilisé. Il était déjà sur le seuil du salon. Il avait parlé vite :

— Deux précautions valent mieux qu'une, monsieur le président. Vous bénéficierez certes du soutien de la France, mais est-ce qu'il ne conviendrait pas d'améliorer aussi vos rapports avec les Sudètes afin qu'il n'existe aucun prétexte à une intervention de l'Allemagne ?

Beneš avait froncé les sourcils, levé la tête, regardé Thorenc avec dédain puis il avait souri :

— Croyez-vous Hitler assez fou pour affronter la France dans le but de satisfaire les revendications de quelques dizaines de milliers de citoyens tchèques d'origine allemande ?

Lorsque le journaliste avait quitté le palais Hradčany, la nuit était déjà tombée. Les reflets des statues du pont Charles dans l'eau noire de la Vltava ressemblaient à des spectres.

14

À chaque gare, Thorenc avait remarqué les mêmes hommes en uniforme. À Vienne, ils arpentaient les quais, leur brassard rouge à croix gammée tranchant sur leur vareuse noire. Certains sautaient lestement sur les marchepieds du train avant même que celui-ci ne se soit immobilisé. Ils remontaient les couloirs, ouvraient la porte du wagon-lit, lorgnaient avec insistance la petite machine à écrire que Thorenc avait placée sur la tablette.

Ils feuilletaient son passeport, demandaient à voir son billet, sa réservation, répétant : « *Pragua, Nizza...* »

Ils se concertaient. Un officier, dont l'emblème à tête de mort brillait au-dessus de la courte visière de sa casquette, faisait à son tour irruption dans le wagon-lit.

Thorenc les observait. Ils avaient la raideur et la morgue de ceux qui se sentent invincibles, qu'aucune question ne trouble. Et il imaginait l'énergie, la détermination, le courage qu'il fallait pour s'opposer à ces hommes-là qui paraissaient d'un bloc, sans faille, les yeux vides.

Ils avaient salué, lançant leurs *Heil Hitler!* comme des gifles.

Lorsque, enfin, le train s'était ébranlé, puis enfoncé dans la nuit, Thorenc s'était senti aussi soulagé qu'un fugitif échappant à ses poursuivants.

Là était leur force : face à eux, lui-même s'était senti l'incarnation du désordre. Il avait eu peur, en cet instant, que la liberté, toujours peu ou prou associée au doute, à l'inorganisation, n'ait toujours le dessous face au fanatisme de ceux qui n'hésitent pas à tuer.

Ils étaient encore là, à la frontière, au Brenner. En se penchant pour contempler la gare enveloppée d'une brume froide, où les lumières tombant de lampes suspendues à des câbles ne réussissaient pas à percer complètement la grisaille mêlée de vapeur et de fumée, il avait aperçu une femme tenant deux enfants par la main et qui marchait, tête baissée, encadrée par deux SS.

Elle s'était retournée plusieurs fois vers le train comme pour chercher de l'aide, et il avait imaginé plus qu'il n'avait vu son visage, le désespoir qui creusait ses traits.

Il s'était senti humilié, impuissant, honteux de ne pouvoir agir, et il s'était rencogné dans son compartiment. Il avait dû de nouveau présenter son passeport à des hommes en uniforme noir. Cette fois, ils étaient italiens. Mais ils avaient la même manière de dévisager, d'interroger, d'examiner d'un œil soupçonneux. Ceux-là lui avaient même fait ouvrir ses deux sacs de voyage, plongeant leurs mains avec une sorte d'avidité jusqu'au fond des bagages, froissant les vêtements, secouant les livres comme s'ils avaient pu cacher quelque correspondance secrète. Ils s'étaient penchés sur la machine à écrire.

— *Giornalista*, avait dit l'un d'eux avec une expression de mépris.

Puis il avait ajouté comme s'il crachait :

— *Francese*.

Il avait ricané en répétant :

— *Nizza, Nizza*.

Sa façon de prononcer ce nom signifiait que cette ville était déjà comme sienne, que le fascisme allait s'en emparer.

Puis, lentement, le train avait quitté la gare. Instinctivement, Thorenc avait abaissé la vitre, tant il lui avait semblé qu'il y avait d'hésitation dans cet ébranlement. Et, en effet, quelques centaines de mètres plus loin, la locomotive s'était arrêtée à l'entrée d'un tunnel. Il y avait eu des éclats de voix, des cris, des bruits de course sur la caillasse des ballasts, des points lumineux qui trouaient la nuit, puis, tout à coup, ces détonations, ces longs coups de sifflet. Enfin le train qui repartait, accélérait.

On ne pourrait éviter la guerre, avait conclu Thorenc. C'était maintenant une certitude ancrée en lui. Elle planait là, déjà, comme une nuée sombre. Elle éclaterait à propos des Sudètes ou de Dantzig. Peu importait l'occasion, le prétexte. Il y avait trop de violence accumulée dans ces corps en uniforme ; trop de passivité, de lâcheté, d'esprit de soumission, de doute en face d'eux.

Imaginant cela, l'ampleur de ce chaos, il n'en avait éprouvé que davantage encore l'impérieux désir de vivre.

Thorenc n'avait pas dormi, à peine somnolé, imaginant ce qu'il dirait à Geneviève Villars : par exemple, que la guerre et donc la mort allaient se déchaîner et que c'était un sacrilège de ne pas aller au-devant de celui ou de celle vers qui l'on se sentait attiré. Dans le corridor de l'appartement paternel, Geneviève ne lui avait-elle pas répondu : « Pourquoi pas ? »

Il était donc venu pour la retrouver après qu'ils se furent manqués à Berlin, à peine effleurés au 2 bis, avenue de Tourville, puis rue Saint-Dominique.

Il fallait qu'ils vivent jusqu'au bout ce qui les avait poussés l'un vers l'autre. C'était comme une exigence morale, un devoir, une manière d'opposer à la fatalité de la guerre, au fanatisme de ces hommes en uniforme, une autre nécessité : l'ordre de l'amour et du désir contre celui de la mort.

Voilà ce qu'il allait lui dire.

Le jour s'était levé et la mer s'étendait entre les caps, brillait au-delà des maisons roses, bleue comme une toile au premier plan de laquelle on avait tracé les lignes graciles des palmiers.

Il y avait eu un nouvel arrêt, mais, au bout du quai, il avait aperçu, peint à l'entrée d'un tunnel en grosses lettres, le mot FRANCE, et l'intensité de la joie qu'il avait éprouvée l'avait étonné.

C'était encore, en cette fin septembre 1938, une journée d'été.

Thorenc avait sauté à bas de son wagon, fait quelques pas au milieu de la foule bariolée qui se pressait sous la verrière de la gare de Nice. Et le silence, ou plutôt le murmure l'avait saisi. Les hommes, le visage grave, portaient souvent des vestes sombres qui tranchaient avec les robes colorées, les bras et les jambes nus des femmes. Les gens, serrés les uns contre les autres, formaient de petits groupes de trois ou quatre qui chuchotaient, s'embrassaient, se dévisageaient, ignorant les autres.

Thorenc avait traversé les quais, gagné le hall. Il avait vu les gendarmes interpeller des hommes jeunes et contrôler leurs papiers. Et il avait déchiffré les gros titres du *Petit Niçois* et de *L'Éclaireur de Nice et du Sud-Est,* affichés sur un panneau à la sortie de la gare : RAPPEL SOUS LES DRAPEAUX DE 400 000 HOMMES. Le Premier ministre britannique Chamberlain avait demandé à rencontrer le chancelier Hitler. Le rendez-vous était fixé à Berchtesgaden, le nid d'aigle du Führer. Allait-on faire la guerre pour les Sudètes ? interrogeaient les deux journaux. La manière dont ils posaient la question valait réponse.

Thorenc avait eu le sentiment qu'une course de vitesse venait de s'engager entre ce qu'il aspirait à vivre avec Geneviève Villars et ce que les événements en Europe allaient lui imposer de vivre.

Il avait gagné en hâte l'hôtel Beau-Rivage, face

à la mer. Il était resté quelques minutes sur le balcon de sa chambre, au sixième et dernier étage dominant le quai des États-Unis, ébloui par le soleil qui se réfléchissait sur le miroir bleu de la baie des Anges. Le ciel était si limpide, l'horizon semblait si proche, toutes les nuances du bleu se fondaient si harmonieusement l'une dans l'autre, qu'il avait éprouvé la tentation de s'élancer, bras ouverts, en avant, pour vivre, l'espace d'un instant, l'illusion de l'envol, de la communion avec le paysage.

Une fanfare martiale l'avait arraché à cette brève rêverie.

Des chasseurs alpins, dans leur uniforme de laine bleu sombre, béret noir penché à droite, défilaient, musique en tête, les cors de chasse se levant en même temps et formant une ligne dorée. Le pas était rapide. Les badauds regardaient sans applaudir, comme effrayés, puis s'éloignaient, n'attendant même pas que fût passée la dernière section.

Cette guerre, qui voulait la regarder en face ? Lui-même, il y avait quelques minutes, n'avait-il pas eu le désir de s'élancer hors du réel ?

Il avait téléphoné à Isabelle Roclore.

Elle s'était déjà renseignée. Il n'était pas rappelé sous les drapeaux. Le destin lui accordait donc une chance.

Il avait commencé à dicter le récit de sa rencontre avec Édouard Benès, mettant en exergue la phrase du président tchèque : « La France est forte et fidèle. » Il voulait que ce fût le titre même de l'article. Mais Lazareff, qui s'apprêtait à sortir une édition spéciale, avait répondu que Prouvost n'accepterait sûrement pas un titre aussi provocant, rendant plus difficile la négociation.

— Les Anglais ne veulent pas entendre parler

144

de la guerre. Ils cherchent l'apaisement, avait dit le chef des informations. Et Daladier, peut-être la mort dans l'âme, suit. Tout cela se terminera autour d'une table de négociations. Après tout, faut-il que des millions d'hommes meurent pour quelques milliers d'Allemands des Sudètes ?

Thorenc n'avait pas répondu. Il ne pouvait plus rien. Il ne lui restait qu'à tenter de vivre pour lui-même avant que ne tombe la foudre.

L'hôtel de l'Olivier était situé au bout d'une rue en pente qui montait du port vers la colline du Château. Sa façade rose se dressait au fond d'un petit jardin. Un olivier noueux, râblé, en occupait le centre. D'un mur de pierres disjointes clôturant le jardin surgissaient des pousses de figuier. Après qu'il eut appris, à la réception, que mademoiselle Villars ne rentrerait à l'hôtel qu'à la tombée de la nuit, Thorenc s'était assis sur un bloc de marbre, peut-être un fût de colonne antique, relégué contre le mur.

À droite de la porte d'entrée, une inscription rappelait le souvenir d'une certaine Catherine Ségurane, héroïque Niçoise, lavandière de son état ; elle avait, au XVIe siècle, chassé les Turcs qui assiégeaient la ville. Par association d'idées, Thorenc avait pensé que Geneviève Villars était aussi de ces femmes qui savent se battre. « Du silex », avait dit son père. C'est dans le silex qu'étaient taillées les armes primitives.

Il s'était souvenu de cette autre femme, sur les quais de la gare du Brenner, entraînée, prisonnière, désespérée. Soudain, il avait eu peur de cette guerre qui venait. Peur pour Geneviève Villars.

Il avait entendu un pas sur le gravier du jardin. C'était elle. Elle s'avançait, pensive, ne regardant

pas autour d'elle, ses cheveux noirs défaits tombant sur ses épaules.

Cela faisait déjà longtemps que le soleil avait
disparu, n'éclairant plus de sa lumière pourpre
que les immeubles situés de l'autre côté du port.

15

Geneviève Villars et Bertrand Renaud de Thorenc avaient emprunté le sentier qui, au milieu
des rochers calcaires déchiquetés par les paquets
de mer, contourne le cap de Nice et qu'on appelle
parfois le « chemin des douaniers ».

Elle marchait un pas devant lui, et chaque fois
qu'il avait essayé de rester à son côté, elle avait
pressé l'allure. Elle voulait donc se tenir à l'écart
de lui, sans s'abandonner à ces gestes complices
que Thorenc, tout au long du repas, avait senti
qu'elle aussi était tentée d'accomplir. À plusieurs
reprises, elle lui avait frôlé la main, le poignet.

En sortant du restaurant de la Tour-Rouge où
ils avaient dîné, il avait eu l'impression qu'ils
allaient s'enlacer, leurs hanches se touchant déjà,
leurs épaules s'appuyant l'une contre l'autre, et
puis elle avait fait un grand pas et s'était éloignée, engagée sur ce sentier. Elle n'avait plus
parlé.

Au contraire, durant le dîner, elle n'avait pas
cessé d'évoquer l'émotion qu'elle avait éprouvée
lorsque, avec le professeur Georges Munier, qui
dirigeait les fouilles, elle avait mis au jour des
morceaux d'os, des bouts de charbon de bois qui
étaient restés à la même place, au fond de cette

grotte surplombant la mer, depuis sans doute plus de vingt mille ans.

— Nous ne représentons qu'un si bref moment — avait-elle dit, ajoutant plus bas tout en jouant avec ses couverts, l'œil rivé au loin, au-delà de la terrasse du restaurant en forme de proue construite au-dessus des récifs — et pourtant, ce qui arrive et qui n'est rien, à peine un embrun, de l'écume sur la mer, est tout pour nos propres vies. Est-ce que vous sentez cela ?

— Je ne pense pas, avait-il répondu. J'écoute. Je regarde. Je rapporte. Je réagis.

Il avait décrit la scène dont il avait été le témoin à la gare du Brenner : cette femme et ses enfants entraînés peut-être vers un camp alors qu'elle espérait sans doute fuir l'Autriche ou l'Allemagne.

— Vous connaissez Stephen Luber ? avait-elle demandé tout à coup.

Elle l'avait fixé cependant qu'il exprimait d'une grimace sa méfiance et son antipathie.

Elle avait aussitôt repris en racontant la vie de Luber, le chantage qu'il avait subi, le courage dont il avait fait montre en s'enfuyant, comment il avait pu quitter l'Allemagne.

— Mon père lui a fait confiance, avait-elle précisé.

C'était déjà la fin du dîner.

Geneviève avait hésité quelques secondes, puis, en se levant, elle avait murmuré sans quitter le journaliste des yeux :

— Il a été mon amant. Il était seul et j'étais seule.

Thorenc était resté pétrifié de l'autre côté de la table.

— Il faut dire les choses, avait-elle enchaîné. Les silences, les mensonges, ce sont des ombres ;

147

moi, j'aime ce qui est clair et net, les coupes franches.

Il l'avait suivie. Il avait murmuré que son père n'avait pas tort de dire d'elle qu'elle était du « silex ». Elle s'était arrêtée sur le perron du restaurant.

Le vent soufflait de la mer, portant la rumeur des vagues qui s'engouffraient, après des chocs sourds, dans les chenaux et cavités creusés dans les rochers du cap.

On aurait dit que la nuit amplifiait cette respiration bruyante et rageuse de la houle.

C'est à cet instant, face à la mer, qu'ils avaient été sur le point de s'enlacer.

Puis Geneviève était partie seule et Thorenc l'avait suivie sur le sentier.

Ils avaient atteint l'extrémité du cap. Le sentier s'était rétréci. Des touffes de broussailles qui semblaient naître de la roche l'interrompaient çà et là de plus en plus fréquemment. Le vent se faisait plus âcre, le choc des vagues plus violent ; les embruns jaillissaient en gerbes. Ils scintillaient dans la lumière qui tombait d'immeubles construits à l'aplomb du sentier.

Geneviève s'était tout à coup arrêtée puis retournée, et Bertrand, l'ayant heurtée, était resté plaqué contre elle. Elle n'avait pas bougé.

— Il y a un hôtel là-haut, avait-elle dit en levant le bras pour désigner l'une des constructions.

C'était une sorte de forteresse médiévale en brique rouge.

— Le Château de l'Anglais, avait-elle précisé.

Elle s'était comme étirée, bras tendus vers le ciel, et ses seins s'étaient soulevés.

— On s'enferme là et on oublie le monde,

avait-elle murmuré. Après, ce sera la guerre. C'est ce que vous pensez, non ?

Il avait posé ses deux mains sur ses hanches, enserrant sa taille.

— On oublie le monde..., avait-il répété.

Il l'avait embrassée et elle s'était lovée contre lui, répondant à son étreinte par chaque parcelle de son corps.

Puis ils avaient commencé à monter, enlacés, vers le Château de l'Anglais.

16

Ils étaient restés étendus, enlacés au centre du grand lit, jusqu'à ce que le soleil du milieu de la matinée envahisse la chambre et incendie le miroir, les aveuglant de son éclat incandescent.

Geneviève avait ouvert la porte-fenêtre donnant sur une large terrasse aux tommettes rouges. La mer, le port, la ville, les massifs des Maures et de l'Estérel étaient au bout, bleus et blancs, verts et ocre.

Ils s'étaient contentés de téléphoner, Geneviève au professeur Georges Munier, Bertrand à Isabelle Roclore.

Elle avait dû s'absenter, avait expliqué Geneviève, pour une affaire familiale à régler d'urgence. Thorenc avait été jaloux du rire complice dont elle avait ponctué ses excuses. Elle était donc aussi cela : comédienne, joueuse, menteuse ?

Il s'était aussitôt souvenu de Stephen Luber.

Il l'avait jetée sur le lit, la maintenant par les

épaules, l'interrogeant brutalement : comment avait-elle pu, avec Luber, elle ?

Elle l'avait d'abord écouté avec le sourire, puis l'avait tout à coup repoussé.

— Je t'ai raconté, avant. Par contre, tu ne m'as rien dit de toi, et je ne veux d'ailleurs rien savoir, avait-elle lancé.

Il s'était excusé, puis avait joint Isabelle Roclore. Le numéro de téléphone qu'il lui laissait, lui avait-il indiqué, ne devait être utilisé qu'au cas où la guerre viendrait à être déclarée et où lui-même devrait répondre à un ordre de mobilisation.

— Vous ne lisez donc pas les journaux ? avait interrogé Isabelle.

— Je fais retraite hors du monde, avait-il répliqué.

— C'est le grand amour, alors ? avait repris la secrétaire avec un bref éclat de rire.

Il avait raccroché.

C'était peut-être bien, en effet, ce qu'on appelait le grand amour.

Geneviève avait un corps lisse sur lequel la main et les lèvres, la langue glissaient sans rencontrer jamais la nervure d'une cicatrice ou d'une ride.

Elle se laissait aimer, puis se raidissait dans un spasme de plaisir, tout à coup tendue, les yeux clos, bouche entrouverte, de petits cris aigus précédant un râle grave venu du ventre.

Elle se détendait alors, et, après plusieurs minutes, se tournait vers Thorenc, promenant à son tour sa bouche d'une extrémité à l'autre de son corps. Rien, jamais, ne leur avait semblé plus naturel que cette exploration mutuelle et lente de leurs désirs.

Ils avaient déjeuné et dîné sur la terrasse dans cette fin de septembre flamboyante.

En début d'après-midi, ils avaient gagné les rochers du cap où ils avaient découvert de petites criques terminées par d'étroites plages de gravier noir et gris. Ils avaient pris le pli de se baigner à l'heure la plus chaude dans une mer fraîche qui les désaltérait. Puis ils s'allongeaient au creux des rochers, se réchauffant contre la pierre blanche lavée par les vagues. Des flaques saumâtres formaient dans les anfractuosités de la roche des taches noires où allaient et venaient de petits crabes roux. Geneviève les saisissait, les portait à sa bouche, faisait craquer leur tendre carapace entre ses dents. Bertrand la traitait de « primitive »...

À peine avaient-ils eu le temps de sécher que le soleil déjà disparaissait et le crépuscule ciselait un court instant les collines et les massifs lointains avant de céder la place à la pénombre. Les lampadaires formaient le long de la baie une guirlande de points jaunes. Les phares balayaient la mer de leurs longs faisceaux verts et rouges.

— Je me demande..., disait Bertrand en remontant vers le Château de l'Anglais, le bras passé autour de la taille de Geneviève.

D'un geste elle le faisait taire, murmurant qu'ils devaient encore rester hors du monde pour quelques heures ou quelques jours.

Ils traversaient vite le hall du Château pour ne pas voir les titres des journaux qui s'étalaient sur les tables basses.

Mais, malgré lui, Bertrand en apercevait certains. Il lui suffisait de quelques lettres pour deviner les noms — Chamberlain, Daladier, Hitler, Benès, Mussolini — et ce qui se tramait à propos des Sudètes.

Durant quelques minutes, il se sentait écartelé, tenté de téléphoner à Isabelle Roclore, à Lazareff, et de se précipiter sur les journaux pour les dévorer, et savoir.

Le propriétaire de l'hôtel, un homme élégant d'une soixantaine d'années, essayait chaque fois d'engager la conversation. Il s'était présenté dès le premier soir, lorsque Bertrand avait rempli la fiche de renseignements.

— Moi aussi, monsieur de Thorenc, j'ai travaillé dans la presse...

Il avait tenu la chronique mondaine du *Figaro*.

— Rodolphe de Gallet, avait-il répété.

Thorenc s'était contenté de hocher la tête et de marmonner « Mais oui, mais oui », comme s'il se souvenait de quoi que ce fût le concernant.

Dans la chambre, Geneviève avait éclaté de rire. Gallet était à n'en pas douter un homosexuel. Thorenc n'avait-il pas remarqué sa perruque, ses ongles faits comme ceux d'une femme, son léger maquillage, et le parfum sucré dont il semblait s'être aspergé ?

— Vous croyez que ce sera la guerre ? l'interrogeait chaque fois Rodolphe de Gallet. Qu'en pensez-vous ?

Geneviève entraînait Bertrand qui répondait à l'hôtelier d'un geste évasif.

Mais la question, elle, le rongeait.

Guerre ou paix ?

Il était anxieux de savoir. Il passait sur la terrasse, contemplait les reflets mouvants des lumières et des phares qui s'allongeaient sur l'étendue sombre. Plus faibles, des lueurs oscillaient au creux des vagues, révélant les barques qui pratiquaient la pêche au lamparo.

Thorenc restait ainsi seul plusieurs minutes et parfois il avait la tentation de fuir, d'entraîner

Geneviève loin de cette Europe qui allait s'embraser, de ces foules aveugles qui se laissaient conduire par des incapables, des lâches ou des fous.

À quoi bon annoncer les événements? À quoi bon s'évertuer à montrer ce qui survenait, pourquoi écrire, puisque les hommes ne comprenaient pas, ne voulaient pas voir, attirés comme ces bancs de poissons qui se précipitent vers la lumière blanche des lampes placées au-dessus des filets où ils vont mourir...

Geneviève le rejoignait.

Un soir, elle avait dit :

— Demain, ce sera notre dernier petit déjeuner ici.

Il s'était serré contre elle.

Elle lui avait caressé les cheveux. Tendre comme elle ne l'avait jamais été, elle avait murmuré :

— Est-ce que nous aurons le temps?

17

Quand il avait vu Rodolphe de Gallet pénétrer dans la chambre, souriant, exubérant même, Thorenc avait deviné qu'on avait abandonné les Sudètes à Hitler, qu'on avait donc livré la Tchécoslovaquie, ses fortifications, ses usines Skoda sans combattre, qu'on avait renié sa parole, les traités, et que cette France qu'Édouard Benès, au Hradçany, avait qualifiée de « forte et fidèle » s'était montrée lâche et traîtresse. Et il en avait éprouvé un sentiment d'horreur et de dégoût.

Le propriétaire du Château de l'Anglais n'en finissait pas de disposer les tasses et les couverts du petit déjeuner sur la table de la terrasse. Il avait tenu, expliquait-il, à apporter lui-même la bonne nouvelle.

— La paix, la paix, monsieur de Thorenc!

Il avait disposé des œillets et des roses dans un long vase bleu. Il murmurait :

— C'est si beau, si beau! Comment accepter que tout cela soit menacé, détruit? Ils ont signé hier soir à Munich. Nous sommes passés si près de la tragédie, mon Dieu, mon Dieu!

Il avait porté ses deux mains à sa bouche, comme pour prier.

— Vous êtes trop jeune, monsieur de Thorenc, pour savoir, mais moi, je les ai faites, les quatre années de la Grande Guerre. Je suis un Croix-de-Feu, mais oui! Oh, je ne suis pas un partisan du colonel de La Rocque. Je ne me soucie pas de politique, c'est si peu esthétique! Mais j'étais à Verdun et je sais ce que nous devons au maréchal Pétain. Je suis sûr qu'il a pesé sur le gouvernement de Daladier pour qu'on ne recommence pas à se battre. C'est un grand soldat, donc économe du sang des hommes. Interrogez les poilus, les survivants : ils pensent tous comme moi. C'est à Pétain qu'il faudrait confier les rênes du pouvoir. À son âge, on n'a plus de petites ambitions, on a la vie derrière soi, on choisit donc ce qui est bon pour le pays. Les autres pensent tous d'abord à leurs intérêts mesquins.

Gallet avait croisé les bras, considéré la table, effacé d'un geste vif un pli de la nappe.

— Ils vont renvoyer chez eux les réservistes, on l'a annoncé ce matin.

Il s'était tourné vers Geneviève Villars comme s'il n'avait pas osé faire cette confidence à Thorenc.

En souriant presque timidement et en battant plusieurs fois des cils, il avait annoncé que Dominique, son associé, il pouvait même dire son fils adoptif, qui avait été rappelé et devait se trouver pour l'heure dans l'un des forts des Alpes, sur la frontière italienne, allait donc être libéré.

— Vous comprenez ma joie! Qu'est-ce que je pouvais faire ici, tout seul, alors que l'arrière-saison est une des plus belles, qu'elle attire une clientèle intéressante, surtout pour un établissement comme le nôtre? Nous avons des Anglais; j'espère que, maintenant, les Allemands aussi vont venir.

Il avait soupiré : Mon Dieu, qu'est-ce qu'on avait eu peur! Tous ceux à qui il avait pu parler durant ces derniers jours partageaient le même sentiment. On n'allait pas faire à nouveau la guerre pour une province qu'on ne savait même pas situer sur une carte!

Il avait secoué la tête en ânonnant :

— Les Sudètes! les Sudètes!

Thorenc s'était assis sur le rebord du lit, les coudes sur les genoux, ses paumes écrasant ses oreilles. Rodolphe de Gallet avait posé près de lui le journal déplié.

La première page était tout entière occupée par deux grands titres. Sur une première ligne, il avait lu : ACCORD À MUNICH, et sur les deux autres : LA PAIX POUR NOTRE ÉPOQUE. Une petite photo complétait la page. On y voyait Hitler et Mussolini en uniforme, entourant des hommes gris aux visages las, Daladier et Chamberlain.

Thorenc avait eu honte.

Sans un regard pour Gallet, il avait grommelé qu'ils quitteraient la chambre aujourd'hui même, puis il était allé s'installer sur la terrasse. Geneviève avait pris place en face de lui. Elle avait rempli leurs tasses de café, puis feuilleté quelques instants le journal avant de le laisser tomber sur les tommettes.

— Ils expliquent..., avait-elle commencé.

Thorenc s'était levé et était allé s'accouder à la balustrade. L'horizon, la baie, la ville étaient déjà embrasés. Le cap de Nice et une partie du port étaient seuls encore dans l'ombre.

— La paix, après tout..., avait-elle repris.

Il avait interrompu Geneviève en se tournant vers elle, et le soleil, à cette seconde, avait surgi, submergeant la terrasse, l'obligeant à fermer les yeux.

— Nous n'aurons pas le temps, avait-il conclu.

18

C'était près de trois mois plus tard, à la fin décembre 1938. Bertrand Renaud de Thorenc était assis à la table de Françoise Mitry dans la pénombre de la Boîte-Rose. Des guirlandes et des rubans multicolores décoraient la salle et on avait écrit en lettres bleues, blanches et rouges, sur le miroir au-dessus du bar : *Happy New Year 1939! Glückliches Neues Jahr! 1939, année de la Paix!*

Thorenc regardait fixement cette inscription. Ses yeux et son visage ne s'animaient qu'à l'instant où, d'un geste bref, il portait à ses lèvres son verre de cognac qu'il buvait d'un trait. Puis il appuyait son menton sur ses paumes et semblait de nouveau absent.

De temps à autre, Françoise Mitry, qui allait

d'une table à l'autre, échangeant quelques mots avec les habitués, passait près de lui, effleurait sa joue du bout des doigts, demandait d'un signe au serveur d'apporter un nouveau verre, puis se penchait et murmurait :

— Tu as une belle gueule, mais la gueule d'un neurasthénique.

Elle s'éloignait tandis qu'il buvait.

Lorsqu'il pensait à ce qu'il avait ressenti depuis qu'il avait laissé Geneviève Villars à Nice en cette fin d'après-midi du 29 septembre 1938, il avait l'impression que ces mois n'avaient été qu'une suite d'humiliations, de déceptions, de bouffées de colère et d'amertume, avec, à leur terme, ce soir, un profond sentiment de gâchis et d'impuissance.

Il avait légèrement tourné la tête, aperçu les filles adossées à l'escalier.

La plupart étaient nouvelles. On disait qu'il y avait parmi elles de nombreuses Allemandes, des Autrichiennes et des Tchèques, mais aussi des Polonaises, des filles qui craignaient les nazis, certaines juives, d'autres qui rêvaient, après une escale à Paris, de gagner les États-Unis, Hollywood — « comme Marlene Dietrich, n'est-ce pas ? » ricanait Françoise Mitry.

— Elles finiront à Oran, Alger ou Casa, à Saigon ou à Dakar, ajoutait-elle.

Il n'avait nulle envie de passer la nuit avec l'une d'elles. Pourtant, il eût suffi qu'il levât la main pour qu'un de ces corps s'approche, qu'une voix lui parle. Mais c'était comme si son désir s'était tari depuis qu'il avait quitté Geneviève et qu'emporté par la succession des événements, il ne l'avait plus revue.

Il avait essayé de la joindre dès qu'il était arrivé à Paris, le 30 septembre. À l'hôtel de l'Olivier, on l'avait informé que mademoiselle Villars avait payé sa note et était partie. Où ? Qui pouvait le dire ?

Il avait demandé un rendez-vous au commandant Villars et celui-ci n'avait d'abord parlé que de cet accord monstrueux et honteux de Munich.

— Vous avez vu, Thorenc, cette foule venue accueillir Daladier au Bourget ? Et ces acclamations tout au long de la route, ces cris : « Vive le sauveur de la paix ! »

L'officier allait et venait, tête penchée en avant, mains derrière le dos.

— Les cons, les pauvres dupes ! C'est au contraire la guerre assurée. Les Allemands se sont emparés de stocks d'armement considérables, et sans tirer le moindre coup de feu ! Vous savez ce que m'a dit de Gaulle ? « Je suis écrasé de honte par cette capitulation sans combat, c'est un effroyable effondrement de la France comme grande puissance. » Mais qui s'en soucie ? Nous ne sommes qu'une poignée, Thorenc ! Vous connaissez les résultats du vote à la Chambre ? Cinq cent trente-sept députés ont approuvé l'accord ; soixante-treize communistes, un socialiste et Kérillis, qui est à droite, ont voté contre. Mais — il avait écarté les bras — les communistes n'ont fait que suivre les consignes de Moscou, qui est hostile à l'accord. Demain, ils se rangeront derrière l'URSS si elle s'entend avec Berlin sur notre dos. Nous venons de lui donner l'exemple, Thorenc, car le sens de Munich, c'est cela : « Cher Führer, faites donc la guerre à la Russie, dévorez l'espace vital à l'est, et nous vous laisserons les mains libres ! » Et ils imaginent que Staline va laisser faire, que Hitler va suivre ce conseil !

Villars s'était rassis derrière son bureau.

— Nous allons vers de terribles surprises, Thorenc. Mais vous, qu'en pensez-vous ?

— L'aveuglement..., avait commencé le journaliste.

Il avait raconté comment il avait vu, dans une gare de province, des cortèges de rappelés démobilisés envahir les quais et, au bord de l'ivresse, chanter, crier : « Vive Daladier ! Vive la paix ! » C'était une atmosphère de kermesse.

— Personne ne veut faire la guerre, avait-il conclu.

— Les Allemands non plus, mais ils la feront quand même ! Voilà toute la différence, avait répliqué Villars. Et ils ont maintenant les moyens de la conduire de manière expéditive, croyez-moi !

Il avait tapé du plat de la main sur le dossier ouvert devant lui, puis, tout à coup, il avait longuement regardé Thorenc.

— Cette gare de province dont vous parliez, c'était Nice ?

Bertrand avait balbutié, mal assuré, puis il avait lâché d'une voix un peu trop forte :

— J'ai vu Geneviève...

Il s'était repris et sans doute avait-il rougi. Il n'avait plus éprouvé depuis l'adolescence cette sensation de chaleur et de picotements aux joues.

— ... Mademoiselle votre fille, avait-il complété.

Villars avait semblé ne pas avoir entendu, oubliant même sa propre question. Il avait refermé d'un coup sec son dossier, s'était levé et avait recommencé à arpenter le bureau, s'arrêtant parfois devant les lucarnes qui s'ouvraient au ras du parquet. La lumière dessinait dans la pièce des trapèzes gris.

— Il y a la foule des médiocres, des prudents, des aveugles, des petits ambitieux qui tiennent à leur confort, à leur carrière, qui n'osent prendre l'opinion vent debout. Voilà Daladier et la plupart de ceux qui ont approuvé les accords de Munich. Le destin de la France, ils s'en moquent : qu'elle crève, pourvu qu'ils prospèrent. Mais ils n'ont même pas tous ce cynisme ! Demain, ils seront derrière Laval et Pétain, puisque ce sont les personnalités dont on parle, celles qui prendront la relève pour traiter avec Hitler. Et si le Führer tonne, réclame l'Alsace et la Lorraine, eh bien, ils les lui donneront et on les applaudira au nom du moindre mal !

Il s'était approché de Thorenc et immobilisé en face de lui.

— Et puis il y a les salauds, souvent intelligents, mais décidés à trahir, ayant misé, pour toutes sortes de bonnes raisons, sur l'Allemagne. Un petit groupe d'entre eux est séduit par le nazisme, mais le plus grand nombre s'imagine que Hitler est le plus fort, le seul homme capable de faire barrage au bolchevisme. Je les connais, c'est la bande des ambassadeurs : à Varsovie mon beau-frère Charles de Peyrière, Touzon, que vous avez vu à Prague, Perrot, à Berlin, et, à leurs côtés, quelques beaux esprits comme Paul de Peyrière. Des salauds !

Thorenc avait baissé la tête comme si la sentence de Villars s'était adressée à lui.

— Ils ont prévu pour dans quelques semaines une visite de Ribbentrop à Paris. Ils veulent signer avec le Reich un pacte de non-agression pour bien marquer qu'ils laissent à Hitler toute liberté d'agir à l'est. Mais le chancelier, avant d'affronter la Russie, se débarrassera d'abord de nous. Voilà l'avenir.

160

Il s'était appuyé à son bureau.

— Thorenc, je voudrais que vous assistiez, rien de plus facile pour vous, aux réceptions qui seront données au Quai d'Orsay et à l'ambassade d'Allemagne lors de la visite de Ribbentrop. Ces messieurs vont se mettre en quatre pour honorer le ministre des Affaires étrangères du Reich. Alexander von Krentz et Otto Abetz seront heureux d'inviter le fils de Cécile de Thorenc. Laissez traîner vos oreilles, et racontez-moi. J'ai d'autres... — il avait hésité — observateurs, mais je vous fais confiance, et peut-être qu'avec vous, étant donné qui vous êtes, ces messieurs parleront plus librement.

Il avait mis fin à l'entretien en retournant s'asseoir et en rouvrant le dossier posé devant lui, sans un geste pour saluer Thorenc.

Celui-ci s'était dirigé vers la porte. Au moment où il allait la franchir, Villars lui avait lancé :

— À propos de Geneviève, puisque c'est ainsi que vous appelez maintenant ma fille, vous savez sûrement qu'elle a quitté Nice. Mais peut-être ignorez-vous qu'elle participe à des fouilles au Tibesti en compagnie du professeur Munier?

Déception, amertume, désespoir...

Thorenc s'était complu des jours durant dans l'inaction. Il avait eu le sentiment qu'il ne servait à rien de tenter de réveiller une opinion qui s'enfonçait avec une sorte de frénésie dans la satisfaction d'avoir évité la guerre. Qui entendait la voix de Churchill clamant, outre-Manche, que le conflit s'avançait, inéluctable? Les mêmes que leur lucidité isolait.

Un soir de la fin novembre, Thorenc s'était rendu chez Lévy-Marbot. Il avait d'abord échangé quelques mots avec Delpierre. Son « vieux camarade » de l'École normale l'avait pris par le bras, l'entraînant dans un coin du salon. Lui-même essayait dans *Le Populaire* de réveiller les socialistes. Mais comment était-il possible que tant de normaliens — Brasillach, Pucheu, etc. — eussent choisi la voie du fascisme ou de la complaisance à l'égard de l'Allemagne ?

— À quoi leur sert donc leur intelligence ?

De Gaulle, hautain, soliloquait :

— Les Français, comme des étourneaux, poussent des cris de joie cependant que les troupes allemandes entrent triomphalement sur le territoire d'un État que nous avons construit nous-mêmes, dont nous garantissions les frontières et qui était notre allié !

La cigarette pendante au coin de la bouche, il concluait, amer :

— Peu à peu, nous prenons l'habitude du recul et de l'humiliation, au point qu'elle nous devient comme une seconde nature. Nous boirons le calice jusqu'à la lie !

Comment ne pas désespérer ?

Presque chaque soir, seul ou en compagnie d'Isabelle Roclore, Thorenc se rendait à la Boîte-Rose. Il buvait. Il couchait avec Isabelle, l'aimant pour trouver le sommeil, mais, souvent, l'alcool et l'amertume, ou encore le souvenir de Geneviève Villars brisaient son élan. Il s'excusait ou gueulait. Il se recroquevillait cependant qu'Isabelle s'appliquait à le rassurer.

Un jour, il lui avait demandé de rassembler tous les renseignements dont on pouvait disposer sur le professeur Georges Munier, préhistorien et ethnologue.

Cela tenait en deux feuillets que la secrétaire avait déposés sur son bureau. Munier avait quarante ans, était professeur au Collège de France, directeur de recherches au musée de l'Homme.

Avec quelques autres scientifiques, il avait fait partie du Comité de vigilance des intellectuels contre le fascisme.

— Marié ? Célibataire ? avait interrogé le journaliste.

Isabelle l'avait regardé avec stupeur et Thorenc, d'un geste de la main, lui avait demandé de quitter le bureau.

Elle avait hésité. Tenait-il vraiment à ce qu'elle complète le dossier Munier ? Il avait froissé les deux feuillets.

— Mais non ! avait-il répondu d'une voix rageuse.

Un autre jour, il avait demandé à voir Stephen Luber, et l'empressement servile de cet homme lui avait une nouvelle fois inspiré de l'aversion.

L'Allemand était intarissable. Tous les renseignements dont il disposait affirmait-il, semblaient prouver que Hitler entendait d'abord « digérer » ses conquêtes, l'Autriche et les Sudètes, avant de se lancer dans une guerre avec la France. Il était même possible que celle-ci n'entrât pas dans ses intentions et qu'il songeât d'abord à s'emparer de Dantzig. Les Polonais, lâchés eux aussi par la France et l'Angleterre, abandonneraient le corridor qu'ils contrôlaient et la « ville libre » serait ainsi rattachée au Reich. Les Tchèques avaient bien renoncé aux Sudètes !

Et puis, Hitler voulait renforcer son pouvoir en Allemagne, expulser les Juifs du Reich. Il avait déchaîné cette « Nuit de cristal » en réponse à l'attentat commis à Paris contre un diplomate allemand par un Juif allemand.

Luber dressait un tableau apocalyptique de cette nuit du 9 novembre 1938. Des milliers de magasins avaient été brûlés ou pillés, des dizaines de Juifs assassinés, des centaines enfermés dans des camps. Thorenc l'avait écouté, ne réussissant pas à se convaincre qu'il disait la vérité. Pourtant, toutes les dépêches confirmaient ces violences antisémites.

Brusquement, Thorenc l'avait interrompu :

— Vous connaissez bien, m'aviez-vous dit, Geneviève Villars ?

L'autre avait paru décontenancé, assurant qu'il n'avait plus vu la jeune femme depuis au moins un an.

— Et avant ? avait insisté Thorenc.

Luber avait regardé autour de lui comme s'il avait cherché une issue pour fuir, puis avait murmuré, hésitant entre chaque mot :

— Une amie... elle m'a aidé.

Le journaliste avait parcouru du regard la silhouette de Luber, examiné son visage un peu veule, et un sentiment d'accablement mêlé de colère et de dégoût l'avait envahi.

L'autre s'était ressaisi, affichant maintenant une sorte d'assurance ironique :

— Vous l'avez donc vue ? avait-il demandé. Elle tenait beaucoup à vous rencontrer. Je vous l'avais bien dit !

Thorenc s'était levé et avait laissé l'Allemand seul dans le bureau.

C'est Isabelle Roclore qui l'avait, une nuit, aidé à s'arracher à ce qu'elle avait d'abord appelé son « marécage sentimental ».

Elle avait employé ces mots avec tendresse, s'approchant de lui, essayant de se glisser sur ses genoux, mais il l'avait repoussée, et, tout à coup, elle avait commencé à se rhabiller en hurlant qu'il était un « emmerdeur », qu'il n'était certes pas le premier homme qu'une femme avait plaqué, mais sûrement le plus con !

Il avait essayé de la retenir en s'excusant, en

164

avouant qu'en effet il avait eu un comportement d'amant jaloux, abandonné.

Isabelle s'était dégagée avec violence. Il n'était qu'un enfant gâté, avait-elle poursuivi, un vieux jeune homme susceptible !

Elle avait cru qu'il s'intéressait aux affaires du monde, que ce qui le passionnait, c'était le sort de la France, l'avenir, la guerre ou la paix, les Espagnols et les Sudètes... Mais non ! Monsieur Bertrand Renaud de Thorenc était, tiens, comme le boulanger interprété par Raimu ! Oui, il fallait qu'il se précipite pour voir le film de Marcel Pagnol ! Comme le boulanger, monsieur de Thorenc ne supportait pas qu'on laisse son zizi en plan, qu'on en préfère un autre, et devant ce cataclysme-là, les événements qui secouaient l'Europe n'avaient plus aucune importance. Monsieur de Thorenc pleurnichait et refusait de pétrir son pain !

Isabelle avait claqué la porte et, depuis le balcon, il l'avait vue, sur le boulevard Raspail, faire de grands gestes pour arrêter un taxi.

Il lui avait su gré de cette colère salutaire et, le lendemain matin, il avait déposé sur le bureau d'Isabelle une dizaine de roses rouges. Il l'avait embrassée, murmurant qu'il s'excusait.

Le soir même, en habit, il assistait à la réception donnée à l'ambassade d'Allemagne pour fêter la venue à Paris de monsieur le ministre des Affaires étrangères du Reich, Ribbentrop. L'après-midi, Georges Bonnet, au nom de la France, avait signé avec lui un traité de non-agression.

En pénétrant dans les salons de l'ambassade, Thorenc avait ressenti de l'indignation et de la honte. Le sang des Juifs assassinés durant la *Kristallnacht* n'avait pas encore séché, dans les villes d'Allemagne les inscriptions *Juden* maculaient encore les vitrines brisées, et ils étaient tous là à se congratuler, les ambassadeurs et diplomates français venus de toutes les capitales d'Europe : François Perrot, Lucien Touzon, Charles de Peyrière entourant Georges Bonnet, leur ministre, auquel Paul de Peyrière tenait à serrer la main.

Et Thorenc entendait l'écrivain répéter :

— C'est un acte d'une importance historique, monsieur le ministre. Avec le recul du temps, il prendra place dans la liste des plus grands traités, peut-être à la hauteur de ceux de Westphalie. Mais, monsieur le ministre, ce qui est neuf, c'est qu'il est conclu entre des puissances qui reconnaissent comme définitive la frontière qui les sépare. Pour ces mots-là, monsieur le ministre, soyez à jamais honoré !

L'emphase pour dire qu'ils se couchaient devant Hitler !

Alexander von Krentz avait levé les bras en apercevant Thorenc. Le conseiller d'ambassade allemand était accompagné d'une très grande femme aux cheveux blonds relevés en un chignon qui la grandissait encore. De longs gants noirs montaient jusqu'à ses coudes, rehaussant la blancheur de sa peau. Elle avait les épaules nues et sa robe, noire elle aussi, était fendue sur la poitrine. Cette profonde entaille laissait voir à chaque mouvement les seins de la jeune femme. Elle était d'une beauté un peu glacée et néanmoins provocante à cause de ce qu'elle laissait deviner de son corps. Elle ne portait pas de soutien-gorge et on pouvait imaginer que, sous la robe qui lui collait comme une peau, elle était entièrement nue.

Von Krentz ne la quittait pas des yeux plus de

quelques secondes à la fois. Il avait pour elle le regard d'un homme fasciné.

— Vous connaissez Viviane Ballin, avait-il dit.

Thorenc s'était incliné, se souvenant de cette actrice qui avait quitté avec insolence la Comédie-Française pour tourner dans plusieurs films. On prétendait qu'elle avait été la maîtresse de tous ses producteurs, et d'abord du plus important d'entre eux, Simon Belovitch, l'ancien amant de Cécile de Thorenc — peut-être même le père de Bertrand ? Toujours est-il que ce dernier avait souvent joué avec cette hypothèse.

Le journaliste avait donc dévisagé longuement Viviane Ballin qui n'avait pas baissé les yeux : deux brasiers noirs dans sa peau blanche.

On disait que Sacha Guitry avait été son Pygmalion, mais qu'elle avait refusé de l'épouser, préférant se marier avec Michel Carlier, lequel possédait lui aussi une société de production cinématographique, concurrente de celle de Belovitch.

À la manière dont elle regardait Alexander von Krentz et dont celui-ci lui prenait le bras pour la guider parmi les invités où figuraient de nombreux Allemands en uniforme, Thorenc avait conclu que ce mariage n'avait en rien limité la liberté de Viviane Ballin.

Le conseiller d'ambassade rayonnait :

— C'est une nouvelle étape sur le chemin que nous avons ouvert, vous et moi, mon cher Thorenc, disait-il. Vous vous souvenez : Berlin, l'hôtel Bismarck ? Vous étiez encore réticent ! Vous craigniez l'hostilité de la nouvelle Allemagne. Je vous avais expliqué que le Führer, comme tous les anciens combattants de la Grande Guerre, Ernst Jünger par exemple, avait au contraire une très grande estime pour votre pays. Et voilà : Ribbentrop est à Paris et nous signons un traité !

Il avait baissé la voix, s'était penché vers le journaliste :

— C'est la civilisation européenne que nous sauvons ici, Thorenc. Je vous avais parlé, je me souviens, de saint Bernard et de la croisade... Nous sommes issus du même creuset, vous et moi.

Il avait souri et enchaîné :

— D'une certaine manière, nous vous protégeons. Vous nous laissez monter la garde à l'est, devant la plaine et la steppe d'où ont toujours déferlé les grandes invasions...

— « Les mains libres à l'est ! » avait grommelé Thorenc.

Alexander von Krentz s'était esclaffé :

— Tout de suite les belles formules ! Ah, que vous êtes français, Thorenc ! Disons simplement que nous n'accepterons pas indéfiniment que Dantzig reste séparé de la mère patrie. Il ne s'agit pas là d'avoir les mains libres, mais de faire montre de bon sens, de logique et d'équité.

Von Krentz avait jeté un regard vers l'actrice.

— Mais n'ennuyons pas Vénus, avait-il murmuré. Elle ne le pardonnerait pas à Jupiter !

Et il avait entraîné Viviane Ballin. En regardant le couple s'éloigner, traverser ce salon de l'ambassade d'Allemagne où se pressaient dans un joyeux brouhaha hommes politiques, diplomates, écrivains, chroniqueurs de presse, jolies femmes, Thorenc avait eu la vision de cette voyageuse tenant ses enfants par la main et que deux hommes en uniforme entraînaient dans la grisaille d'un quai en gare du Brenner.

Il avait quitté rapidement l'ambassade d'Allemagne et était allé se réfugier à la Boîte-Rose. Il avait essayé bêtement de confier à Françoise Mitry ce qu'il ressentait. Elle s'était esclaffée. Si Paul de Peyrière voulait lécher le cul des Allemands, ça le regardait. Elle s'en moquait ! Elle s'était éloignée de la table, puis, après quelques pas, était revenue s'asseoir en face du journaliste. Elle l'avait accusé de toujours « voir tout en noir ». Elle avait montré la piste de danse. Les gens avaient envie de s'amuser. Ils n'en avaient rien à foutre, de Ribbentrop, des Sudètes, des Polonais, de Dantzig, de quoi encore ? Ils prenaient la vie du bon côté.

Elle avait eu un geste presque maternel en pressant le visage de Bertrand entre ses mains.

— Qu'est-ce que tu attends, idiot ? Tu n'as qu'une vie. Elle est à toi, seulement à toi ! Si tu ne t'en occupes pas, personne ne le fera à ta place. Ribbentrop ou Daladier...

Elle avait haussé les épaules.

— ... ou alors, mais c'est une maladie, tu es vraiment amoureux !

Il n'avait pas répondu. Il ne savait plus distinguer ce qui, en lui, résultait du silence de Geneviève Villars, de la douleur qu'avait provoquée sa disparition, de ce brusque abandon, de cette trahison, et ce que son humeur devait à l'époque, à la compromission, à la veulerie, à la médiocrité de ceux qui avaient en charge l'avenir du pays. Et qu'il accusait aussi — c'était le même mot qui lui venait à l'esprit — de trahison.

Il avait dû rencontrer Pierre Laval, Prouvost y tenait. L'homme, pronostiquait le propriétaire du journal, avait de l'avenir.

— Voyez-le, faites-le parler. Expliquez-lui que *Paris-Soir* non seulement ne lui est pas hostile, mais peut l'aider à faire connaître ses idées. Vous comprenez dans quel esprit, Thorenc ? Nous sommes un journal sans a priori, sans préjugés.

Le journaliste avait d'abord pensé refuser, puis la curiosité l'avait emporté.

Il s'était rendu dans les petits bureaux qu'occupait Laval au fond d'une longue cour, presque une ruelle, à laquelle on accédait par une porte cochère ouvrant au numéro 120 des Champs-Élysées.

Laval l'avait aussitôt entraîné au Fouquet's en frottant ses grosses mains brunes et en disant d'une voix gourmande :

— Nous parlerons tout en déjeunant.

De petite taille, il avait la tête ronde, des cheveux crépus mêlant les mèches noires, grises et déjà blanches. Il avait commandé des raviolis, du gigot, choisi avec soin le vin, un moulin-à-vent, puis il avait commencé à discourir la bouche pleine, mangeant avec avidité, jubilant lorsqu'il répétait, parlant de Daladier et du gouvernement :

— Ils ne s'en tireront pas. Ils se débattent et s'enfoncent. Aucun redressement n'est possible ni en diplomatie ni en finances... Le remède, Thorenc, c'est la force !

Il s'était resservi.

— Il faut vider les bureaux et remplir les prisons, avait-il repris. Les prisons, entendez-vous ! Après, on pourra avoir une politique extérieure digne de ce nom.

Il semblait ne jamais devoir être rassasié, commandant plusieurs pâtisseries, disant tout en les savourant :

— Votre mère, Cécile de Thorenc, a raison. Il n'y a pas de salut sans entente avec l'Allemagne, avec l'Italie et la nouvelle Espagne. La voilà, notre Europe ! Les Anglais, eux, sont depuis tou-

170

jours nos ennemis. J'ai de bonnes, d'excellentes relations avec Franco, et naturellement avec Mussolini. Je suis depuis toujours partisan de l'alliance franco-italienne. Avec l'Allemagne...

Il avait déboutonné son gilet et s'était mis à fumer, laissant tomber la cendre sur sa cravate blanche.

— Monsieur de Ribbentrop est à Paris. Enfin ! Ce n'est pas moi qui m'en plaindrai. J'ai été le premier président du Conseil à me rendre à Berlin, c'était en 1931. Quelques années plus tard, j'ai vu Goering à Varsovie où nous nous trouvions pour les funérailles du maréchal Pilsudski...

— Et si l'Allemagne, précisément, se mêle de vouloir reconquérir Dantzig et d'attaquer la Pologne ? avait enfin pu demander Thorenc.

Laval avait ricané.

— Croyez-vous que les Français soient prêts à se battre pour Dantzig ? Un peuple qui se refuse aux disciplines viriles se condamne vis-à-vis des autres — l'allemand, par exemple — qui consentent de plus grands efforts !

Il était enfin sorti de table.

— Que représente Dantzig pour notre pays ? avait-il lancé. Bien moins que les Sudètes, et nous les avons lâchés, et c'est tant mieux ! Ils ne valaient pas la guerre. Alors, Dantzig...

Il avait levé la tête vers Thorenc. Il s'agissait d'une conversation privée, tenait-il à préciser. Il ne souhaitait pas parler au pays. Le moment n'était pas encore venu.

— Faites-le comprendre à monsieur Prouvost. Que son journal se borne à dire que j'observe la situation.

Il avait crispé sa lèvre d'un air dédaigneux et ajouté d'une voix dolente :

— Ils ne me donneront plus le pouvoir. Ils savent trop bien que c'en serait alors fini de leurs jeux !

Il avait encore marmonné que Daladier, Blum, Bonnet, Chautemps, tous n'étaient que des « salopards ».

— Ils ne m'éliront pas. Ils ont trop peur.

Puis il avait souri :

— Mais je peux encore les surprendre. Et, comme ils ne s'en sortiront pas...

Sur l'avenue des Champs-Élysées, la circulation était dense. Devant le Fouquet's se pressait une foule chargée de sacs, de paquets.

— Bientôt les fêtes, avait lâché Laval.

Sous la moustache grise, le sourire était carnassier.

TROISIÈME PARTIE

19

« Nous vivons dans la boue... »

Bertrand Renaud de Thorenc relit cette phrase qu'il vient de noter dans le petit carnet à couverture noire qu'il a acheté hier à Sedan.

« ... La boue couvre nos corps et entre dans nos têtes, écrit-il à la suite. Nous ne résistons même plus. Le jour de mon arrivée, le 22 septembre 1939, j'ai demandé à chaque homme de veiller à racler les semelles de ses chaussures avant d'entrer dans la chambrée. Aujourd'hui, trois mois après, la boue séchée forme une couche épaisse qui cache les dalles des grandes salles du rez-de-chaussée où vivent les hommes de la compagnie. Ils y dorment, y mangent, s'y lavent et jouent aux cartes. J'ai renoncé à exiger qu'ils nettoient le sol. Comment pourraient-ils lutter contre cette marée poisseuse, gluante et brune ?

« Il pleut ou neige chaque jour. La maison forestière où nous sommes installés est au centre d'une clairière que les averses successives ont transformée en cloaque... »

Thorenc s'arrête, repose son stylo, se lève, va jusqu'à la fenêtre.

Malgré l'épais rideau de pluie, il aperçoit des

soldats de corvée qui, le col de leur capote relevé, gagnent un petit bâtiment situé sous les arbres. Là est installée la cuisine de la compagnie. Les hommes pataugent, glissent, tentent de courir. La boue gicle.

Le soir, ils sont épuisés de n'avoir rien fait d'autre qu'arracher leurs pas à cette pâte grumeleuse.

Jusqu'au milieu de la nuit, Thorenc les entend rire ou s'injurier. Ils tuent le temps, disent-ils. Ils ont oublié qu'ils sont ici, sous les armes, pour tuer et être tués.

Drôle de guerre.

Thorenc appuie son front contre la vitre.

Et lui, est-ce qu'il imagine pouvoir mourir ici, dans cette forêt des Ardennes, sur l'un de ces chemins bourbeux qu'il emprunte chaque jour en compagnie du sergent Joseph Minaudi ?

Il faut inspecter les postes de guet ; les sentinelles ont construit des abris sommaires faits de grosses branches entrecroisées recouvertes d'une toile de tente. Mais l'eau perce tout. Minaudi maudit ce ciel d'où ne cesse de couler la pluie, la neige, la grêle, et cette terre fangeuse. Dès leur première marche en forêt, il a dit que lui-même venait d'un pays sec où les rochers sont blancs ou rouges ; quand on appuie le pied sur le sol, il résiste.

— On n'enfonce pas, mon capitaine, on peut taper du talon : c'est franc, ça répond. Ici, ça dégouline, ça gicle, ça pourrit de partout !

Thorenc s'est souvenu, en l'écoutant, des rochers déchiquetés du cap de Nice, de la netteté de l'horizon. Chaque chose avait alors un contour. Et il a eu l'impression qu'il avait devant lui le corps de Geneviève Villars qui se détachait sur la grande surface blanche du lit, dans la chambre du Château de l'Anglais.

Le sergent arrivait peut-être de Nice ?

Minaudi s'était exclamé : comment le capitaine savait-il ?

C'est pour Nice, en souvenir de Geneviève, que Thorenc a choisi désormais de se faire accompagner par Minaudi. C'est devenu pour lui un besoin, une habitude.

On quitte la clairière, on monte vers la Croix de Vermanges par un sentier qui n'est qu'une large ornière. Thorenc s'arrête, offre une cigarette à Minaudi. La forêt s'étend au-dessus d'eux dans la grisaille cotonneuse des nuages bas.

Il n'a même plus besoin d'inciter le sergent à parler. Celui-ci évoque les façades ocre de la rue Catherine-Ségurane, le chemin des douaniers, autour du cap.

Il s'étonne une nouvelle fois : le capitaine connaît donc la Tour-Rouge, le Château de l'Anglais, l'hôtel de l'Olivier ? C'est toute la vie de Joseph Minaudi qui s'est déroulée là, entre la colline du Château et le quai des Docks. Il est allé presque chaque soir pêcher sur les rochers du cap.

— Vous vous rendez compte, mon capitaine, la différence ! Qu'est-ce que je fous ici ? Si au moins on se battait... Mais qu'est-ce qu'on attend ?

Thorenc ne répond pas. Il reprend la marche. C'est comme si les récits et descriptions de Minaudi rendaient encore plus présents, plus réels les souvenirs de cette semaine passée là-bas, « hors du monde », avec Geneviève.

Le sergent lui emboîte le pas. Il ne parle plus, il maugrée. Cette terre, c'est décidément de la merde. Il répète un peu plus distinctement :

— Qu'est-ce qu'on fout ici ? Qu'est-ce qu'on attend ?

Voilà la boue qu'on a dans la tête : les questions sans réponse, l'ennui.

Mais contre qui se battre ? Les Allemands ont écrasé, conquis la Pologne. Hitler a clamé qu'il voulait maintenant la paix, qu'il avait atteint ses objectifs. Et Radio Stuttgart de répéter chaque jour sur un ton ironique :

« Vous seriez si bien chez vous, soldats du 157e régiment de chasseurs, au soleil, au lieu de moisir dans les Ardennes ! Savez-vous qui profite en ce moment de votre pays, de vos femmes ? Les embusqués, les riches Juifs qui se pavanent dans les grands hôtels de la Côte, les Anglais ! Le peuple allemand veut comme vous la paix ! »

La boue...

On s'arrête de nouveau. Le sommet n'est plus éloigné. Thorenc distingue déjà la croix de Vermanges dressée sur un bloc de granit. À chaque fois, la vue le saisit, l'émotion l'étreint. Il doit se défendre contre une envie de s'agenouiller, de prier, de retrouver les mots de l'enfance : « Notre Père qui êtes aux cieux... »

Le corps du Christ paraît en effet surgir du brouillard que le vent effiloche, puis il s'efface à nouveau, pareil à une brève apparition que le mystère enfouit.

Thorenc et Minaudi restent ainsi silencieux plusieurs minutes, puis, lorsqu'ils se dirigent vers le poste de guet, à quelques centaines de mètres sur cette crête, le sergent s'étonne :

— Ils savent tout, à Radio Stuttgart. Ils donnent le nom des officiers. Vous savez, mon capitaine, qu'ils ont parlé de vous ? Vous êtes un grand journaliste. C'est vrai que vous avez déjà rencontré Hitler ? Vraiment ? Parlé avec lui en tête à tête ?

Thorenc ne répond pas.

Il se souvient de son inquiétude des derniers mois de paix devant les sympathies et complicités dont bénéficiait partout l'Allemagne nazie.

La réception donnée en l'honneur de Ribbentrop à l'ambassade du Reich, en décembre 1938, n'avait été qu'un signe parmi d'autres.

S'affichant en compagnie de Viviane Ballin, Alexander von Krentz paradait à toutes les premières, ne manquait aucun vernissage. On murmurait avec envie qu'il avait servi d'intermédiaire à Michel Carlier, l'époux de l'actrice, lequel avait signé grâce à lui plusieurs accords avec des producteurs de cinéma allemands dépendant eux-mêmes de Goebbels. Ainsi, le plus légalement du monde, l'argent des nazis gangrenait toute une partie du cinéma français.

C'est au début d'avril 1939 que Thorenc avait évoqué cette question avec le commandant Villars.

Il rentrait de Prague occupée par les Allemands depuis près d'un mois. Il avait vu les Tchèques désespérés détourner la tête quand, sur leurs places, défilaient les fanfares allemandes.

Il avait rencontré Jan Marzik, radié du ministère des Affaires étrangères tchécoslovaque et qui tentait à présent de survivre en vendant des meubles et des œuvres d'art qui avaient appartenu à sa famille.

— Je sais, disait l'ancien haut fonctionnaire, accablé, que ceux qui me les achètent ne sont que des prête-noms qui vont les céder aux Allemands.

Il serrait le poing, frappait la table.

— Je sais aussi, Thorenc, que vous avez fait ce que vous avez pu pour alerter l'opinion. Donc, je ne vous méprise pas. Mais votre pays, votre France « forte et fidèle », n'est-ce pas, comme aimait à le dire le président Benès, nous a trahis. Et savez-vous ce qui va arriver ?

Il tendait le doigt vers sa fenêtre, montrait le drapeau à croix gammée qui flottait sur l'ancien ministère des Affaires étrangères en face duquel il habitait.

— Les Allemands vont m'arrêter, me tuer peut-être, puis ils défileront sur les Champs-Élysées, Thorenc, et ils n'auront même pas eu à combattre, car vous leur aurez ouvert en grand vos portes.

Il avait haussé les épaules.

— Vous... ?

Il avait fait non de la tête.

— Pas vous, Thorenc, mais peut-être madame votre mère et ses amis, la fameuse « cinquième colonne », ceux qui nous ont livrés, à Munich.

De retour, le journaliste avait rapporté à Joseph Villars tout ce qu'il avait vu et entendu à Prague, y compris les propos d'officiers allemands qui étaient les premiers effarés de leur succès.

— Ah, monsieur, lui avait dit le jeune capitaine Weber, quel miracle que notre Hitler nous ait donné tout cela en vingt-quatre heures ! Nous n'aurions jamais cru pouvoir entrer dans Prague sans combattre. Nous avons trouvé dans les casernes des tanks superbes, meilleurs que les nôtres, et en si grand nombre ! Nous avons gagné l'équivalent d'une année de travail de nos usines. Oui, sans même avoir à combattre !

Weber ne cachait pas son étonnement ni l'ambition qui en découlait :

— Pensez donc, les Tchèques avaient leurs montagnes de Bohême, leurs fortifications, leurs armements et — il ricanait — l'alliance française, et voici que nous avons tout pour rien... Après cela, si les Polonais refusent de nous rendre Dantzig, c'est qu'ils sont tombés sur la tête! Eux n'ont ni montagnes ni fortifications. Quant à votre solidarité... Qui peut maintenant vous faire confiance? Pourquoi voudriez-vous que nous craignions la cavalerie polonaise ou votre alliance?

Le capitaine allemand avait osé dire en s'esclaffant :

— Le monde entier sait ce qu'elle vaut depuis Munich!

Thorenc avait reçu ces mots comme autant d'insultes auxquelles il n'avait pu répondre, et, entre le désespoir de Jan Marzik et l'arrogance de Weber, il s'était senti aussi humilié qu'impuissant.

C'est ce qu'il avait avoué au commandant Villars.

L'officier avait balayé les journaux qui encombraient son bureau d'un geste méprisant, inattendu chez cet homme que Thorenc avait toujours connu maître de lui.

— Que vouliez-vous que nous fassions? Vous êtes journaliste, l'un des rares à ne pas avoir cédé à la tentation. Si vous excluez *L'Humanité* communiste, antiallemande pour le moment et par obéissance aux ordres de Moscou, et *L'Époque* de Kérillis, partout ailleurs c'est le chant de la lâcheté. Lisez plutôt cela!

Il avait agité *L'Œuvre*, lu d'une voix indignée :

— « Faut-il mourir pour Dantzig? » par Marcel Déat. Voilà l'article qui a donné le *la* à l'ensemble de la presse! Comment voulez-vous que l'opinion se dresse contre les abandons? Et puis, vos amis — ceux de votre mère, plutôt : Otto Abetz, Alexander von Krentz... — et les diplomates italiens avec eux, ont fait couler à flots, sur toute la presse, après un court passage en Suisse, l'argent venu de Berlin et de Rome. Voulez-vous que je vous énumère la liste des corrompus ? C'est le premier ressort de la cinquième colonne : on achète les consciences ! Vous savez que Viviane Ballin, notre grande vedette, est invitée à Berlin. Elle va, dit-on, tourner un film franco-allemand. Elle sera accueillie là-bas comme une reine, choyée, surpayée, applaudie à tout rompre. Pourquoi voulez-vous qu'elle veuille voir déclarer la guerre à l'Allemagne ? Quant au deuxième ressort, c'est le désir de paix à tout prix. Ces écrivains, ces artistes, ces politiques tels que Paul de Peyrière, Déat, Brasillach, etc., ont réussi à convaincre le peuple qu'il faut céder, céder toujours. Vous vous souvenez des explications de Daladier, du lâche soulagement de Léon Blum après Munich : « Ce que nous avons fait est raisonnable. Fallait-il faire tuer quinze millions d'Européens pour obliger trois millions de Sudètes qui voulaient être allemands à rester en Tchécoslovaquie ? » Voilà l'argument ! Le même que reprend Déat à propos de Dantzig. Pourquoi, demain, ne l'appliquerait-on pas à l'Alsace ? Quant à ceux qui ne sont pas convaincus, ils préfèrent aller s'enfoncer la tête dans le sable des plages ou bien ils rêvent de partir en congés payés ! Ils me font penser à la comtesse du Barry vieillissante, qui, montée sur l'échafaud, disait face à la guillotine : « Encore un petit moment, monsieur le bourreau ! »

Villars s'était pris la tête à deux mains, puis avait souri, cherché un journal parmi tous ceux qui se trouvaient encore déployés sur son bureau.

— Voilà ma seule satisfaction, avait-il murmuré. Je ne sais au juste de qui l'on parle, sans doute de Viviane Ballin dont on prétend qu'elle aurait aussi accordé ses faveurs à Otto Abetz ; en tout cas, voilà ce qu'écrit *Le Canard enchaîné*... Vous vous rendez compte, Thorenc, à quoi j'en suis réduit : me réjouir à la lecture de cette feuille ? Mais enfin, je crois que nous irons d'étonnement en étonnement.

Il avait lu :

> « *L'aventure est bouleversante*
> *De cette mondaine élégante*
> *Qui dans un salon parisien*
> *Fréquenta l'agent hitlérien.*
> *Moralité .*
> *La Belle et l'Abetz.* »

Il avait raccompagné Thorenc jusqu'à la porte. Une fois là, il avait hésité, puis, la tête un peu penchée, avait murmuré :

— Ma fille va bientôt rentrer. Je crois — il avait levé les mains en signe d'incertitude ou d'impuissance — qu'elle va se marier ; enfin, si le professeur Munier divorce...

Et il avait tourné brusquement les talons, laissant Thorenc planté sur le seuil.

Thorenc avait quitté Paris dès le lendemain pour un reportage en Roumanie.

Dès la première nuit passée à Bucarest, il avait découvert les bars, les boîtes où se retrouvaient les diplomates et les journalistes étrangers esseulés. On y échangeait des informations. On lui avait assuré que les Anglais étaient cette fois-ci décidés à empêcher les Allemands d'aller plus loin vers l'est. Londres menacerait donc le Reich de lui déclarer la guerre s'il attaquait la Pologne. Mais ce que Neville Chamberlain voulait ainsi protéger, c'était d'abord et avant tout les champs de pétrole de Roumanie... Allez comprendre pourquoi cela passait cette fois par la défense de Dantzig ! On avait renoncé à se battre pour la Tchécoslovaquie, malgré sa puissance, et, après l'avoir livrée avec tous ses armements, les Anglais déclaraient que « le gouvernement de Sa Majesté se sentirait aussitôt tenu, dans le cas où une action menacerait clairement l'indépendance polonaise, d'apporter au gouvernement polonais tout appui en son pouvoir... »

Ce serait donc la guerre, dans les pires conditions, contre ces officiers allemands, du type du capitaine Weber que Thorenc avait vu à Prague, sûrs d'eux-mêmes, exaltés par une victoire obtenue sans combattre et orgueilleux de leur force.

Comment ne pas boire à la fois pour effacer cette situation absurde et pour ne pas penser à Geneviève ?

Chaque soir, il avait eu le dessein de dissoudre tout ce qu'il avait appris au cours de ses interviews de la journée, dans ces salles enfumées où il buvait avec acharnement, sans plaisir, comme si l'alcool avait constitué pour lui un simple calmant.

Mais on venait l'interrompre, on lui confiait de nouvelles informations qui l'incitaient à boire encore davantage.

Un soir, il avait même vu s'avancer vers lui un homme dont la présence en ces lieux était si inattendue qu'il avait mis plusieurs secondes à le reconnaître. L'homme était accompagné d'une jeune femme brune aux traits réguliers, aux longs cheveux frisés noirs qu'elle avait ramenés sur son épaule gauche. Le maquillage agrandissait encore ses yeux déjà écarquillés, si bien qu'on ne voyait qu'eux, comme deux lueurs claires dans sa peau hâlée.

Thorenc avait eu du mal à se détacher de ce

regard. Il s'était senti tout à coup dégrisé et il avait reconnu Stephen Luber qui lui présentait Lydia Trajani.

Née en France, la jeune femme était de nationalité française; elle avait vécu à Paris avec son père, un diplomate roumain qui venait de mourir. Elle était seule et souhaitait retrouver les bords de la Seine.

Thorenc avait essayé de saisir quels pouvaient bien être les liens unissant Lydia Trajani à Stephen Luber. L'Allemand paraissait fasciné, soumis, et c'était un spectacle étrange que de voir cet homme, d'une dizaine d'années plus âgé que la jeune femme, la regarder avec servilité. Quand il s'adressait à elle, Lydia daignait à peine tourner la tête vers lui et Thorenc s'était imaginé qu'elle le méprisait.

Il avait éprouvé d'emblée de la sympathie pour elle, peut-être même plus. C'était la première fois, depuis qu'il avait quitté Geneviève Villars, qu'il ressentait à nouveau de l'attirance et même du désir pour une femme.

Avec cette liberté de ton que donne l'abus d'alcool, il avait interpellé Luber :

— Qu'est-ce que vous foutez ici? Vous êtes toujours dans mes pattes! Et vous avez du goût pour les jeunes femmes que j'apprécie. Il faudra qu'on règle ça un jour à l'épée ou au pistolet, ou simplement — il avait brandi le poing sous le nez de l'Allemand — avec ça! Pourquoi pas maintenant?

Il avait éclaté de rire en voyant la mine effrayée de l'autre. Il lui avait saisi la main et, coudes posés sur la table, l'avait forcé à l'affronter, mais Luber n'avait pas résisté et avait aussitôt ployé l'avant-bras.

— Vous savez que Geneviève Villars va se marier? avait lâché Thorenc.

Il avait envie de se ruer sur l'Allemand pour se venger d'avoir été abandonné sans explications par Geneviève qui l'avait eu, lui aussi, pour amant.

— Qu'est-ce que ça vous fait ? avait-il repris.

Luber paraissait décontenancé par la tournure de la conversation. Il avait essayé de biaiser en évoquant les menaces allemandes sur la Pologne. Il avait ajouté que le gouvernement roumain ne souhaitait pas que Londres et Paris intervinssent pour la défendre. Il fallait, selon les Roumains, ne pas humilier les Allemands, ne pas chercher à les vaincre, même si l'Allemagne commettait la folie de conquérir la Pologne et de se trouver ainsi au contact des Russes. Si on brisait l'Allemagne, il n'y aurait plus d'obstacle entre la Russie et l'Occident. Le bolchevisme déferlerait jusqu'au Rhin. Il fallait donc garder une Allemagne puissante pour former avec elle un front de défense de l'Occident où elle trouverait sa place.

— Vous êtes un drôle d'oiseau, Luber, avait répondu Thorenc. Maintenant, vous êtes pour qu'on s'allie à l'Allemagne contre l'URSS ?

Luber avait nié. Il n'avait fait là que répéter le point de vue des Roumains.

Tout à coup, Lydia Trajani avait pris le poignet de Thorenc, l'avait serré, et, dans un français relevé d'une pointe d'accent parisien, elle avait dit qu'elle voulait qu'on l'aide à rentrer chez elle, en France.

Bertrand n'avait pu retirer son bras. Au contraire, il avait eu envie de poser son autre main sur les seins de Lydia. Elle portait une robe noire très ajourée au-dessus de la poitrine.

Il avait acquiescé :

— Pourquoi pas ?

Et il s'était levé, invitant Lydia Trajani à le suivre sur la piste de danse où, dans une obscurité presque complète, des couples enlacés oscillaient, ne se déplaçant que lentement, voire se balançant sur place. Le corps de Lydia était chaud, il s'était encastré dans celui de Thorenc, ses cuisses glissées entre les siennes. Il y avait en elle de la fougue et de l'abandon, et Thorenc se sentait retrouver une audace perdue depuis sa séparation d'avec Geneviève Villars, comme s'il avait repris confiance en lui.

Il avait entraîné Lydia Trajani de l'autre côté de la piste.

— On s'en va? avait-il proposé.

Elle l'avait regardé sans prononcer un mot, tournant à peine la tête vers le coin de la salle où se trouvait encore Stephen Luber.

De cette première nuit passée avec Lydia Trajani, Thorenc avait gardé le souvenir d'étreintes violentes, presque une lutte rageuse. Un mot s'était imposé à lui lorsque, de retour à Paris, il avait repensé à ces quelques heures et à la manière dont, le lendemain matin, Lydia avait pris l'argent qu'il lui avait tendu pour lui permettre de quitter la Roumanie, payer tout simplement son voyage; oui, un mot lui rappelait l'intense plaisir qu'elle lui avait donné : Lydia était une *carnivore*.

Elle l'avait mordu. Elle l'avait griffé. Elle s'était cambrée, tenant son bassin soulevé, mains sur les reins, pour que Thorenc la pénètre ainsi, et elle avait alors donné de brusques coups de hanches. Il avait eu l'impression d'être empoigné, tordu, dévoré. Et elle ne s'était laissée retomber que lorsqu'il avait poussé un long râle, comme enfin libéré.

Elle avait ri, puis s'était endormie, et, le matin,

c'est avec la vivacité d'un animal de proie qu'elle avait refermé ses doigts sur la poignée de billets que Thorenc lui avait tendue.

20

C'est le 22 août 1939, à Cannes, que Bertrand Renaud de Thorenc avait revu pour la première fois Lydia Trajani, quelques mois, donc, après la nuit qu'ils avaient passée ensemble à Bucarest.

Depuis lors, il n'avait plus pensé à elle, obsédé qu'il était par la succession des événements et par l'aveuglement de ceux qui l'entouraient.

Il avait vu Villars à plusieurs reprises. Tous les renseignements recueillis à Berlin ou à la frontière germano-polonaise indiquaient que Hitler s'apprêtait à envahir la Pologne. Le commandant disposait même d'un compte rendu des propos tenus par le Führer à son état-major. Un officier supérieur de la Wehrmacht, antinazi, les avait transmis à un attaché militaire étranger, et le texte était là, sur le bureau de Villars.

— Écoutez, Thorenc, avait répété l'officier du 2e Bureau avant de lire. Écoutez bien, voilà ce que dit Hitler : « Soyez sans pitié, agissez avec une implacable brutalité. Il ne s'agit pas de savoir si nous avons le droit pour nous. Il s'agit de gagner la guerre, et l'on ne demande jamais de comptes au vainqueur... »

Villars avait agité le feuillet. La partie était donc engagée, et personne à Paris ne paraissait s'en soucier.

— Ils vont prendre leurs congés payés, avait-il

188

ajouté, et, en rentrant, peut-être même sur les plages, ils découvriront que la guerre est déclarée...

Tout était en place : Franco était entré en vainqueur à Madrid ; Mussolini réclamait la Corse, la Tunisie, la Savoie, Nice, et paraphait un pacte d'acier avec Hitler ; celui-ci, sans même chercher à le dissimuler, négociait avec Staline.

— Staline va nous faire le coup de Munich à l'envers, avait répété Villars. Je vous l'ai déjà dit il y a des mois. Je l'ai annoncé personnellement et solennellement à Daladier et au ministre des Affaires étrangères. Ils ne croient pas la chose possible. Ils n'imaginent pas que les deux dictateurs, le brun et le rouge, puissent s'entendre, comme les empereurs d'hier, pour se partager la Pologne !

Il avait crié :

— Mais qu'ont-ils donc dans la tête, qu'est-ce qui les aveugle ?

Thorenc avait été convaincu que la guerre pouvait éclater d'un jour à l'autre. Il l'attendait avec l'intuition que sa vie ne manquerait pas de basculer et que tout ce qu'il ferait jusque-là n'avait plus aucune importance. La guerre allait le pousser sur une autre scène, pour un autre jeu.

Il avait ainsi passé les semaines du début de l'été, ne cherchant même plus à convaincre les uns ou les autres de ce qui allait inéluctablement se produire. Hitler attaquerait la Pologne avec l'assentiment de Staline. L'Angleterre lui déclarerait la guerre, et la France, traînant les pieds, suivrait son alliée.

Les choses lui avaient paru écrites dès le mois de juin.

Il avait vu quelques jeunes journalistes qui partageaient ses conclusions. Ils avaient dîné ensemble un soir à la Coupole. Mais Thorenc avait peu parlé, écoutant avec scepticisme Claude Bourdet, Maurice Schumann, Georges Bidault essayer de mettre au point une stratégie destinée à réveiller l'opinion et à la préparer à la guerre.

— Les Français ne veulent pas savoir, avait-il objecté.

Il avait montré la vaste salle de la brasserie, bruyante comme un hall de gare. Des rires fusaient. On ne festoyait pas pour oublier ou profiter des derniers instants d'une paix que l'on savait précaire. On entendait simplement jouir de chaque instant. La vie devait se résumer à cela. On ne voulait mourir ni pour les Tchèques, ni pour Dantzig, ni même pour la France. Quant au gouvernement, il était au diapason de l'opinion.

— Vous êtes excessif et désespérant, mon cher, avait remarqué Maurice Schumann.

— Je suis désespéré, avait répliqué Thorenc en se levant.

Il allait dormir, ou trouver un corps avec lequel coucher, celui de Françoise Mitry ou d'Isabelle Roclore. Ou encore il allait marcher, boire ici et là, peut-être répondre à l'invitation d'une putain à laquelle, assis au bord du lit, il parlerait de cette autre femme — il ne lui dirait pas son prénom — avec qui il avait passé une semaine près de la mer et qu'il n'avait plus revue, parce qu'elle était partie fouiller le désert du Tibesti.

Il en était arrivé à aimer ce mot, à l'utiliser pour commenter un événement inexpliqué ou inattendu : « C'est le Tibesti ! » s'exclamait-il. Isabelle Roclore le considérait avec perplexité. Il souriait. Nul ne pouvait comprendre, et c'était tant mieux.

— Et cette femme, reprenait-il cependant que la putain se remaquillait, cette femme va peut-être se marier...

La fille de joie murmurait :

— Il vaut mieux comme ça, crois-moi. Le mariage, c'est souvent la guerre. Tu y crois, à la guerre, toi ?

Même dans une chambre d'hôtel de passe aux volets clos, la guerre parvenait encore à s'infiltrer.

Quelques jours plus tard, à Cannes, passant entre les tables disposées sur les terrasses du Palm Beach où se pressaient pour le bal des Petits Lits blancs un millier d'invités, Thorenc s'était persuadé que la guerre était imminente.

Il venait de consulter la liste des personnalités présentes. Tous ceux qui comptaient à Paris et Londres, à New York et même au Népal, avaient tenu à assister à la soirée de bienfaisance qui clôturait la saison d'été et annonçait l'ouverture prochaine du premier festival du cinéma. Mais il n'avait relevé le nom d'aucune personnalité allemande.

Thorenc s'était approché de la table de Viviane Ballin.

Enveloppée d'organdi blanc, une écharpe noire entourant son cou, la jeune femme écoutait d'un air las les compliments de quelques hommes vieillissants parmi lesquels, quelque peu distant, son mari, le producteur Michel Carlier.

Thorenc s'était penché, avait chuchoté qu'il était un ami d'Alexander von Krentz auquel il avait un message à transmettre. Viviane Ballin s'était lentement retournée, puis s'était levée et avait pris le bras de Thorenc, l'entraînant à l'écart des terrasses, vers les portes-fenêtres grandes ouvertes qui donnaient sur la baie.

Au loin, au-dessus de l'Estérel et des Maures, de longs éclairs illuminaient les massifs et faisaient même surgir de l'ombre les îles de Lérins, dévoilant un ciel bas, orageux, qui, au bout de quelques secondes, résonnait de sourds grondements.

— Vous êtes un ami d'Alexander? avait-elle répété en se pendant au bras du journaliste.

De fait, elle se souvenait de Thorenc. Elle l'avait rencontré à la réception donnée à l'ambassade d'Allemagne. Elle s'étonnait de ce qui lui arrivait : elle avait signé un contrat avec une société de production allemande grâce à von Krentz et à Otto Abetz. Son mari, Michel Carlier, s'était associé à son président, Alfred Greten :

— Nous devions tous nous retrouver ce soir et rester à Cannes jusqu'au 1er septembre, pour l'ouverture du festival. Alexander, Otto Abetz et Alfred Greten étaient enthousiastes. Ils disaient que ce serait un grand moment pour l'amitié franco-allemande et pour l'industrie cinématographique des deux pays. Et puis, sans explication, Alexander m'a dit que tout était annulé, qu'ils devaient assister à Berlin à une importante réunion au ministère des Affaires étrangères. Alfred Greten m'a télégraphié lui aussi pour s'excuser.

Elle avait longuement regardé Thorenc. On relevait un peu d'émotion et d'inquiétude dans ce visage lisse.

— Vous savez peut-être ce qui se passe, vous qui êtes journaliste...

Elle avait levé son bras nu, dévoilé ainsi, peut-être volontairement, son aisselle, et, de la main gauche, elle avait remis en place quelques mèches blondes qui s'étaient échappées de son chignon.

— Peut-être la guerre ? avait répondu Thorenc.

Elle avait ri.

— Vous êtes fou ! s'était-elle exclamée avant de regagner sa table tout en se tournant vers lui à deux reprises.

Il avait eu le sentiment que, ce faisant, elle l'invitait à rester en sa compagnie.

Il s'était appuyé à l'une des colonnes de stuc qui soutenaient la pergola. Il voyait ainsi la scène aménagée au bout des terrasses. Des danseurs se succédaient dans l'indifférence des dîneurs. Et, tout à coup, il y avait eu des applaudissements, suivis d'un moment de silence. Des mannequins s'avançaient, grandes femmes au déhanchement exagéré, portant, l'une, une robe verte ornée de dentelle noire, de chez Paquin, une autre un manteau de renard blanc sur un ottoman de soie blanche, de Worth, et, parmi les dernières, Thorenc avait reconnu, blottie dans un manteau de velours noir lamé d'argent — « de chez Lucien Lelong », avait annoncé le présentateur —, Lydia Trajani.

Elle marchait avec une assurance désinvolte, plus grande que les autres mannequins, silhouette noire au visage à demi masqué par un grand chapeau de feutre. Elle s'était arrêtée au milieu de la scène et, d'une pirouette, avait fait voleter les pans du manteau, et le lamé d'argent avait zébré le tissu noir.

Mais, brusquement, l'averse avait déferlé, cependant qu'un coup de vent glacé soulevait les nappes, renversait les petites lampes, et que des rafales balayaient la scène, accompagnées des détonations sèches de la foudre. Les dîneurs s'étaient levés en criant, courant se mettre à l'abri dans une bousculade affolée.

Thorenc s'était précipité vers la scène. Lydia était restée quelques instants immobile, puis s'était mise à l'abri sous un auvent. Son smoking blanc trempé lui collant à la peau, il avait bondi et l'avait rejointe. Les bords de son chapeau retombaient sur les joues de Lydia. Elle l'avait ôté d'un grand geste et ses cheveux noirs s'étaient répandus sur ses épaules.

Elle l'avait tout à coup reconnu et s'était mise à rire aux éclats. À cet instant, Thorenc avait oublié jusqu'à la guerre imminente.

21

Thorenc avait voulu empoigner le téléphone dont la sonnerie l'avait brutalement tiré du sommeil.

Il s'était penché en tâtonnant et avait ainsi frôlé les seins de Lydia Trajani qui dormait nue près de lui.

Elle ne s'était pas réveillée, respirant seulement plus bruyamment. Ayant soulevé le combiné, il était resté ainsi contre le corps de Lydia que l'aube commençait à éclairer. Il avait entendu la voix impatiente de Lazareff qui hurlait, s'étonnant de ne pas obtenir de réponse. Il avait alors été tenté de raccrocher et de s'allonger auprès de ce corps dont la chaleur l'avait une nouvelle fois surpris.

Elle était brûlante. Il l'avait déjà remarqué, à Bucarest, et c'est ce qui l'avait à nouveau frappé quand il l'avait sentie nue contre lui, au milieu de la nuit, après cette soirée au Palm Beach qui s'était terminée en cohue, sous l'averse.

Lydia l'avait suivi jusqu'au Carlton, racontant qu'elle avait été, dès son arrivée à Paris, choisie comme l'un des mannequins vedettes de Lucien Lelong. Le couturier avait déclaré qu'elle avait la beauté d'un diamant noir, le rayonnement du soufre. S'appuyant au bras de Thorenc, courant avec lui pour tenter de prendre de vitesse une nouvelle averse ou profiter d'une accalmie, elle avait commenté :

— Il est fou non pas de moi, mais de ce qu'il fait et dit de moi.

Puis elle avait forcé le journaliste à s'arrêter en se pendant à son cou.

— Et toi ? avait-elle murmuré en l'embrassant sous le menton.

Il avait répondu :

— Beauté carnivore !

Cela faisait des mois qu'il ne riait plus ainsi.

Il avait enjambé le corps de Lydia, s'était assis sur le bord du lit et avait répondu à Lazareff.

— Ribbentrop est à Moscou, avait aussitôt précisé le chef des informations de *Paris-Soir*.

Il était essoufflé, nerveux.

— Hitler va donc signer un traité avec Staline. Il faut que tu rentres.

Thorenc avait écouté sans broncher les phrases hachées du directeur des informations qui s'interrompait de temps à autre pour répéter :

— C'est la guerre, Thorenc, la guerre ! Hitler et Staline vont se partager la Pologne, les Anglais vont déclarer les hostilités, et Daladier suivra. On a commencé à envoyer les premiers fascicules de mobilisation des réservistes.

Bertrand s'était tout à coup senti apaisé. C'en

était fini de l'attente. On était au bout du chemin, peut-être même était-ce un abîme qui allait s'ouvrir, mais il fallait aller jusque-là.

Tout en se rhabillant, il n'avait pas quitté des yeux le corps de Lydia. Malgré les rideaux, le soleil éclairait la pièce d'une lumière dorée. Elle dormait sur le côté, le bras droit pendant hors du lit, les cheveux couvrant en partie son visage.

Thorenc avait hésité à la réveiller, puis s'était contenté d'effleurer de la paume ce corps tiède.

Il aurait aimé emprisonner ce sein, s'arrêter au creux de la hanche, glisser ses doigts entre les cuisses. Il avait songé que rien n'est plus beau qu'un corps de femme, que rien ne peut davantage donner envie de continuer à vivre ; il avait même eu peur d'aller jusqu'à conclure qu'à côté de cela, tout le reste n'était que gesticulations, illusions que se donnaient les hommes, incapables d'oser s'abandonner à l'essentiel.

Il était sorti de la chambre à reculons, puis s'était arrêté et, revenant sur ses pas, avait déposé sur la table de nuit plusieurs billets.

Plus tard, tout au long de la route, il s'était interrogé sur les raisons de son geste. Peut-être avait-il voulu marquer ainsi que rien ne le liait à Lydia Trajani, hormis le plaisir, et qu'il souhaitait de cette façon la tenir à distance ? Manière brutale de lui signifier qu'il ne voulait d'elle que son corps ?

L'immeuble de *Paris-Soir* retentissait d'éclats de voix et des crépitements des téléscripteurs. Lazareff allait d'un bureau à l'autre. Il y avait peut-être encore une chance d'éviter la guerre, répétait-il. Daladier avait envoyé un message à Hitler. On pouvait imaginer un second Munich. Pourquoi pas ? Pourquoi faire la guerre pour Dantzig si on s'était abstenu de la déclencher pour les Sudètes? Toujours est-il qu'il fallait envoyer quelqu'un à Moscou interviewer un Russe, Staline ou Molotov.

Thorenc avait refusé de partir : il allait être mobilisé.

Lazareff avait écarté cette éventualité d'un geste nerveux. Bertrand serait affecté spécial; Prouvost n'avait qu'un coup de fil à donner à Daladier, à Paul Reynaud ou au général Gamelin. Il y avait aussi un front de la presse à tenir. Et Thorenc y était indispensable.

— Je veux me battre! avait répondu ce dernier d'une voix calme.

Il avait regagné son bureau. Dans l'antichambre, il n'avait d'abord pas reconnu cet homme à l'air accablé, assis les coudes appuyés sur les cuisses, la tête entre les deux mains. Le visiteur s'était levé, avait marmonné qu'il l'avait déjà rencontré à Madrid, qu'il était le fils du commandant Villars, Pierre.

Thorenc l'avait reçu, évitant de le dévisager. Pierre Villars ressemblait à sa sœur, moins sans doute que leur père, mais le front, la forme du visage, les yeux étaient bien ceux de Geneviève.

— J'ai confiance en vous..., avait-il commencé.

Il voulait simplement parler. Il était au cabinet de Jean Moulin, préfet d'Eure-et-Loir, à Chartres. Moulin était un antinazi résolu.

— Comme vous, n'est-ce pas?

Thorenc n'avait pas répondu.

— Je ne sais à qui me confier, avait-il poursuivi. Ce pacte entre l'URSS et l'Allemagne est une trahison.

Il avait haussé la voix.

— Je suis proche des communistes. Mais pourquoi le Parti ne condamne-t-il pas cet accord? Vous savez ce qu'a osé écrire Aragon :

« La guerre a reculé, le pacte germano-soviétique peut servir d'instrument de paix contre le Reich agresseur ! » — et *L'Humanité,* le journal du Parti, ose adresser « au grand chef Staline un salut chaleureux ». Je me sens honteux, indigné. Qu'est-ce que je dois faire ?

— Vous battre, avait répliqué Thorenc.

Il avait brusquement laissé éclater sa colère. Pourquoi Pierre Villars avait-il cru à la propagande communiste ? Son propre père avait prédit depuis belle lurette que les communistes seraient en toutes occasions fidèles à l'URSS. Leur patriotisme n'était que circonstanciel. Ils s'étaient opposés à Munich parce que Moscou avait condamné l'accord. Moscou s'alliait à Hitler pour dépecer la Pologne ? Ils approuvaient !

— D'un côté il y a les Brasillach, les Paul de Peyrière, les Déat, les Laval, les Pétain, qui sont pour l'entente avec Hitler et Mussolini, avait poursuivi Thorenc ; de l'autre, il y a les communistes qui suivent Staline. Cela fait beau temps que la France n'est plus au centre des préoccupations ni des uns ni des autres !

Il s'était levé, invitant Pierre Villars à quitter son bureau.

— Vos hésitations et vos questions sont puériles.

Il ne s'était plus soucié de son visiteur et s'était absorbé dans la lecture de la feuille de route que venait de lui tendre Isabelle Roclore. Il était affecté à une division d'infanterie. Il devait se présenter à l'état-major de son unité, caserne Vauban, à Sedan.

— Je suis mobilisé sur place à Chartres, avait murmuré Pierre Villars.

Thorenc avait haussé les épaules.

— Pourquoi pas au Tibesti ? avait-il lancé d'un

ton hargneux, sans même réfléchir à ce qu'il disait.

L'autre l'avait fixé d'un air étonné. Puis il avait expliqué que sa sœur Geneviève était rentrée.

— Mariée? avait questionné Thorenc.

— Seule, avait répondu Fierre Villars.

Dans les premiers jours de septembre, alors que les stukas bombardaient Varsovie et que les tanks des *Panzerdivisionen* écrasaient la cavalerie polonaise, tandis que l'armée française faisait mine d'attaquer l'Allemagne avant de se retirer du carré de territoire ennemi qu'elle avait tenu l'espace de quelques heures, Thorenc avait achevé de remplir sa valise.

Au dernier moment, il avait glissé entre ses vêtements la photo de Geneviève Villars.

22

Depuis le poste de guet de la croix de Vermanges, Bertrand Renaud de Thorenc observe à la jumelle la rive droite de la Meuse. Elle descend en pente douce jusqu'au fleuve. La pluie, le brouillard, la nuit qui s'annonce déjà en ce début d'après-midi de décembre recouvrent la forêt d'une sorte de taie noirâtre. Celle-ci masque aussi l'étroite bande blanche qui borde l'eau.

Thorenc s'appuie au bloc de granit qui soutient la croix. Il laisse pendre ses jumelles sur sa poitrine. Il se souvient des propos du commandant Villars lorsque, à la fin novembre, il lui a rendu de nouveau visite à l'occasion d'une permission.

Le chef du 2ᵉ Bureau avait fait accrocher derrière son bureau une grande carte de la frontière de l'Est.

— Vous êtes donc là, avait-il dit en posant la pointe de son crayon sur Sedan.

Il avait décrit un cercle autour du massif des Ardennes.

— Les bonzes de l'état-major et le ministre de la Guerre n'ont pas voulu fortifier ce massif. Quel magnifique fossé antichars! ont-ils dit en montrant la Meuse. Quels épieux, quelle herse que ces arbres! Quel barrage naturel que cette forêt! Tout cela, à leurs yeux, passe pour être infranchissable.

Il s'était retourné d'un bloc.

— Des cons, des ignares, Thorenc! En 1870, c'est à Sedan que Napoléon III a été battu et que nous avons perdu la guerre. Sedan, c'est la charnière. Si vous la faites sauter, la porte de la France est ouverte, et Paris n'est plus qu'à deux cents kilomètres. Les chars peuvent rouler à soixante kilomètres à l'heure. Imaginons qu'ils ne progressent que de dix kilomètres par jour — car nous résisterons un peu, bien sûr : ils peuvent être à Paris en moins d'un mois. Voilà ma crainte. De Gaulle la partage. Il commande un régiment de chars et sait de quoi il parle. Que vous a dit le général Xavier de Peyrière? — il avait ironiquement enflé la voix : Car il est général, on l'a promu, n'est-ce pas, mon beau-frère...

Thorenc avait bredouillé : Xavier de Peyrière, qui commandait la division, l'avait reçu à Sedan avec une amabilité distante, le félicitant de ne pas avoir recherché une affectation spéciale.

— Mais, ici, vous n'aurez pas à vous battre, avait-il continué. Les Allemands devraient d'abord tracer des routes à travers la forêt, envahir le duché du Luxembourg et même la Belgique, puis franchir la Meuse. Dans ces conditions, le char offensif, quoi qu'en pensent vos amis de Gaulle et Villars, est sans aucune valeur. S'il y a offensive, nous aurons des tentatives d'infiltration classiques. Pour les arrêter, des nids de mitrailleuses, alertés par des postes de guet et des patrouilles, suffiront. Capitaine, je vous confie l'un d'eux : une maison forestière dominée par la croix de Vermanges. C'est une cure de nature que vous allez faire. Cela vous changera des salons parisiens et de la fréquentation des grands de ce monde !

Thorenc avait salué.

Il avait mis longtemps avant de trouver cette maison forestière.

Mêlée à l'humus, la boue était déjà épaisse. Mais il y avait encore, en ce mois de septembre, des journées claires qui incendiaient les arbres aux feuilles rousses.

Il avait passé en revue la compagnie que lui présentait le lieutenant Cocherel. Il avait aussitôt détesté cet officier d'active, râblé, nerveux, méprisant.

— Ces hommes ne valent rien, avait décrété Cocherel. Des réservistes « front popu ». Ils regrettent les congés payés. Ils s'imaginent qu'ils vont les prolonger ici. Il faut les dresser, capitaine. Je m'y emploie, d'ailleurs. Mais ce sont des gens du Sud, beaucoup sont d'origine italienne, peu sûrs, pas courageux, pour ne pas dire lâches.

Il avait hésité, cherchant à deviner les sentiments de Thorenc.

— Il est vrai que cette guerre...

Thorenc s'était détourné et avait systématiquement ignoré le lieutenant, le chargeant de l'intendance et des liaisons avec l'état-major de la division à Sedan.

C'est avec le sergent Joseph Minaudi qu'il faisait chaque jour le tour des postes de guet.

... Le temps a passé depuis le 22 septembre 1939. La pluie n'a plus cessé. Quand Thorenc observe la Meuse et la forêt des Ardennes depuis la croix de Vermanges, il a l'impression que la boue a tout recouvert, et, avec la nuit qui gagne, qu'elle envahit jusqu'au ciel.

QUATRIÈME PARTIE

23

Bertrand Renaud de Thorenc écoute.

Il est assis en bout de table dans la salle à manger du château de Lignan où le général Xavier de Peyrière a réuni, ce 15 février 1940, une vingtaine d'officiers de sa division.

— Ce de Gaulle est fou! clame-t-il. Les hommes comme lui nous conduisent tout droit au désastre.

Peyrière raconte qu'il a été convié à assister à une démonstration de chars au camp de Blamont. De Gaulle a fait manier les blindés en masse compacte comme s'il s'agissait de cavaliers chargeant ensemble. C'était un beau carrousel, mais, naturellement, on ne s'était pas soucié de l'infanterie.

— Mes chasseurs, continue Xavier de Peyrière, ont été recouverts de boue, et de Gaulle les a laissés sans protection. Et savez-vous quel a été son commentaire?...

Il se penche, regarde un à un chaque officier, s'attarde sur Thorenc.

— Il y avait là, reprend-il, des parlementaires britanniques en mission. Il s'est approché d'eux et leur a lancé d'une voix : « Messieurs, nous avons perdu la guerre. Il s'agit maintenant d'en gagner une seconde. Les chars allemands ne passeront pas la Manche. Les Américains et les Russes entreront dans le conflit... »

Les participants au repos laissent échapper un murmure de désapprobation indignée.

Thorenc repose ses couverts, se cale contre le dossier de sa chaise, s'écarte ainsi de la table. Il regarde ostensiblement par la fenêtre comme pour marquer qu'il n'entend pas se mêler à cette communion complaisante et presque servile.

Dès son entrée dans le grand salon, d'ailleurs, quand il a découvert qu'il était le seul capitaine à avoir été convié à déjeuner à la « popote » du général, il s'est senti mal à l'aise. Les colonels et commandants l'ont ignoré, devisant entre eux.

D'emblée, il s'est donc tenu dans l'embrasure d'une fenêtre à regarder le parc, ses pièces d'eau gelées, et, au loin, les méandres de la Meuse. Le fleuve — tout comme la Seine, dit-on — charrie des glaçons. Le froid, intense depuis le début de janvier, a figé la boue. Le sol est un miroir terni qui reflète le ciel voilé. Les hommes de sa compagnie regrettent la pluie et la boue. Les doigts sont gourds. Le vent qui tournoie dans la clairière, autour de la maison forestière, taillade les joues et les lèvres, pince les oreilles. La peau colle à l'acier des armes. Il faut casser la glace du bassin pour en tirer un seau d'eau. On ne se lave plus. Enfumée et sombre, la buée voilant les vitres, la chambrée pue. D'avoir traversé la clairière pourtant large de quelques dizaines de mètres seulement, les plats arrivent froids. Les sentinelles et les guetteurs de la croix de Vermanges s'enveloppent de couvertures, la tête protégée par des passe-montagnes, des écharpes leur bâillonnant la bouche.

206

Dans le salon du château de Lignan, la voix d'un planton a résonné, annonçant l'entrée du « général commandant la division ». Claquement de talons. Silence, puis murmure des conversations. Xavier de Peyrière a échangé quelques mots avec chacun. Il a souri amicalement en voyant Thorenc.

— La capitale ne vous manque pas trop, cher ami ? a-t-il demandé.

Il a haussé la voix, pris l'ensemble des officiers à témoin :

— J'étais hier à Paris. Les gens bien informés affirment que l'on prépare une expédition sur Bakou. Hé oui, Bakou ! Pour prendre le contrôle des puits de pétrole russes et empêcher ainsi l'Ours soviétique d'écraser la petite et pauvre Finlande, qui résiste difficilement. On parle d'ailleurs d'y envoyer des troupes. Les Allemands aussi. Nous qui sommes en guerre contre eux, nous nous retrouverions donc avec le même allié, la Finlande, et le même ennemi, l'URSS !

Il a fait quelques pas.

— Après tout, voilà une situation peut-être étrange, mais pas si illogique !

Il s'est alors tourné vers Thorenc.

— Qu'en pensez-vous, capitaine ?

La voix était grêle mais assurée.

— Messieurs, a-t-il poursuivi, nous avons parmi nous l'un des plus brillants journalistes français, Bertrand Renaud de Thorenc. Vous vous souvenez peut-être de son interview de Hitler, de ses reportages en Espagne et en Tchécoslovaquie. Il a refusé toutes les affectations spéciales qu'on n'a pas manqué de lui proposer. Et il commande actuellement l'une de nos compagnies dans le massif des Ardennes. Comme nous tous, il a froid !

Il y a eu des rires, puis Xavier de Peyrière a ajouté qu'il était temps de se réchauffer et qu'il espérait que l'ordinaire serait roboratif. Il pouvait déjà annoncer au menu un civet de sanglier.

— On m'en sert à tous les repas, a-t-il feint de se plaindre en se dirigeant vers la salle à manger.

La pièce est immense, chauffée par deux grandes cheminées qui se font face. Des tapisseries couvrent les murs.

— Napoléon III a séjourné ici avant de se faire étriller par les Prussiens, dit le général en s'asseyant.

Il explique que c'est peut-être à cause de ces réminiscences, pour bien montrer qu'il se moque des précédents historiques, qu'il a choisi de s'installer ici, à quelques kilomètres de Sedan. Puis il s'est remis à fustiger ces officiers qui prétendent bouleverser la stratégie, se prennent pour des précurseurs, croient que leur isolement au sein de l'armée est la preuve qu'ils ont raison. Ils s'imaginent que ce qui s'est passé en Pologne — l'action des *Panzerdivisionen* et des stukas — peut se rééditer ici.

— Ici, messieurs, ici même, dans les Ardennes ou contre notre ligne Maginot !

Pour la deuxième fois, il clame :

— Ce de Gaulle est fou !

Il ajoute que ce dernier, ainsi que les quelques hommes politiques qu'il a convaincus, ne rêvent que d'une offensive surprise contre l'Allemagne.

— Un suicide, voire peut-être pire !

Thorenc observe un à un les convives.

À l'exception de l'un d'eux, un commandant placé à sa droite et qui, la mine renfrognée, garde les yeux baissés comme s'il se désintéressait des propos du général de Peyrière, les autres sont tous légèrement penchés, la tête tournée vers le centre de la tablée, avec cette expression de soumission admirative et d'approbation enthousiaste qu'ont souvent les subalternes quand ils écoutent leur chef.

— Si on attaque au printemps, conclut Xavier de Peyrière, le ministre qui aura pris la décision et le général qui l'aura exécutée seront pendus. À Paris, la seule guerre qui vaille et pour laquelle on s'enthousiasme, c'est, je vous l'ai dit, la guerre des Russes contre la Finlande. En dehors d'elle, les deux événements que l'on commente sont, *primo*, la sortie d'un film musical, *Tourbillon de Paris*, avec Ray Ventura et ses collégiens, et, *secundo*, la tournée que vont entamer en Espagne les Petits Chanteurs à la croix de bois !

— J'espère que notre ambassadeur auprès du général Franco, le maréchal Pétain, les recevra, commente Thorenc.

Tous les visages se sont tournés vers lui. Mais le capitaine a parlé d'une voix neutre.

— Sans doute, sans doute, marmonne Xavier de Peyrière, décontenancé.

Il s'est levé. Les plantons ont ouvert les portes du salon. Sur une longue table recouverte d'une nappe immaculée, les tasses à café sont disposées devant deux serveurs en uniforme et gants blancs.

Le voisin de Thorenc, un commandant d'une quarantaine d'années, lui a murmuré en se levant qu'il s'appelle Lucien Pascal, qu'il est un ami du commandant Villars et sans doute l'un des rares officiers autour de la table à avoir lu *Mein Kampf*.

— Comme de Gaulle et Villars, a-t-il ajouté. Je suis donc fou, comme eux. Et vous l'êtes sans doute aussi. Pétain, ambassadeur en Espagne ! C'est à la fois terrible et lamentable. Pétain acceptera désormais n'importe quoi !

Il tend une tasse de café au capitaine.

— La guerre sera longue et dure, ajoute-t-il.

Il secoue la tête.

— Mais personne n'y est prêt.

Xavier de Peyrière s'est approché.

— Vous êtes satisfait, Thorenc ? Vous avez attiré l'attention !

Il se tourne vers le commandant Pascal.

— Défiez-vous des journalistes, Pascal, même sous l'uniforme. Ce sont des bavards et des...

Il hésite, puis, le visage tout à coup sévère, il complète :

— ... et des fouteurs de merde ! Mais attention, Thorenc...

Il parle les mâchoires serrées.

— Vous êtes sous mes ordres. L'armée, ce n'est pas une salle de rédaction ni un salon rempli de jolies femmes qu'il faut épater. La prochaine fois, vous ouvrirez votre gueule quand je vous le demanderai.

Puis il sourit :

— Mon cher Thorenc, pourquoi ne partiriez-vous pas en permission ? Une semaine ? Accordé, mon vieux !

Et il s'éloigne, laissant Bertrand interloqué.

Pascal murmure que le général aurait pu aussi bien ordonner huit jours d'arrêts de rigueur. Le « bon vouloir », le « fait du prince » : c'était encore cela, la discipline militaire.

Le commandant ajoute qu'on ne peut plus gagner les guerres avec de tels principes. Et qu'on ne va plus tarder à s'en rendre compte.

Thorenc l'examine longuement. De petite taille, ses cheveux blonds plaqués en arrière, l'officier a des yeux d'un bleu délavé, le regard droit.

En l'écoutant, il se demande si quelqu'un, dans ce pays, tient vraiment à gagner cette guerre-là.

24

Avant de finir de descendre l'escalier, Thorenc avait hésité.

Cette musique rythmée qui résonnait sous les voûtes de la Boîte-Rose, ces deux femmes qui dansaient, enlacées, provocantes, l'une d'elles vêtue d'une robe noire fendue dans le dos jusqu'à la taille, découvrant jusqu'à la cambrure de ses reins, ces filles d'une nuit, debout l'une près de l'autre, certaines appuyées du coude au bar, et Françoise Mitry, plus belle et jeune et rayonnante qu'il ne l'avait gardée dans son souvenir, riant aux éclats, se penchant en arrière comme si on avait tiré ses cheveux dénoués, ou comme si elle avait voulu offrir son ventre, ses seins à l'homme campé en face d'elle et qui la soutenait par la taille, ce spectacle et ce bruit ambiant l'avaient laissé étourdi.

Le contraste était si grand entre ce qu'il venait de quitter, la maison forestière que la forêt entourait de silence, de froid, de pénombre, les hommes en uniforme vautrés en vrac dans leur chambrée, leurs bandes molletières défaites, et ce qu'il découvrait ici, encore plus gai, plus trépidant, plus insouciant qu'il ne l'avait laissé, qu'il avait failli reculer, comme pris de vertige.

C'est à cet instant que Françoise Mitry l'avait aperçu.

Elle s'était redressée, avait embrassé distraitement son partenaire, puis s'était faufilée au milieu des couples, traversant la piste de danse, le bras levé, agitant la main, demandant impérativement à Thorenc de la rejoindre.

Il avait continué à descendre l'escalier et elle l'avait accueilli en se pendant à son cou, en l'embrassant légèrement sur les lèvres, puis en passant les mains sur son torse, ses hanches, lui murmurant qu'il avait le corps plus nerveux qu'autrefois, que le séjour à la campagne — elle avait ri, comme ivre — l'avait rajeuni, musclé. Il lui faisait l'effet, avait-elle chuchoté, d'un fruit à peine mûr.

— Je te cueille ? avait-elle demandé.

Elle l'avait pris par le bras, entraîné vers l'homme avec qui elle se trouvait, tout en expliquant qu'elle s'était débarrassée de Paul de Peyrière, qu'elle continuait à le voir, bien sûr, mais qu'elle avait eu besoin elle aussi d'un peu d'air.

Maintenant elle partageait presque tout son temps — « presque, Thorenc, presque, il y a toujours un moment pour toi... et quelques autres », avait-elle ajouté en haussant les épaules — « avec un Suisse, Fred Stacki, un peu anglais, je crois. Un banquier généreux. Je veux acheter les murs de cette boîte et, sans lui, je ne peux rien. Il est plus utile que Peyrière qui, de toute manière, depuis le début de la guerre, n'a plus beaucoup d'influence. S'il a un jour à nouveau des amis au gouvernement, il sera toujours temps de voir ».

D'un coup d'œil accompagnant un mouvement du menton, Françoise avait montré Paul de Peyrière, le visage cramoisi qui, assis à une table, servait du champagne à deux jeunes femmes aux épaules nues.

— Il est bien au chaud, avait repris Françoise Mitry en s'esclaffant.

Elle avait présenté Thorenc à l'homme qu'elle appelait Fred et qui s'inclina en lui serrant la main :

— Stacki, avait-il complété, Fred Stacki... Françoise vous adore, et moi je vous ai lu. On peut bavarder un peu ?

Ils s'étaient installés à la table de Françoise et, lorsque celle-ci s'était éloignée, Stacki avait expliqué qu'il était banquier à Genève. Il avait donc des amitiés dans tous les milieux et tous les camps.

— Je suis suisse, vous comprenez.

Puis, par petites touches, il avait montré à Thorenc qu'il connaissait bien le dessous des cartes. Il avait été reçu à plusieurs reprises par le commandant Villars, précisait-il, mais aussi par Alexander von Krentz — « deux hommes intéressants, n'est-ce pas ? »

— J'ai eu aussi la visite à Genève de Stephen Luber ; vous êtes de ses amis, m'a-t-il dit.

Thorenc avait essayé de rester impassible, cachant son irritation.

— Le problème, avec ce Luber, c'est qu'il est un peu comme moi, il a des contacts avec tout le monde...

Bertrand s'était redressé : Stacki avait-il l'intention de lui communiquer quelque information à ce sujet, de le mettre en garde contre le double jeu de l'Allemand ?

— ... mais c'est fort utile, avait poursuivi le Suisse.

Il s'était penché vers son interlocuteur :

— En fait, nous nous posons tous la même question : au printemps, Hitler attaquera-t-il d'abord la France, ou bien lancera-t-il ses panzers contre la Russie pour atteindre Moscou avant l'hiver ?

Thorenc avait dévisagé le banquier avec étonnement. Seuls des esprits avertis et sans préjugés pouvaient oser formuler dans ces termes une pareille alternative. De Gaulle, d'après le commandant Villars, s'interrogeait de la même manière.

Il fallait avoir lu *Mein Kampf* pour, en pleine alliance germano-russe, alors que les deux dictateurs se partageaient la Pologne, imaginer une guerre entre l'Allemagne et la Russie. Tout le monde à Paris — la presse, les parlementaires, le gouvernement, les écrivains et les dames d'œuvre — en était à vouloir aider les Finlandais contre les Russes et à réclamer la déchéance des députés communistes, complices de Moscou!

— Qu'en pensez-vous?

Thorenc avait tourné la tête, regardé les danseurs, aperçu Paul de Peyrière qui avait maintenant posé ses deux bras sur les épaules des jeunes femmes afin de les attirer tout contre lui.

— Je ne crois pas qu'il y ait beaucoup de Boîte-Rose à Moscou, avait répondu le journaliste. On aime beaucoup, à Berlin, *Tourbillon de Paris*.

— Pas seulement à Berlin, partout, partout, même à Genève! avait souri Stacki. Pourquoi croyez-vous que je sois ici plutôt que sur les bords du Léman?

Puis il était devenu grave et, à voix basse, avait ajouté:

— Je crois, comme vous, que les Allemands attaqueront d'abord à l'ouest. Si vous êtes battus, Hitler voudra alors conquérir l'espace vital et les terres à blé de l'Ukraine. Et détruire le communisme.

Thorenc s'était levé. Il ne voulait ni penser ni prononcer ces mots-là: « Nous serons battus. »

Il avait passé la nuit seul dans son atelier du boulevard Raspail. Pourtant, dans le train qui, rempli de permissionnaires, l'avait conduit de Sedan à Paris, il avait imaginé qu'il allait s'abandonner, dès son arrivée, au désir.

Dans sa chambre de la maison forestière,

l'envie d'une femme l'avait souvent réveillé. À qui avait-il pensé dans son sommeil ? À Lydia Trajani, à Isabelle Roclore, à Françoise Mitry, à Geneviève Villars ou à une putain de rencontre ? L'image s'était chaque fois dissipée et il lui était arrivé, pour se calmer, d'aller marcher seul en forêt malgré la neige et le froid.

Mais il venait de quitter la Boîte-Rose sans même prendre rendez-vous avec Françoise, sans faire signe à l'une de ces filles du bar dont les regards s'étaient pourtant accrochés à lui quand il était passé près d'elles. Il s'était étonné de son indifférence, de l'envie qu'il avait éprouvée de retrouver au plus vite le sergent Minaudi et ses soldats.

À *Paris-Soir*, le lendemain, il avait revu Lazareff et Prouvost.

Leurs propos lui avaient paru futiles.

Il avait écouté Isabelle Roclore. Elle lui avait annoncé que Stephen Luber, après avoir obtenu la nationalité française, était entré au journal. Ses reportages étaient informés, pittoresques. Il avait visité la ligne Maginot, puis les troupes qui, en cas d'invasion de la Belgique par les Allemands, étaient censées se porter à leur rencontre.

— Comment baise-t-il ? avait lancé Thorenc avant de quitter le bureau.

La secrétaire l'avait rejoint dans le couloir, s'était suspendue à son bras. Pourquoi ne rentrait-il pas à Paris ? Que faisait-il dans sa forêt des Ardennes ? Des officiers, avait-elle répété, il y en avait des milliers, des dizaines de milliers, mais les grands journalistes, on les comptait sur les doigts d'une main. Pour qui se sacrifiait-il : pour son grand amour perdu ?

Il n'avait pas répondu et Isabelle, descendant

avec lui l'escalier, lui avait expliqué que Luber faisait l'amour comme un Allemand, vite et brutalement, ajoutant : « Comme ils font la guerre, non ? »

Thorenc s'était retourné et l'avait giflée. Puis ils s'étaient regardés, aussi stupéfaits l'un que l'autre. Elle l'avait alors insulté et il l'avait encore entendue crier : « Salaud ! Pauvre con ! Impuissant ! » alors qu'il avait déjà atteint le hall de l'immeuble et s'apprêtait à déboucher dans la rue du Louvre.

Il avait envisagé de rentrer le soir même à Sedan. Mais, marchant au hasard, il s'était laissé engluer dans la ville. Rien n'y rappelait la guerre, hormis quelques bandelettes bleues collées aux vitres de certains magasins, ou bien des panneaux signalant les abris, ou, devant le portail de Notre-Dame, des amoncellements de sacs de sable, et, ici et là, des affiches de propagande, ridicules, invitant à se méfier des « oreilles ennemies qui écoutent ». Dérisoires et naïves, on aurait dit des dessins d'enfants !

Les cafés étaient pleins. Il s'était attablé à la terrasse des Deux-Magots, et, peu à peu, s'était laissé gagner par cette atmosphère insouciante. Pour la première fois depuis son arrivée, il avait regardé les femmes en robes plissées, de grands chapeaux cachant leurs yeux.

Il avait cru reconnaître parmi elles Lydia Trajani, mais ce n'était qu'une expression de son désir.

Il était alors retourné à la Boîte-Rose, et Françoise Mitry l'avait pris par la taille. Il lui avait échappé un soir, elle n'allait pas se laisser voler une seconde fois son plaisir !

Elle l'avait conduit dans la petite chambre derrière le bar, et, dans cet éclairage rougeâtre que renvoyaient les tapis, le couvre-lit de même couleur que l'abat-jour de la lampe de chevet et le tissu couvrant les murs, il n'avait plus vu tout à coup que cette femme aux longs bras nus, au corsage de fils d'or tressés qui laissait voir ses seins.

Lorsqu'elle s'était avancée vers lui, bouche entrouverte, cheveux dénoués, il l'avait tirée brutalement à lui, puis l'avait fait basculer sur le lit.

La douceur de sa peau, le chaud moelleux des replis de son corps lui avaient fait tout oublier.

Elle avait fermé les yeux, avait murmuré qu'il était violent, qu'elle aimait l'idée qu'il eût fait la guerre et fût resté longtemps sans femme, et elle avait ajouté :

— Pense à toi ! Après, tu t'occuperas de moi ; je te réveillerai si tu t'endors !

Françoise Mitry lui avait fait oublier le sommeil et c'était comme si, après cette nuit-là, durant tout le temps de sa permission, le besoin de dormir l'avait quitté.

Il s'était étonné lui-même de cette énergie recouvrée.

Il s'était présenté avenue Montaigne chez le couturier Lucien Lelong. Avec une sorte d'ivresse, il avait traversé à pas lents les salons où les femmes se pressaient, se retournant sur lui, étonnées par la présence de cet homme encore jeune. Il était même entré dans la partie de l'atelier réservée aux habillages, et lorsque, à plusieurs reprises, des voix l'avaient interpellé, il avait répondu qu'il était un ami de Lydia Trajani, qu'elle l'attendait.

Enfin elle s'était avancée vers lui, serrée dans un peignoir blanc.

Elle lui était devenue si familière, les souvenirs de leurs nuits à Bucarest et à Cannes étaient restés en lui si présents qu'il avait eu l'impression, en la voyant, de l'avoir quittée la veille.

Mais elle s'était d'abord montrée distante. Elle partait le soir même pour Rome. Tout en parlant vite, avec une sorte de fièvre, de frénésie, même, elle ne l'avait pas quitté des yeux, lui expliquant qu'elle commençait à Cinecitta le tournage d'un grand film auquel participeraient d'autres acteurs français. Elle avait signé un contrat avec un producteur italien, Massimo Garotti, associé au Français Michel Carlier.

Elle s'était tout à coup arrêtée de marcher, répondant par des sourires aux mannequins à demi vêtus qui passaient et décochaient des regards à Bertrand.

Mais, avait-elle soudain repris, lui-même connaissait presque tout le monde : Viviane Ballin était du voyage, ainsi qu'une vieille actrice, Cécile de Thorenc.

— Ma mère, avait-il lâché sobrement.

Elle avait ri. Elle le savait, bien sûr : elles parleraient toutes deux de lui, à Rome. Mais pourquoi ne les accompagnerait-il pas ?

— Je suis mobilisé sur le front.

Elle avait écarquillé les yeux, puis éclaté de rire à nouveau. Il était bien le seul à jouer au petit soldat, avait-elle commenté.

Elle l'avait tout à coup embrassé en soupirant : « Pauvre soldat ! » Elle lui avait demandé de l'attendre dans l'un des salons. Elle s'habillait et allait le rejoindre. Il pourrait ainsi l'escorter jusqu'à la gare de Lyon où se trouvaient déjà ses bagages.

Il n'avait pas trouvé le temps long au milieu de ces femmes qui papotaient, s'exclamaient en découvrant quelques-uns des modèles de la collection automne-hiver 40 que Lucien Lelong venait déjà de présenter.

Qui pensait ici à la guerre, à ce qui pouvait survenir d'ici septembre ? Qui savait qu'on avait découvert sur le corps d'un aviateur allemand abattu en vol près de Malines, des plans d'invasion des Pays-Bas, du Luxembourg, de la Belgique, ce qui confirmait les hypothèses du commandant Villars et de De Gaulle annonçant une attaque allemande dès le printemps ?

De Gaulle avait dit à Lévy-Marbot et à Delpierre :

— Hitler laisse cuire dans son jus notre armée mobilisée et passive, puis, quand il nous jugera lassés, désorientés, mécontents de notre propre inertie, il prendra en dernier lieu la décision de déclencher l'offensive contre nous... Et nous perdrons misérablement cette guerre, nous la perdrons par notre faute !

Quand Delpierre avait rapporté cette conversation à Thorenc, il avait ajouté que de Gaulle avait en vain tenté d'éclairer les milieux dirigeants en envoyant un *Mémorandum* à quatre-vingts personnalités, en rencontrant Reynaud et Blum afin de leur annoncer ce qui allait se passer. Léon Blum s'était seulement étonné de l'air las et sombre qu'arborait de Gaulle, et celui-ci lui avait répondu d'une voix sourde :

— Ce que j'ai ? Le cœur serré. Je joue mon rôle dans une atroce mystification.

Thorenc avait regardé autour de lui : qu'est-ce qui n'était pas mystification ? Ici, dans ce salon de grand couturier, et partout ailleurs, se jouait la même comédie.

Le jour précédent, à la Chambre des députés, il avait assisté à l'investiture de Paul Reynaud comme président du Conseil ; Daladier, chassé de ce poste, restait ministre de la Défense.

— Allez voir ça, lui avait dit Villars. Vous comprendrez où nous en sommes.

Il avait donc suivi les débats, écouté Reynaud essayer d'une voix criarde de se faire entendre de députés distraits et bavards :

— L'enjeu de cette guerre totale est un enjeu total... Succomber c'est perdre tout ! avait lancé le président pressenti.

Mais la Chambre ne lui avait accordé que deux cent soixante-huit voix contre cent cinquante-six et cent onze abstentions ! Il y avait eu des exclamations, un brouhaha de cirque. Le nouveau chef du gouvernement ne disposait que d'une voix de majorité, et encore, on la lui contestait !

C'était donc cela, la France en guerre ?

Thorenc avait aussitôt téléphoné à Villars :

— La politique me dégoûte, avait-il dit. J'ai assisté à la séance de la Chambre. C'est écœurant !

Une atroce mystification, là aussi.

Que restait-il de vrai ?

Il avait vu s'élancer, virevoltante, Lydia Trajani.

Peut-être le corps était-il la seule réalité à compter, tout le reste n'étant qu'illusion, bavardage, jeux vains ?

— J'ai trois heures, avait-elle précisé en lui prenant le bras.

Sur le trottoir opposé de l'avenue Montaigne, il avait aperçu, allant et venant, le chasseur du Plaza Athénée vêtu d'un uniforme bleu à boutons dorés.

En traversant la chaussée, Bertrand avait suggéré que les chambres du palace étaient particulièrement spacieuses.

220

— Je sais, avait répondu Lydia Trajani en riant.

Lorsqu'il s'était retrouvé seul chez lui au début de la nuit, à demi assoupi dans son bain, il avait repensé à cette étrange sensation qu'il avait éprouvée, sur le quai de la gare de Lyon, en longeant les wagons-lits du Train bleu en compagnie de Lydia Trajani.

La pénombre régnait dans la gare, puisqu'on était en guerre, et des barrages de sacs de sable avaient été dressés çà et là, coupant les quais, s'élevant le long des verrières.

On croisait des gendarmes qui patrouillaient, le mousqueton à l'épaule.

Puis la foule des gens élégants dont les porteurs soulevaient avec peine les grosses valises de cuir fauve.

Il avait reconnu Viviane Ballin qui se tenait un peu à l'écart en compagnie d'un jeune homme brun, élancé, qu'elle lui présenta peu après : Giancarlo Lanzi, attaché culturel à l'ambassade d'Italie.

Il avait essayé d'éviter Cécile de Thorenc, mais sa mère s'était précipitée vers lui en s'exclamant :

— Quelle aventure, n'est-ce pas, Bertrand ? Paul de Peyrière a parlé de moi à Giancarlo Lanzi. Massimo Garotti, le producteur, est venu me voir à Paris. C'est aussi le metteur en scène. Je corresponds tout à fait au personnage tel qu'il l'a imaginé : une sorte d'Agrippine...

Elle avait ri :

— Vous êtes donc Néron, mon cher Bertrand !

Thorenc avait échangé quelques mots avec Michel Carlier qui faisait les cent pas, le fume-cigarette vissé entre les lèvres, les mains enfoncées dans les poches d'un long manteau en poil de chameau.

— Au ministère des Affaires étrangères, avait indiqué Carlier, on a insisté pour que nous nous rendions à Rome. Le Quai d'Orsay espère que l'Italie n'entrera pas dans la guerre et que Mussolini, un jour prochain, servira de médiateur, comme à Munich. Cette guerre est absurde, tout le monde le sait, mais personne n'ose le dire. Notre ennemi, c'est Staline. Ce qu'il faut, c'est que Hitler nous en débarrasse. S'ils s'entre-tuent, qui le regrettera ?

Thorenc avait quitté la gare de Lyon avant le départ du train, rentrant chez lui à pied, s'attardant dans l'île Saint-Louis.

La ville était sombre. C'était la première fois qu'il ressentait à quel point la guerre était présente, malgré tout, endeuillant rues et façades.

L'obscurité n'était déchirée que par les éclats bleutés des phares de voitures peu nombreuses et par les lampes voilées des vélos des sergents de ville.

Il s'était arrêté au milieu du pont de la Tournelle, surpris par l'émotion qu'il éprouvait à embrasser la vue sur Notre-Dame et les berges de la Seine.

Les liens qui l'unissaient à cette ville, à la nation qu'elle symbolisait, n'avaient rien d'une illusion ni d'une mystification.

Il souffrait pour elle, voulait la protéger, éviter qu'elle ne soit vaincue, humiliée.

C'était un étrange sentiment, comme celui d'aimer une femme et de tenter de l'oublier, de chercher à se distraire avec d'autres pour ne pas s'avouer qu'on est attaché à une seule, quand bien même elle vous a abandonné.

Oui, il souffrait pour cette France, même si elle le décevait avec son peuple insouciant, indifférent à son destin, et même si tant de Français étaient prêts à accepter la servitude, à se faire complices de leurs maîtres, à ne pas rougir de leur lâcheté pour continuer à vivre comme ils l'entendaient.

Il s'était arraché à ces pensées.

Qu'y faire si les Français étaient ainsi ?

Il avait traversé la Seine en songeant avec douleur à Geneviève Villars.

25

« Les hommes étaient torse nu dans la clairière... »

Consigner ces mots, les relire est une souffrance pour Bertrand Renaud de Thorenc. Mais il doit commencer par cette scène-là.

Certains des soldats lavent leur chemise dans le bassin accolé à la maison forestière et qui se prolonge en abreuvoir. D'autres sont assis, le dos appuyé au tronc d'un arbre. Quelques-uns écrivent ou lisent, d'autres somnolent. Un groupe attend devant le bâtiment qui tient lieu de cuisine.

Seules les sentinelles qui vont et viennent sur le sentier au débouché de la forêt ont conservé chemise et vareuse. Le soleil se réfléchit sur leur casque. Il fait chaud en ce début de matinée du vendredi 10 mai 1940.

Thorenc regarde la brume se déchirer au fur et à mesure que le soleil s'élève, bleuissant puis blanchissant le ciel. Il pense à l'étonnante et déplaisante visite qu'il a reçue, il y a trois jours.

Une voiture s'est arrêtée au beau milieu de la clairière et il a reconnu l'homme qui en descendait, puis marchait en direction de la maison forestière, escorté d'un soldat.

Il a entendu les pas dans l'escalier. Il n'a pas bougé, restant à la table qu'il a placée devant la fenêtre, ce qui lui permet d'avoir vue sur la clairière et, au-delà des cimes vertes, d'apercevoir les méandres de la Meuse.

Il ne s'est retourné qu'à l'instant où le soldat, après avoir frappé, ouvrait la porte, annonçant « la visite d'un journaliste qui disposait de toutes les autorisations, visées par le général de Peyrière ».

— Le sergent Minaudi a vérifié, téléphoné, expliqua le soldat.

Thorenc a ignoré la main que lui tendait Stephen Luber.

L'homme a changé ; ses cheveux sont à présent coupés court. Il porte un long trench-coat.

Il a enfoui ses mains dans ses poches avec une expression ironique et assurée que Thorenc ne lui a jamais vue, masquée qu'elle était par une humilité et une obséquiosité dont ce dernier a désormais la conviction qu'elles étaient feintes.

— Lazareff m'a dit : « Allez donc voir Thorenc. Je veux un récit sur la vie quotidienne des soldats dans un petit poste ; je crois qu'il commande une compagnie perdue au milieu de la forêt des Ardennes. Ce sera piquant de montrer l'un de nos journalistes vedettes dans son rôle d'officier. Utile et glorieux, pour lui comme pour le journal... »

Luber a sorti les mains de ses poches, les a écartées, expliquant que Prouvost et Lazareff avaient bien sûr obtenu les accords nécessaires.

— J'ai dîné hier soir au château de Lignan avec le général Xavier de Peyrière. Il ne tarit pas d'éloges sur vous...

Le visiteur s'est approché de quelques pas :

— Alors, comment ça se passe, capitaine ? Personne n'imagine que, s'il y a un jour une attaque allemande, elle puisse avoir lieu par ici. C'est presque une villégiature !

Il est maintenant tout près de Thorenc, devant la fenêtre. Il montre la forêt qui s'étend en grandes vagues brunes de part et d'autre de la Meuse.

— Le général et son état-major sont persuadés que le verrou des Ardennes ne sautera pas.

Est-ce le ton de Luber, sa désinvolture, peut-être aussi le souvenir de Geneviève Villars, d'Isabelle Roclore, voire de Lydia Trajani, que l'Allemand a connues, mais Bertrand le repousse soudain en le prenant aux épaules et en le reconduisant ainsi jusqu'à la porte.

Luber bégaie. Il a pâli. Il répète :

— Vous êtes devenu fou, Thorenc ! Je suis autorisé... J'ai vu le général Peyrière... et Prouvost...

Thorenc ouvre la porte et appelle :

— Minaudi ! Minaudi !

Il tient toujours l'intrus par les épaules, et celui-ci n'a pas esquissé le moindre geste de résistance.

Le sergent apparaît, effaré.

D'une voix sourde, Thorenc lui donne l'ordre de bien vouloir remettre le visiteur dans sa voiture. S'il n'a pas quitté la clairière dans les trois minutes, les sentinelles ouvriront le feu après sommations.

Le capitaine a enfin lâché Stephen Luber qui dévale l'escalier en se retournant à plusieurs reprises. Son visage s'est durci. Il y a de la violence et même de la fureur dans sa petite bouche aux lèvres serrées.

Thorenc claque d'un coup sec la porte de la pièce.

Il s'est rassis à sa table. Il suit des yeux l'Allemand que le sergent escorte jusqu'à sa voiture.

Thorenc se détend. Il a envie de rire en constatant que Minaudi a dégrafé l'étui de son revolver et tient la crosse de son arme.

Les sentinelles se sont approchées. D'un geste, le sous-officier leur ordonne d'armer leurs mousquetons.

Luber maintenant gesticule et s'emporte. Thorenc l'entend crier le nom du général de Peyrière, mais il s'exécute et le véhicule manœuvre rapidement avant de s'éloigner en cahotant le long du sentier.

Bientôt, il disparaît derrière les plus basses branches des arbres.

Maudite visite, journée gâchée !

Ce vendredi 10 mai, alors que les soldats, torse nu, s'aspergent autour du bassin et se poursuivent en criant à travers la clairière comme des gosses en vacances, Thorenc se souvient de ce qu'il a éprouvé après le départ de Luber, voici trois jours.

C'était la même matinée ensoleillée. Il avait téléphoné au secrétaire du général Xavier de Peyrière pour protester contre l'autorisation donnée à « n'importe qui, un soi-disant journaliste », de circuler à sa guise dans une zone militaire interdite aux civils et évacuée par ses habitants.

Peyrière avait rappelé, méprisant :

— Ce sont vos amis qui ont voulu cette visite. Prouvost et Lazareff ont insisté auprès de Gamelin, et même le commandant Villars s'est mis de la partie, puisque votre Luber était aussi porteur d'une recommandation du Service de renseignement. Si vous êtes mécontent, rédigez un rapport. Je me ferai un plaisir de le transmettre au quartier général de Gamelin.

Il avait raccroché.

Peu après, le commandant Pascal, de l'état-major de Peyrière, avait rappelé.

Il téléphonait de sa propre initiative, disait-il, et tenait à ce que tout cela restât discret. Mais, avait-il expliqué, la brève conversation qu'il avait eue avec Thorenc, lors du dîner au château de Lignan, lui faisait un devoir de le tenir informé. Voilà ce qu'on avait appris à l'état-major de la IIe armée : des mouvements de troupes allemandes étaient signalés aux frontières des Pays-Bas, de la Belgique et du Luxembourg !

— Et ceci, qui vous intéresse directement, Thorenc : on parle de sept *Panzerdivisionen* roulant vers les Ardennes. Nous avons des rapports de nos agents au Luxembourg. Les Allemands ont accumulé des moyens de franchissement de la Meuse. Naturellement, Peyrière ne veut rien savoir. Il n'y croit pas. Nous avons reçu un curieux compte rendu de mission d'un pilote chargé d'un lancer de tracts sur Duisburg. Au retour, il a aperçu des traînées lumineuses de convois. Il est descendu aussi bas qu'il a pu et a identifié des blindés. Il a alerté Peyrière. Le général s'est esclaffé : « Impossible que des colonnes de chars se dirigent vers nous tous feux allumés ! » a-t-il décrété. Voilà, j'ai tenu à vous dire où nous en sommes. Je prends sur moi d'alerter les unités dispersées.

Les jours suivants, Thorenc avait doublé et inspecté les postes de guet.

Il avait passé la dernière nuit à la croix de Vermanges, scrutant l'horizon dans l'espoir d'apercevoir des signes annonciateurs de l'assaut.

Mais l'obscurité n'avait été trouée par aucune lueur. La nuit avait été douce et immobile.

Il s'était installé sous les arbres à quelques pas

des guetteurs. Il avait repensé à la manière dont il avait réagi à la visite de Luber. Cet homme lui avait rappelé cette secrète blessure qui avait nom Geneviève Villars.

Dans le silence de la forêt, seulement troublé par les quelques mots qu'échangeaient les sentinelles, il avait éprouvé du regret, presque du remords pour n'avoir pas tenté de la voir, lors de sa dernière permission à Paris. Il avait préféré jouir de Françoise Mitry ou de Lydia Trajani plutôt que d'affronter Geneviève et les raisons pour lesquelles celle-ci l'avait abandonné.

Il avait préféré ne pas savoir.

À la croix de Vermanges, on lui avait servi du café brûlant. Peu après, il était redescendu seul vers la maison forestière, à l'aube du vendredi 10 mai.

Au-dessus de la forêt, le ciel était d'un rose vif, annonçant une chaude journée.

Lorsqu'il était arrivé, les hommes étaient torse nu dans la clairière.

Thorenc a fini de se raser. Il s'est accoudé à la fenêtre. Il regarde ses hommes. Le secteur est calme. Sans doute en est-il des renseignements transmis par le commandant Pascal comme d'autres que lui a déjà communiqués Villars, annonçant une attaque allemande pour la mi-mai. En fait, Hitler doit hésiter. Tant de forces en France sont favorables à la paix qu'il peut se demander s'il n'a pas intérêt à l'accepter, maintenant qu'il a brisé la Pologne et annexé l'Autriche, les Sudètes, Dantzig.

Tout à coup, la voix de Minaudi dans l'escalier. Il ouvre la porte sans frapper. Il brandit un feuillet : le texte d'une transmission captée par le radio. Les troupes allemandes ont franchi les frontières belge, hollandaise et luxembourgeoise.

— Cette fois-ci..., commence le sergent.

Sa voix est recouverte par le hurlement aigu des sirènes qui déchire le tympan. Le parquet et les vitres vibrent. C'est comme si un bruit d'une violence extrême démantibulait la maison, fendait le sol. Le son se fait plus strident, mais est étouffé par des explosions. Les vitres éclatent. Portes et fenêtres sautent hors de leurs gonds. Le plafond s'effondre.

Puis le silence s'abat, suivi de cris.

Thorenc est couvert de poussière et de gravats. La fenêtre est devenue un trou béant.

Il s'approche.

Des corps jonchent le sol. Un cratère s'est ouvert devant la maison forestière. Il voit une mare d'eau rougie en remplir peu à peu le centre.

Il repense aux « hommes qui étaient torse nu dans la clairière... ».

26

Thorenc avait vu d'autres corps sur le bord des sentiers et des routes, dans les fossés et les champs, les maisons pillées, les rues encombrées de voitures et de charrettes abandonnées, incendiées, brisées. Certains étaient encore vivants. Leurs yeux guettaient le ciel immensément bleu d'où avaient surgi, d'où allaient sans doute revenir ces avions hurlants dont on se répétait le nom : « Stukas, stukas » — ceux-là mêmes qui avaient dispersé les corps des hommes torse nu sur le sol défoncé de la clairière.

Des jours s'étaient écoulés depuis lors.

Les Allemands avaient franchi la Meuse et le capitaine s'était allongé parmi les gravats de la maison forestière, derrière la mitrailleuse, Minaudi couché près de lui, le fusil-mitrailleur calé entre deux moellons.

Ils attendaient qu'apparussent ces soldats dont le vent portait parfois jusqu'à eux les voix, les chants.

Mais c'était le lieutenant Cocherel qu'ils avaient vu venir à eux, criant que, d'ordre du général de Peyrière, il fallait se replier, abandonner la maison pour organiser une ligne de résistance continue. Où ça ? Cocherel avait déjà filé, suivi par une dizaine d'hommes sans armes.

Thorenc avait marché dans la nuit, portant la mitrailleuse, le dos cisaillé par les montants de l'arme, l'épaule meurtrie par les bandes de cartouches.

Ce n'étaient partout, sur le moindre chemin, que des foules qui fuyaient, les femmes couchées sur des échafaudages de ballots et de baluchons, de valises et de caisses qui s'élevaient haut sur les charrettes à bras. Des automobiles tentaient de doubler ce lent et long exode.

Plein de honte, Thorenc avait rebroussé chemin, abandonnant la mitrailleuse, ramassant un fusil-mitrailleur.

Il avait remonté le flot d'un pas résolu. Non, il n'était pas possible que tout s'effondre ainsi !

Dans une auberge, il avait mis la main sur une radio et écouté Paul Reynaud, le président du Conseil, qui, de sa voix aiguë de vieille femme, clamait :

« S'il faut un miracle pour sauver la France, je crois au miracle... Les Français vont avoir à souffrir ! Qu'ils soient dignes du passé de la nation, qu'ils deviennent fraternels, qu'ils se serrent autour de la Patrie... Le jour de la résurrection viendra ! »

Les cloches de Notre-Dame, puis de toutes les églises de Paris avaient sonné, et le speaker avait annoncé qu'on avait imploré la protection de sainte Geneviève, à l'église Saint-Étienne-du-Mont, et organisé derrière la châsse une procession.

Affalé sur la table de l'auberge, Thorenc avait imaginé la place du Panthéon et la rue d'Ulm retentissant de cantiques : « Sauvez la France au nom du Sacré Cœur ! »

La honte et la douleur l'avaient repris.

Il s'était redressé et, dans la cour de l'auberge, il avait vu, assis contre un mur, Minaudi qui somnolait. Le sergent l'avait donc suivi. Il l'avait secoué, lui avait intimé l'ordre de continuer sa route vers l'ouest, avec les autres.

Minaudi avait fait non, murmurant :

— Avec vous, mon capitaine. On ne s'est pas battus. Il faut bien qu'on le fasse. On est là pour ça, non ?

Ils avaient retrouvé la forêt, marché à l'écart des sentiers et des routes, atteint enfin la croix de Vermanges.

On eût dit qu'un ouragan avait disséminé sur plusieurs centaines de mètres des casques, des musettes, des brodequins, des armes et des livrets militaires. Au milieu de tout cela gisaient les cadavres pourrissants de dizaines d'hommes qui avaient dû être surpris dans leur retraite au moment où ils passaient par là.

Des chevaux galopaient, comme fous, entre les dépouilles.

À cet instant, Thorenc avait pris conscience de l'inutilité de l'acte qu'il voulait accomplir. Comme l'avaient prévu Villars et de Gaulle, comme il l'avait lui-même pressenti, la guerre était perdue. Il fallait donc rester en vie pour la continuer ailleurs, ne pas accepter que le sort du pays se soit joué en quelques jours parce qu'il avait été conduit par des incapables ou des traîtres.

— On s'en va, avait-il dit à Minaudi.

Le sergent avait secoué la tête. D'un geste de la main gauche, la droite tenant toujours son fusil-mitrailleur, il avait montré les restes d'hommes et d'effets personnels dispersés parmi les arbres, au pied du bloc de granit surmonté par la croix de Vermanges.

— Pas comme ça, avait-il lâché.

Il avait mis posément son fusil-mitrailleur en batterie derrière les arbres, de manière à prendre en enfilade le sentier qui montait de la maison forestière. Thorenc avait hésité quelques secondes, puis s'était posté à son tour en sorte que son tir croisât celui de Minaudi.

Il était près de midi. Mais de quel jour?

Thorenc savait seulement qu'on était au-delà du 20 mai, puisque le 18 — il avait le sentiment que beaucoup de nuits, bien plus que deux, en tout cas, étaient passées, mais combien exactement? — il avait appris que le maréchal Pétain avait été nommé vice-président du Conseil par Paul Reynaud. La radio avait alors annoncé : « Aujourd'hui, 18 mai 1940... »

Il se trouvait alors dans une grande salle de ferme. Les officiers de l'état-major de la IIe armée étaient attablés, et Xavier de Peyrière, installé au centre, pérorait. Le général était le seul à avoir conservé une tenue irréprochable. Il avait posé ses gants à côté de son assiette et chipotait, repoussant sur le bord du plat les morceaux d'omelette qui lui paraissaient trop cuits.

— En grand soldat qu'il est, le maréchal Pétain va dénouer la situation, avait-il déclaré. Et si, comme je le crois, il faut un armistice, il a l'autorité morale nécessaire pour en discuter les termes avec Hitler.

Il avait levé sa fourchette.

— N'oubliez pas, messieurs, que le chancelier allemand est un ancien combattant de 14-18. Or, le prestige du Maréchal est immense en Allemagne. Et comme je crains que nous n'ayons plus les moyens de nous redresser, il faut que Pétain agisse au plus vite. Si nous cessons le combat, Hitler sera à Londres dans les dix jours. C'est lui qui organisera l'Europe. C'est logique. Il faudra que la France joue sa partie. Elle dispose de nombreux atouts. Et nous serons dans une bien meilleure posture que l'Angleterre.

La plupart des officiers avaient approuvé. Thorenc s'était écrié :

— Honteux ! Vous n'avez pas le droit !

Il avait tendu le bras vers la route où le flot de réfugiés continuait de passer. Il s'était avancé, menaçant, mais on l'avait ceinturé. Il avait reconnu le lieutenant Cocherel parmi ceux qui lui tordaient les bras.

— Cette guerre, vous l'avez voulue ! avait lancé Cocherel. Faites-la !

Une voix avait prévenu :

— Messieurs, si nous tardons, nous allons tous être faits prisonniers. Les motocyclistes allemands sont signalés à moins de dix kilomètres.

Ç'avait été la ruée vers la porte.

Le commandant Pascal s'était approché de Thorenc :

— Vous les voyez! Je leur ai fait peur. Ils vous ont donc lâché. Mais ils auraient aussi bien pu vous abattre. Un conseil de guerre de fait, pour insubordination. Être fusillé pour avoir voulu combattre l'ennemi, ce serait trop stupide, non?

La salle de ferme était vide. Pascal s'était rassis, avait fait glisser dans l'assiette du général ce qu'il restait de l'omelette.

— La première des règles : manger!

Il avait rapidement vidé l'assiette.

— La seconde, avait-il repris la bouche pleine : ne pas être fait prisonnier.

Il s'était levé.

— Je file! N'oubliez pas cela, Thorenc : libre et le ventre plein. On ne peut se battre qu'à ces deux conditions!

Il avait posé une main sur l'épaule du capitaine :

— Et il va falloir se battre, ici ou ailleurs!

Il avait disparu dans la cohue, puis Thorenc l'avait aperçu, juché sur un muret, qui essayait de rassembler les soldats isolés afin de reconstituer avec eux une unité combattante.

Tout à coup, ç'avait été le vrombissement et le hurlement des stukas, certains tombant comme des pierres dans un piqué vertical avant de se redresser, leurs bombes crevant la masse humaine qui n'avait pas eu le temps de s'égailler. D'autres appareils volaient en rase-mottes, leurs rafales de mitrailleuse cisaillant les corps ou bien creusant le sol, soulevant des gerbes de terre.

Puis le silence.

C'est à ce moment-là que Thorenc avait décidé qu'il allait marcher à contre-courant de l'exode : cette France qui fuyait l'humiliait trop.

Et lorsque, à la croix de Vermanges, vers midi, il avait vu apparaître sur le sentier une colonne de soldats allemands, tête nue, arme à la bretelle, s'avançant en chantant, il avait le premier ouvert le feu.

Durant près d'une demi-heure, il avait tenu cette position avec Minaudi.

Puis, quand les premiers obus de mortier étaient tombés autour d'eux, ils avaient bondi, dévalé la pente, sauté par-dessus les branches cassées, les buissons, cependant que là-haut, autour de la croix de Vermanges, le bombardement continuait. Les éclats d'obus rasaient en sifflant les feuillages au-dessus de leurs têtes.

27

Sortant de la forêt, Thorenc a vu le troupeau de soldats prisonniers.

C'était donc devenu cela, la France, son armée : ces milliers d'hommes silencieux, dépenaillés, soumis, sales et hébétés, que quelques gardiens blonds, l'arme à la bretelle, les manches de leur vareuse retroussées, conduisaient vers l'est !

Thorenc et le sergent Minaudi les ont regardés passer, puis ont repris leur route vers cet horizon d'où montait parfois la rumeur d'un combat : explosions sourdes, rafales sèches de mitrailleuses, grincements des chenilles de tanks.

Ils se sont dirigés vers les hautes fumées noires qui s'élevaient dans le ciel vide. Mais, à chaque pas, ils retrouvaient des hommes parqués, assis dans les champs, sur la chaussée, dans des cours de ferme, sur des places de village.

Il aurait suffi que quelques-uns de ces vaincus se glissent derrière un buisson, dans l'entrebâillement d'une porte, le long d'une ruelle, pour fuir.

Mais Thorenc les a vus tendre la main aux soldats allemands pour obtenir une cigarette, un quignon de pain.

Il les a vus se bousculer pour boire à l'abreuvoir d'une ferme.

Il a reconnu parmi eux des officiers de la IIe armée, de ceux qui dînaient autour du général Xavier de Peyrière au château de Lignan. Minaudi lui a même montré le lieutenant Cocherel qui marchait en tête d'une colonne.

Thorenc s'est écarté des routes et des chemins. Minaudi et lui se sont ouvert un sillon dans les champs de blé. Ils ont mâché des grains encore verts. Ils ont dormi sur une terre sèche, crevassée, même : pas une goutte de pluie n'était tombée depuis le début de mai. Ils ont vu passer les convois allemands. Ils ont entendu ces chants dont ils connaissaient maintenant par cœur les cadences. Ils ont cherché le front — en vain.

Ils se sont approchés des villages.

Dans les prés, les bêtes crevées faisaient çà et là des taches blanchâtres. Des bandes de chiens errants s'enfuyaient devant eux, déchirant le silence de leurs aboiements.

Les portes des maisons étaient béantes, le linge répandu sur la chaussée, les vitres des fenêtres brisées.

Tous deux ont avancé en se cachant, craignant que ne surgisse une patrouille allemande.

Mais le village de Saint-Georges-sur-Eure où ils sont entrés après des jours et des jours de marche était abandonné.

Derrière la place, ils ont pénétré dans la cour d'une maison au centre de laquelle des voitures calcinées formaient deux amoncellements noirs. Des valises éventrées paraissaient jalonner le chemin de l'exode. Le rez-de-chaussée n'était que désordre. Mais, tout à coup, ses yeux s'habituant à la pénombre, Thorenc a aperçu le soldat mort.

C'était un homme jeune aux cheveux blonds. Le casque était posé près du corps étendu sur les premières marches de l'escalier. L'homme avait dû s'asseoir là après avoir ouvert les buffets, pillé cette demeure. Et quelqu'un — à moins qu'il ne se fût suicidé ? —, un Français, un Allemand, lui avait tiré une balle dans la gorge.

D'où ce trou noir sous le menton.

Thorenc avait aussitôt repensé aux essaims de mouches couvrant le visage des fusillés espagnols, à Badajoz, à ce grouillement noir qui masquait les traits des morts, les coiffant d'une chevelure vivante.

Il s'était retourné. Minaudi était resté planté sur le seuil. Il lui avait dit d'avancer, mais le sergent n'avait pas bougé. Il s'était appuyé de l'épaule au cadre de la porte et, de sa main gauche, avait déboutonné sa vareuse.

— Je rentre chez moi, avait-il dit. C'est fini, capitaine. On a fait ce qu'on pouvait, vous les avez vus : ils n'ont pas su se battre, ou pas voulu. Et puis il y a ceux qui ont fini, comme celui-là, mort pour rien.

Le sergent s'était avancé à l'intérieur de la pièce et lui avait tendu la main :

— On va essayer de rester vivants, capitaine. Si jamais vous avez besoin...

Il avait répété qu'il habitait Nice. Thorenc s'en souvenait. Mais il avait insisté :

— 7, place Garibaldi.

Il avait ajouté que la place était située à quelques centaines de mètres de l'hôtel de l'Olivier et de la rue Catherine-Ségurane.

— Là où vous étiez, capitaine.

À ces mots, Thorenc s'était rendu compte que cela faisait des jours qu'il n'avait plus repensé au passé.

Il avait serré le sergent contre lui.

Puis Minaudi était parti, le laissant seul en compagnie du soldat mort.

En se tenant à la rampe de l'escalier, Thorenc avait enjambé le cadavre, sans le quitter des yeux, comme s'il avait craint que l'homme ne se redressât tout à coup, chassant les mouches accrochées à sa gorge dont, dans le silence, il avait perçu le vrombissement obstiné.

Une fois gravies les premières marches, l'ordre et le calme paraissaient régner comme si l'homme mort avait monté la garde, interdisant aux pillards français ou allemands, voire aux réfugiés de monter jusqu'au premier étage.

La maison était cossue. Les couvre-lits de dentelle blanche étaient à leur place, les armoires fermées.

Thorenc avait parcouru les quatre pièces aux parquets cirés. Il avait examiné les photographies encadrées, l'une d'elles représentant un groupe de jeunes gens devant l'entrée d'un bâtiment officiel, peut-être une École normale. Entrant dans la dernière pièce et découvrant une bibliothèque, il avait pensé que le maître des lieux était sans doute un professeur ou un instituteur à la retraite.

Sur le bureau trônait un gros poste de radio.

Thorenc s'était assis, posant son fusil-mitrailleur sur la table, et avait tourné les boutons. Ce n'étaient partout que musiques triomphales. Il avait longuement écouté, ressentant tout à coup la fatigue, posant son front sur ses bras croisés, ne tressaillant même pas quand une voix grave et solennelle avait répété :

« Communiqué du haut commandement allemand : Le 14 juin, vers sept heures trente du matin, Paris, capitale de la France, jusque-là le plus grand camp retranché du monde, a capitulé sans conditions. »

Musique à nouveau.

Il s'était assoupi. Ce sont les aboiements des chiens qui l'ont réveillé. Il fait nuit. La seule trace de lumière dans la maison est cette petite lueur verte à gauche du cadran de la radio, lui-même réduit à un arc de cercle jaune zébré de traits noirs indiquant les stations.

Thorenc tâtonne, descend, enjambe à nouveau le cadavre, parcourt les rues du village que la lune éclaire et que peuplent seulement des chiens, des chats, des morts.

Sur les étagères d'un « Comestibles » à la devanture brisée, il trouve des boîtes de conserve. Il en remplit une musette arrachée à un soldat mort recroquevillé sur le parvis de l'église, saccagée elle aussi.

Peu à peu, alors qu'il marche d'un bout du village à l'autre, il imagine Paris, peut-être aussi vide que Saint-Georges-sur-Eure, mais où doivent patrouiller les Allemands.

Il pense au retour d'Alexander von Krentz et d'Otto Abetz, aux réceptions qu'ils vont donner à leur ambassade ou plutôt dans les palais, les palaces qu'ils ont sûrement déjà réquisitionnés. Autour d'eux se presseront, radieux, leurs amis et complices : Paul de Peyrière, Brasillach, Rebatet, Déat, Cécile de Thorenc et toutes ces autres femmes, celles de la Boîte-Rose, sans doute Françoise Mitry, peut-être aussi Isabelle Roclore ou

Lydia Trajani, toutes cherchant à séduire le vainqueur.

Qui refusera d'entrechoquer sa coupe de champagne avec celle du Maître?

Il songe à tous ceux qu'il a vus si serviles alors que la France paraissait encore puissante, qui ont approuvé Munich et refusé de « mourir pour Dantzig ». Cette défaite est leur triomphe.

Mais que sont devenus le commandant Villars, Delpierre, Lévy-Marbot, de Gaulle, Lazareff, Prouvost, Stephen Luber?

Thorenc regagne la maison qui lui est déjà devenue familière. Il enjambe machinalement le corps du soldat mort, entre dans l'une des chambres, ôte le couvre-lit de dentelle, le plie, le pose sur le dossier d'un fauteuil, puis s'allonge.

Qu'est devenue Geneviève Villars?

Il s'endort.

Un bruit de moteur le réveille, puis des voix.

Il aperçoit par les fentes des volets un side-car arrêté sur la place. Des Allemands casqués se sont assis sur le bord du trottoir et fument, leur long manteau de cuir ouvert, jambes allongées.

Thorenc passe dans le bureau, s'empare du fusil-mitrailleur. Il commence à descendre l'escalier. Puis, tout à coup, le bruit du moteur se fait entendre à nouveau. Et le silence retombe.

Il a encore dormi.

Mais, le troisième jour, l'odeur de mort est devenue si forte qu'il a beau fermer les portes des chambres, elle s'infiltre, doucereuse, avec des relents aigrelets de vomi.

Il a ouvert les armoires. Les costumes qu'il découvre sont amples, mais les manches des vestes, les jambes des pantalons se révèlent en revanche trop courtes.

Il enfile une chemise dont il retrousse les manches.

Il remplit une petite valise de vêtements. Il se contemple dans le miroir de la grande armoire : il a l'air d'un civil qui rentre chez lui.

Il saute par-dessus le mort et, toute la nuit, fouille les hangars, les maisons du village, trouvant là une casquette, ici une paire de chaussures — enfin ce qu'il cherche par-dessus tout : une bicyclette.

Il partira donc le lendemain.

Il ne parvient pas à fermer l'œil. Il est à la fois tendu et recroquevillé, comme s'il s'apprêtait à bondir, tel ce chat qui, dans l'une des maisons qu'il a visitées, a sauté tout à coup du haut d'un buffet sur son épaule.

Il a senti les griffes traverser sa chemise, se ficher dans sa peau. Il a eu peur. Il a gesticulé pour se débarrasser de l'animal qui, à la fin, est tombé en miaulant sur le sol, puis est revenu se frotter à ses jambes.

Il se retourne sur le lit qu'il n'a pas pris la peine de défaire. Lui aussi doit bondir, planter ses griffes.

Il se lève, rôde dans les chambres, s'installe devant la radio qu'il allume

La voix grave et anonyme annonce qu'elle va diffuser une nouvelle fois l'appel important du maréchal Pétain qui assume à partir de ce jour la direction du gouvernement de la France.

Ils ont donc gagné, les partisans de la soumission, ceux qui affirmaient que jamais les tanks allemands ne franchiraient la Meuse !

Thorenc a vu les chars rouler le long des routes forestières, dans ce massif des Ardennes que le général Xavier de Peyrière disait impénétrable!

Maintenant, Pétain parle :

« Je fais à la France le don de ma personne pour atténuer son malheur... C'est le cœur serré que je vous dis aujourd'hui qu'il faut cesser le combat. Je me suis adressé cette nuit à l'adversaire pour lui demander s'il est prêt à rechercher avec nous, entre soldats, après la lutte et dans l'honneur, les moyens de mettre un terme aux hostilités... »

Est-ce l'odeur du soldat mort?

Thorenc se penche, vomit.

28

Au loin, au-dessus des blés, il aperçoit une grande forme sombre qui s'encastre dans l'horizon bleu.

Il ralentit, dépasse néanmoins ces réfugiés qui remontent à présent vers le nord, traçant dans l'or de la Beauce une coulée gris sombre, presque noire, qui partage les champs où bruissent dans la brise les épis mûrs.

Il s'arrête et, tenant sa bicyclette par le guidon, monte sur l'un des talus qui bordent la route.

Il se remet à rouler.

Ce grand rocher dressé, c'est Chartres.

Des soldats allemands, tête nue, contrôlent les carrefours, jetant sur l'interminable cohorte un regard méprisant. Mais Thorenc, lui, se sent invulnérable. Avec sa barbe de plusieurs jours, sa chemise blanche déjà salie, son pantalon trop court, sa petite valise accrochée au porte-bagages, il n'est, pour ces jeunes guerriers, qu'un homme déjà vieux, inoffensif, qui rentre chez lui, vaincu parmi les vaincus.

Or, pour la première fois depuis des années, peut-être depuis 1936, il se sent au contraire plein d'une énergie rageuse que rien ne pourra étouffer.

Il roule bras tendus, mains serrées au milieu du guidon, buste droit, et l'air glisse sous sa chemise ouverte.

Il veut aller à Chartres essayer de rencontrer Pierre Villars qui est peut-être resté à son poste à la préfecture ; puis, de là, il rentrera à Paris.

Après ?

Il a enterré dans le jardin de la maison de Saint-Georges-sur-Eure, qu'il a baptisée la « maison de l'instituteur », le fusil-mitrailleur et ses chargeurs enveloppés dans un drap.

Puis il est parti, découvrant dans l'aube naissante que la maison était située rue de la République et qu'elle donnait sur la place du 14-Juillet.

Cette France-là, qui pourrait jamais l'effacer ?

Il a d'abord pédalé vite, puis il a rencontré des réfugiés poussant leurs brouettes remplies de paquets. Il a vu des vieilles en noir tassées sur des charrettes, et des voitures roulant au pas, certaines traînées par des chevaux.

À quel moment a-t-il cessé de condamner ce peuple de fuyards ? Peut-être quand, appuyé à son vélo, il a reconnu au loin la cathédrale de Chartres et qu'aussitôt des vers de Péguy sont venus à ses lèvres :

Seigneur...
Vous les avez pétris de cette humble matière
Ne vous étonnez pas qu'ils soient faibles et creux
Vous les avez pétris de cette humble misère
Ne soyez pas surpris qu'ils soient des miséreux...

Il se sent étonnamment déterminé, comme si cette longue marche depuis l'Ardenne, ces escarmouches livrées çà et là, puis cette vitesse à vélo qui lui fait dépasser les véhicules englués dans la longue colonne, lui avaient insufflé un sentiment nouveau de liberté.

Il arrive dans les faubourgs de Chartres. Là, passant devant une caserne, il aperçoit, assis ou allongés par terre, derrière les grilles fermant une cour, des centaines de prisonniers que garde une seule et unique sentinelle.

Il accélère, s'enfonce dans les ruelles. Ici et là, des immeubles calcinés.

La ville a dû être bombardée. Tous les magasins sont fermés. Les rues semblent vides, à l'exception de ces soldats allemands qui, désœuvrés, paraissent visiter la cité en touristes.

Mais, à un carrefour, voici qu'il découvre des hommes casqués, en armes. Des véhicules blindés barrent la chaussée. Un immense drapeau à croix gammée couvre presque entièrement la façade d'une grande maison bourgeoise.

Il détourne les yeux.

L'occupation comme une souillure.

Il arrive devant la préfecture. Un mât blanc se dresse devant le portail. Mais il n'arbore aucun drapeau.

On a amené les couleurs.

Le bâtiment paraît désert. Toutes les maisons de la place ont d'ailleurs leurs volets clos.

Un policier sort sur le perron. Thorenc l'interroge.

— Bien sûr, répond-il, monsieur Villars est présent.

Il hésite, puis ajoute plus bas :

— Mais le préfet, monsieur Moulin, est à l'hôpital.

Il hoche la tête, montre la place. Tout le monde a fui. Il n'est resté que cinq ou six centaines d'habitants sur plus de vingt mille. La ville a été bombardée. Les Allemands ont fusillé plusieurs personnes. Le policier regarde à droite et à gauche comme s'il craignait d'être entendu.

— Ils sont capables de tout, murmure-t-il.

Puis il hausse la voix comme s'il regrettait déjà cette confidence. Il s'adresse brutalement au cycliste :

— Monsieur Villars ne reçoit pas n'importe qui.

Thorenc sort sa carte de presse barrée de tricolore.

— Dites-lui : *Paris-Soir*.

Pierre Villars a le visage amaigri, des cernes gris creusent profondément ses joues. Il semble même que ses cheveux aient blanchi.

Il garde longuement la main de Thorenc entre les siennes.

— Je partirai dès que le préfet sera de retour de l'hôpital, dit-il. Je sais qu'ils vont m'arrêter. Je suis sur la liste noire : communiste ou presque... mais ils ne font pas la différence. Moulin m'a protégé des persécutions de la police de Daladier. Mais ils sont venus ici plusieurs fois, en janvier, en avril. Moulin les a foutus dehors. Maintenant, avec les Allemands, ils vont se déchaîner.

Thorenc secoue la tête. Pierre Villars lui fait l'effet de ne penser qu'à son propre sort.

— Les communistes étaient hostiles à la guerre, réplique-t-il. Moscou est d'ailleurs toujours l'alliée de Berlin. Thorez et bien d'autres dirigeants ont déserté, traversé l'Allemagne pour gagner ce qu'ils appellent... — il se reprend avec une nuance de mépris — ... ce que *vous* appelez la « patrie du socialisme ». Des militants ont même organisé des sabotages dans les usines d'armement... Ils ne doivent pas être mécontents de notre défaite, non ? C'était une guerre « impérialiste », comme ils disaient !

Il s'en veut de cette sourde colère et de l'accablement qu'elle provoque chez son interlocuteur.

— Et votre père, votre famille ? s'enquiert-il.

Pierre Villars proteste que Thorenc est injuste. Les dirigeants communistes sont une chose, les militants, une autre. Ils sont antifascistes. Désorientés, ils se reprendront.

— Votre père ? répète Thorenc... Geneviève ? ose-t-il enfin demander.

Le commandant Villars avait quitté Paris le 13 juin, veille de l'entrée des Allemands dans la capitale. Il était probablement replié avec le SR en zone non occupée. Car, depuis l'armistice, la France était coupée en deux.

— Il faut que je passe en zone libre, reprend Villars. Peut-être en Angleterre. Les Anglais vont continuer à se battre, poursuit-il d'un ton résolu. Vous connaissiez de Gaulle ? Reynaud l'a nommé sous-secrétaire d'État à la Guerre. Il est à Londres. Il a lancé un appel à la résistance.

Pierre Villars se lève, ouvre un dossier, lit quelques mots :

— « Quoi qu'il arrive, la flamme de la Résistance française ne doit pas s'éteindre et ne s'éteindra pas... »

Il replace le feuillet dans le dossier qu'il enfouit sous une pile de livres.

— De Gaulle a parlé le 18 juin, le lendemain

de l'appel de Pétain à cesser le combat. Je cache tout cela. Les Allemands peuvent venir perquisitionner. Le préfet...

Il s'interrompt, propose à Thorenc de quitter les murs de la préfecture.

— J'ai l'impression d'être pris ici dans une souricière, à leur merci.

— Votre sœur ? demande à nouveau Bertrand quand ils se retrouvent sur la place.

Geneviève est à Paris. Elle est restée dans l'appartement familial de la rue Saint-Dominique.

— Courageuse, ajoute Pierre Villars en serrant et levant le poing.

— Du silex..., murmure Thorenc.

Villars s'arrête, décontenancé. Il regarde longuement Thorenc.

— Elle est seule, répond-il enfin sans le quitter des yeux.

Ils marchent dans les rues jusqu'à la cathédrale que protègent des amoncellements de sacs de sable.

— Des vitraux ont déjà été détruits par les bombardements, dit Villars en pénétrant dans la nef.

Il s'assied non loin de l'autel et invite Thorenc à s'installer près de lui.

— Monseigneur Lejards a été exemplaire, chuchote-t-il.

Il baisse encore la voix.

— Nous avons vécu une tragédie.

Il se trouvait avec Jean Moulin devant la préfecture, explique-t-il, quand des officiers allemands se sont présentés. Ils ont prétendu que des Français avaient été assassinés par des tirailleurs, ce qu'ils appelaient « vos troupes noires ». Des femmes violées, des hommes massacrés, d'après ce qu'ils disaient, des enfants martyrisés. Ils ont exigé de Moulin qu'il signe un texte reconnaissant ces faits. Il a refusé. Ils l'ont entraîné, battu à coups de poing et de crosse.

— Moulin n'a pas cédé. Il m'a raconté comment ils l'ont insulté. Il était, ont-ils dit, à la solde de Mandel, ce « pourceau juif », ministre de l'Intérieur, vendu aux Anglais. Ils ont hurlé que la France était un pays de dégénérés, un pays de Juifs et de nègres. Ils ont enfermé Moulin en compagnie d'un Sénégalais. Dans la nuit, Moulin s'est tranché la gorge avec un morceau de verre. Il a perdu son sang durant plusieurs heures. Mais il est vivant. Il n'a pas cédé. Ils l'ont torturé pendant sept heures, ce 18 juin. Il a dans la gorge un trou gros comme ça.

Villars serre le poing, le pose contre son propre cou.

— Cette guerre va faire le tri entre les hommes, conclut Thorenc.

Il se lève, hésite puis se plante face à l'autel et se signe.

CINQUIÈME PARTIE

29

Thorenc ferme les yeux. Il vient de descendre de vélo. Il titube de fatigue. Même s'il n'a plus que quelques pas à faire pour atteindre le 216, boulevard Raspail, il a l'impression qu'il va s'effondrer avant de pouvoir passer le seuil de chez lui.

Il s'assied au bord du trottoir, se tourne, regarde la façade. Elle lui paraît plus grise, comme recouverte d'une couche de suie. À part cela, rien n'a changé; cependant, en se penchant pour découvrir la perspective du boulevard, il éprouve la même impression qu'au moment où il est entré dans Paris par la porte d'Orléans : ce n'est plus la même ville.

Ces panneaux de signalisation à chaque carrefour, doués sur le tronc des arbres, accrochés aux lampadaires, à des poteaux noirs fichés dans la chaussée, il les a lus :

LUFTWAFFEN LAZARET
PARIS-CLICHY
7 KM

KOMMANDANTUR GROSSPARIS
Hôtel MEURICE
228, rue de RIVOLI

Il a roulé plus lentement au bord de la chaussée vide.

En dehors de quelques véhicules allemands, pas une seule voiture civile ne circule. Les avenues s'ouvrent comme des saignées dans la ville silencieuse.

Il se lève difficilement.

Des réfugiés passent, petits groupes séparés les uns des autres et dont les silhouettes paraissent minuscules, tout autour d'eux étant devenu vide. Ils avancent courbés, cramponnés à leurs poussettes, leurs charretons, leurs brouettes, et semblent honteux d'avoir fui. Ils rentrent avec une allure de coupables, tête baissée. Ils ne se parlent pas.

Les seules voix sont celles de ces soldats qui, leur appareil photographique suspendu autour du cou, vont en martelant de leurs bottes le trottoir. Ils sont débonnaires, sans arme. Ils rient. Ils se pressent devant les boutiques qui viennent de rouvrir. Ils sont assis, là-bas, à la terrasse du Dôme, seuls clients que sert, plein d'attentions, un vieux garçon en tablier blanc.

Thorenc entend leurs voix ; elles aussi soulignent le silence qui les entoure. Il n'y a même plus de chants d'oiseaux. Autrefois, les étourneaux, les martinets griffaient le ciel de leurs trilles aigus et de leurs ailes noires. Plus rien. Les oiseaux ont fui, sans doute chassés par la fumée des incendies ou bien ayant quitté la ville avec ses habitants.

Ville livrée, ville ouverte.

Il s'appuie des deux mains, bras tendus, au tronc d'un platane comme s'il lui fallait reprendre souffle avant de traverser le trottoir et de rentrer chez lui.

Il a honte. Comme un fuyard qui n'aurait pas

combattu pour défendre sa ville, ce Paris qui avait su résister aux privations du siège durant l'hiver 1870, mais qui, cette fois, en ce mois de juin 1940, s'est vidé et où les Allemands déambulent comme des promeneurs que rien ne menace.

Il faudra reconquérir la fierté.

Il se glisse dans l'entrée. C'est la même pénombre fraîche. La guerre et la défaite n'ont pas fait trembler le rideau qui obture la porte vitrée de la loge de la concierge, madame Maurin.

Celle-ci ouvre la porte, écarquille les yeux, secoue la tête, joint les mains devant sa bouche. Elle se précipite vers Thorenc, le prend aux épaules.

Elle est si heureuse, dit-elle. Elle le croyait mort ou prisonnier. Elle l'entraîne vers la loge. Elle dit qu'elle a eu très peur quand, il y a... — elle hésite — ... elle ne sait plus quel jour, mais c'était juste après *leur* arrivée...

Elle s'interrompt.

— Nous, on n'est pas partis, reprend-elle. Maurin, il n'avait pas le droit. Les policiers, ils sont mobilisés sur place; ça a des avantages, mais on ne peut pas se mettre à l'abri. Maurin, il était donc à son poste. Il a vu le premier Allemand, un motocycliste qui traversait la place Voltaire à quatre heures du matin, tout seul. Et puis, il a été sur les Champs-Élysées pour leur grand défilé. Impeccable, monsieur de Thorenc. Maurin m'a dit : « Marinette, si tu les avais vus saluer le Soldat inconnu, tu comprendrais qu'on nous a raconté des histoires ! » Vous savez ce qu'il a vu, Maurin ? Un colonel agenouillé devant le tombeau du Soldat inconnu et qui priait ! Il l'a vu, de ses yeux vu.

Elle ne sait plus où elle en est, avoue-t-elle.

Elle tire Thorenc à l'intérieur de la loge et en referme la porte.

— Vous — et pourtant vous n'êtes plus jeune —, vous avez fait votre devoir, comme Maurin. Mais les Waldstein, vos voisins, ils ont tout chargé sur leurs deux voitures, le 20 mai, je m'en souviens, et ils ont filé, sûrement sur la Côte d'Azur. Vous savez qu'ils ont une villa, à Cannes ou à Antibes...

Bertrand voudrait s'enfuir. Il étouffe dans cette petite pièce encombrée. Mais il se sent paralysé, comme une proie hypnotisée. Il écoute.

— Maurin le dit — et, autour de lui, à la préfecture, ils pensent tous comme ça : c'est un crime d'avoir fait cette guerre. Qui nous y a poussés ? Les Juifs, monsieur de Thorenc ! Et puis, eux, comme vous savez, ils se sont mis à l'abri.

Elle secoue la main en signe de dénégation :

— C'est pas à nous que les Allemands en veulent ! Vous les connaissez bien — elle sourit d'un air espiègle ; son petit visage rond, sous ses cheveux bouclés, est tout plissé par la malice, peut-être même un brin de malignité —, mais les Juifs, ça, ils les aiment pas ! Est-ce qu'on peut leur donner tort ? Maurin m'a raconté que des officiers très corrects sont venus à la préfecture chercher des listes de noms : des Juifs, des communistes... Mais — elle fait pivoter sa tête — monsieur Langeron, le préfet de police, ne leur a rien donné. Il a tout caché ; on dit même que c'est sur des péniches qu'il a fait couler dans la Seine.

Elle redresse le front.

— Il faut pas qu'ils s'imaginent, ces messieurs, qu'ils vont pouvoir faire la loi en France. C'est des Boches, après tout. On est battus, mais, la dernière fois, c'était nous, les vainqueurs. On peut compter sur le maréchal Pétain pour le leur rappeler. Qu'est-ce que vous en pensez, vous, monsieur de Thorenc?

Il fait un pas vers la porte

— En tout cas, nous, on n'est pas juifs, conclut-elle. Maurin, c'est ce qu'il a dit à un de leurs officiers qui demandait un renseignement. Maurin l'a salué; l'officier, un commandant ou peut-être même plus, a répondu et l'a félicité pour la belle tenue de la police parisienne. Et Maurin lui a répondu : « Il n'y a pas de Juifs dans la police. » Du tac au tac. Il est comme ça, Maurin!

Vive, boulotte, elle ne cesse de se pavaner dans ses dix mètres carrés.

Elle rejoint Thorenc devant la porte de l'ascenseur, lui tend une enveloppe blanche marquée de l'aigle et du svastika. Mais à peine allonge-t-il la main pour s'en emparer qu'elle se ravise et laisse retomber son bras.

Elle a oublié, s'excuse-t-elle sans le quitter des yeux, de lui remettre ça. Quand l'Allemand s'est présenté, botté et casqué, enveloppé d'un long manteau de cuir, elle a cru qu'il venait pour les Waldstein.

— Ceux-là, si jamais ils réapparaissent, il faudra pas qu'ils se conduisent comme avant : prétentieux, arrogants, jamais un geste, vous traitant comme des domestiques. On est français, on sait d'où on vient, mais eux? Ils ont de l'argent, ça oui, mais pour le reste, c'est quoi? Des Juifs! En ce moment, il vaut mieux pour eux qu'ils jouent les modestes.

Elle a une moue de dédain, puis sourit. Elle agite l'enveloppe :

— Mais c'était pour vous. L'Allemand, il s'est incliné devant moi. Très poli, presque trop. Je vous assure qu'il a claqué les talons. Paf! Un bruit sec, ça impressionne! Pour ça, ils ont de la discipline, eux. Maurin m'a dit que deux soldats qui avaient volé de l'argent dans un café, près de la porte d'Orléans, et essayé de violer la patronne, ont été arrêtés par leur police et qu'on les aurait fusillés. Ah, ils plaisantent pas! Si on avait fait ça chez nous, on n'en serait pas là, monsieur de Thorenc! En tout cas — elle tend une nouvelle fois l'enveloppe —, vous qui allez voir leurs chefs... Oh, je me souviens, quand vous avez interviewé Hitler, le bruit que ça a fait, ne croyez pas qu'on a oublié... Quand vous les reverrez, dites-leur que la police... Maurin pourrait vous le dire mieux que moi... la police, elle fera son devoir comme avant.

Thorenc a l'impression que jamais de toute sa vie il n'a été aussi las, aussi désespéré.

Il revoit les essaims de mouches sur les visages des fusillés espagnols, sur la gorge du soldat mort dans l'escalier de la « maison de l'instituteur », à Saint-Georges-sur-Eure.

Il se souvient de Jean Moulin auquel Pierre Villars l'a présenté.

Le préfet avait le cou entouré d'un gros pansement qu'il dissimulait sous une écharpe blanche. Il lui avait serré la main dans le jardin de l'hôpital, interrompant le journaliste qui, maladroitement, lui parlait de courage, d'héroïsme...

— On fait ce qu'on doit faire, avait-il dit d'une voix étouffée.

Et c'est maintenant le tour de cette femme de parler aussi à sa manière de devoir, minaudant :

— Maurin et moi, même si on avait pu, on n'aurait pas quitté Paris : c'est une question d'honneur !

D'un geste vif, Thorenc s'empare enfin de la lettre.

La concierge reste la main posée sur la poignée de la porte de l'ascenseur, comme pour l'empêcher de monter.

Elle attend. Mais il ne décachette pas la lettre. Alors elle s'éloigne à regret en marmonnant. Du seuil de la loge, elle lance encore :

— N'oubliez pas les vrais Français, monsieur de Thorenc !

Accablé, révolté, lui-même se sent plus que jamais métèque, fils de Juif.

30

Il pénètre dans son atelier dont les grands rideaux bleus sont tirés. Il reste longuement dans l'obscurité, appuyé à la porte palière. Il reconnaît l'odeur de bois et de livres, et même celle, plus subtile, aigrelette, de l'encre.

Il est enfin chez lui.

Il jette l'enveloppe sur son bureau, puis va ouvrir lentement les rideaux comme pour prendre le temps de savourer son retour, de vérifier que chaque objet est bien à sa place. Là, sur une étagère, cet obélisque taillé dans un bloc de verre, qu'il a acheté autrefois à Murano. Il se souvient : il suivait alors pour *Paris-Soir* le voyage d'Hitler à Venise, et il avait consacré plusieurs articles à la rencontre entre le Führer et le Duce, le premier paraissant timide et mal à l'aise, comme un petit employé serré dans son imperméable mastic, l'autre plastronnant en uniforme, mentor à l'air un peu méprisant et ironique, au faîte de sa gloire. C'était en juin 1934. Six ans ont passé.

Thorenc s'assoit. Est-il possible que Paris soit aujourd'hui occupé ?

Il lorgne l'enveloppe. En glissant sur la surface du bureau, elle a tracé un sillon brillant dans la poussière accumulée qui donne la mesure du temps écoulé, des changements intervenus.

Hitler n'est plus pour le Duce cet allié soumis et effacé. Il est entré dans Vienne, Dantzig, Prague. Il va pouvoir visiter Paris.

Thorenc ouvre l'enveloppe.

Une carte. Un sigle noir. Une croix gammée rouge. Quelques lignes :

    Cher ami,
Me voici revenu. Il faut que nous parlions. Une fois encore — peut-être est-ce la dernière chance ? — les hommes comme nous ont la possibilité d'influer sur le sort de leur patrie.

Il est vital que nous nous rencontrions. Téléphonez à l'ambassade. Mais je suis installé à l'hôtel de Crillon.

Cordialement,

                   Alexander von Krentz.

Thorenc repousse la carte. Il imagine une scène : il pénètre dans le bureau de von Krentz et le tue. On le fusille. Il devient un héros.

Il se lève, va jusqu'à la baie vitrée.

Sur les trottoirs, il n'aperçoit que ces groupes de jeunes soldats à l'air emprunté, timide. Il les suit des yeux jusqu'au carrefour du boulevard Raspail et du boulevard du Montparnasse.

Il ouvre la porte-fenêtre, passe sur le petit balcon. Plus nombreuses qu'autrefois, les putains sont là à faire les cent pas devant les terrasses de la Rotonde et du Dôme. Elles s'approchent des militaires qui rient comme des collégiens, puis s'éloignent avec elles.

Des dizaines de milliers d'hommes sont donc morts pour cela, certains d'une balle dans le cou, d'autres en se tranchant la gorge ?

Il ferme les yeux. Il repense à ces hommes qui, tête nue, s'avançaient sur le sentier en direction de la croix de Vermanges. Ils chantaient. Il a ouvert le feu et il se souvient qu'il a hurlé de joie quand il les a vus fauchés, couchés sur le sol. Le sergent Minaudi riait lui aussi.

Il se fait couler un bain, s'enfonce dans l'eau brûlante. Il voudrait ne plus jamais sortir de cette matrice, s'y dissoudre.

Le téléphone sonne. Il ne décroche pas. Mais, quand la sonnerie retentit de nouveau, il prend l'appareil.

— Je sais que vous êtes là, mon cher Thorenc.

Il est saisi. Il reconnaît la voix d'Alexander von Krentz. Il se demande si madame Maurin, sous son bavardage, n'aurait pas dissimulé la mission dont on l'avait chargée : avertir quelque service allemand de son retour. À moins que von Krentz n'ait fait surveiller l'immeuble par la Gestapo ou l'Abwehr ?

Il se tait.

— Vous avez reçu ma lettre, n'est-ce pas ? interroge le conseiller d'ambassade. Je n'étais pas vraiment inquiet sur votre sort. Mais autant j'aurais pu vous faire libérer si vous aviez été fait prisonnier, autant je n'ai pas le pouvoir de res-susciter les morts ! Toujours est-il que vous voici bien vivant et parisien. Comme moi !

Il rit.

— J'imagine ce que vous pensez. Ce n'est pas gai pour vous, bien sûr. Et c'est pour cela qu'il faut nous voir : pour tenter de bâtir un nouvel avenir. Je suis sûr que vous refuserez de vous rendre à l'ambassade. Je comprends ça, Thorenc. L'hôtel de Crillon ? Vous vous sentiriez blessé : nous l'avons en effet réquisitionné. Mais je suis un pragmatique, comme tous les Allemands. Votre mère nous invite à dîner demain soir chez elle, place des Vosges. Je viens de l'appeler, elle est enchantée. Je vous y attends, à vingt heures.

Alexander von Krentz ajoute d'une voix espiègle :

— Vous êtes au courant que nous vivons maintenant à l'heure allemande ? Il y a une heure d'écart ! Nous sommes en avance sur vous. Vingt heures, donc, heure allemande aussi bien que française... en somme européenne, mon cher !

Thorenc n'a pas prononcé un seul mot.

31

Thorenc avait contemplé ces immenses drapeaux rouges à croix noire que les Allemands avaient hissés non seulement sur tous les bâtiments qu'ils occupaient dans Paris, mais aussi sur les monuments. Ils voulaient humilier, provoquer, comme s'il avait été nécessaire de répéter sur toutes les façades que la France était vaincue.

Il n'avait cessé d'en voir en marchant dans Paris avant de se rendre chez sa mère pour rencontrer Alexander von Krentz.

Les étendards nazis couvraient parfois plusieurs étages, dissimulant une partie de la façade du Palais-Bourbon, claquant entre les colonnes du ministère de la Marine, sous les arcades de la rue de Rivoli, au balcon de l'hôtel de Crillon. C'était comme si, sur les deux rives de la Seine, de longues plaies sanglantes, avec ces énormes mouches noires posées en leur cœur, balafraient les murs de la capitale.

Il avait pris le métro. Des soldats y circulaient, discrets et modestes, au milieu de la foule muette. Parfois, quelqu'un s'approchait cependant de ces jeunes hommes, les interrogeait ou les conseillait avec cette expression servile et gourmande que prennent les laquais qui veulent complaire à leurs maîtres.

Souvent, tel ou tel de ces guerriers se levait, cédant sa place à une vieille dame intimidée et ravie.

Qu'importait alors que leur drapeau eût été accroché sous l'Arc de triomphe !

Il avait traversé le jardin des Tuileries où les badauds faisaient cercle autour d'une fanfare militaire qui offrait un concert.

Il avait été humilié par les visages de ces Français chez qui il avait lu la surprise émerveillée d'hommes et de femmes qui avaient eu peur, qui avaient fui, imaginant que des cohortes de soudards allaient les martyriser, et qui découvraient une armée bienveillante, serviable, désireuse de les séduire. En ces derniers jours de juin, ils paraissaient attirés par le spectacle de cette force puissante et victorieuse, et regardaient avec des yeux ébahis les véhicules amphibies de la Wehrmacht, les uniformes, les longues et massives Mercedes des généraux qui se garaient devant l'hôtel Meurice, les poignards des officiers de la Kriegsmarine et de la Luftwaffe, la relève de la garde devant la Kommandantur, et ces parades martiales, avenue Foch ou place de l'Étoile.

Rue de Rivoli, sous les arcades, il s'était arrêté pour observer les ouvriers qui achevaient d'installer, sur la devanture de la librairie anglaise W.H. Smith, une banderole annonçant qu'allait s'ouvrir dès le lendemain la librairie allemande Frontbuchhandlung.

Rue Royale, devant Maxim's, une longue file de voitures allemandes était arrêtée. À l'entrée du restaurant, une vieille femme vendait les journaux allemands : *Das Reich, Deutsche Zeitung in Frankreich.*

Tout en traversant le pont de la Concorde, il s'était fait le serment de ne plus écrire un seul article tant que ces drapeaux-là maculeraient Paris. En remontant le boulevard Saint-Germain, il avait découvert plusieurs affiches annonçant l'ouverture d'un cours allemand au Praktikum, 39, rue de Washington.

Il avait dévisagé les consommateurs bavards attablés à la terrasse des Deux-Magots. Il avait reconnu Lydia Trajani assise entre deux officiers allemands. Elle riait, ses cheveux noirs relevés en un haut chignon, les bras nus, une robe à fleurs de couleurs vives enserrant son buste. Elle avait paru ne pas le voir, l'effleurant à peine du regard.

Il avait traversé la place, s'était arrêté sur le bord du trottoir opposé, essayant de l'apercevoir encore. Mais elle avait dû rentrer à l'intérieur du café, laissant les deux officiers seuls.

Il avait été envahi par un sentiment de rage mêlée de mépris et d'humiliation.

Que faisait-il encore ici ? Pourquoi ne quitterait-il pas ce pays pour l'Angleterre ou les États-Unis ? À Chartres, Pierre Villars lui avait indiqué que Pierre Cot, l'ancien ministre de l'Air, dont Moulin avait été le directeur de cabinet, avait réussi à gagner Londres. Il avait échappé de peu à l'arrestation, à la haine que lui vouaient les adversaires de l'entrée en guerre et ceux qui l'accusaient d'avoir aidé l'Espagne républicaine en lui livrant des avions. Le jeune préfet de Chartres était persuadé que tous les anciens collaborateurs de Cot — Moulin et Villars faisaient partie de ses proches — seraient un jour ou l'autre persécutés.

Pourquoi rester alors que cette ville, tout ce pays paraissait accepter l'occupation ?

Et lui qui s'indignait, qu'allait-il faire, sinon dîner le soir même chez sa propre mère en compagnie d'Alexander von Krentz ?

Thorenc n'avait pas serré la main que l'Allemand lui tendait. L'autre avait souri :

— Je sais, je sais, tout cela pour vous n'est pas réjouissant, avait-il lâché.

Cécile de Thorenc avait pris chacun d'eux par le bras, les entraînant vers la table ronde dressée devant l'une des fenêtres d'où l'on embrassait la place des Vosges, faiblement éclairée par la lumière bleutée des lampadaires.

— Quel malheur, n'est-ce pas, avait commencé Cécile de Thorenc en montrant la place, si tout cela avait été détruit ! Heureusement, la sagesse l'a emporté. Et nous nous retrouvons ici comme autrefois : c'est miraculeux ! J'ai tant souhaité que cette guerre n'ait pas lieu, elle était si absurde...

Von Krentz était en uniforme vert amande avec des étoiles sur sa manche.

Durant le dîner, il avait parlé d'Ernst Jünger, de Friedrich Sieburg, cet écrivain qui avait vécu la plus grande partie de sa vie à Paris, place du Panthéon, et qui était l'auteur d'un livre admirable : *Heureux comme Dieu en France*. Un ouvrage qui avait fait un peu scandale en Allemagne mais qui, en fait, résumait fort bien l'opinion de tous les Allemands, y compris même de Hitler.

Puis, se tournant vers Thorenc :

— Nous préparons la visite du Führer à Paris. Savez-vous qu'il pense que votre Opéra est un chef-d'œuvre. Speer, son architecte, a été stupéfait quand il a découvert que le chancelier connaissait jusqu'au moindre détail du bâtiment. Le chancelier souhaite aussi se recueillir devant le tombeau de Napoléon.

Il avait hoché la tête :

— Napoléon s'est jadis incliné devant le tombeau du grand Frédéric. L'histoire de nos deux peuples est faite de ces va-et-vient. Précisément...

Cécile de Thorenc s'était levée, les invitant à passer au salon, puis, tout en minaudant, elle s'était retirée après leur avoir présenté d'un geste les cigares et le cognac.

Von Krentz avait servi Thorenc, puis avait rempli le fond de son verre.

— Alcool français ! s'était-il exclamé. Personne ne vous enlèvera ça. Jünger, Sieburg, Abetz, nous pensons tous que la France, au sein de la nouvelle Europe, aura un rôle éminent à jouer.

Il avait levé son verre, le faisant miroiter dans la lumière du lustre.

— Cette couleur, qui est votre vraie couleur nationale, votre culture, il dépend de vous qu'elle soit le ferment de l'Europe alors que nous, qui sommes une race guerrière, lui apporterons nos vertus, les vertus germaniques...

— J'ai rencontré un préfet, avait marmonné Thorenc en ouvrant à peine la bouche, sans regarder von Krentz. Des officiers allemands l'avaient battu sept heures durant en lui criant que la France était un pays dégénéré, un peuple de sales Juifs et de sales nègres. Il a refusé de céder. Il s'est tranché la gorge.

— La guerre ! s'était exclamé von Krentz. Vous l'avez déclarée, vous l'avez perdue.

Il avait continué, cette fois d'une voix rude. Le Führer était décidé à contraindre les Français à rendre au Reich l'Alsace et la Lorraine, mais, pour éviter que ce pays ne prépare quelque revanche, il lui enlèverait aussi les départements industriels du Nord et de l'Est. Ainsi naîtrait la nouvelle Europe, non pas allemande, mais européenne, puisant sa sève et son esprit dans la tradition carolingienne.

— Vous n'ignorez pas, Thorenc, que Charlemagne avait fait d'Aix-la-Chapelle sa capitale.

— Pas un Français n'acceptera ! avait riposté Bertrand.

Von Krentz avait levé les bras :

— Vous n'avez pas vu Paris, Thorenc ? On nous accueille comme jamais je n'aurais osé l'espérer. Les bars, les restaurants, les spectacles... Allez donc au Moulin de la Galette, au bal Tabarin, au Grand-Jeu, à la Boîte-Rose : vous connaissez ? Tous ont rouvert. On sable le champagne à toutes les tables. Nos hommes ne rêvent que d'une chose : rester ici. « Heureux comme Dieu en France » est plus vrai que jamais. Mais il y a plus intéressant encore...

Il avait pointé l'index sur son interlocuteur.

— Nous avons reçu une demande officielle des communistes qui veulent obtenir l'autorisation de faire reparaître *L'Humanité* que Daladier avait interdite.

Il avait souri.

— Nous hésitons... La police française a arrêté les envoyés communistes au moment même où ils sortaient de notre ambassade. Nous les avons fait libérer! Si je vous citais les noms de tous les politiciens et syndicalistes socialistes qui veulent collaborer avec nous, je pense que vous seriez effaré. Quant au peuple, il se presse à nos concerts, assiste à tous nos défilés, guide nos permissionnaires. L'autre jour, j'ai assisté à Montmartre à une scène touchante : deux vieux réservistes de la Wehrmacht avaient installé leur chevalet place du Tertre ; autour d'eux, une petite foule de curieux, bienveillants, amicaux, commentaient le travail des deux peintres !

Von Krentz avait saisi le poignet du journaliste.

— Mais nos pays, comme l'Europe de demain, ont besoin d'hommes comme vous, Thorenc, des esprits indépendants, capables de comprendre le moment historique que nous sommes en train de vivre. Nous n'avons pas oublié votre interview de notre Führer. Prenez la tête d'un journal, Thorenc : nous vous aiderons ! Vous serez l'artisan de la collaboration entre nos deux pays. Vous n'êtes pas un politicien, vous n'avez pas l'ambition d'un Doriot, d'un Déat, d'aucun de ces fanatiques dont nous pouvons certes nous servir, mais que nous méprisons. Quant à Pétain et à son gouvernement — il avait haussé les épaules —, comment voulez-vous qu'ils représentent l'avenir ? Réfléchissez, Thorenc. Ne restez pas à l'écart de cette histoire commune !

Bertrand s'était levé et était parti sans un mot.

32

Alors qu'il descend le large escalier de la maison de Cécile de Thorenc, place des Vosges, Thorenc entend la voix de sa mère, puis celle d'Alexander von Krentz. Elles se mêlent pour lui répéter que le couvre-feu est en vigueur; les patrouilles ont l'ordre de tirer sans sommation. Il doit attendre : la voiture de l'Allemand va le reconduire chez lui.

— Ne vous faites pas tuer par orgueil! lance ce dernier d'une voix impérieuse et méprisante. Nous ne sommes pas au théâtre, Thorenc!

Bertrand reste immobile, collé à la porte d'entrée, dans l'obscurité. Il murmure :

— Rendez-vous, Boieldieu!

Il se sent satisfait du défi qu'il vient de lancer, en souvenir de cette scène de *La Grande Illusion* où Erich von Stroheim supplie Pierre Fresnay — dans le rôle de l'officier de Boieldieu — de se rendre. Il avait vu le film en compagnie d'Isabelle Roclore. Après, elle l'avait accompagné jusque chez lui. Ce devait être à la fin de 1937. Il y avait mille ans...

— Thorenc! crie encore von Krentz.

Puis c'est Cécile de Thorenc qui reprend ses appels.

— Ne soyez pas stupidement français! lance l'Allemand

Enfin c'est le silence.

Thorenc se faufile sous les arcades.

La voiture de von Krentz est garée devant la maison. Deux soldats fument, adossés côte à côte à la portière.

Une fenêtre s'ouvre au premier étage. La lumière découpe tout à coup dans l'ombre de la place un rectangle blanc. Les soldats ont bondi, se sont figés, tête levée.

Thorenc court le long des façades que les phares de la voiture viennent d'illuminer.

La voix de von Krentz résonne à nouveau :

— Thorenc, ne soyez pas idiot !

Le ton n'a rien de commun avec celui de von Rauffenstein interprété par Erich von Stroheim. On ne joue plus *La Grande Illusion*.

Il se recroqueville dans l'ombre d'une colonne, reprend son souffle. Qu'est devenue Isabelle Roclore ? Est-elle encore la maîtresse de Stephen Luber ? Celui-ci a-t-il fui ?

Puis il bondit, quitte la place et s'enfonce dans le dédale des petites rues.

Le silence dans le quartier est si complet, plus dense encore du fait qu'aucune lumière ne filtre, que Thorenc a l'impression d'être escorté par le bruit de ses propres pas.

Tout est mort.

Ne pas se faire tuer.

Il s'arrête, écoute, repart, traverse des artères plus larges, courbé comme pour éviter un feu de salve.

Il pense tout à coup que les ponts doivent être surveillés, peut-être barrés. S'il cherche à regagner la rive gauche pour rejoindre Montparnasse, il sera pris ou abattu.

Il pénètre dans une cour. Ici la nuit est encore plus sombre. C'est un puits. Il découvre un escalier qui semble descendre vers des caves. Il écoute. Peut-être des frôlements de chats, de rats ?

Il s'enfonce dans un couloir où il doit marcher voûté, tant le plafond est bas. Il s'assied à même le sol. Qui viendra le chercher là ?

Il ne sera pas ce soldat mort, affalé, la gorge

trouée, sur les marches de l'escalier. Il veut vivre. Ne serait-ce que par orgueil.

Il est réveillé par des cris aigus, des hurlements rauques, des bruits de verre brisé, de portes enfoncées dont le bois craque.

C'est l'aube.

En s'avançant prudemment vers l'orée du couloir, il aperçoit une dizaine de jeunes gens en chemise bleu sombre, la poitrine barrée par un baudrier. Ils sont armés de barres de fer, de matraques : ils saccagent les ateliers qui donnent dans la cour, criant :

— Mort aux Juifs ! Dehors, les métèques !

Sous la porte cochère, deux policiers apparaissent, les pans de leur pèlerine rejetés sur chaque épaule. Ils appuient leur vélo contre le mur et s'avancent d'un pas lent, ennuyés. Ils écartent les bras, disent d'un ton paternel :

— Allons, allons...

Les jeunes gens les entourent, les acclament, crient « La police avec nous ! », puis « Vive la France ! », avant de quitter la cour. Leurs voix s'éloignent : « Mort aux Juifs, mort aux Juifs ! »

Ce sont maintenant les habitants de l'immeuble qui ont envahi la cour. Ils s'emploient à balayer les éclats de verre, à tenter de remettre en place les portes de leurs échoppes. La cour sent le cuir, la sciure et la colle. Ils regardent avec stupeur Thorenc déboucher de l'escalier de la cave.

On le suit des yeux cependant qu'il traverse la cour. Il pense à la Nuit de cristal, à ces bandes de SA qui, en 1938, quelques jours avant Munich, avaient assassiné, pillé, brûlé à travers toute l'Allemagne. Il se souvient de cette expression de « peste brune » qu'il avait trouvée ridicule, outrancière, mais qu'employaient alors les intellectuels regroupés autour de Malraux.

Parmi eux, ce professeur Georges Munier, celui du « Tibesti », qui devait divorcer pour épouser Geneviève Villars.

« Elle est seule », avait néanmoins précisé le frère de la jeune fille, à Chartres.

Thorenc sort de la cour.

Le jour commence à envahir les rues. Sur les devantures des boutiques, en lettres énormes, on a écrit : DEHORS LES JUIFS! Plus loin, un écriteau suspendu au milieu d'une vitrine précise : LES PROPRIÉTAIRES SONT FRANÇAIS ET CATHOLIQUES.

Geneviève est seule, lui a dit Pierre Villars.

Thorenc est l'un des rares piétons à franchir le pont Marie, puis celui de la Tournelle dans la lumière rose, teintée de violet, qui, en couches successives, couvre le ciel.

Deux soldats allemands accompagnés de deux policiers français le dévisagent. Il sent leurs regards peser sur ses épaules. Faire de chaque homme un suspect, un coupable : voilà leur but.

Il a envie de crier.

Il arpente les petites rues qui conduisent des quais à la place Maubert.

D'une écriture maladroite, en lettres inégales, quelqu'un a tracé sur un mur : VIVE LA FRANCE! RÉSISTANCE!

Plus loin, on a collé trois papillons l'un après l'autre. Les trois mots composent la formule : MORT AUX BOCHES.

Il entre dans le café qui fait l'angle de la place et du boulevard Saint-Germain. Des soldats allemands sont accoudés au comptoir. Il les observe.

Que pourront-ils si chaque Français qu'ils croisent devient demain leur ennemi?

Il ne faut pas quitter ce pays ; il faut le réveiller.

33

Thorenc veut savoir.

Il vient d'acheter *Paris-Soir* au kiosque à journaux situé en face de la gare Montparnasse. Il est saisi. C'est la même typographie, la même mise en pages, le même journal que celui dans lequel il écrivait; mais c'est une mystification, un mirage.

Tous les articles sont à la gloire de l'Allemagne, de son armée qui aide les réfugiés à rentrer chez eux, qui soigne les blessés, qui donne des concerts aux Parisiens.

Une photo en première page montre un orchestre de la Wehrmacht installé sur les marches de l'Opéra, entouré d'une foule de soldats et de Parisiens. La légende du cliché proclame : « La musique rassemble Français et Allemands unis dans la même admiration de l'art et de la beauté. »

Il a lu l'éditorial qui, lui aussi, exalte le Reich. Son auteur souligne :

« Le maréchal Pétain, le général Weygand, monsieur Pierre Laval, monsieur Adrien Marquet ont, à eux quatre, deux cent soixante-dix ans, ce qui fait soixante-sept ans et demi de moyenne. C'est beaucoup pour des hommes nouveaux. Nous permettra-t-on de faire observer que les dirigeants allemands totalisent cent quatre-vingt-sept ans, soit quarante-six ans de moyenne? »

Il achète tous les quotidiens français exposés au milieu des journaux allemands, *Le Matin*, *Les Dernières Nouvelles*, *La Gerbe* : tous interprètent le même refrain, celui de la soumission et de la collaboration.

Qui peut écrire cela ?

Il fait beau, le ciel est même d'un bleu intense, rare au-dessus de Paris.

Il marche jusqu'à la place de l'Opéra. Les rues et les avenues sont toujours aussi silencieuses et vides. Mais les boutiques sont toutes ouvertes et les Allemands s'y pressent.

À la terrasse du Café de la Paix, pas une seule table de libre. Les officiers allemands, nu-tête, leur casquette posée sur les genoux, regardent passer sur le boulevard les femmes en robe plissée et capeline. Il y a foule. L'atmosphère est légère, estivale.

Le voici repris par le doute. Comment ces promeneurs deviendront-ils des combattants alors qu'il devine à leur regard, à toute leur attitude, qu'ils trouvent déjà la présence des Allemands on ne peut plus naturelle. Comme si la ville les avait acceptés, adoptés.

Il se souvient d'une boutade d'Alexander von Krentz au cours du dîner chez Cécile de Thorenc :

« Mais, mon cher Thorenc, avait-il dit, les Gaulois, après avoir été défaits par Jules César, sont devenus des Gallo-Romains. Peut-être sommes-nous les Romains du XXe siècle, et le IIIe Reich le nouvel Empire ? Vous savez la formule qu'aime à employer le Führer ? Un Reich pour mille ans ! »

Il s'engage dans la rue du Quatre-Septembre.

La France, en 1870, a fait mentir Bismarck ! De la défaite de Sedan est sortie, le 4 septembre, la proclamation de la république.

Il faut que du nouveau désastre une autre France renaisse cette fois encore.

Rue du Louvre, il reste un long moment à contempler l'immeuble de *Paris-Soir*.

Le soleil se réfléchit dans les immenses baies vitrées qui occupent une grande part de la façade. Le bâtiment semble vide. Pourtant, le journal sort.

Le hall est désert.

Il gravit lentement l'escalier. Il aperçoit Isabelle Roclore qui, debout, appuyée d'une main à son bureau, téléphone.

Elle remarque Thorenc, écarquille les yeux. Bouche entrouverte, elle raccroche le combiné, se précipite sur lui.

Elle semble avoir oublié leur dispute, la gifle qu'il lui a assenée, les injures qu'elle a proférées contre lui.

— J'étais morte d'inquiétude, murmure-t-elle.

Il pose les mains sur sa taille et est ému par la chaleur de la peau qu'il sent sous la robe de soie.

Elle raconte à mi-voix : Jean Prouvost s'est installé à Lyon, en zone libre. Il publie là-bas — elle baisse la voix — le « vrai *Paris-Soir* ». Il a proposé à tout son personnel de le rejoindre, mais elle ne peut quitter Paris.

Elle se dégage de l'étreinte de Thorenc.

Elle poursuit son récit tout en arpentant le bureau : Lazareff a quitté la France. On dit qu'il est à New York. « Il est juif vous comprenez. » Les Allemands ont débarqué au journal le jour même de leur entrée dans Paris. Un capitaine Weber les commandait.

— Il vous connaît. Il vous a rencontré à Prague. C'est ce Weber qui a relancé le journal avec l'aide (elle rit) d'un garçon d'ascenseur, un type qu'on aimait bien, Schliesse, qui se disait alsacien, mais c'est un Allemand. À présent, Weber dirige la Propagandastaffel. On ne peut rien écrire sans son accord. Les journalistes doivent aller tous les jours prendre leurs ordres auprès de lui. Il s'est installé au 52, avenue des Champs-Élysées. On leur sert du café, des gâteaux. On leur projette les actualités allemandes. On leur remet des traductions d'articles écrits ou publiés à Berlin.

Elle s'interrompt. Thorenc murmure :

— Weber, Weber...

Il se souvient de ce capitaine de la Wehrmacht, si fier et sûr de lui, si satisfait d'avoir conquis les Sudètes, la Tchécoslovaquie avec ses usines d'armement sans combattre.

Il fait donc ici la loi.

— Ils ont nommé maintenant un Français, Michel Carlier...

Thorenc répète le nom sur le mode interrogatif.

La secrétaire confirme qu'il s'agit bien du mari de Viviane Ballin, l'actrice. Elle fait la grimace :

— Un producteur de cinéma ! Il a signé quelques articles de critique dans *Je suis partout*.

Antisémite et pronazi. En affaires avec Berlin depuis longtemps. Il sert, il se vend.

— Il occupe le bureau de Prouvost, reprend Isabelle. Chaque jour, il m'interroge à votre sujet. « L'homme qui a interviewé Hitler » : voilà comme il vous appelle.

Elle rit :

— Ça vous colle à la peau !

Puis soupire :

— Montez donc le voir. Il va bondir de joie.

Isabelle ne s'est pas trompée. Michel Carlier lui secoue longuement la main, puis se rassoit et offre un cigare que Thorenc refuse.

Il disserte avec emphase sur la nouvelle mission de *Paris-Soir* :

274

— Une œuvre de paix, Thorenc, afin que les lecteurs comprennent que la France ne peut être sauvée que par la collaboration avec l'Allemagne.

Il souligne chacune de ses phrases d'un geste de la main. Il déplie souvent sa pochette de soie blanche, s'éponge le front, la replace avec soin, déboutonne et reboutonne sa veste croisée à longs revers, coupée dans un tissu bleu à rayures blanches.

— Ils ont pour vous une immense considération, dit-il. J'ai bien entendu rencontré Alexander von Krentz, Otto Abetz. Vous n'ignorez pas le rôle qu'ils jouent à Paris, à l'ambassade et auprès de von Stupnagel, le général commandant le *GrossParis*. Le capitaine Weber, de la Propagandastaffel, m'a rapporté que vous aviez été, lors de votre reportage à Prague, en 1939, d'une objectivité remarquable. Monsieur Epting, directeur du Deutsche Institute, soutient aussi que votre rôle peut se révéler capital dans la renaissance d'une presse française prenant en compte les nouvelles données historiques.

Carlier se lève, fait le tour du bureau.

— Je les connais bien, j'ai produit plusieurs films avec les Allemands. Ce sont des gens qui tiennent parole. Ils sont organisés, efficaces. Mais nous leur apportons la finesse, le sens de la beauté, un esprit latin. Nous avons manqué le rapprochement franco-allemand avant la guerre, à cause des Juifs. Si nous ratons encore le coche cette fois-ci, nous le paierons très cher !

Thorenc a envie de demander : « Combien vous paient-ils ? » — mais il se tait.

— J'ai vu Drieu La Rochelle, reprend Carlier. À ses yeux, vous êtes bien plus qu'un reporter : un véritable écrivain. Il m'a dit, je cite ses mots : « Thorenc est un aristocrate, non pas à cause de

275

ses origines, mais parce qu'il possède la noblesse et l'élégance de l'esprit. C'est un Européen. Il ne peut pas refuser l'Europe parce qu'elle nous viendrait sous des traits qui peuvent lui déplaire. » Il a eu cette formule admirable : « Ce qu'on a souhaité n'arrive jamais comme on aurait voulu. »

Il se rassied.

— Viviane va tourner plusieurs films avec eux. Ils ont ouvert ici une société de production, La Continental. Ils veulent que le cinéma français continue. C'est mon associé, Alfred Greten, qui la dirige. J'ai toute confiance en lui. Il pense que *La Grande Illusion* est certes un chef-d'œuvre, mais une œuvre du passé. L'Allemagne, ce n'est plus Erich von Stroheim jouant von Rauffenstein, et la France n'est plus Pierre Fresnay dans le rôle du capitaine de Boieldieu. L'Allemagne est devenue le Reich de Hitler, et nous...

Il ne sait quoi ajouter et lève les bras :

— ... Eh bien, que décidez-vous, Thorenc ? questionne-t-il après un silence.

Celui-ci est déjà debout. Les mots se pressent dans sa tête. Il pourrait clamer : « Je suis français, je ne suis pas à vendre », ou crier : « Mort aux Boches ! », ou encore lancer à la figure de Michel Carlier : « Vous êtes un laquais et un traître ! »

Il serre les lèvres.

Il faut apprendre à conduire une guerre *couverte*, comme disait Richelieu. Il faut se dissimuler dans l'herbe, comme à la croix de Vermanges, le doigt sur la gâchette du fusil-mitrailleur, et attendre qu'ils avancent.

— Je vais réfléchir, répond-il seulement, ignorant la main que lui tend Michel Carlier.

Il retrouve Isabelle Roclore qui l'interroge du regard.

— Je ne sais plus écrire, lâche-t-il.

Elle se précipite, se pend à son cou.

Il y a si longtemps qu'il n'a pas serré une femme contre lui. Mais la jeune femme s'écarte.

— Stephen Luber se cache chez moi, chuchote-t-elle. Il souhaiterait vous voir.

— Plus tard, plus tard! grommelle-t-il d'une voix excédée tout en s'éloignant.

34

Thorenc est plongé dans l'obscurité, mais la page sur laquelle il écrit est éclairée par le cadran lumineux du poste de radio qu'il a installé sur son bureau.

La faible lueur creuse dans la nuit une cavité dorée. Tout autour, dans l'atelier, c'est comme une glu noire emprisonnée par la baie vitrée. Au-delà, cette dernière nuit de juin 1940 paraît plus claire. De l'autre côté du boulevard, les immeubles sont noyés dans l'éclat livide de la pleine lune.

Lorsque des parasites brouillent l'émission, Thorenc laisse ses yeux errer sur ces façades où se détachent les silhouettes des statues qui décorent et soutiennent les balcons. Il a le sentiment d'être plongé au fond d'un abîme où tout n'est plus que silence et mort. La voix nasillarde, métallique, qu'il essaie de capter est le seul lien que, depuis son Atlantide, il maintient avec la vie.

Il l'a établi presque par hasard. Dans le métro, tracé au crayon rouge sur une affiche de propagande allemande représentant un soldat de la Wehrmacht, souriant, tête nue, portant dans ses bras une petite fille, sans doute une réfugiée abandonnée, l'air enfin rassurée, il a remarqué un graffiti, ces quelques mots :

« Liberté, Égalité, Fraternité. Vive de Gaulle ! Écoutez Londres. »

Il s'est arrêté devant l'affiche, mais deux agents sont venus se placer devant lui, masquant l'inscription, lui intimant l'ordre de circuler, et l'un d'eux s'est mis à arracher la partie de l'affiche portant les mots séditieux.

Thorenc est rentré. Il n'a pas tiré les rideaux. Il a attendu que la nuit soit complète puis, comme s'il s'était senti observé depuis les fenêtres d'en face, il a descendu le poste de radio de sa chambre et l'a installé sur son bureau, sous l'escalier qui, du premier niveau, mène à la loggia.

Il a commencé l'exploration des différentes fréquences tout en se souvenant de la « maison de l'instituteur », à Saint-Georges-sur-Eure, le jour où il avait écouté le premier discours radiodiffusé de Pétain.

Il s'est employé à faire lentement glisser l'aiguille noire sur le demi-cercle lumineux du cadran. Il lui a d'abord semblé que l'espace entier était envahi tantôt par des voix scandées, gutturales, tantôt par la répétition sans fin du même discours à la diction doucereuse, comme une potion dont on veut masquer l'amertume. Pétain ressassait :

« Ce n'est pas moi qui vous bernerai par des paroles trompeuses. Je hais les mensonges qui nous ont fait tant de mal... »

Et puis, brusquement, plus loin sur le cadran, ce débit saccadé, cette voix que Thorenc

278

reconnaît bien, qu'il a naguère entendue dans le salon de Lévy-Marbot en compagnie de Delpierre : de Gaulle parlant avec une violence maîtrisée, une indignation dont il pense — même si le mot l'étonne — qu'elle est sainte !

Il s'empare d'une feuille de papier. Sa main court dans l'étroite zone éclairée par le cadran.

« Des gouvernements de rencontre ont pu capituler, cédant à la panique, oubliant l'honneur, livrant le pays à la servitude. Cependant, rien n'est perdu... La France libre n'a pas fini de vivre. Nous le prouverons par les armes. La France a perdu une bataille. Mais la France n'a pas perdu la guerre ! »

La voix s'efface. Thorenc regarde les cariatides des immeubles du boulevard Raspail noyé dans une clarté blafarde.

Il reconstitue les phrases qu'il vient d'entendre et qu'il a tenté de transcrire. Il complète les mots notés en abrégé.

Il faudrait les reproduire, les imprimer, les diffuser.

Avec impatience, il cherche à retrouver la Voix.

La revoici, claire, tranchante, méprisante, emportée. Elle répond au maréchal Pétain :

« Vous avez joué, perdu, jeté nos cartes, fait vider nos poches comme s'il ne nous restait aucun atout... Vous conviez, monsieur le maréchal, la France livrée, la France pillée, la France asservie à reprendre son labeur, à se refaire, à se relever... Au nom de quoi voulez-vous qu'elle se relève sous la botte allemande et l'escarpin italien ? Oui, la France se relèvera. Elle se relèvera dans la liberté ! Elle se relèvera dans la victoire !... »

Puis c'est à nouveau le crépitement irritant des parasites qui hache la voix.

Il se lève, va tirer les rideaux, allume sa lampe de bureau et commence à taper à la machine :

« Les quotidiens de Paris ne sont même plus pensés en français, mais dictés par les Allemands. Sous des signatures qui semblent françaises, il faut lire le nom du capitaine Weber, de la Propagandastaffel. Il faut se défendre contre ceux qui nous empoisonnent avec des mots venus de l'étranger ! Il faut écouter la radio anglaise ! Et répéter partout avec de Gaulle : LA FRANCE A PERDU UNE BATAILLE, MAIS LA FRANCE N'A PAS PERDU LA GUERRE ! »

Peut-être pour la première nuit depuis le 10 mai 1940, Thorenc dort apaisé. Il se lève tôt.

Le temps a changé. Il fait gris et lourd.

Il souhaite aujourd'hui rencontrer Lévy-Marbot, Delpierre.

Dans le hall de l'immeuble, madame Maurin, appuyée à son balai, le regarde approcher.

Il voudrait se contenter de la saluer, mais elle se place de manière à le contraindre à s'arrêter.

— Vous savez qu'ils se sont plaints ? commence-t-elle. Les Pinchemel, vos voisins du dessous... Ils m'ont fait une tête comme ça...

Elle appuie son balai contre le mur en sorte de pouvoir écarter les mains et de dessiner une grosse sphère autour de ses cheveux bouclés.

— Vous vous doutez pourquoi !

Il secoue la tête. La concierge s'approche de lui, chuchote :

— La radio, monsieur de Thorenc ! Quand on écoute ce qui intéresse, on ne se rend pas compte, on la met fort, et les voisins entendent. Il paraît aussi que vous avez tapé à la machine toute la nuit, et ça a résonné au-dessus de leurs têtes.

Madame Maurin cligne des yeux. De petites rides plissent ses joues, le coin de ses paupières et les commissures de ses lèvres. C'est une sorte de sourire qui ressemble à une grimace.

— Vous avez recommencé à travailler pour les journaux? demande-t-elle en l'escortant vers la porte. Vous me direz lequel, que je l'achète!

Thorenc fait un geste évasif.

Brusquement, elle l'agrippe par la manche, le retient.

— Les Pinchemel — lui, surtout — ne sont pas commodes. Ils ne donnent pas plus d'étrennes que les Waldstein. Monsieur Pinchemel est un gros, il possède des usines.

Thorenc murmure :

— Très bien, très bien, je n'écrirai plus la nuit.

Elle le suit jusque sur le trottoir.

— Vous savez que M. Waldstein est revenu, aussi fier qu'avant. Il a laissé sa famille à l'abri, et lui, il a repris ses affaires. Vous vous rendez compte! On dit que les Allemands n'aiment pas les juifs, et pourtant une voiture allemande est venue le chercher, et il fallait voir le chauffeur : plein d'égards! Comment vous expliquez ça?

Elle hoche la tête.

— C'est à n'y plus rien comprendre. Tout est changé et, en même temps, tout est toujours pareil...

Elle continue de marcher à sa hauteur. D'un mouvement du menton, elle montre la rue Delambre :

— La Boîte-Rose — elle cligne de l'œil —, celle où vous allez... on sait tout sur tout le monde, dans le quartier... elle est pleine d'Allemands, et pas des simples soldats : des officiers, des généraux. Maurin m'a raconté que le jour de leur arrivée, la patronne, vous la connaissez bien, a accroché un écriteau : « La maison sera ouverte aujourd'hui dès vingt heures. » Le soir, d'après Maurin, c'était plein à craquer. Allemands ou pas, les hommes — elle ricane —, il faut qu'ils couchent !

Thorenc ressent ce flot de paroles comme une salissure dont il ne parvient pas à se débarrasser.

Brusquement, Marinette Maurin s'exclame : elle a laissé sa loge ouverte. Elle a bavardé. Monsieur de Thorenc lui fait décidément perdre la tête.

— On vous aime bien, vous. Vous savez ce qu'il m'a dit, Maurin ? À la préfecture, ils reçoivent des centaines de lettres de dénonciation chaque jour. Et ils les lisent toutes. Les ordres qu'ils ont, c'est d'arrêter ceux qui écoutent la radio anglaise.

La concierge s'éloigne d'un pas rapide en tenant les bords de sa jupe, car un coup de vent balaie le boulevard Raspail, annonçant une de ces averses violentes du plein été.

35.

Thorenc regarde tour à tour Lévy-Marbot et Jean Delpierre. L'un et l'autre ont changé depuis qu'il les a vus pour la dernière fois, à la fin de l'année 1939. Lévy-Marbot s'est voûté. Le regard est toujours vif, comme le geste des mains coupant chaque fin de phrase. Mais le visage est gris, les cheveux sont plus rares. Il a souhaité que Bertrand et Delpierre ne se retrouvent pas chez lui.

Il est convaincu d'être surveillé par les gens de la Gestapo ou de l'Abwehr.

Delpierre, qui l'écoute avec une certaine irritation, a maigri. Ses traits se sont aiguisés ; le nez est un peu plus busqué, les joues sont creusées, les yeux enfoncés sous des sourcils et des cheveux restés d'un noir de jais. Il parle avec une brutalité sèche, ponctuant chaque mot d'un mouvement de son index tendu, inquisiteur.

— Pourquoi le seriez-vous plus que nous ? interroge-t-il, tourné vers Lévy-Marbot.

Autour d'eux, à la terrasse des Deux-Magots, de nombreuses tables sont occupées par des officiers allemands, le plus souvent accompagnés de jeunes femmes.

Arrivé le premier, Thorenc a craint ou fait le vœu — peut-être les deux à la fois ? — de rencontrer Lydia Trajani. Il a parcouru la terrasse, passant entre les tables sans l'apercevoir. Il a choisi de s'installer au fond, dans un des angles, afin de voir tout en espérant ne pas être vu.

Lévy-Marbot explique :

— J'ai beaucoup de défauts à leurs yeux. Je suis un spécialiste des questions militaires et ils savent que j'ai tout fait pour alerter le haut commandement français de leurs préparatifs d'agression. Ils me soupçonnent même d'avoir eu des contacts avec certains de leurs officiers, des anciens de la Reichswehr. Puis j'ai toujours soutenu de Gaulle, et il est désormais leur seul adversaire français. Enfin, *last but not least*, je m'appelle Lévy. Quelques heures après leur arrivée, j'ai eu une visite courtoise mais ferme d'un major de l'Abwehr, Oscar Reiler, escorté de deux individus appartenant sans doute à la Gestapo. Curieux assemblage, dans la mesure où les deux services se font la guerre. Mais, pour une fois, ils étaient ensemble. Le major m'a posé un grand nombre de questions, fort courtoisement, et, pendant ce temps, les deux autres ont fouillé sans beaucoup d'égards mon appartement qu'heureusement j'avais vidé depuis longtemps de tous mes papiers. Ils m'ont ordonné de ne pas quitter Paris.

Il tapote du bout des doigts sur la table.

— C'est naturellement ce que je vais faire : m'installer en zone libre. Puis, si cela est possible, rejoindre de Gaulle et sa France libre.

— C'est d'abord ici que ça se passe ! marmonne Thorenc.

— Ici et partout, rétorque Lévy-Marbot.

Il cite les noms de tous ceux qui ont déjà quitté la France ou essaient de le faire. Maurice Schumann, le journaliste de *Temps présent*, divers officiers, René Cassin, le grand juriste, ont réussi à gagner Londres.

— Pétain va faire condamner à mort de Gaulle, déclare Delpierre. On vient de le renvoyer devant le tribunal militaire de la 17ᵉ région pour crimes et refus d'obéissance en présence de l'ennemi et délit d'incitation de militaires à la désobéissance.

— Il faudra qu'ils aillent le chercher outre-Manche ! s'esclaffe Lévy-Marbot.

C'est la première fois qu'il sourit.

— Hitler a perdu la deuxième manche, si j'ose dire, puisqu'il ne l'a pas traversée dans l'élan de sa victoire ici. Il n'y aura donc plus de débarquement. Les Anglais vont tenir jusqu'au bout. Je connais Churchill, c'est le meilleur Premier ministre qu'ils pouvaient se donner : combatif, *stubborn*, têtu. Jamais il ne cédera. Et si Hitler n'a pas tenté d'envahir l'Angleterre, c'est qu'il a peur d'elle. Je sais ce que pense de Gaulle (il se tourne vers Delpierre), nous en avons discuté à plusieurs reprises, rappelez-vous, chez moi. Il est sûr que Hitler, dans six mois, dans un an, va attaquer un jour ou l'autre la Russie. C'est la logique de *Mein Kampf*. Les États-Unis interviendront alors à leur tour. La guerre est donc un problème résolu : l'Allemagne la perdra. La seule question qui se pose, c'est dans combien de temps. Autrement dit : serons-nous encore vivants, et quel sera le sort de la France ? Sera-t-elle comptée parmi les puissances victorieuses ou bien aura-t-elle définitivement perdu son rang ?

Thorenc montre les officiers allemands attablés, les soldats qui déambulent sur le boulevard Saint-Germain :

— À vous écouter, lance-t-il, j'ai l'impression de rêver. La guerre, un problème résolu ? Mais regardez donc !

Lévy-Marbot hausse les épaules.

— En effet, nous allons peut-être y laisser notre peau, répond-il, et nous aurons perdu notre guerre personnelle, mais l'épure générale est tracée et n'admet aucune autre issue.

Delpierre se penche :

— Et que faisons-nous en attendant ? Spectateurs ou acteurs ?

— Combattants, murmure Thorenc.

Il pose sur la table le texte qu'il a dactylographié durant la nuit.

Delpierre le parcourt, le montre à Lévy-Marbot, puis le plie et le glisse dans sa poche. Il connaît, dit-il, un petit imprimeur, rue Royer-Collard : Juransson, sans doute franc-maçon, en tout cas patriote et antifasciste.

— Fascistes, antifascistes..., grommelle Lévy-Marbot ; il va falloir, mon cher Delpierre, oublier ce vocabulaire.

Delpierre secoue la tête :

— Allons donc, c'est maintenant qu'il trouve toute sa raison d'être !

Mais, d'une moue, Lévy-Marbot exprime une commisération attristée :

— Il y aura, dit-il, les patriotes et les autres. Des gens de gauche, ceux que vous appelez des antifascistes, des pacifistes, se coucheront devant l'occupant et se trouveront de bonnes raisons pour le faire...

Il se tourne vers Thorenc :

— ... Au contraire, des cagoulards, des ligueurs d'extrême droite, des royalistes n'accepteront pas l'occupation. Ils oublieront leurs sympathies nazies. Ils ne supporteront pas le « Boche », le « Teuton », le « Germain ». Pascal — vous l'avez connu à la IIe armée, Thorenc — me dit que ses amis, des Croix-de-Feu, des cagoulards, des monarchistes, montent des réseaux ici et là contre les Allemands. Le commandant sait de quoi il parle : il a été le bras droit de Deloncle à la tête de la Cagoule ! Il faut donc changer notre manière de penser, de classer...

Il hésite, montre d'un mouvement du menton les consommateurs qui les entourent : officiers allemands, femmes riant aux éclats, Français qui bavardent comme si de rien n'était.

— N'oubliez jamais que nous sommes entourés d'ennemis ou d'indifférents, reprend Lévy-Marbot, autrement dit de gens qui cherchent d'abord à se protéger et qui, le cas échéant, seront prêts, par naïveté ou lâcheté, à vous livrer. Il faudra ne plus se fier à personne.

Il soupire :

— J'ai connu cela à une ou deux reprises, en Allemagne. Vous savez, Thorenc, votre ami le commandant Villars m'a utilisé, moi aussi. Il faut se méfier de chaque passant, des voisins et, même, entre nous, ne dire que le strict nécessaire. Je n'avais pas à citer le nom de Pascal, et vous, Delpierre, vous ne parlerez plus de ce Juransson ni de son imprimerie, rue Royer-Collard.

Il sourit, mais paraît las.

— Disons que c'est là notre dernière conversation normale. À partir d'aujourd'hui, je ne couche plus chez moi, et si vous avez le moindre soupçon, faites comme moi : passez en zone libre. Villars est à Vichy, les députés sont convoqués là-bas pour voter les pleins pouvoirs à Pétain. Avoir choisi une ville d'eaux pour y installer le gouvernement de la France, quelle dérision, quelle honte!

Il se lève.

— Thorenc, vous devriez prendre contact avec le commandant Villars. Je peux vous le dire : il y compte.

Il pose simultanément sa main gauche sur l'épaule du journaliste et la droite sur celle de Delpierre.

— Prudence mais détermination, mes chers amis! Ces messieurs sont impitoyables. Quand ils comprendront que nous ne nous soumettons pas, ils deviendront enragés. Or il nous faudra durer...

Il s'éloigne en traînant un peu les pieds, voûté comme un vieil homme.

36

— Ils ont commencé à arrêter, dit Delpierre.

Il a parlé d'une voix de gorge, grave et éraillée.

Thorenc lève la tête. Devant lui, le dôme des Invalides brille d'un éclat insolent sous le soleil de juillet.

Il jette un coup d'œil à Delpierre. Il lui semble que, depuis leur rencontre avec Lévy-Marbot, aux Deux-Magots, il y a moins d'une semaine, le visage de son compagnon s'est encore rabougri. Il était acéré, il est devenu émacié. L'homme est plus tendu, il marche d'un pas saccadé, regardant autour de lui comme s'il était suivi ou cerné.

Mais l'esplanade des Invalides est vide. Il est onze heures du matin, ce 6 juillet 1940 ; quelques voitures allemandes passent à faible allure.

— Ces brutes, ces salauds d'Anglais ! murmure Delpierre. On dit qu'il y a plus de treize cents tués. On avait bien besoin de ça !

Il fouille dans ses poches, en tire un morceau de journal.

— Mauriac, tu as lu ?

Il s'arrête, peut-être étonné d'avoir spontanément tutoyé Thorenc, puis reprend sa lecture :

« Tout à coup, le malheur, le seul auquel nous ne nous fussions pas attendus, les corps de ces marins que chacun de nous veille dans son cœur ! Monsieur Winston Churchill a dressé, et pour combien d'années, contre l'Angleterre une France unanime ! »

— Mauriac..., répète Delpierre.

Thorenc a un haussement d'épaules pour marquer une indifférence mêlée de mépris. On peut s'attendre à tout, de n'importe qui : telle est la loi de ce temps.

Churchill, notre allié, Churchill qui accueille à Londres la France libre, Churchill a donné l'ordre de couler la flotte française ancrée à Mers el-Kébir et dans l'incapacité de se défendre. Cela fait treize cents marins tués et des affiches placardées sur tous les murs de Paris, dénonçant la perfide Albion, la criminelle Angleterre, pour le plus grand profit du Reich ! Alexander von Krentz et le capitaine Weber doivent sabler le champagne.

Quant à de Gaulle, il ne peut que dénoncer l'« odieuse tragédie », le « drame déplorable et détestable », la « canonnade fratricide », et dire pourtant qu'il va continuer à se battre aux côtés des Anglais.

Delpierre s'indigne : ceux-ci sont des criminels et des imbéciles ! répète-t-il.

— Ils jouent d'abord pour leur compte, réplique Thorenc. Quand on n'a plus d'atouts, plus de cartes, même, on subit le pouvoir des autres.

C'est ce qu'il ressent depuis quelques jours avec une douloureuse intensité. Ce sont les autres qui décident pour lui, qui commandent aux événements. C'est cela, être vaincu : accepter ce qu'imposent les autres, qu'ils soient allemands ou anglais, ennemis ou alliés. Ce sont eux qui choisissent. Qui ordonnent.

Delpierre soulève la sacoche qu'il porte. Elle est remplie de quelques centaines de tracts imprimés par Juransson à partir du texte de Thorenc.

Il ricane : après Mers el-Kébir, peut-on encore conseiller d'écouter la radio anglaise ?

— On joue avec ce dont on dispose, marmonne Thorenc. En l'occurrence, presque rien.

Il tend la main, s'empare de la sacoche.

— Qui ont-ils déjà arrêté? interroge-t-il.

Delpierre se redresse, cite des noms, raconte.

Il y a la Gestapo, l'Abwehr, une section spéciale de la préfecture de police que dirige le commissaire Vincent Marabini, un policier qui était proche de Paul de Peyrière et de l'ancien préfet de police, Chiappe.

Thorenc se souvient en effet de ces deux policiers, Marabini et Bardet, dont Paul de Peyrière avait obtenu du ministre de l'Intérieur qu'ils « protègent » la Boîte-Rose.

Ils continuent à faire équipe et travaillent désormais pour le compte d'Oscar Reiler, des gens de l'Abwehr et de la Gestapo.

— Après Mers el-Kébir, poursuit Delpierre, ils peuvent tout se permettre. Qui sommes-nous? Une poignée de fous payés par les assassins de treize cents marins français!

Delpierre marche tête baissée. L'amertume dessine autour de ses lèvres deux cicatrices profondes.

— Ils ont voulu arrêter Lévy-Marbot, reprend-il.

Il se redresse, sourit :

— Il avait déjà filé. Ils ont saccagé l'appartement, terrorisé sa femme. Ils l'ont gardée quelques heures au 84, avenue Foch. C'est là que sont installés les gens de la Gestapo. L'Abwehr, elle, a emménagé à l'hôtel Lutétia. Quant à Marabini et Bardet, ils ont regroupé leurs hommes avenue Henri-Martin et rue Lauriston.

Delpierre s'arrête.

— Les coups de hache tombent plus tôt que je ne pensais, murmure-t-il.

— Pour quelque temps encore, ils ont l'initiative, lâche Thorenc. Mais on va changer ça!

Il se dirige vers le boulevard des Invalides, balançant la sacoche à bout de bras, les yeux rivés sur l'or immuable du dôme.

37

Thorenc a d'abord vu la main levée au-dessus des tables de la terrasse du Dôme. Le bras, le visage, les épaules étaient masqués par les nuques et les torses des hommes en uniforme qui occupaient la plupart des tables, regardant les putains aller et venir, puis s'engager dans la rue Delambre, suivies de soldats.

Il a vu cette main s'agiter dans sa direction, et, tout à coup, Geneviève Villars lui est apparue tout entière, lui faisant signe de venir jusqu'à elle.

Il s'est immobilisé, il a eu envie d'éclater de rire comme si tout son corps se relâchait, s'allégeait, lui donnant l'impression de pouvoir la rejoindre d'un bond.

Elle a de nouveau disparu et il a dû franchir plusieurs rangées de tables, se glisser, frôler des soldats avant de la redécouvrir.

Elle portait une robe noire à petites fleurs jaunes, largement échancrée. Il s'est aussitôt souvenu de la forme et de la douceur de ses seins. Le corsage de la robe était sans manches, la taille marquée par une ceinture blanche; la jupe plissée ne cachait pas les mollets nus. Il a repensé à cet instant où, rentrant dans la chambre du Château de l'Anglais, il avait soulevé sa jupe, embrassé sa peau fraîche comme l'eau de mer. Il s'est demandé si elle portait encore cette culotte noire à volants de dentelle.

En s'attablant près de Geneviève sans oser l'embrasser, mais incapable de la quitter un instant des yeux, tâtonnant maladroitement pour tirer à lui le fauteuil d'osier et s'y installer, il a oublié qu'on était en juillet 40 et que la terrasse du Dôme était remplie d'Allemands.

— Je vous guettais, a-t-elle dit.

Elle le vouvoyait donc ?

Il a posé son portefeuille sur la table, puis en a sorti le cliché qu'elle lui avait donné, à Berlin, devant l'hôtel Bismarck et, comme craignant qu'elle ne le lui reprenne, il l'a rangé presque aussitôt, replaçant le portefeuille dans sa poche, ajoutant qu'il regrettait de n'avoir pris aucune photo à Nice.

Au moins resterait-il cela, a-t-il ajouté.

— Qui a besoin de photos pour se souvenir ? a-t-elle objecté.

Elle a attendu que le serveur s'éloigne pour dire que son père l'avait chargée de faire part à Thorenc de son souhait de le rencontrer à Vichy.

Elle a regardé autour d'elle.

— Ils sont postés devant chez moi, a-t-elle chuchoté. Nuit et jour.

Français, Allemands ?

Elle ne savait pas, mais ils la surveillaient depuis leurs deux voitures, l'une garée au coin de l'avenue Bosquet et de la rue Saint-Dominique, l'autre face à l'entrée de l'immeuble, au numéro 102.

— Là où vous êtes venu nous voir, un soir, a-t-elle rappelé.

Elle s'est tue quelques secondes, puis a expliqué qu'elle avait pris le métro et qu'ils n'avaient pas essayé de la suivre.

— Ils guettent, c'est tout.

Qui pouvaient-ils attendre : son père, Joseph Villars, ou son frère Pierre ?

Ce dernier avait été arrêté quelques heures à Chartres, puis relâché, mais, avec le plein accord de son préfet, Jean Moulin, il avait quitté la ville, et Geneviève n'avait plus de nouvelles de lui. Son deuxième frère, Philippe, le polytechnicien, avait laissé tomber l'uniforme et s'occupait du trafic ferroviaire à Lyon. Quant à sa sœur Brigitte et à son dernier frère, Henri, ils étaient eux aussi en zone libre avec leur mère, Blanche de Peyrière, au château familial, non loin de Sénanque, mais ils aspiraient à rentrer à Paris pour le début des cours universitaires.

Geneviève n'a rien dit d'elle et il a hésité à poser la question :

— Et le Tibesti ?

Elle a ri si bruyamment, si nerveusement que des Allemands se sont retournés, aux tables voisines, avec une expression condescendante et amusée qui a paru insupportable à Thorenc.

Geneviève Villars a dû le sentir. Elle lui a saisi le bras :

— Allons-nous-en, a-t-elle dit.

Ils ont marché le long du boulevard Raspail.

— Le Tibesti ? a-t-il répété.

Elle a ôté le bras qu'elle avait, depuis leur départ de la terrasse du Dôme, appuyé à celui de Thorenc.

— Après cette semaine au Château de l'Anglais, a-t-elle raconté, j'ai eu besoin de chercher à comprendre, de réfléchir. On m'a proposé le désert ; là-bas, j'ai succombé à un mirage.

Elle s'est tournée vers Thorenc.

— Je ne veux être dépendante de rien ni de personne. En ce moment surtout, on est affaibli si on est lié à quelqu'un. On a peur pour lui. On peut céder pour le sauver. Tant que nous ne serons pas libres, vraiment libres, il faut être comme une meute de loups : se battre ensemble, certes, mais savoir rester seuls. Et impitoyables. Regardez-les !

D'un mouvement des paupières, elle a désigné deux Allemands qui s'avançaient à leur rencontre, deux jeunes hommes aux corps bien droits, aux visages avenants, qui leur souriaient.

— Il faut pouvoir les tuer, a-t-elle murmuré après que les deux soldats furent passés. Si on n'est pas un loup, c'est beaucoup plus difficile.

— Ça ne se commande pas, a objecté Thorenc.

Il aurait voulu ajouter qu'aimer non plus ne se commande pas, mais il s'est contenté de regarder Geneviève et d'en éprouver de la joie, comme s'il avait enfin trouvé le dernier élément d'un puzzle sans lequel jamais sa propre vie ne serait accomplie.

Elle lui a repris le bras.

— Vous n'êtes pas encore surveillé ? a-t-elle demandé.

— J'ai fait autrefois une interview de Hitler, vous vous souvenez ? Ils ne savent pas encore sur quel pied danser avec moi.

Elle a pesé sur son bras et il a senti sa hanche contre la sienne.

— On peut aller chez vous, alors ? a-t-elle dit en le fixant.

C'est lui qui a baissé les paupières en répondant dans un souffle :

— On peut.

Le rideau tendu sur la porte de la loge de madame Maurin n'a pas bougé quand ils ont traversé à toute allure le hall de l'immeuble.

Dans l'escalier qu'ils ont pris pour éviter le bruit de l'ascenseur, ils n'ont plus été que des amants pressés qui se retrouvent enfin.

38

Thorenc a vu Geneviève Villars s'éloigner dans la lumière déjà ombrée du crépuscule. Il a fermé un instant les yeux et tout ce qu'il a vécu avec elle a jailli comme une fleur vermeille envahissant sa mémoire.

Jamais il n'a connu avec une autre femme cet enthousiasme, cet élan, cette joie déchirante, pareille à un long cri rauque, mais aussi cette peur de la perdre.

Allongée sur le lit, nue, les mains croisées sous la nuque, elle l'a tutoyé comme autrefois au Château de l'Anglais, et il a imaginé que la mer était là, au bout de la terrasse, et qu'ils allaient descendre pour nager longuement ensemble dans la crique.

Puis elle s'est levée d'un bond :

— Il faut que vous alliez à Vichy. Mon père compte sur vous.

Elle a passé sa robe à gestes prompts et précis.

— Nous ne pouvons plus avoir de vie privée, a-t-elle ajouté.

Il lui a remis un paquet de tracts qu'elle a enfoui dans son sac.

— Georges... — elle s'est interrompue, puis a repris —... le professeur Georges Munier, mon patron, est résolu à agir. Nous avons déjà réuni quelques chercheurs du musée de l'Homme. Nous allons distribuer vos tracts, pour commencer.

Il a voulu l'accompagner, mais elle a fait non de la tête. Et un voile noir s'est alors abattu sur les yeux de Thorenc.

Il l'a retenue sur le seuil en la prenant aux épaules et lui a dit :

— Sois prudente !

Elle lui a saisi les poignets, l'a forcé à ôter les mains de ses épaules, mais elle a eu une expression boudeuse, et Thorenc a imaginé à cet instant la petite fille qu'elle avait dû être.

Il a craint qu'elle n'éclate en sanglots. Mais elle a fini par sourire, déclarant à voix basse :

— Nous leur avons volé quelques heures de vie.

Elle lui a caressé la joue avant de disparaître dans l'escalier.

Il a couru sur le balcon, se penchant pour la voir sortir de l'immeuble, marcher au milieu du trottoir, son sac serré sous le bras, passant de l'ombre à la lumière.

Il a fermé brièvement les yeux, mais, quand il les a rouverts, elle avait déjà disparu.

Le téléphone a sonné peu après. Il a reconnu la voix d'Isabelle Roclore qui s'est bornée à répéter :

— Il tient à vous voir. C'est très important. Urgent.

Pour ne pas rester seul après le départ de Geneviève, Thorenc a accepté de se rendre chez Isabelle.

Elle habitait maintenant un grand appartement aux murs blancs situé au quatrième étage d'un immeuble faisant l'angle de la rue d'Alésia et de la rue de la Tombe Issoire.

Elle ne lui a ouvert qu'après qu'il eut donné son nom, puis elle l'a guidé le long du couloir qui s'enfonçait dans la pénombre.

— Stephen ne veut pas passer devant les fenêtres, a-t-elle murmuré. Il dit qu'on peut me surveiller.

Luber l'attendait au milieu d'une petite pièce qui servait de débarras. Des caisses étaient entassées de part et d'autre d'un lit défait.

— Je les connais, a-t-il dit d'emblée. Je suis sûr qu'ils me cherchent. Ils ont ces listes, des agents partout. S'ils me prennent, ils me décapiteront à la hache dans la cour d'une prison, en Allemagne. C'est leur façon de faire avec ceux qu'ils appellent les traîtres. Mais, avant ça, je préfère ne pas imaginer quel traitement ils me réserveront.

Thorenc s'est assis sur le bord du lit.

Il s'est étonné de l'attitude de Luber qui aurait dû paraître effrayé. Au contraire, jamais il ne l'avait vu aussi assuré, débarrassé de toute obséquiosité.

L'Allemand se tenait assis sur une caisse.

— Je sais ce que vous pensez, a-t-il commencé d'une voix affermie. Isabelle m'a raconté. Vous refusez de collaborer avec eux. C'est bien ; mais ça ne suffit pas ! Elle me dit qu'ils sont partout, comme des touristes, aux terrasses des cafés, dans les magasins. Qu'ils vont au cinéma, dans les boîtes, au bordel. Pourquoi les Français acceptent-ils cela ? Pourquoi les laissent-ils tranquilles ? Il faudrait qu'ils aient peur, vous comprenez ? Si l'un d'eux venait ici et là à être blessé ou tué, tout serait différent. Ce n'est pas bien difficile à faire, puisqu'ils ne se méfient pas encore...

Il s'est dressé et, martelant chaque mot :

— Il faut les frapper, les poignarder, les abattre en pleine rue, dans les salles de spectacle, pendant qu'ils baisent !

Il a insisté, campé en face de Thorenc :

— Il faut qu'ils ne se sentent plus en sécurité nulle part !

— Ils fusilleront des otages, a répliqué Thorenc en se levant à son tour.

Il avait retrouvé, intacte, toute son antipathie passée envers Luber.

— C'est la guerre, monsieur de Thorenc, a répondu l'Allemand. Les Français doivent s'en rendre compte. Des exécutions réveilleraient l'opinion. Il y aurait bientôt une révolte...

— Un massacre! a corrigé Thorenc.

Stephen Luber a paru ne pas entendre.

— Il faut constituer un groupe d'hommes décidés...

Il a hésité, puis a repris un ton au-dessus :

— Des tueurs! Les nazis ne connaissent que la force!

— Nous sommes faibles, s'est borné à répondre Thorenc en quittant la pièce.

39

Thorenc regarde ces officiers allemands qui, rue Delambre, descendent de voiture, salués par leur ordonnance qui tient la portière ouverte. Ils tirent sur les pans de leur veste d'uniforme pour en effacer les plis, puis glissent leur casquette sous leur bras gauche, et, en riant, s'engouffrent dans l'étroit escalier de la Boîte-Rose.

Thorenc les suit.

Il voit les deux videurs, Ahmed et Douran, s'incliner devant les officiers, les guider jusqu'à la salle en sous-sol.

La voix assourdie d'une chanteuse, en partie couverte par le brouhaha des conversations, parvient jusqu'à Bertrand que Douran salue à son tour avec chaleur.

— Madame Françoise sera si heureuse de vous retrouver! s'exclame-t-il. Chaque soir, depuis que... — il se contente de hocher la tête, puis reprend — ... elle se demande si vous allez revenir.

Autrefois, avant, Douran portait un costume sombre. Maintenant, comme Ahmed, il est boudiné dans un smoking dont les coutures semblent sur le point de céder tant les pectoraux sont gonflés sous le plastron.

L'un et l'autre ont aussi plus d'assurance.

— Vous allez être surpris, ajoute Ahmed en s'avançant. Madame Françoise a tout changé il y a une semaine.

La lumière dans la salle est bleutée. La piste de danse est réduite à un petit cercle devant l'estrade. La chanteuse en longue robe blanche, ses cheveux roux dénoués, se balance d'un bout de la scène à l'autre en faisant ondoyer ses bras nus.

Le reste de la salle est occupé par des tables au centre desquelles brillent des lampes à abat-jour. La pénombre est ainsi constellée d'étoiles jaunes qui n'éclairent que les mains baguées, les manches d'uniforme, les poignets ceints de bracelets, les corsages et la naissance des seins, les poitrines décorées, le bas des visages. Dévêtues comme des danseuses des Folies Bergère, des serveuses passent entre les tables.

Thorenc s'arrête sur la dernière marche.

Geneviève Villars avait dit « loup » ; Stephen Luber a dit « tueur ».

La tête tout à coup remplie de cris de vengeance, d'appels au meurtre, de hurlements de terreur, Thorenc imagine qu'un bras se lève, lance une grenade dégoupillée en plein milieu de la salle — et il repense à tous ces corps couchés entre les arbres, dans l'herbe, à la croix de Vermanges.

Ce serait la guerre.

Il frissonne. Imagine le quartier encerclé, les habitants arrachés à leur lit, alignés devant les façades, fusillés, jonchant bientôt la chaussée.

Il se dit que Stephen Luber a peut-être voulu lui tendre un piège. Ce n'est sans doute qu'un provocateur qui cherche habilement à connaître les intentions des adversaires de la collaboration pour mieux les démasquer, les livrer.

Mais Geneviève aussi a dit : « Il faut pouvoir les tuer », en voyant s'avancer deux jeunes soldats qui souriaient.

Françoise Mitry s'approche de Thorenc. Il la considère avec une sorte d'effroi. On ne tuera pas seulement les occupants, mais aussi ceux qui collaborent avec eux.

Il se souvient du grouillement des mouches sur le visage des fusillés de Badajoz. Ici, ce sera encore plus cruel que la guerre d'Espagne.

Françoise se pend à son cou.

— Tu as l'air tout drôle, tout froid, tout paralysé, murmure-t-elle.

Elle lui semble plus parfumée, plus élégante, plus enjouée que jamais. Elle demande à deux jeunes femmes juchées sur de hauts tabourets devant le bar de s'écarter pour leur laisser la place. Elle commande une bouteille de champagne afin de fêter le retour de celui qu'elle appelle, parlant fort, « le héros disparu ».

— Heureusement, cette farce est terminée, reprend-elle. Je n'y ai jamais cru. C'était une guerre pour faire semblant, à l'intention des imbéciles. J'ai rouvert le 14 juin, le soir même de l'arrivée des Allemands. Tu imagines quel défi ! Mais c'était archiplein, des gens corrects, enthousiastes, qui avaient rêvé de Paris depuis des années, mais dont beaucoup le connaissaient déjà.

Elle se penche, montre les tables, la scène où la chanteuse continue d'onduler, s'évertuant à couvrir les bavardages de sa voix grave :

— Mais j'ai compris qu'il y avait un risque. Si j'admettais n'importe qui, je devenais une maison de passe, un bordel, et sans pouvoir rivaliser avec le One Two Two ou le Chabannais qui ne désemplissent pas du fait de leur réputation internationale. Alors, bien sûr — elle tourne la tête de droite et de gauche, désigne du menton les jeunes femmes accoudées au bar —, j'ai quelques filles, mais triées sur le volet : pas une Juive, je ne veux pas avoir d'ennuis. Des Italiennes et des Françaises, des filles comme il faut, qui savent se tenir. Et puis j'ai installé les tables. Stacki — tu te souviens de Fred ? — m'a avancé les fonds. J'ai fait ça en deux jours et j'ai multiplié les tarifs par cinq. Je sélectionne ; je n'ai plus que des officiers. Ils sont tous *von* quelque chose, à monocle, tu vois le genre.

Elle embrasse la salle d'un regard circulaire.

— J'ai déjà eu à deux reprises le général von Stupnagel, un vrai Prussien.

Elle se penche sur Thorenc, pouffe :

— Tout ça m'amuse, si tu savais ! C'est tellement excitant, inattendu. J'improvise. Les serveuses, ça plaît, ça donne un style ; en même temps, ce n'est pas vulgaire. Ils veulent du *gai Paris*, c'est ce que nous sommes pour eux. Après tout, pourquoi pas ?

Elle guide Thorenc entre les tables. Plusieurs officiers se lèvent, la saluent, courbés, lui font le baisemain. Françoise Mitry passe, souriante, tanguant légèrement comme si elle était un peu ivre.

Elle invite Thorenc à s'asseoir près de Stacki à la table qu'elle se réserve, toujours placée à l'écart, dominant la salle.

Fred Stacki se montre amical. Les deux pouces enfoncés dans les poches de son gilet, les jambes étendues, il lève de temps à autre la tête, tire sur son cigare, plisse les yeux en regardant la fumée former des volutes grises qui se fondent dans la sorte de brume bleutée qui flotte au-dessus des tables.

— Vous voici revenu, lâche-t-il. Heureusement! Quelle folie de mourir dans cette « drôle de guerre » qui se termine comme ça...

Il sort les pouces de ses poches, s'accoude à la table.

— Se termine, ce n'est d'ailleurs pas le verbe qui convient, n'est-ce pas? J'imagine que vous analysez la situation comme moi. Nous l'avons fait la dernière fois que nous nous sommes rencontrés, ici même, au début de l'année. Les choses se sont passées comme elles devaient le faire : attaque à l'ouest. Je n'imaginais pas la France si vite vaincue, comme n'importe quels Pays-Bas! Mais il reste Londres, Moscou et Washington.

Il porte le cigare à sa bouche, aspire longuement.

— Le rideau vient de tomber sur le premier acte et tout le monde est satisfait — il montre la salle —, mais la pièce n'en est qu'à son début. Qu'est-ce que vous allez faire? Alexander von Krentz me dit qu'il vous a proposé de diriger un journal...

Thorenc ne répond pas.

— Et *Paris-Soir*, vous avez vu le successeur de Prouvost?

Stacki a un mouvement du menton en direction

d'une table placée près de l'estrade. Thorenc reconnaît Michel Carlier, puis découvre Simon Belovitch qui semble rayonnant. Deux chaînes en or barrent son gilet. Les lunettes sur le bout du nez, son regard passe au-dessus de la monture et ne quitte pas Viviane Ballin qui parle avec un homme corpulent aux cheveux gris ondulés.

— C'est Alfred Greten, le patron de La Continental, l'associé de Carlier, murmure Stacki. Vous connaissez Belovitch ? À eux trois, ils vont contrôler le cinéma français produire des films, et les interprètes comme Viviane Ballin vont aller bien sagement, bien poliment picorer dans leur main.

— Simon Belovitch..., murmure Thorenc.

— Oui, il est juif. Mais, pour le moment, ils ont besoin de lui. Il a transféré ses fonds en Suisse. Greten voudrait bien les récupérer pour La Continental et pour lui-même. En fin de compte, les uns et les autres n'ont confiance que dans les lingots d'or et les dollars. Greten protège donc Belovitch qui croit pouvoir berner tout le monde.

Stacki se sert une coupe de champagne, en tend une à Thorenc qui s'y humecte le bord des lèvres. Il a la nausée.

— Mais Belovitch s'illusionne ! continue Stacki. Ils sont plusieurs comme lui. Ainsi Joseph Waldstein, le marchand de tableaux que j'ai vu hier soir, ici, en grande conversation avec un officier de la Luftwaffe, sûrement un envoyé de Goering. Vous savez que Goering est fou de peinture ? Il a fait contacter Waldstein, et celui-ci est revenu de zone libre. Ni lui ni Belovitch ne se rendent compte qu'ils ont affaire à des tueurs et que, s'ils ne se retirent pas à temps, la patte du chat les écrasera. Tenez...

Stacki montre une autre table. Thorenc aperçoit d'abord des jeunes femmes aux épaules nues; leurs cheveux flous masquent les visages de leurs voisins que la pénombre aussi protège. Assis parmi elles, un seul officier allemand, plus grand que les autres, la tête qui dépasse, repérable à sa nuque rasée.

— Oscar Reiler, souffle Stacki, un collaborateur de notre ami Alexander von Krentz. Sa face noire, si vous préférez.

Thorenc hésite. Il lui semble reconnaître le visage du voisin de Reiler, un petit homme maigre aux yeux enfoncés, au menton accusé, une fine moustache soulignant ses lèvres minces. Puis il le revoit se découper sur le ciel bleu, à Séville, dans l'entourage de Queipo de Llano, clamant : « C'est le communisme ou nous ! »

C'est Jacques Carentan, qu'il avait rencontré aux côtés de Doriot, puis dont on avait cité le nom comme l'un des auteurs des attentats perpétrés par la Cagoule rue de Presbourg et rue Boissière.

— Vous connaissez Carentan ? interroge Stacki. Une force, aujourd'hui, à Paris. Il a toute la confiance de Reiler, de l'Abwehr, et par conséquent de la Gestapo. Naturellement, il bénéficie aussi de l'appui de la police française.

Thorenc découvre, assis à la même table, la paire de policiers familiers de l'établissement, Marabini et Bardet.

— Ils ont leurs habitudes ici, murmure Stacki. Ils y venaient déjà du temps de Paul de Peyrière. Ce sont ces gens-là qui, à la fin, régneront sur tout le monde, car, mon cher Thorenc, vous connaissez Carentan : ce sont des tueurs.

Stacki déplace sa chaise de façon à se rapprocher de son compagnon de tablée :

— Il faut aller à Vichy, murmure-t-il. Paul de Peyrière est là-bas avec tous les députés, les sénateurs, Laval, Blum, Herriot, Jeanneney. Ils vont voter une Constitution ou quelque chose d'approchant, une couverture juridique, si vous voulez, pour justifier la prise de pouvoir de Pétain et Laval. Mais ils ne sont pas seuls. Le commandant Villars et bien d'autres se sont aussi repliés en zone libre. Votre journal, *Paris-Soir*, est imprimé à Lyon. En venant de Genève, j'ai vu Prouvost. Il serait très heureux de vous retrouver. Il a besoin de plumes. Si vous voulez un ausweis pour franchir la ligne de démarcation, je peux vous l'obtenir dès demain, et vous serez à Vichy pour le 10 juillet, jour de la convocation des Chambres. Ici, les choses ne peuvent plus que se gâter. Pourrir, si vous préférez.

— Et vous ? demande Thorenc d'un ton agressif.

Stacki se recule, écarte les mains.

— Je suis un banquier suisse, lâche-t-il en souriant. Et l'amant en titre de Françoise Mitry que j'aide dans la mesure de mes moyens, car c'est une femme intéressante à bien des égards — mais vous ne l'ignorez pas, n'est-ce pas, Thorenc ? — et puis, si bien placée...

Il considère la salle.

— Au fil des jours, beaucoup de choses vont se décider ici même, du moins si...

Il se penche à nouveau vers Thorenc, le fixe de ses yeux très clairs.

— ... si personne ne s'avise d'y lancer une grenade !

Puis il reprend son attitude quelque peu distante, les pouces dans les poches de son gilet.

— Et Stephen Luber ? En voilà un qui a disparu de la circulation, constate-t-il. J'aimerais

pourtant bien le revoir, l'aider peut-être, si nécessaire.

Thorenc se lève.

— Voulez-vous ou non votre ausweis? murmure Stacki en glissant sur la table une feuille de
papier. Il me faut quelques renseignements...

Thorenc écrit rapidement, repousse le feuillet
vers le banquier qui l'examine et hoche la tête en
souriant :

— 216, boulevard Raspail. Joseph Waldstein
habite au cinquième étage, Pinchemel au troisième, et vous donc — il hésite — au quatrième?

Il éclate de rire et reprend :

— Paris est un village. Pinchemel traite aussi
avec ces messieurs, il leur vend des moteurs, de
la ferraille, de l'acier — bref, de quoi fabriquer
des tanks. Ce sera utile face à la Russie. Tout le
monde sera satisfait, le jour de l'offensive, les
anti — aussi bien que les pro-allemands. Comment Hitler pourrait-il résister au désir de tous?
Et à son propre rêve?

Stacki redevient tout à coup grave et précis; il
annonce qu'on téléphonera demain matin à Thorenc pour les détails relatifs à son ausweis.

— Il faudra fournir une photo; le document
sera prêt dans la journée.

Puis il lui secoue la main :

— Bon voyage! Mes amitiés au commandant
Villars, dit-il.

Il ajoute avec un large sourire :

— N'oubliez pas de saluer aussi de ma part
Paul de Peyrière.

En remontant l'escalier, Thorenc imagine le
souffle jaune et brun, l'explosion aux relents de
soufre et aux zébrures rouge sang d'une grenade
dégoupillée lancée là, dans la salle en sous-sol.

SIXIÈME PARTIE

40

Thorenc sait qu'il devrait baisser les yeux. L'officier allemand ganté de gris qui lui a demandé sa carte d'identité et son ausweis ne les examine plus, il les plie et les déplie du bout des doigts, mais fixe Thorenc depuis plusieurs secondes, les lèvres serrées au-dessus d'un menton prognathe.

On peut dire le mépris et la haine, on peut même signifier la mort avec des regards.

Thorenc tourne un peu la tête.

C'est le vide autour de lui. Dans le couloir du train, les voyageurs se sont écartés autant qu'ils ont pu dès qu'ils ont senti l'irritation et l'impatience de l'officier à la façon dont il s'est emparé des papiers de Thorenc, dévisageant cet homme dont l'allure contrastait par trop avec celle des Français modestes pressés les uns contre les autres dans le wagon surpeuplé.

Thorenc a pensé : « Il faut savoir se fondre dans la foule si l'on veut mener une guerre clandestine... »

Mais tout s'apprend.

Au-delà du faciès de l'officier, il voit les bâtiments de la gare de Moulins, et, derrière eux, le mât dressé devant la mairie. Le drapeau à croix gammée flotte, tache rouge et noire, sur le vert des paisibles collines qui dessinent autour de la ville des vagues douces, un paysage quelque peu alangui. Là, entre ces rondeurs boisées, passe la ligne de démarcation. Au-delà d'un pont jeté sur l'Allier, sur l'autre rive, ce sont les mêmes plis du relief, le même vert pays, mais séparé, tranché : d'un côté la France occupée, de l'autre la zone libre.

Thorenc laisse son regard errer sur les visages des voyageurs. Il y lit l'inquiétude et même, chez certains, un mélange de terreur et de lâcheté. Ils forment comme un premier plan terne et veule qui rend d'autant plus noble le paysage blessé lui aussi par cette bannière guerrière. Thorenc éprouve une bouffée d'émotion et de compassion pour ce pays occupé et humilié, pour ce peuple soumis.

Ce dernier mot lui fait honte.

Au moment où Thorenc s'apprêtait à quitter son logement, Delpierre lui avait téléphoné d'une voix cassée, indignée. Les Allemands avaient fusillé à Bordeaux un homme, peut-être un Juif polonais, qui brandissait le poing au passage des troupes d'occupation. Dans plusieurs villes — Brest, Rennes, Nantes... —, des ouvriers ou des étudiants avaient été arrêtés, les uns pour avoir collé des papillons portant l'emblème de la France libre, la croix de Lorraine, et l'inscription VIVE DE GAULLE !, d'autres pour avoir bousculé un soldat ou coupé des câbles de téléphone posés par la Wehrmacht. Les villes s'étaient vu infliger une amende de plusieurs millions de francs et les coupables avaient été jugés et condamnés à mort, la sentence affichée sur les murs.

— Il faut faire quelque chose ! avait répété Delpierre.

— À mon retour, avait répondu Thorenc.

Il fallait parler le moins possible, ne pas laisser de traces.

Mais comment le pouvait-il alors qu'il avait accepté un ausweis de Fred Stacki sans s'interroger sur les mobiles de cet homme qui paraissait à la fois lucide et compromis, ami d'Alexander von Krentz mais aussi du commandant Villars, n'ignorant rien du jeu des uns et des autres et de leurs intérêts respectifs. Et cette étrange question qu'il avait posée sur Stephen Luber ?

Stacki travaillait-il seulement pour lui-même — banquier genevois riche, dilettante et amant de Françoise Mitry — ou bien était-il un agent de l'Abwehr, de l'Intelligence Service ou du SR français ?... si ce n'était tout cela à la fois ?

Mais cet ausweis que Thorenc avait glissé dans sa poche en descendant l'escalier était aussi une façon, pour Stacki, de le tenir, de se tenir au courant de ce qu'il faisait.

Les papiers, à l'avenir, il faudrait les recevoir de personnes sûres, ou bien les fabriquer soi-même.

Dans le hall, madame Maurin avait soulevé le rideau, fait un signe impérieux à Thorenc pour lui indiquer qu'elle voulait le voir. Elle avait entrouvert la porte, chuchoté :

— Vous partez ? Il y a deux types, du genre Allemands, mais parlant le français mieux que moi, qui sont venus rôder, me demander si vous étiez déjà sorti.

Elle avait répondu qu'elle n'en savait rien. Elle n'espionnait pas ses locataires. C'étaient tous des gens importants qu'il fallait laisser tranquilles.

— Et savez-vous ce que l'un d'eux m'a

répondu ? « Les gens importants, c'est nous qui décidons qui c'est, et vous... »

Ils l'avaient menacée, murmurait-elle, oh, rien de bien précis, ils savaient que Maurin était policier, mais ils étaient repartis en disant qu'ils possédaient des renseignements sur tout le monde, qu'elle ne devait jamais l'oublier.

Marinette Maurin avait eu un sourire de défi.

— Mais je vous avertis quand même ; entre Français, il faut bien se serrer les coudes, non ?

Sans pouvoir jamais en être sûr, il a eu l'impression d'être suivi. Mais, dans la foule qui prenait d'assaut les wagons du seul train en partance pour Moulins, et, au-delà de la ligne de démarcation, Vichy, comment aurait-il pu identifier un visage ?

Ce n'étaient que figures lasses, yeux qui se dérobaient, lamentations à mi-voix à propos de proches auxquels on ne pouvait même plus écrire parce qu'ils étaient installés en zone libre ! Et les difficultés qu'on rencontrait pour obtenir un permis de passage, « leur ausweis » ! Et puis les récriminations s'étaient faites plus vives : on ne trouvait plus rien dans les magasins, on commençait à distribuer des tickets de rationnement, tandis qu'« eux » — on baissait la voix — achetaient tout ce qu'ils pouvaient. Il fallait les voir sortir des boutiques avec des valises gonflées !

Puis, tout à coup, le silence s'était abattu dans le compartiment et le couloir. Le train s'était arrêté en gare de Moulins pour cinquante minutes.

« Le contrôle des voyageurs s'effectue dans les compartiments. Personne n'a le droit de descendre à quai », avait-on entendu.

Puis des bruits de portière avaient couvert la

voix des haut-parleurs qui répétaient les consignes. Et des ordres gutturaux, les pas des patrouilles avaient résonné sur les quais déserts. Enfin, au bout du couloir, était apparue la silhouette de cet officier dont Thorenc avait remarqué d'emblée les gants de peau gris, la mâchoire et le menton proéminents, et la façon dont, alors qu'il se trouvait encore à une dizaine de mètres, séparé de lui par la foule qui encombrait le couloir, il l'avait regardé comme s'il n'avait pas supporté le fait que lui, Thorenc, dépassât de la tête les autres voyageurs.

Bertrand avait su dès cet instant que le contrôle ne serait pas pour lui une banale formalité, mais un affrontement.

Il n'est donc pas surpris quand il voit l'officier glisser la carte d'identité et l'ausweis dans la poche de sa vareuse et, d'un mouvement de tête, sans quitter des yeux Thorenc, demander au soldat qui l'accompagne de faire descendre sur le quai l'homme qu'il vient de contrôler.

Le soldat a mis la main sur l'épaule de Bertrand cependant que les voyageurs du couloir se plaquent contre les parois du wagon, levant à peine les yeux comme pour ne pas même risquer d'échanger un regard avec celui qu'on embarque.

D'un mouvement brusque du torse et de l'épaule, Thorenc se dégage, mais il reçoit en retour un choc violent dans les reins. Précipité en avant, il s'affale sur les gens. Le soldat, criant « *Schnell ! Schnell !* », le pousse à nouveau de la crosse de son arme.

Il a le dos endolori. Le soldat lui indique une dizaine d'hommes et de femmes alignés contre le mur de la gare et gardés par des sentinelles casquées. Thorenc les rejoint. Il remarque une fois de plus, comme à bord du train, l'absence de regards. Chacun ignore les autres.

Comment réveiller un peuple si, face à l'occupant, dans l'adversité, ne naît pas entre ses membres un minimum de fraternité?

Mais c'est précisément cela que les nazis et ceux qui collaborent avec eux veulent à tout prix empêcher.

On dit que les Juifs naturalisés vont perdre la nationalité française, que les francs-maçons vont être chassés des administrations, puis que la mesure va s'étendre aussi aux Juifs. Les nazis souhaitent ainsi isoler telle ou telle catégorie afin de mieux la désigner comme bouc émissaire, et, par là, mieux contrôler l'ensemble de la population. En finir une bonne fois avec ces mots et ces principes de Liberté, d'Égalité, de Fraternité.

Paris-Soir, celui de la Propagandastaffel, que Thorenc a lu dans le train, annonce que le nouvel État qui doit voir le jour à Vichy abandonnera la devise républicaine pour celle de « Travail, Famille, Patrie » ! Et Pierre Laval a déclaré : « La république a cessé d'exister en France. »

Des ordres fusent.

Thorenc sursaute. Les sentinelles l'encadrent, lui font traverser la gare, puis la Grand-Place. Attablés sous les arceaux de la mairie, des soldats déjeunent à l'ombre du bâtiment, devenu siège de la Kommandantur.

Thorenc doit rester là, debout, à quelques pas du mât où flotte ce drapeau dont la vue chaque fois le heurte.

Les sentinelles se sont elles aussi placées sous les voûtes, et il est seul au milieu de cette cour blanche de soleil où règne une chaleur étouffante, orageuse, qui picote la peau.

Il attend jusqu'à ce que l'officier qui l'a

contrôlé reparaisse enfin, lui jette un regard ironique et dédaigneux.

On conduit Thorenc dans un bureau de la mairie. Un homme se tient appuyé au rebord de la fenêtre ouverte. Derrière lui, des collines et, au loin, les pentes sombres de l'Auvergne.

L'homme s'avance vers la table sur laquelle Thorenc aperçoit sa carte d'identité et son ausweis. Il les examine. Il a un visage avenant, des traits réguliers, plutôt juvéniles. Ses cheveux noirs sont tirés en arrière, son front est large et bombé. Il fait signe à Thorenc de s'asseoir et s'installe lui-même derrière la table.

Il prend la carte d'identité, la lui montre :

— Cher monsieur Bertrand Renaud de Thorenc, je suis heureux de vous rencontrer enfin.

Il parle sans la moindre pointe d'accent et son débit est fluide.

— Je vous ai lu si souvent... — il marque une hésitation —... avant guerre. J'étais étudiant à Paris, je me demandais si je n'allais pas moimême être journaliste comme Malraux, Hemingway, Albert Londres, Saint-Exupéry, Bertrand Renaud de Thorenc...

Il lève la main.

— Les circonstances m'ont fait prendre une autre route. Je suis l'adjoint d'Oscar Reiler, un ami de votre ami Alexander von Krentz. Nous nous intéressons beaucoup aux amis de nos amis.

Il s'arrête, paraît confus. Il ne s'est pas encore présenté : il est le lieutenant Klaus Wenticht.

Il s'empare de l'ausweis, l'examine à son tour.

— Vous connaissez monsieur Fred Stacki depuis longtemps ?

Thorenc hausse les épaules, murmure qu'il n'a rencontré le Suisse qu'à deux reprises, à la Boîte-

Rose. La première fois, sans doute il y a sept ou huit mois.

— Cet ausweis, c'est bien lui qui vous l'a procuré, n'est-ce pas ?

Thorenc l'admet, disant que Stacki a voulu lui permettre de se rendre à Vichy afin d'écrire éventuellement un reportage sur les événements politiques qui doivent se dérouler dans cette ville le 10 juillet.

— Vous vous êtes engagé à lui fournir des renseignements ?

Klaus Wenticht paraît se contenter de ses dénégations. Il repousse vers lui la carte d'identité et l'ausweis.

— Monsieur Fred Stacki compte de nombreuses relations dans l'administration allemande, dit-il. Mais, cher Monsieur de Thorenc, il convient peut-être de se méfier de lui : tous les services allemands, en effet, n'ont pas la même opinion de Monsieur Stacki.

Wenticht se lève.

— Ni de vous, d'ailleurs.

Il lui ouvre la porte.

— Certains pensent que vous êtes de nos amis. Ils apprécient le rôle qu'a joué votre mère et se souviennent de votre interview de notre Führer. D'autres — il montre à Thorenc le perron de la mairie — sont plus circonspects. Votre sympathie pour Lévy-Marbot, Delpierre, de Gaulle, le commandant Villars, tous nos ennemis, ne plaide pas en votre faveur.

Il sourit.

— Mais vous pouvez vous rendre à Vichy. Seulement, ajoute-t-il d'une voix joviale, le train est reparti. Vous allez devoir patienter à Moulins jusqu'à demain. À moins que...

Il montre sa voiture, l'une de ces tractions

avant Citroën noires que les services allemands semblent apprécier particulièrement.

— À moins que vous ne rentriez avec moi à Paris ?

Comme s'il devinait la pensée de Thorenc, il ajoute qu'il est en effet venu exprès à Moulins pour le rencontrer quelques minutes.

— Cela suffit, n'est-ce pas, pour juger un homme ou faire comprendre une situation ?

Bertrand descend les marches du perron de la mairie et traverse la cour.

Le soleil se trouve caché par des nuages couleur de plomb, mais la chaleur est encore plus lourde.

41

Thorenc a vu cette grande jeune femme, dans sa robe blanche à pois noirs, sortir de la voiture qui s'est arrêtée sur la Grand-Place.

Elle a fait quelques pas et les soldats assis sous les arceaux de la mairie ont tous tourné la tête vers elle.

Elle porte un chapeau de paille dont les larges bords cachent son visage, et a noué autour de son poignet droit un foulard du même tissu que sa robe.

Elle s'est immobilisée non loin du mât où flotte le drapeau rouge griffé de noir. Elle a levé la tête comme si elle voulait le contempler, mais elle s'est simplement étirée, et il y avait tant d'impudeur dans ce geste, dans ses longs bras nus, son dos cambré, sa poitrine gonflant son corsage, que Thorenc en a ressenti une vive émotion.

Il était assis depuis quelques minutes à la terrasse du café de la Jeune-France, face à la mairie
de Moulins.

Il avait le front couvert de sueur, ayant longuement marché dans la ville, parcouru les rives de
l'Allier, arpenté les petites rues du centre médié-
val, la rue des Bouchers et celle du Pont-Guin-
guet, la rue des Couteliers et la rue Regemortes.
Il avait vu les remparts et la cathédrale. À chaque
pas, il s'était senti davantage humilié et révolté,
souffrant au surplus du coup de crosse reçu dans
les reins et qui le faisait boiter.

Il avait regardé les soldats se faire photogra-
phier devant l'hôtel de ville, un ancien collège de
jésuites. Il les avait observés alors qu'ils achetaient des plats en faïence place du Sacré-Cœur.

Et ce mot *cœur* l'avait tout à coup blessé.

Ils étaient donc parvenus jusqu'au cœur du
pays, dans le Bourbonnais, au bord de cette
rivière dont les eaux bondissaient encore,
proches de leur source.

Thorenc avait eu le sentiment qu'il était plus
affecté par leur présence ici que par leur occupation de Paris. La capitale avait déjà été tant de
fois souillée! C'était comme un océan qui, à la
fin, engloutit ceux qui veulent le dompter.

Ici, en revanche, c'étaient les vallons profonds
de l'histoire nationale. Il y avait le café du Dauphin et l'hôtel de France. En parcourant ces rues,
en voyant le pont sur l'Allier barré par les gendarmes allemands qui contrôlaient le passage de
la zone occupée à la zone libre, Thorenc avait
pris conscience que l'époque était aussi noire
pour le pays que celle de la guerre de Cent Ans,
quand le royaume était dépecé et que les Anglais
occupaient des villages jusque dans l'Aveyron.

Il était retourné, meurtri, vers la Grand-Place, impatient de quitter Moulins et de franchir la ligne de démarcation. Mais, comme l'avait indiqué Klaus Wenticht, le prochain train ne passait que le lendemain matin. Et les hôtels — celui de Paris, celui de France, celui de l'Allier — étaient complets. Des expulsés de Lorraine et d'Alsace, des voyageurs qui tentaient eux aussi de passer la ligne s'entassaient à plusieurs dans les chambres. Quant à l'hôtel du Dauphin, il était réquisitionné par la Wehrmacht.

Il avait donc choisi de s'installer au café de la Jeune-France. Le patron lui avait raconté que des voitures dont les conducteurs venaient faire viser leur ausweis à la Kommandantur acceptaient parfois de prendre un passager pour le conduire à Vichy, puisque c'était là que s'était installé le gouvernement de la France.

Et Thorenc avait remarqué cette voiture, cette jeune femme...

Un homme est descendu à son tour du véhicule.

Il a disparu à l'intérieur de la Kommandantur, puis il en est ressorti en compagnie de Klaus Wenticht, et la jeune femme les a rejoints.

Elle entre eux deux, ils se sont dirigés vers le café de la Jeune-France. Au milieu de la place, d'un geste théâtral, elle a ôté son chapeau et des cheveux noirs ont dévalé sur ses épaules.

Thorenc a serré d'étonnement les montants de sa chaise en reconnaissant Lydia Trajani qui s'est mise à rire en écoutant Klaus Wenticht dont toute l'attitude — corps un peu penché vers Lydia, mouvement des mains — disait qu'il était plus que séduit : subjugué.

Lydia s'est tout à coup figée, puis a tendu le bras vers Thorenc tout en s'adressant à son compagnon, un homme chauve au teint blafard, au visage mou et inexpressif. Il a adressé de la main un petit salut à Bertrand qui s'est souvenu de cette soirée chez sa mère, place des Vosges, et des propos de ce polytechnicien, inspecteur des Finances, Maurice Varenne, qui lui avait si longuement parlé de la nécessité d'un renouvellement du personnel politique, Pétain et Laval représentant la dernière chance du pays. Mais, avait-il ajouté, pour les porter au pouvoir, il fallait un électrochoc.

Klaus Wenticht et les siens avaient provoqué la décharge. Varenne devait être comblé!

— On se retrouve toujours! s'est exclamée Lydia en embrassant Thorenc.

— Il n'y a qu'une route pour Vichy, a murmuré Maurice Varenne en tendant sa main qu'il avait moite.

— Par notre faute, monsieur de Thorenc a raté son train, s'est esclaffé Klaus Wenticht. Je voulais voir à quoi ressemblait un grand journaliste français.

Thorenc l'a ignoré, croisant les bras, ne se mêlant plus à la conversation, incapable pourtant de ne pas regarder Lydia Trajani qui, tout en parlant avec vivacité à Wenticht, ne cessait de se tourner vers lui, les yeux pleins de promesse et de défi, esquissant parfois un sourire ironique, presque complice.

Ils roulent à présent en zone libre, au milieu des sapins, sur la route qui, par Saint-Pourçain-sur-Sioule et Gannat, conduit à Vichy.

Thorenc est assis à côté du chauffeur, et, sans se retourner, une fois la ligne de démarcation franchie, il dit :

— Je vous ai vue à la terrasse des Deux-Magots il y a quelques semaines, vous étiez en compagnie de deux officiers. Vous sembliez parfaitement vous entendre.

Elle éclate d'un rire joyeux :

— Vous me voyez partout, même là où je n'ai jamais mis les pieds ! Vous auriez dit le Crillon ou le Plaza Athénée, le Carlton à Cannes...

Elle s'interrompt comme pour laisser à Thorenc le temps de se souvenir de leur nuit, à la fin août 1939, quand l'orage avait mis fin à la soirée du Palm Beach, et Bertrand, en se remémorant ces heures si lointaines, a l'impression qu'il s'agissait d'une autre vie, rêvée et perdue.

— Mais aux Deux-Magots, quelle idée !...

De son côté, Maurice Varenne souhaite savoir quelles sont les intentions de Thorenc. Est-il rentré à *Paris-Soir* ?

— Lequel ?

— Le seul qui compte : celui de la rue du Louvre, réplique Varenne. Prouvost s'obstine à faire paraître le sien à Lyon, mais son joujou n'a aucun avenir. Dès que la guerre sera terminée, Paris redeviendra le centre naturel du pays. Croyez-moi, Thorenc, même si le gouvernement est installé pour l'heure à Vichy, il faut garder un pied à Paris. Et prendre date.

Avec une suffisance un peu lasse, l'inspecteur des finances se dit persuadé qu'avant la fin septembre, l'Angleterre va demander l'armistice. D'ailleurs, Hitler le lui a proposé ; les Anglais sont des gens réalistes, ils accepteront. Pour mieux les convaincre, Maurice Varenne le tient d'une source proche du général von Stupnagel, la Luftwaffe va déclencher contre Londres une offensive aérienne d'une ampleur inégalée.

— Pour chaque raid, ils vont mobiliser plus de cinq cents appareils, ajoute-t-il avec une sorte de jubilation. Les quelques fous qui ont misé sur l'Angleterre et qui appellent à je ne sais quelle résistance vont déchanter. Le temps où la France agissait pour les beaux yeux des banquiers de la City est révolu. Avec la collaboration, nous retrouvons enfin notre vocation continentale.

Il a empoigné l'épaule de Bertrand.

— Un ordre nouveau va naître en Europe, et la France doit s'y intégrer, Thorenc ! Vous vous souvenez de notre conversation chez votre mère, place des Vosges ? Je vous disais alors que les milieux économiques étaient favorables à la paix. La guerre a eu lieu, avec les résultats que nous avions prévus. Mais la volonté de paix sur le continent est encore plus forte aujourd'hui parmi les élites économiques. En un certain sens, nous tenons l'occasion de réaliser une véritable révolution nationale, de moderniser le pays, de l'orienter vers la construction d'une Europe nouvelle.

Entraîné par son enthousiasme, il serre avec encore plus d'énergie l'épaule de Thorenc.

— Vous devriez rencontrer Pierre Pucheu, continue-t-il. C'est un normalien comme vous, mais qui s'est engagé dans la grande industrie. Il connaît donc les réalités. Le Maréchal pense à lui pour un ministère important. Voyez-vous, le Maréchal est âgé, c'est vrai...

Varenne garde le silence pendant quelques secondes, puis enchaîne :

— ... mais il a su nouer des liens et susciter des fidélités parmi la jeune génération. Pucheu d'abord, mais aussi Alibert, entre bien d'autres. Des hommes d'expérience, sans préjugés, efficaces, si différents de toutes ces vieilles barbes, de ces bavards d'Herriot, de Jeanneney, tous présidents de ceci ou de cela. Nous n'avons que faire, vraiment, de la Chambre des députés et du Sénat ! Il faut une assemblée représentant les activités économiques du pays et les différentes corporations. Elle exprimera les vrais problèmes de ceux qui créent. C'est ce qu'ont fait chez eux Mussolini et Hitler. Après tout, les événements leur ont donné raison. C'est la République des comités, des loges maçonniques, celle de Blum et du Front populaire, qui a été vaincue. Elle est morte. Tant mieux !

— Et vous ? demande Thorenc.

— Ministre, ministre ! lance Lydia Trajani d'une voix suraiguë, qui se veut parodique.

Puis elle éclate de rire.

42

Thorenc s'est immobilisé sur le seuil de la salle à manger de l'hôtel du Parc. Il a l'impression qu'une vitre poussiéreuse le sépare des tables rondes, couvertes de nappes blanches, bleues et roses. Les couleurs sont comme fanées. Les rideaux de tulle qui tombent en larges plis devant les baies tamisent la lumière qui fait l'effet d'une eau troublée, un peu sableuse. Les visages des convives semblent poudrés de gris et les bruits de voix eux-mêmes sont comme estompés.

Thorenc a aperçu dès le premier regard Lydia Trajani vers qui se penchent Paul de Peyrière et Maurice Varenne. Assis à la même table, il a reconnu Karl von Bethman et Lucien Touzon qui ont été respectivement ambassadeurs du Reich et de la France à Prague, et qu'il a rencontrés quelques jours avant Munich. On dit que Bethman représente à présent l'Allemagne auprès de Pétain.

Un maître d'hôtel s'est avancé, l'air préoccupé et cérémonieux, expliquant que toutes les tables sont déjà réservées. Il en va de même tous les jours pour le déjeuner comme pour le dîner. Tous les hôtels de Vichy transformés en ministères connaissent la même affluence.

Il a tourné la tête d'un air entendu et Thorenc a découvert, dans un angle de la salle, assis à une table un peu isolée, devant une baie vitrée, le Maréchal, ses rares cheveux blancs soigneusement coiffés, son visage parcheminé, ses petites mains soignées tenant délicatement ses couverts.

Autour de lui s'empressent l'ambassadeur François Perrot, qui a été en poste à Berlin, et Charles de Peyrière, diplomate à Varsovie, puis Pucheu et deux ou trois quadragénaires, peut-être Alibert, sans doute de futurs ministres.

Thorenc observe que, de toutes les tables, les regards convergent vers celle du Maréchal. C'est comme un mouvement régulier. On avale une ou deux bouchées, on échange quelques mots avec son voisin, puis on tourne la tête vers ce coin de la salle, vers cette table où se tient assis, le dos droit, le visage n'exprimant qu'une sérénité distante, le maréchal de France, celui que la foule des badauds, des journalistes, des curistes guettent quand il sort de l'hôtel du Parc et qu'il va, en compagnie de Varenne ou de Charles de Peyrière, faire quelques pas dans le jardin des Thermes de Vichy.

Thorenc n'a pas répondu au maître d'hôtel.

Il reste planté sur le seuil à reconnaître les uns et les autres, députés et sénateurs. Pierre Laval préside une longue table autour de laquelle se tiennent des gens debout que les serveurs bousculent.

Laval est le maître du moment. Il a la lippe dédaigneuse et garde avec désinvolture sa cigarette au coin de la bouche.

Thorenc l'observe, fasciné. Il l'a entendu, la veille, dans le Petit Casino de Vichy, là où se réunissent les parlementaires qui, dans ce décor de théâtre, jouent la fin de la République. Il a répondu au premier orateur, un député qui s'imaginait sans doute qu'il pouvait encore pérorer comme si la France n'avait pas été vaincue, comme si les ennemis de la République ne l'avaient pas emporté :

« Vous avez fait un discours, un beau discours, a lâché Laval d'une voix méprisante. Alors, vous imaginez que nous avons le temps d'écouter les discours ? Vous vous trompez ! C'est fini, les discours ! Nous ne sommes pas ici, vous pour en prononcer, nous pour les entendre ! Nous avons à rebâtir la France ! »

Thorenc a vu les têtes des députés et sénateurs assis dans les fauteuils d'orchestre se baisser, leurs corps se tasser comme sous un feu nourri. Il a vu la peur.

Il a entendu le socialiste Charles Spinasse, ancien ministre de 1936, tenir le même discours que Xavier Vallat, l'antisémite d'extrême droite.

Il n'a éprouvé que rage et mépris envers ces élus prêts à accorder les pleins pouvoirs à Pétain et à Laval, alors qu'ils avaient été en majorité élus pour mettre en œuvre le programme du Front populaire.

Mais leur monde s'est écroulé.

Thorenc a vu Léon Blum s'introduire dans la salle du Petit Casino cependant que des cris jaillissaient de la foule des badauds : « Regardez ce salaud ! » Les mêmes cris et de nouvelles injures ont retenti quand Blum est ressorti et s'est dirigé vers un restaurant devant lequel des groupes de jeunes gens, peut-être venus de Paris, l'ont copieusement insulté : « Salaud ! Vendu ! Traître ! Juif !... »

Dans la salle à manger de l'hôtel du Parc, Thorenc aperçoit Jacques Carentan, et il lui semble reconnaître à la même table ces hommes qu'il a approchés autrefois au cours de ses reportages : Versini, Chapus, Jehan de Valréanne. Assis en face de Carentan, un homme au visage fermé, bosselé, une petite moustache dessinant une tache noire dans son teint bistre : sans doute s'agit-il de Joseph Darnand dont la presse a fait le héros des corps francs durant la « drôle de guerre » et dont on murmure qu'il a été un des chefs de la Cagoule.

De place en place, il y a aussi des femmes, la plus belle et la plus avide étant assurément Lydia Trajani dont le rire domine par intervalles les chuchotements, cette sorte de rumeur diffuse qui flotte, suspendue au-dessus des tables.

Devant ce glauque aquarium, Thorenc a envie de hurler : « Vous n'êtes plus rien, vous avez failli ! Les Allemands sont à Moulins, au cœur du pays ! Partez, laissez-nous nous battre ! »

Il ignore le geste insistant que lui adresse Lydia Trajani pour l'inviter à sa table.

Il sort de l'hôtel du Parc, écartant les badauds, les curistes, les quémandeurs, les courtisans qui espèrent entrevoir le Maréchal ou le président Laval, et qui sont prêts à cracher sur les vaincus, Blum, Daladier, Reynaud, naturellement Mandel, dont on assure qu'ils vont être emprisonnés et jugés, puisqu'il faut bien trouver des responsables de la défaite.

Dire que c'est le maréchal Pétain et le général Weygand dont on raconte que les troupes attendent à Clermont-Ferrand l'ordre de venir arrêter les députés et sénateurs qui oseront refuser la liquidation de la République, dire que ce sont ces militaires-là qui parlent de procès alors qu'ils se sont opposés à toutes les réformes de l'armée, qu'ils ont demandé l'armistice, refusant de continuer le combat dans le reste de l'Empire!

Thorenc éprouve un sentiment de profonde indignation et de révolte. Mais qui le partage? Il dévisage les badauds, les écoute. Tous louent Pétain qui a fait don à la France « de sa personne pour atténuer son malheur », lui, le « sauveur », le « bouclier », le vieux chef héroïque et désintéressé! S'il se mêlait de dénoncer l'ambition sénile et les responsabilités de ce vieillard, Thorenc se ferait écharper.

Le peuple est ainsi : crédule!

Bertrand s'éloigne de l'hôtel du Parc, rempli d'amertume. Il longe les jardins, identifie ces autres hôtels — Thermal Palace, Carlton, Célestins, Helder, d'Angleterre — qui forment avec celui du Parc comme une façade continue conduisant au Petit Casino où siègent les parlementaires.

Seuls quatre-vingts d'entre eux ont osé voter contre la loi accordant les pleins pouvoirs à Pétain. Cinq cent soixante-neuf autres ont consenti à la disparition du régime républicain, remplacé par l'État français.

Thorenc a assisté à cette séance depuis les loges réservées au public et à la presse. On a aménagé sur la scène une sorte de décor qui, avec ses petits bureaux pour les questeurs, le président, l'orateur, devait rappeler la Chambre des députés.

Désiroire mise en scène !

Thorenc n'a pas attendu la proclamation officielle du résultat du vote. Il a quitté le Petit Casino. Il en savait bien assez. La majorité était écrasante : un ralliement presque unanime dans les rangs de tous les partis. Dehors, autour du bâtiment, des bandes de jeunes doriotistes antisémites glapissaient : « Vive Pétain ! Vive Laval ! À mort, Blum ! »

Il a marché à vive allure, retrouvant les parcs, les bords de l'Allier, éprouvant à chaque pas qu'il faisait dans cette ville la sensation troublante de s'enfoncer dans son propre passé.

Il s'est arrêté sous les hautes verrières qui, dans les jardins, abritent les sources thermales. Il a reconnu ces statues, ces nymphes qui tiennent des amphores d'où jaillit l'eau.

Un pan entier de sa mémoire s'est tout à coup éclairé. Il en avait déjà été de même devant l'entrée de l'hôtel du Parc.

Il est venu à Vichy, enfant, puis adolescent, en compagnie de sa mère qui y retrouvait Simon Belovitch. Il s'était approché en leur compagnie de ces nymphes. Il avait tendu son gobelet gradué et avait bu, comme tous les curistes. Il avait suivi le couple jusqu'aux salles du casino et l'avait attendu à l'entrée, regardant les femmes élégantes qui passaient comme autant de rêves inaccessibles.

Assis en bout de table, il avait assisté aux dîners qu'offrait chaque soir Simon Belovitch qui, souverain prodigue, régalait à condition qu'on l'écoutât parler des films qu'il produisait, de ceux qu'il voulait mettre en scène à Vichy. Il y aurait décrit la fin d'un monde, une société décadente. Quoi de plus fascinant, disait-il, qu'une ville d'eaux où les puissants se retrouvent entre eux, s'épient, nouent des intrigues?

Thorenc s'est souvenu du titre que Simon Belovitch avait dix fois répété : *La Ville des adieux*. Il l'avait alors admiré, souhaitant qu'il fût vraiment, comme on le prétendait, son père. Mais Cécile de Thorenc avait toujours refusé de confirmer ce ragot, se contentant de souligner avec insolence que sa vie avait une tout autre allure et que Belovitch n'était pour elle qu'un amant distrayant et généreux.

À chaque pas, Thorenc a revécu ici cette enfance, cette adolescence.

À présent, Simon Belovitch se partage le cinéma français avec Michel Carlier et Alfred Greten, tout en flirtant avec le danger.

Vichy est bel et bien devenue la Ville des adieux, la capitale de la décadence et de l'abdication.

Devant l'hôtel du Parc, Thorenc a croisé Lydia Trajani et Paul de Peyrière qui sortaient de table. Maurice de Varenne et les deux ambassadeurs, Lucien Touzon et Karl von Bethman, avaient été invités à gagner le troisième étage de l'hôtel où le Maréchal venait d'installer tout à la fois ses bureaux et sa chambre.

— Mon cher Thorenc, vous ne pouvez pas imaginer! s'est exclamé Paul de Peyrière. Il faut que vous racontiez cela dans votre journal. J'espère que la censure laissera passer l'article. Le troisième étage, celui du Maréchal, c'est le royaume du calme et de la réflexion, et même de la méditation...

Il s'est tourné vers Lydia Trajani :

— Si, comme je le crois, il fait partie du cabinet, Maurice Varenne y trouvera le climat qu'il affectionne. Mon fils — vous le connaissez, Thorenc ? Charles de Peyrière... — dit qu'autour de Pétain règne l'atmosphère d'un séminaire ou d'un couvent; tout est feutré, mais coordonné. Tel est l'étage du Maréchal. Au deuxième, tout change, c'est là qu'est installé Pierre Laval. Vous vous y trouveriez dans votre élément, Thorenc : ça grouille de journalistes, de parlementaires, d'amis de toutes sortes. On bavarde, on fume, on complote. Je vous avoue que, contrairement à mon fils, j'aime plutôt ça. C'est la vie, ça fuse ! Laval est extraordinaire. Son étage est rempli de visiteurs de la région. Vous savez qu'il possède une demeure à Châteldon, à quelques kilomètres d'ici. Il est vraiment chez lui, à Vichy.

Ils se sont dirigés, tout en devisant, vers le Petit Casino.

— Nous avons encore une ou deux séances pour mettre au point les derniers textes qui fonderont l'État français. Mais tout est joué. Quatre-vingts opposants : voilà une révolution nationale qui se fait à peu de frais...

Thorenc a murmuré :

— Au prix de la défaite de la France !

Paul de Peyrière s'est arrêté, le visage empourpré.

— Ne me dites pas, Thorenc, que vous êtes devenu gaulliste, vous, le fils de Cécile de Thorenc ! *La défaite, la défaite !* Vous êtes extraordinaire ! Qui l'a voulue, cette guerre ? Blum, les Juifs, les valets des Anglais, les vendus à Churchill ! Vous savez bien ce que je pensais, ce que la plupart des Français désiraient : il ne fallait mourir ni pour les Sudètes, ni pour Dantzig, ni pour la Pologne. Mais messieurs les Anglais, pour protéger leurs intérêts, ont choisi de nous faire trouer la peau, à nous, pour la défense de Varsovie. Et, par-dessus le marché, ils ont exterminé nos marins à Mers el-Kébir! Heureusement, mon fils, qui conseille le Maréchal en matière de politique extérieure, a pesé pour que nous rompions les relations diplomatiques avec Londres. Moi...

Il s'est frappé la poitrine de sa paume droite :

— ... moi, j'ose le dire : non seulement je suis favorable à la collaboration avec l'Allemagne, mais je vais plus loin, je *souhaite la victoire* de l'Allemagne! Et, si l'on m'écoutait, nous déclarerions la guerre à l'Angleterre. D'ailleurs, je ne suis pas sûr que mon idée ne l'emportera pas. L'amiral Darlan est ulcéré de ce qui a été commis à Mers el-Kébir, c'est indigne d'une grande nation qui s'est prétendue notre alliée! Alors, comment voulez-vous que nous traitions ce de Gaulle et les quelques centaines de Juifs et de francs-maçons qu'il a rassemblés à Londres? De Gaulle est une créature de Churchill, comme il a été celle de Reynaud et de Mandel.

Il a pointé le doigt sur le journaliste :

— Mon fils aîné, le général Xavier de Peyrière, a été désigné pour faire partie du tribunal militaire qui doit se réunir à Clermont-Ferrand à la fin du mois pour juger de Gaulle. Je vous assure que les officiers qui composent cette cour sont résolus à le condamner à mort. Tous le connaissent personnellement et savent à quoi s'en tenir. La Laurencie, La Porte du Theil, Frère, mon fils n'ignorent pas que de Gaulle est un mégalomane doublé d'un mythomane et d'un ambitieux frénétique. Mais, quand il sera condamné à mort pour trahison et désertion, qu'on aura décidé la confiscation de ses biens meubles et immeubles, cela fera réfléchir ceux qui, par bêtise, seraient tentés de le rejoindre. Il y en a quelques-uns ici et là. Vous n'en faites pas partie, j'espère, Thorenc?

Bertrand est resté impassible et Paul de Peyrière a souri.

— Je plaisantais... Avec votre pedigree, vous ne pouvez qu'approuver — comme d'ailleurs quatre-vingt-dix-huit pour cent des Français — ce que nous faisons. En vérité, l'ampleur des ralliements à nos idées me laisse pantois. Que Laval, Doriot, Déat applaudissent à la fin de la République, soit ; mais tous ces députés socialistes — il avait secoué la tête —, c'est proprement incroyable ! Il est vrai qu'ils ont vu et écouté leurs électeurs, et tous rapportent et confirment que le vœu du pays est unanime : on veut Pétain ! Pétain c'est la France et la France c'est Pétain : voilà ce qu'on dit... Pourquoi ne verriez-vous pas Laval ? Il a pris personnellement en main l'information et la radio. Il a besoin d'hommes jeunes, expérimentés et sûrs. Réfléchissez-y : nous sommes à un tournant historique, Thorenc, ne le manquez pas !

— Quels bavards, ces politiciens ! a soupiré Lydia Trajani à Bertrand quand elle s'est retrouvée seule avec lui.

Elle lui a pris le bras. Ils marchent au milieu de la foule qui se presse sous les verrières, dans les jardins, devant les hôtels.

À chaque pas, ils croisent un visage connu dont le regard s'attarde un instant sur Lydia. Elle est d'une beauté un peu trouble avec ses longs cheveux noirs, ses yeux immenses, ce corps qu'on devine d'une souplesse de danseuse. Elle porte un boléro jaune vif et une jupe plissée à rayures noires et jaunes que, par un mouvement des hanches, elle fait onduler en marchant.

— Ces gens-là sont étranges, reprend-elle, mais ils m'amusent. Ils veulent tout, ce sont des voraces. Maurice Varenne...

Elle a serré le bras de Thorenc.

— ... Il m'a aperçue à un défilé de mode. Je ne sais ce qu'il faisait à cette présentation, mais il m'a harcelée. Il m'a envoyé chaque jour d'énormes gerbes, des cartons d'invitation. À la fin, j'ai cédé. Pourquoi pas ? J'adore connaître les gens. Depuis Bucarest...

Elle a eu une sorte de gloussement, un rire de gorge.

— ... j'ai beaucoup appris. Et vite, n'est-ce pas ?

Elle s'est immobilisée, a porté un doigt à ses lèvres, l'air de peser le pour et le contre :

— Épouse de ministre, pourquoi pas ?

Bertrand s'est mis tout à coup à parler avec violence, et il a aussitôt regretté de le faire, de se découvrir, mais les mots ont jailli comme une poussée de lave trop longtemps contenue.

Il l'a tutoyée pour lui certifier qu'il l'avait vue, il en était sûr et certain, en compagnie d'officiers allemands aux Deux-Magots. Et elle envisage maintenant d'épouser Varenne ! Qu'est-ce qu'elle imagine : que cette farce va durer, que la France va accepter longtemps d'être occupée, gouvernée par un vieillard de quatre-vingt-quatre ans, entouré d'une bande de rapaces insensibles comme Varenne ou Paul de Peyrière ? Même s'ils pensent sincèrement agir pour le bien du pays, ils seront immanquablement balayés, jugés, condamnés, peut-être exécutés, voire assassinés sans autre forme de procès.

— Alors, ne t'engage pas, reste à l'écart ! lui a-t-il recommandé. Ils vont perdre. Ils se noieront et entraîneront par le fond ceux qui les ont suivis.

Elle n'a pas paru prêter attention à ce qu'il vient de dire, mais, après un silence, elle réplique :

— Varenne assure, de même que Paul de Peyrière — à déjeuner, l'ambassadeur Touzon et
bien entendu l'Allemand von Bethman partageaient leur point de vue — que l'Angleterre va
capituler dans quelques semaines, après avoir été
écrasée sous les bombes. Au reste — elle hausse
les épaules — je ne me trompe pas, je sais encore
deviner qui possède aujourd'hui la force, qui
détient le pouvoir. La force, c'est le plaisir et
l'argent. Voilà tout ce que je vois. Demain...

Elle fait une pirouette.

— Une femme comme moi...

Elle colle son épaule, son bras, sa cuisse contre
ceux de Thorenc.

— ... qui pourrait lui vouloir du mal ? Toi ?

Elle mêle ses doigts aux siens et les étreint.

43

Tout en écoutant le commandant Joseph Villars, Thorenc a regardé la brume monter à la rencontre de la pénombre qui envahissait peu à peu
les méandres du fleuve et les quartiers bas de la
ville.

— Vichy est le cloaque, la sentine de ce pays, a
lâché Villars en marquant le pas.

Il est accoudé à la balustrade qui, au bout du
belvédère des Trois-Sources, domine la vallée.

— Laval et l'amiral Darlan, mais aussi Weygand et naturellement Pétain, ne veulent pas
nous permettre de lutter contre les Allemands.
Quel est alors le sens d'une armée de l'armistice,
comme ils appellent ce qui reste de l'armée fran-

çaise? Que voulez-vous que fasse le Service de renseignement avec de telles consignes de prudence, ce choix de l'inaction? Croyez-vous que je peux, que nous devons accepter cela?

Il s'est remis à marcher.

La nuit qui s'avance depuis le fond des vallées donne l'impression que la forêt de mélèzes et de sapins s'est mise en branle et que sa force noire, invincible, monte à l'assaut. Seuls les étages supérieurs des grands hôtels situés en bordure du jardin des Thermes sont encore éclairés par le soleil couchant, mais leurs vitres ne reflètent plus qu'une lumière mordorée, déclinante.

En contemplant ainsi cette ville en train de sombrer cependant que la terrasse du belvédère demeure dans la lumière, Thorenc a le sentiment de mieux respirer. Enfin, après plusieurs jours, il a échappé à l'atmosphère croupissante de ces hôtels qui se prétendent et s'intitulent ministères de la Guerre, de l'Intérieur, des Finances, des Colonies, alors qu'ils ne sont que les lieux dérisoires d'intrigues, de bavardages, de complots mesquins, d'impuissances serviles, surveillés par l'ambassadeur Karl von Bethman et les officiers allemands et italiens de la Commission d'armistice.

Mais il a dû aller de l'un à l'autre de ces hôtels pour tenter de savoir où se trouvaient le commandant Joseph Villars et ses services. Il a attendu au Thermal Palace, siège du ministère de la Guerre, puis dans les salles de jeux du casino où se sont installés les bureaux de l'Intérieur.

On l'y a dévisagé d'un air soupçonneux : le commandant Villars, le Service de renseignement de l'armée? Qui était-il pour vouloir rencontrer cet officier? D'ailleurs, le SR n'existait plus : dissous, interdit par les conventions d'armistice !

Au ministère de la Guerre, dans l'un de ces longs corridors à tapis rouge qui desservaient les chambres devenues bureaux, Thorenc a croisé le général Xavier de Peyrière. Celui-ci s'est arrêté au beau milieu du couloir, l'empêchant de passer. Son visage a exprimé la surprise, puis l'exaspération. Il a pris à témoin le jeune lieutenant qui l'escortait :

— Tenez, Mercier, voilà le grand, le célèbre journaliste Bertrand Renaud de Thorenc. Il était capitaine à la IIe armée. Je l'ai subi durant toute la « drôle de guerre ». Et le revoici ! Toujours dans mes pattes, Thorenc ! Qu'est-ce que vous venez foutre ici ? Vous avez vu à quoi nous a conduits la politique que vous souteniez ? Vous travaillez pour qui, pour de Gaulle ? Celui-là, nous allons lui régler son compte : condamné à mort, mon cher ! Quant à Villars, qu'il cesse de nous harceler avec son idée de Service de renseignement. Nous ne sommes pas la Reichswehr des années 20, qui voulait reconstituer une grande armée allemande ! Nous sommes un pays terrassé, écrasé, broyé jusque dans ses racines. La France aspire à la paix. Elle veut se donner de nouvelles bases morales ! Ce que le Maréchal souhaite, ce n'est pas une Abwehr française espionnant nos vainqueurs, mais des principes, des chantiers pour la jeunesse, une révolution nationale, le respect de nos valeurs chrétiennes...

Xavier de Peyrière s'est emporté au point de bousculer Thorenc pour lui crier à l'oreille :

— Que voulez-vous que nous fassions d'un Service de renseignement ? Ce sont les Anglais qui nous attaquent, pas les Allemands ! Et si Villars s'obstine, eh bien, on le renverra de l'armée. Les temps ont heureusement changé, Thorenc !

Il a fallu ne pas répondre, attendre, interroger.

Mais, à chaque fois qu'il a prononcé le nom de Villars, il a eu l'impression de commettre une inconvenance. On s'est détourné en marmonnant ou en haussant les épaules.

Thorenc a donc compté sur le hasard ; il s'est aussi fait la remarque que Villars était censé avoir ses informateurs, lesquels lui rapporteraient qu'il était à sa recherche.

Il a assisté à toutes les manifestations publiques. Il s'est mêlé aux badauds. Il est resté planté dans les halls d'hôtels, a parcouru leurs salons. Et il n'a regagné sa chambre, une soupente dans une petite pension des bords de l'Allier, que tard dans la soirée, la ville devenue vide, ses rues sillonnées seulement par des patrouilles des Groupes de protection du maréchal Pétain, ces quelques centaines d'hommes qu'on a rameutés pour maintenir l'ordre à Vichy et assurer la sécurité du chef de l'État.

Ils affichent un air martial dans leur veste de cuir, avec leur casque de tankiste à bourrelet frontal, leur baudrier, leur mousqueton. Chaque fois qu'il le peut, Thorenc leur manifeste son mépris, ne supportant pas leur arrogance, la manière dont ils exigent qu'on leur présente sa carte d'identité.

De faux soldats pour un gouvernement fantoche.

Une nuit, cependant, ils l'ont arrêté.

À la fois apaisé et mal à l'aise, Thorenc sortait de l'hôtel Carlton. Il venait de passer toute la soirée dans la chambre 212, celle de Lydia Trajani. Il n'avait pu s'empêcher de la suivre quand elle lui avait confié, dans le salon de l'hôtel, qu'elle était seule, Maurice Varenne étant parti dans la matinée pour Paris et ne devant revenir à Vichy que le lendemain.

Elle avait murmuré qu'elle logeait au deuxième étage, chambre 212, et qu'il y avait bien peu de choses distrayantes à faire à Vichy. La ville était peuplée de malades, de vieux messieurs très dignes et importants, ou bien de types encore jeunes mais trop prudents pour risquer de se compromettre sous les yeux du maréchal de France.

Thorenc, lui, n'était ni vieux, ni désireux de faire une carrière de ministre, n'est-ce pas ?

Il était donc entré dans la chambre 212. Lydia Trajani avait disposé sur une table basse et ronde le seau à champagne et deux coupes.

— Varenne, c'est son plus grand vice, ne peut se passer de champagne, avait-elle expliqué. Il exige une bouteille chaque soir. La voici...

Elle l'avait tendue à Bertrand qui l'avait débouchée. Il avait bu goulûment et avait aimé Lydia avec une sorte de rage, comme un voleur qui saccage le théâtre de son larcin.

Elle avait paru aimer cette rudesse, ces insultes : « Tu n'es qu'une putain, une salope », n'avait-il cessé de lui répéter tandis qu'il la baisait.

Elle avait geint, puis s'était tout à coup cambrée avant de s'affaisser tandis qu'il poussait un cri.

Elle s'était dégagée, avait allumé une cigarette.

— Je ne t'imaginais pas comme ça, avait-elle dit avec de l'étonnement et même de l'admiration dans la voix.

Elle avait secoué la tête.

— On se connaît peu. Deux fois... — elle avait ri — ... ce n'est même pas une entrée en matière ! Mais j'ai quand même compris que tu n'étais pas

338

un monsieur sage et bien élevé, trop doux, ni un type tordu.

Elle avait fait une légère grimace.

— Tu sens le poivre, les épices; j'aime : moi, je suis une Orientale !

Il avait filé, gêné de passer devant le portier et les gardes en gants blancs qui surveillaient l'hôtel, dont une plaque tout juste apposée indiquait qu'il était devenu le siège du ministère des Finances.

Thorenc avait ricané.

Il s'était rebellé quand l'un des gardes l'avait interpellé : D'où venait-il ? Qui était-il ? Qu'il montre ses papiers !

Il avait refusé, comme pour se racheter d'avoir passé ces quelques heures avec une putain qui rêvait de devenir madame Varenne, épouse du secrétaire d'État au Budget.

On l'avait conduit sans ménagements jusqu'à l'hôtel des Célestins où se trouvait le poste de commandement des Groupes de protection.

Un officier avait longuement examiné sa carte d'identité, puis téléphoné, et, à la fin, avait indiqué que le commandant Villars se trouverait le lendemain à dix-huit heures au belvédère des Trois-Sources où il attendrait Thorenc.

— Cette Lydia Trajani..., marmonne Villars. Jolie femme, assure-t-on.

Le commandant s'est mis à marcher le long d'une allée ouvrant à l'extrémité de la terrasse du belvédère. Elle s'enfonce dans la futaie et la nuit l'a déjà recouverte.

Il avance à pas lents, les mains derrière le dos :

— Vous voyez qui vous voulez, Thorenc. D'ailleurs, cette femme, par ses relations disons... multiples, peut nous être utile. Mais c'est elle qui parle, et vous, vous vous taisez !

Il s'est immobilisé et, tournant légèrement la tête vers lui :

— Mais d'abord, voulez-vous toujours travailler avec nous ?

Il a expliqué que des officiers du Service de renseignement avaient commencé à mettre sur pied, dissimulée dans une Société de travaux ruraux, une structure clandestine destinée à poursuivre le combat contre les Allemands et à préparer un jour la reprise de la guerre.

— On ne peut déterminer le moment. Tout dépendra des circonstances. Mais cela aura lieu. Et il faut qu'une armée française s'y trouve engagée. Vous avez connu de Gaulle ?

Baissant la tête, il a repris sa marche.

Au bout de l'allée, au milieu d'un parc que le soleil illumine encore, se dresse un petit château aux quatre tours d'angle terminées par des toits coniques recouverts d'ardoises.

Le propriétaire, un médecin de Clermont-Ferrand, le docteur Boullier, qui possède plusieurs cliniques dans la ville, l'a mis à la disposition de Villars.

— De Gaulle a le sens de la formule, a repris le commandant. Écoutez ce qu'il a déclaré il y a quelques jours, et qui devrait être la position partagée par tout officier qui se respecte : « Puisque ceux qui avaient le devoir de manier l'épée de la France l'ont laissée tomber, brisée, moi, j'ai ramassé le tronçon du glaive ! »

Il a pris un ton solennel et déclamé, si bien que sa voix s'est mise à résonner sous la voûte des arbres.

Villars répète :

— Le tronçon d'un glaive, voilà tout ce qu'on nous laisse ! Mais on peut encore blesser profondément avec ce qui reste d'une lame !

Les voici entrés dans le château. De part et d'autre d'un grand hall au damier blanc et noir s'élèvent des escaliers à vis qui desservent par les tours d'angle les deux étages.

Villars s'assied derrière une table encombrée de papiers et reprend :

— Ils vont condamner à mort de Gaulle, c'est décidé. Xavier de Peyrière a fait le serment d'obtenir cette sentence, qu'il veut exemplaire. Et comme les autres membres du tribunal sont eux aussi persuadés que l'armistice, c'est-à-dire la capitulation, était la seule issue à la guerre, ils vont tous emboîter le pas à Peyrière. Ils ne comprennent rien ! lâche-t-il avec mépris.

Il fouille parmi les papiers qui s'entassent sur la longue table de chêne aux pieds massifs.

— Vous savez ce qu'écrivait Clausewitz ?

Il a pris un feuillet et s'est mis à lire :

— « Heureuse armée où se produisent fréquemment des actes de hardiesse intempestive ! C'est une plante vigoureuse dont la végétation hâtive et luxuriante trahit la générosité féconde d'un sol riche et puissant... » Voilà ce qui a manqué à notre armée ! Un Pétain, un Weygand, un Peyrière incarnent son impuissance, sa stérilité. Cette armée qui ne nous a pas écoutés, nous devons la reconstruire !

Il se lève et vient se camper devant Thorenc.

— Voulez-vous en être ? Je sens déjà un frémissement... cela commence... Ça va être très long, difficile, sans doute tragique, mais les premiers signes d'une volonté de lutte contre l'occupant apparaissent. Tenez, à Paris, trois écrivains, vous les connaissez — Cassou, Aveline, Paulhan — ont constitué un petit groupe qu'ils ont baptisé les Amis d'Alain-Fournier. Ils diffusent des textes qui appellent à la résistance. Le général Cochet, pour qui j'ai depuis toujours une profonde estime, ne se cache même pas : il signe ses manifestes de son nom. Il dit que, dès l'instant que deux personnes sont au courant, autant que la chose soit publique. Et son programme est clair : « Veiller, résister, s'unir ! »

Il retourne s'asseoir et poursuit :

— À Marseille, le commandant Pascal veut constituer une armée de libération. C'est un homme d'un courage exemplaire. Peut-être l'avez-vous connu à la IIe armée ?

Thorenc confirme d'un signe de tête.

— Il est allé à Londres et a choisi, en accord avec de Gaulle, de revenir lutter ici, en France. Je lui ai envoyé mon fils, Pierre, qui est grillé en zone occupée. Lévy-Marbot, que j'ai parfois utilisé, est lui aussi à Marseille.

Il sourit :

— Mais vous connaissez tout ce monde... Quant à ma fille Geneviève — il fixe longuement Bertrand — et au professeur...

Il s'est à nouveau interrompu et a soupiré.

— Geneviève et le professeur Munier ont constitué au musée de l'Homme un petit noyau résolu.

Thorenc a la tentation de raconter comment il a confié à Geneviève un paquet de tracts, mais, avant même qu'il ait pu en dire un mot, le commandant ajoute qu'il sait parfaitement que Thorenc, de manière indirecte, est à l'origine de l'initiative de sa fille.

— Par votre réseau de relations, votre métier, vous êtes au centre d'une toile qui couvre tous les milieux. Vous connaissez aussi Lévy-Marbot, Pascal, Pierre et Geneviève. Il faut commencer par nouer tous ces fils. En zone libre d'abord, puis, plus tard, en zone occupée.

Il joue avec un crayon qu'il fait tourner entre ses doigts, porte à sa bouche, mâchonne. Il précise que Thorenc doit pouvoir effectuer un tour de la zone libre en se présentant comme journaliste.

— De quel quotidien ? demande Thorenc.

— Le pire : le *Paris-Soir* des Allemands et de Michel Carlier.

Villars vient à lui. Il n'ignore pas, dit-il, que ce qu'il suggère là est difficile, désagréable, peut-être même insupportable, odieux. Mais Thorenc est l'un des rares, parmi eux, à connaître aussi bien Alexander von Krentz et Paul de Peyrière. Il a donc la possibilité de maintenir des contacts avec les collaborateurs et les Allemands, d'obtenir leur confiance, de glaner ainsi toute une moisson de renseignements. Dans le même temps, il contribuera à tisser la toile de la Résistance grâce aux amitiés dont il dispose.

— Agent double, marmonne Thorenc en faisant la grimace.

Le commandant hausse les épaules :

— C'est un bien grand mot, objecte-t-il.

— On est fusillé deux fois, riposte Thorenc.

Villars sourit : on peut retourner l'argument et dire qu'on bénéficie d'une double protection, voire d'une véritable immunité du fait qu'on a un pied dans chaque camp !

— Entre le marteau et l'enclume..., poursuit Thorenc.

— Intellectuellement excitant, murmure Villars.

Mais il ne s'agit assurément pas d'une partie de plaisir, il en convient.

Il s'est approché de la fenêtre. La nuit est maintenant tombée, mais on devine à travers la brume les lumières de Vichy.

— Le crime de l'armistice et donc le crime de Pétain, reprend-il, c'est d'avoir livré des centaines de milliers de soldats, aujourd'hui prisonniers, et d'avoir méconnu les forces immenses et intactes que nous conservons dans l'Empire.

Il s'est retourné ; son visage n'exprime plus que de la dureté et du mépris :

— Ces hommes ne sont plus des soldats, ces Français ne sont plus des Français !

Il serre le poing et ajoute :

— Ces hommes ne sont plus des hommes ! Ces vieillards qui ont choisi Vichy — quel symbole ! — dépensent ce qui leur reste de temps et d'énergie à faire condamner ceux qu'ils estiment coupables de continuer à se battre pour la France !

Puis, les mâchoires serrées :

— C'est la France qui est à reconquérir. Voulez-vous continuer à participer à ce combat, Thorenc ? Car vous avez commencé dès avant la guerre, à Prague, puis dans les Ardennes et à Paris même. Mais il faut aller plus loin. Vous ne pouvez pas déserter !

Bertrand se contente d'un signe de tête. Villars fait mine d'applaudir.

— La journée a été excellente, fait-il en réorientant la conversation. On a appris qu'un certain nombre de territoires coloniaux ont rallié la France libre... Ce sera long, mais nous les prendrons en tenailles : de Gaulle depuis Londres, et nous ici.

Il attire le journaliste vers la table, griffonne une liste de noms et d'adresses que celui-ci devra retenir. Car il convient de ne jamais conserver sur soi le moindre document.

Puis il se dirige vers une armoire, et, comme s'il n'avait pas osé formuler cette proposition en le regardant en face, c'est le dos tourné qu'il lui annonce qu'il va lui remettre une certaine somme pour couvrir ses besoins. Le SR dispose encore, en effet, d'une réserve de fonds secrets sur laquelle cet argent est prélevé.

D'un geste, Thorenc refuse brutalement.

— Comme vous voudrez, grommelle l'officier en se retournant. Mais vous ne tiendrez pas longtemps. Une guerre se gagne avec des hommes et avec de l'argent. Il va vous falloir renoncer à vos préjugés et à vos pudeurs.

Il raccompagne Thorenc sur le perron.

La marée sombre a maintenant tout recouvert. Bertrand éprouve un sentiment de joie à l'idée qu'il va devoir marcher seul, dans cette forêt, avant de retrouver la soupente où il dort, dans cet hôtel des bords de l'Allier dont le propriétaire, ces derniers jours, a remplacé l'ancienne enseigne — « Hôtel de la République » — par une nouvelle : « Hôtel du Héros de Verdun ».

Le journaliste se tourne vers Villars et l'interroge à voix basse :

— Stephen Luber et Fred Stacki : des agents doubles ?

Puis, plus bas encore :

— ... Comme moi ?

Le commandant sourit :

— Des gens utiles. À manier avec précaution. Certes moins agréables que Lydia Trajani, mais de la même famille...

Thorenc s'éloigne.

Il souffle de la vallée un air humide et frais.

44

Par-delà les rideaux en macramé, Thorenc devine les eaux bleu sombre du Rhône.

Durant quelques secondes, il imagine ces réfugiés qui errent sur les quais du fleuve et que décrit d'une voix rocailleuse, assis en face de lui, le docteur Raymond Villars.

Ils n'ont plus ni mémoire ni papiers ni argent, témoigne le frère cadet du commandant Villars. Ils ne savent même pas qu'ils se retrouvent à Lyon, que la guerre les a poussés jusque-là depuis la Belgique ou les départements du Nord et de l'Est. Ils ont perdu leurs proches au cours de l'exode. Parfois on les a abandonnés parce qu'ils étaient vieux, malades, haïs, et que la guerre est toujours un bon moyen de solder certains comptes. Le courant rapide du fleuve les attire. Quelques-uns s'y jettent. On retrouve chaque jour des corps coincés sous les piles des ponts.

— On m'appelle, continue le médecin en se tournant vers la fenêtre et en tendant le bras vers le fleuve. Je constate le décès. On les dépose à la morgue où personne ne vient ni les identifier ni les réclamer. Ils aboutissent dans les fosses communes ou dans les salles de dissection.

Thorenc baisse les yeux.

D'un hochement de tête, Raymond Villars souligne ce qu'il vient de dire, puis ajoute :

— Un pays qui a connu le désastre que nous venons de traverser, c'est comme un vieux corps qui se défait : tous les organes sont atteints. De même la conscience et la mémoire de chacun. Tout lâche...

Il serre les lèvres. Il ressemble au commandant, mais son expression est plus amère.

— Mon Dieu, mon Dieu, répète son épouse Henriette, c'est affreux. Qu'est-ce qu'on peut faire?

Le docteur hausse les épaules, regarde son fils Mathieu, assis à sa gauche. C'est un homme jeune au visage énergique, au crâne entièrement rasé. Il est dominicain. Puis il se tourne vers Philippe, son neveu, le fils du commandant, aussi émacié que Mathieu, son cousin.

— Ce matin, dit Philippe, pour me rendre au poste central d'aiguillage, j'ai traversé les quais de la gare de Perrache...

Il s'exprime en isolant chaque mot, comme s'il construisait méthodiquement sa phrase, veillant à choisir et à n'utiliser que les termes adéquats.

— ... Une soixantaine d'hommes étaient enchaînés les uns aux autres sous la garde de gendarmes. Je me suis présenté à l'adjudant qui, apprenant que j'étais l'ingénieur en chef, m'a fourni toutes les informations que je demandais. Il s'agissait de Juifs étrangers et de réfugiés espagnols, anciens combattants des Brigades internationales, que l'on conduit dans un camp de concentration, à Gurs. Certains vont être livrés aux Allemands, les autres peut-être à Franco. « On ne va pas garder ça ici », a conclu l'adjudant.

Philippe Villars s'interrompt, puis reprend d'une voix étranglée :

— En me voyant entouré de cheminots, l'un de ces prisonniers a crié : « Camarades, nous nous sommes battus pour la France contre le fascisme en Espagne, puis dans la Légion ! » L'un des gendarmes lui a flanqué un coup de crosse dans le ventre. J'ai dû m'interposer. Sur les quais, la foule des réfugiés voulait lyncher ces malheureux...

Il croise les bras et explique :

— Juifs, étrangers, responsables de la guerre, donc de l'exode... Tout s'est terminé par quelques « Vive Pétain ! »

Thorenc regarde à nouveau le fleuve. Il éprouve un sentiment d'accablement et d'impuissance, comme presque à chaque instant depuis qu'il a quitté Vichy et entamé cette tournée pour tenter d'établir des contacts.

Il était resté des heures debout dans le couloir du wagon, la tête penchée par la fenêtre, essayant de vider son esprit de toute pensée en recevant en plein visage ce vent chaud, chargé d'escarbilles, qui l'obligeait à fermer les yeux et l'étourdissait.

Mais il y avait les gares : Lyon, Valence, Montélimar, Orange, Avignon, Marseille, et leurs quais remplis d'une foule noire et grise, assise sur de grosses valises et des baluchons, attendant des heures durant, dans la touffeur, les trains qui la remonteraient vers le nord.

Et puis, après Marseille, il a vu un tout autre pays à l'air épargné par la guerre, des baigneurs sur la plage d'Agay, au-dessous du viaduc lancé entre les rochers rouges...

Bertrand est heurté, blessé par cette tranquillité estivale, l'inconsciente opulence de la Croisette.

Il se souvient des derniers jours d'août 1939 qu'il a passés ici. La foule était moins dense, l'atmosphère plus sombre. L'orage avait dispersé les dîneurs du Palm Beach. Il regarde à présent ces promeneurs. On dirait que la défaite les a délivrés de l'incertitude : ils semblent plus tranquilles, rassurés, comme si les malheurs de la patrie ne les concernaient pas.

— Cannes, dit le marchand de journaux de la

rue d'Antibes auquel Thorenc achète *Paris-Soir*, mais c'est devenu Kahn ! — Il épelle et s'esclaffe. — Vous les avez vus ? Ils sont tous là, maintenant ! Les Allemands ont donné un coup de pied dans la fourmilière, à Paris ? Eh bien, elle s'est reconstituée ici, et vite fait !...

Thorenc s'est assis au bar du Carlton. Il fait chaud. Les femmes ont les épaules nues, les hommes sont en polo et short blanc, ou bien en tenue de plage. La guerre, l'armistice, l'exode, les réfugiés sur les quais de gare, l'occupation de plus de la moitié du pays, qui s'en soucie ?

Thorenc aperçoit Viviane Ballin. Elle le reconnaît, s'approche de sa table, ravie.

— Décidément, vous êtes partout, dit-elle. Quel bonheur !

Elle présente Massimo Garotti, un producteur italien, et Alfred Greten — « vous savez ! ».

Thorenc détourne la tête. Il ne veut même pas voir cet homme affable et élégant, aux propos enthousiastes. Greten a tant apprécié son talent qu'il voudrait, dit-il, lui commander un scénario, un projet de film actuel qui pourrait œuvrer à l'avènement de l'Europe unifiée autour de la communauté franco-allemande.

— Pensez-y, monsieur de Thorenc, c'est une proposition sérieuse. Naturellement, vos conditions seraient les nôtres : le talent se paie cher, c'est mon principe.

Viviane Ballin pose une main sur le poignet de Thorenc, se penche vers lui :

— Acceptez, Bertrand, murmure-t-elle. Nous formons une véritable équipe. Nous allons tourner au studio de la Victorine, à Nice. Tout le monde est descendu sur la Côte. Alfred — elle se tourne vers Greten — comprend très bien que nous préférions nous trouver ici plutôt qu'à

Paris. Il y a trop de militaires là-bas!... Où êtes-vous installé?

Thorenc a répondu qu'il logeait chez des amis, à Antibes.

Pourquoi lui préciser qu'il s'est installé au Château de l'Anglais, à Nice, après avoir demandé au propriétaire, Rodolphe de Gallet, de lui attribuer la chambre avec terrasse?

Gallet l'a interrompu :

— Celle que vous occupiez avec... Mais bien sûr, cher monsieur de Thorenc, je vais me débrouiller. Vous savez, nous sommes envahis! Les Rothschild, les Goldstein, les Grumbach, les Lévy... ils louent, ils achètent tout!

Il émet un petit rire :

— Mais enfin, je les préfère aux Allemands!

Il a prononcé ces derniers mots à mi-voix comme s'il s'était agi d'une imprudence, voire d'un acte de bravoure!

Thorenc a passé plusieurs heures immobile sur la terrasse. Il aperçoit, creusé dans les rochers de la colline du Château qui surplombe le port de Nice, l'immense monument aux morts en marbre blanc.

Geneviève et lui avaient parcouru cette longue liste de noms à peine lisibles, comme si déjà le sacrifice des uns et des autres était effacé, leur mort promise à l'oubli.

À quoi avaient donc servi ces souffrances, ces deuils, puisque la victoire acquise avait été annulée en juin 1940, dans le wagon même où avait été signé l'armistice à Rethondes, en novembre 1918? Et c'est le vainqueur de Verdun qui s'était fait le liquidateur de l'héritage!

Thorenc a l'impression, en regardant la ville, les rues populaires, d'être seul à ressentir cela.

Il a retrouvé l'hôtel de l'Olivier et la rue Catherine-Ségurane. Il a longuement hésité avant de sonner à la porte du premier étage du 7, place Garibaldi. Une petite femme brune — nue, semblait-il, sous sa robe de toile — lui a ouvert, l'a longuement dévisagé avant de lui lancer en souriant :

— Vous, vous êtes le capitaine de Thorenc, et moi, je suis madame Minaudi. Joseph ne va pas tarder.

Plus tard, marchant sous les arcades de la place Garibaldi, puis le long des quais du port, et jusqu'au phare, sur l'étroite jetée bordée de gros cubes de ciment où les vagues se brisent, Bertrand, pour la première fois depuis qu'il a quitté Vichy, a l'impression que l'angoisse et le désespoir desserrent quelque peu leur carcan.

Il a envie de mettre le bras sur l'épaule de Minaudi comme pour s'appuyer à cet homme trapu qui se dandine à son côté, expliquant comment il a retrouvé des camarades, des anciens d'Espagne, des étrangers qui se planquent.

— L'un d'eux vous connaît, indique-t-il. Un professeur que vous avez rencontré à Madrid, José Salgado.

Ils se retrouvent dans une chambre exiguë qui donne sur le port, au dernier étage d'un bâtiment aux larges escaliers d'ardoise et aux interminables couloirs plongés dans la pénombre.

— Vous vous souvenez, à Madrid, calle Gijón, murmure Salgado. Je vous avais dit que l'Espagne n'était qu'un commencement. À présent, vous en êtes presque au même point que nous.

Il sourit.

— Mais nous n'allons pas nous laisser faire, n'est-ce pas ? On continue la lutte ici même.

Thorenc approuve. C'est comme si, dans ce naufrage, des bouts de bois flottaient çà et là sur les vagues et qu'on pouvait, en s'y accrochant, survivre d'abord, puis les assembler, les nouer, bâtir un radeau. Sauf qu'à chaque instant la houle risque de tout submerger et briser.

La police a déjà perquisitionné à deux reprises chez Minaudi. On l'accuse de menées antinationales.

— Comment leur échapper ? interroge l'ex-sergent.

Il se sent surveillé, espionné, dénoncé par les voisins.

Vichy organise une Légion des combattants dont Darnand, à Nice, est le chef. Tout le monde s'y retrouve : les poilus de 14, des patriotes, des Croix-de-Feu, des ligueurs d'extrême droite, des partisans de la collaboration — et tout ce monde, naturellement, vénère le Maréchal.

Minaudi chantonne, dents serrées, avec une expression de mépris :

« *Maréchal, nous voilà !*
Devant toi, le sauveur de la France... »

Il crache, se roule une cigarette, fait jaillir une longue flamme bleue de son briquet.

Est-ce que le capitaine a entendu le dernier discours de Pétain ? Moins fier, déjà moins bienveillant, le Vieux, déjà menaçant !

Thorenc a trouvé dans *Paris-Soir* le texte de l'allocution :

« De faux amis qui sont souvent de vrais ennemis ont entrepris de vous persuader que le gouvernement de Vichy, comme ils disent, ne pense pas à vous... Il me sera aisé de réfuter cette affirmation mensongère par des faits ! »

Il froisse le journal, lance la boule de papier aussi loin qu'il peut dans cette crique du cap de Nice où il a nagé en compagnie de Geneviève Villars, puis il regagne sa chambre du Château de l'Anglais.

Rodolphe de Gallet s'approche, l'entraîne dans un petit salon. Un homme jeune et fluet, aux cheveux noirs plaqués, est penché sur un poste de radio.

— C'est Dominique, murmure l'hôtelier, mon fils adoptif, je vous en ai parlé... Nous écoutons Radio Londres.

Dans le crépitement des parasites, Thorenc entend : « Honneur et Patrie ! Les Français parlent aux Français... », puis un communiqué annonçant que les troupes de Vichy, à Dakar, ont fait feu sur les Français libres qui tentaient de débarquer. Ceux-ci ont été repoussés. Il va falloir subir les cris de triomphe des vichystes contre le « dingaullisme » !

Thorenc s'efforce de rassurer Gallet et Dominique qui répètent, l'un faisant écho à l'autre :

— On ne sait plus ce qu'il faut penser ! On croyait que Pétain et de Gaulle, c'étaient deux manières de résister aux Allemands. Mais si maintenant ils se font la guerre, à qui cela peut-il profiter ? Pas à nous, n'est-ce pas ? Mais aux Allemands et aux Anglais qui, au fond, sont d'accord pour nous mettre à genoux, rafler nos colonies, nous piller !

Une fois dans sa chambre, Thorenc s'installe sur la terrasse.

Les jours se font plus courts, la mer est souvent grise.

Il se souvient de ces heures passées ici avec Geneviève. Il a l'impression de vivre désormais dans une sorte de souterrain qui se rétrécit chaque jour et dans lequel il est contraint de s'enfoncer. Où gît l'espoir ? Churchill a repoussé les offres de paix de Hitler. Soit ! L'offensive aérienne sur l'Angleterre paraît se solder par un échec, et les Allemands ne traverseront jamais la Manche. Soit ! Est-ce que cela suffit pour gagner la guerre, pour rendre la liberté à la France alors que le nouveau régime s'installe ?

Sur la place Masséna, à Nice, des milliers d'hommes ont défilé devant Joseph Darnand. Ils l'ont acclamé quand l'ancien chef de la Cagoule a lancé :

« Nous avons assez pleuré ! Nous avons assez souffert en silence des malheurs de la France... Nous avons besoin maintenant que les vrais Français patriotes remplacent les métèques, les Juifs et les étrangers... Il faut chasser les faux Français qui ont mené le pays à la ruine. Nous allons rompre avec des hommes qui nous ont exploités et perdus... Il faut que les fautifs soient châtiés. Le Maréchal l'a promis. Il est pour nous la vraie lumière dans la nuit noire où des misérables nous ont plongés ! »

Grande photo de la manifestation en première page de *L'Éclaireur de Nice et du Sud-Est*. La figure de reître de Darnand se découpe devant le portrait du Maréchal.

Le quotidien rapporte les cris de la foule : « Vive Pétain ! Vive la France ! »

Voilà la confusion, la perversion : ces hommes qui prêtent le serment légionnaire croient servir le pays alors que leur patriotisme est dévoyé, que les décisions prises par Vichy satisfont les demandes allemandes ou les devancent ! Juifs étrangers arrêtés, Juifs français chassés de leurs fonctions ! L'antisémite Xavier Vallat placé à la tête de la Légion des combattants. Et l'opinion, trompée ou séduite, cherchant des boucs émissaires, a la conviction, dans cette zone libre, que Pétain a réussi à la protéger de l'Occupation !

Thorenc quitte Nice, s'arrête à Antibes, puis de nouveau à Cannes. Il aperçoit, enveloppé dans un long manteau en poil de chameau, Simon Belovitch qui se promène lentement sur la Croisette en compagnie de Viviane Ballin, Massimo Garotti et Alfred Greten.

Cette nonchalance, cette indifférence aux vicissitudes du pays accablent Thorenc plus encore que les cris de « Vive Pétain ! » lancés par la foule des légionnaires. La beauté de la baie, ces reliefs bleutés, ces îles de Lérins posées comme de larges corolles sur la surface lisse de l'eau, semblent rendre encore plus vaines et dérisoires toutes velléités de se battre.

À Antibes, il se rend dans une maison des remparts où se cache Jan Marzik, l'ancien ambassadeur tchèque à Paris. Marzik sait que le professeur José Salgado vit clandestinement à Nice. Il veut essayer de gagner Londres, peut-être en passant par l'Afrique du Nord, l'Espagne, puis Lisbonne. Il est à la fois désespéré et déterminé.

Thorenc a-t-il lu ce que le *News Chronicle* de Londres dit de De Gaulle, après l'échec de Dakar ? (Naturellement, *Paris-Soir* en fait un gros titre.)

« Nous pouvons répudier le général de Gaulle avec la même rapidité et le même cynisme dont son pays a fait preuve pour nous répudier. Nous ne pouvons risquer la cause de la liberté pour une poignée d'hommes. »

— Si même Londres et les Anglais..., maugrée Bertrand.

— J'ai gardé mémoire de Munich, répond Jan Marzik. À votre tour de vous habituer au malheur !

45

Thorenc regarde le navire quitter le port de Marseille. Sa haute coque noire creuse dans la mer un sillon ourlé d'écume blanche.

Puis il observe les visages des badauds qui, sur le quai de la Joliette, sont tous tournés vers l'horizon pourpre où le paquebot va bientôt s'enfoncer, tache de plus en plus réduite concentrant tous les rêves de départ.

Il entend les mots échangés. Entre les charretons et les grues, on parle, sur ce quai, allemand et espagnol, italien et yiddish aussi bien que français. Il y a là des hommes et des femmes expulsés d'Alsace et de Lorraine, des Juifs autrichiens, allemands ou polonais, des combattants de la guerre d'Espagne, tous persécutés, promis au camp, à la prison, à la mort.

Ils veulent fuir l'Europe.

Thorenc les a vus faire la queue pour entrer dans le consulat américain, s'agglutiner devant les bureaux de la Croix-Rouge ou ceux des organisations d'entraide représentant les Églises protestantes des États-Unis. Ils espèrent gagner l'Afrique du Nord ou l'Amérique ; un certain nombre veut rejoindre Londres.

En s'éloignant du quai, Bertrand s'imagine sous l'uniforme des Forces françaises libres, affrontant l'ennemi à visage découvert, comme un soldat, alors qu'il n'est même pas un clandestin, mais contraint de jouer un rôle, de dissimuler ce qu'il entreprend : établir une liste d'hommes et de femmes décidés à se battre.

Hier, peu après son arrivée à Marseille, il a rencontré, dans un bar de la Canebière, le commandant Lucien Pascal

L'homme est déterminé, comme si la défaite avait permis enfin à l'officier cagoulard qu'il avait été de se trouver un but à la hauteur de son énergie et de son courage. Il raconte à Thorenc qu'il a quitté Londres, chargé par le Bureau central de recherches et d'action — le 2e Bureau gaulliste — de coordonner les premières initiatives antiallemandes. Il entend s'appuyer sur les officiers de l'armée d'armistice décidés à reprendre la lutte. Thorenc sait-il que le SR a réussi à faire exécuter en zone libre un espion allemand ?

Le commandant a pris contact avec le capitaine Henri Frenay, avec Maurice Chevance, un autre officier qui vient d'abandonner l'armée. Ces deux hommes mettent sur pied une organisation, « Combat », qui devra à la fois recueillir des renseignements et, le jour venu, attaquer l'ennemi.

Le matin même, Thorenc a vu Lévy-Marbot qui essaie de partir pour Londres en passant par l'Espagne. Lévy-Marbot se terre ; la police, dit-il, est sur ses traces.

— Et vous, Thorenc ?

Bertrand a un geste vague.

— Mais vous avez vu le commandant Villars ?

Thorenc se tait. Il déteste cette attitude, mais

ne veut fournir aucun renseignement à qui que ce soit.

— Vous n'allez pas retourner à Paris? s'enquiert encore Lévy-Marbot.

— Pourquoi pas? se borne-t-il à répondre.

Il perçoit l'étonnement de son interlocuteur, la désapprobation, même. Puis ce dernier répète:

— Très bien, très bien.

Et la conversation tourne court.

Au moment de se séparer, sur le seuil du petit appartement que Lévy-Marbot occupe rue de Rome, Bertrand lui tend la main. L'autre hésite, puis la saisit.

— Je vous fais malgré tout confiance, dit-il. Mais croyez-moi, Thorenc, on ne pourra pas longtemps rester dans l'ambiguïté. Il faudra choisir. Vous n'avez que quelques semaines pour vous décider. Après, il sera trop tard...

Il ne faut pas répondre, mais s'éloigner, se mêler à la foule qui va et vient sur les trottoirs de la Canebière ou sur les quais. Jusqu'à sentir tout à coup que quelqu'un marche près de vous, et reconnaître, amaigri, les yeux fiévreux, Pierre Villars qui murmure:

— Je vous guettais, Thorenc; je savais que vous alliez rendre visite à Lévy-Marbot. Mon père m'a averti de votre arrivée à Marseille. Suivez-moi à quelques pas.

Pierre Villars a parlé sans même tourner la tête, comme un passant qu'on frôle.

Il s'enfonce dans les ruelles du quartier qui entoure le Vieux-Port, se faufile au milieu des soldats et des marins, des vendeurs à la sauvette, des femmes qui racolent, puis se glisse dans l'entrée d'une maison où Thorenc pénètre à son tour. C'est un couloir aux murs écaillés au bout duquel un escalier en bois, aux marches hautes, gagne les étages. Pierre Villars a ouvert une porte qui donne sur deux pièces obscures, à peine meublées.

— Je vis là, dit-il en tendant la main à Bertrand. Les communistes m'ont trouvé ça. Ils connaissent les règles de la vie clandestine. Ils me considèrent presque comme l'un des leurs.

Il parle d'un ton saccadé; il explique qu'il a réussi à passer en zone libre grâce à son père, qui dispose d'une filière.

Peu à peu, il se détend. Les premiers sabotages ont eu lieu dans la région parisienne. Ce ne sont encore que des actes individuels. De petits journaux apparaissent çà et là, dans les départements du Nord. À Paris, on colle des papillons à croix de Lorraine, y compris même sur des véhicules de l'armée allemande.

Il sourit :

— Le citoyen français n'est pas un animal domestique. Les Allemands l'ont oublié. Ils vont rapidement déchanter. Savez-vous qu'on a tiré des coups de feu contre un poste allemand au bois de Boulogne ?

Il se frotte les mains.

— On ne peut survivre que si on se bat. Jean Moulin n'a cessé de me le répéter. Il est resté à son poste à la préfecture de Chartres, mais sa révocation par Vichy va intervenir d'un jour à l'autre. Il a impressionné les Allemands, qui le respectent.

Il dévisage longuement Thorenc :

— Et vous ?

Villars n'attend pas la réponse. Il prépare du café sur un modeste réchaud électrique et en offre une tasse à Thorenc qui s'est assis sur le lit.

— Je suis sûr que mon père saura vous utiliser, murmure-t-il.

Il penche la tête.

— Nous aussi, ajoute-t-il.

Il a pris place à côté de Thorenc. Dans ses vêtements froissés, il se tient voûté, les coudes posés sur les cuisses.

— Je sais que Geneviève est très active, reprend-il. Au musée de l'Homme, ils ont commencé à imprimer des tracts. Ma sœur est naturellement l'âme de ce petit groupe. Le professeur Munier et quelques autres chercheurs se sont joints à elle.

Il se tourne vers Bertrand.

— Si vous la voyez, Thorenc... — il hésite, baisse encore la voix — ... je sais qu'elle vous écoutera, conseillez-lui la prudence. Elle est de ces gens, mon père aussi est de ceux-là, qui se croient invulnérables. Or il faut durer ! Les communistes m'ont appris ça ; Moulin aussi.

Thorenc a l'impression de grelotter, comme si tout son corps était couvert d'une sueur glacée.

Il songe à cette photo que Geneviève lui a remise à Berlin, en 1936, et qu'il a cachée sous une lame de parquet avant de quitter son atelier du boulevard Raspail.

Il se lève. La pièce est si exiguë qu'il lui semble qu'il va toucher les cloisons avec ses épaules et le plafond avec sa tête. Il étouffe, mais n'ose ouvrir les volets de l'unique fenêtre. De la rue montent des éclats de voix.

— Comment savez-vous tout cela ? demande-t-il.

— Il y a le SR, et mon père me fait passer les renseignements qu'il croit utile de me faire connaître. Et puis j'ai mes propres sources... Vous avez séjourné à Nice, vous vous êtes arrêté à Antibes. Les gens que vous avez rencontrés, je les connais. Nous essayons de regrouper les étrangers traqués par la police de Vichy. Ils veulent se battre ; ils connaissent le nazisme. Ceux-là, Pétain ne peut les tromper.

À chaque pas, Thorenc se heurte au lit, à la table, au fourneau. Il s'irrite. Il a le sentiment d'être incarcéré.

— Les communistes sont au service de l'URSS qui est l'alliée de l'Allemagne ! dit-il rageusement. La guerre est née de cette alliance. Je sais même que les communistes ont essayé de faire reparaître *L'Humanité* en demandant l'autorisation aux autorités d'occupation. Alors, je m'étonne un peu de ce que vous dites, Villars !

Celui-ci se lève à son tour. L'espace est si réduit qu'ils sont presque l'un contre l'autre.

— Certains, les chefs, répond Villars d'un ton calme, jouent cette carte, mais, dans le même temps, ils se préparent pour une tout autre partie. Croyez-moi, Thorenc, ceux qui ont combattu en Espagne comme ceux qui ont fui l'Allemagne ne se font aucune illusion.

Il entrouvre les volets.

— Vous connaissez Stephen Luber, n'est-ce pas ? demande-t-il. Il est à Marseille.

Villars se retourne. Un rai de lumière coupe la pièce en deux. Cette diagonale blanche accuse le mauvais état du sol, ses tommettes fêlées, disjointes.

Luber a réussi à franchir la ligne de démarcation, explique Villars. Il s'est rendu jusqu'à Arbois, puis un passeur l'a fourré dans un tonneau perdu au milieu d'une douzaine d'autres chargés sur une camionnette.

— Il souhaiterait vous voir, reprend-il. Avant de quitter Paris, il a rencontré Geneviève...

Thorenc se sent de nouveau frigorifié.

— C'est un homme courageux, poursuit Villars.

361

Il s'interrompt, fixe Bertrand :

— Vous en doutez ? Vous ne voulez pas avoir affaire à lui ?

Il soupire :

— Les problèmes personnels...

Thorenc lui fait face :

— Je me fous de la vie privée de Luber ! lance-t-il. S'il veut se battre contre les Allemands, tant mieux ! Mais je ne tiens pas à l'avoir à mes côtés.

Puis il se dirige vers la porte. Depuis le seuil, haussant les épaules :

— Vous faites comme bon vous semble ; moi, je laisse Luber à l'écart, ajoute-t-il à l'intention de Pierre Villars avant de s'engager dans l'escalier.

Au bout du couloir, au moment de sortir dans la rue, il est aveuglé par la vive lumière qui se réfléchit sur les pavés disjoints de la chaussée.

46

La pluie ne cesse de tomber en longues rafales obliques et grises. Debout devant la fenêtre, Thorenc soulève le rideau en macramé.

Le Rhône est une traînée noirâtre sur laquelle l'averse semble rebondir en vaguelettes que le vent couche, signe que le fleuve prend des allures de torrent. Les façades des immeubles de la rive droite sont enveloppées de brouillard et le ciel est si bas qu'il semble se confondre en amont avec le Rhône.

Il a plu ainsi depuis Marseille comme si, après l'insolence d'un printemps et d'un été flamboyants, narguant le malheur de la défaite, le temps s'accordait enfin à la situation du pays.

— Sinistre, murmure Thorenc en laissant retomber le rideau et en se retournant.

C'est le silence dans la salle à manger du docteur Raymond Villars, comme si chacun prêtait l'oreille au martèlement serré de l'averse.

Le médecin fume la pipe, le coude appuyé sur la table que la bonne, Roberte, vient de débarrasser. Henriette Villars a servi le café en murmurant : « Quelle pluie, c'est le déluge ! » Mathieu et Philippe considèrent le commandant Joseph Villars, arrivé depuis quelques minutes et qui continue de s'ébrouer, debout, passant une main dans ses cheveux.

— À Vichy, dit-il en s'asseyant, c'est déjà l'hiver.

Il fouille dans la poche de sa veste dont le tissu est imbibé d'eau, et confie en se penchant vers Thorenc :

— Ce mois d'octobre est en effet le plus sinistre que j'aie vécu. Pire que mai ou juin ! Il faisait alors un beau temps impitoyable, violent ; le désastre était si profond que cette démesure lui conférait même une certaine grandeur.

Le commandant déplie le feuillet qu'il a extrait de sa poche.

— La défaite en soi n'était pas médiocre, puisque totale. En revanche, les acteurs l'étaient, eux. L'effondrement de la France, ce n'est pas rien, quoique l'événement s'inscrive après tout dans la lignée d'Azincourt, de Waterloo, de Sedan. Mais ça !

Il agite le papier :

— C'est l'abjection sordide, l'hypocrisie, le rien ! Nous avons eu, le 18 octobre, le statut des Juifs ; voici maintenant la poignée de main du

Maréchal au Führer, à Montoire, le 24 octobre. En moins d'une semaine, Pétain a barbouillé de boue notre histoire, le visage de notre pays. Vous avez écouté son discours?

Il regarde d'abord Thorenc qui s'est approché de la table, a pris sa tasse de café sans oser encore la porter à ses lèvres.

— Les journaux vont le publier dès demain, reprend Joseph Villars. Mais, si vous n'avez pas entendu Pétain prononcer ces phrases d'une voix un peu chevrotante, pathétique, avec ce ton de vieux cabotin qui joue les saint Sébastien, vous ne savez pas ce que c'est que la duplicité! Écoutez plutôt : « J'ai rencontré jeudi dernier le chancelier du Reich. Cette rencontre a suscité des espérances et provoqué des inquiétudes... »

Villars brandit le papier et s'exclame :

— Vous entendez ce qu'il ose dire? « C'est dans l'honneur et pour maintenir l'unité française, une unité de dix siècles, dans le cadre d'une activité constructive du nouvel ordre européen, que j'entre aujourd'hui dans la voie de la collaboration... Cette collaboration doit être sincère... »

Villars arpente maintenant la pièce. Henriette, appuyée à la porte, secoue la tête et murmure :

— S'il a obtenu la libération des prisonniers, l'évacuation du pays, pourquoi pas? Il faut bien parler avec le vainqueur!

— Mais la guerre vient à peine de commencer, Henriette! Et l'Allemagne va la perdre! Taisez-vous, si vous ne comprenez pas!

Le commandant veut s'excuser, mais sa belle-sœur a déjà quitté la pièce. Il jette un regard désemparé autour de lui.

— Tout cela me rend fou... Pétain qui ose parler de souveraineté! Et savez-vous comment il conclut : « C'est moi seul que l'Histoire jugera. Je vous ai tenu jusqu'ici le langage d'un père, je vous tiens aujourd'hui le langage du chef. Suivez-moi! Gardez votre confiance en la France éternelle! »

Il replie le feuillet, le glisse dans sa poche.

— Il a osé dire cela, murmure-t-il. Et il y a des imbéciles pour prétendre que cette rencontre avec Hitler constitue un succès exceptionnel, une sorte de Verdun diplomatique! Quel aveuglement!

Il secoue la tête, s'approche de la fenêtre, soulève à son tour le rideau. La pluie continue de déferler.

— Mais non, poursuit-il d'une voix posée. Ce sont tout simplement des lâches. Ils cèdent au plus fort. Ils ne veulent plus se battre!

Il se tourne vers Bertrand :

— Alors, Thorenc, racontez-moi : est-ce qu'il existe encore des hommes dignes de ce nom dans ce pays?

Thorenc voudrait parler de Minaudi, du commandant Pascal et de ce mouvement Combat que le capitaine Henri Frenay commence à constituer en recueillant des fonds et en regroupant par sizaines des éléments décidés à se battre. Il a l'intention d'évoquer l'action de Pierre Villars, celle de ces étrangers, José Salgado et Jan Marzik, ou bien encore l'attitude de Lévy-Marbot qui veut rejoindre Londres et l'a soupçonné, compte tenu de son silence, d'être un partisan honteux de Pétain et de la collaboration...

Mais au lieu de cela, il s'étonne de la présence de Stephen Luber à Marseille. Il s'inquiète de la rencontre que l'Allemand a eue à Paris avec Geneviève Villars. Peut-on vraiment lui faire confiance ? Qui l'a aidé à franchir la ligne de démarcation ?

— Nous n'avons rien à reprocher à Luber, répond sèchement Joseph Villars.

Au contraire, continue-t-il, Luber a commencé à mettre sur pied un petit groupe d'hommes, allemands pour la plupart, chargés de pénétrer les services de l'armée d'occupation. Il a déjà signalé la présence de plusieurs espions de l'Abwehr en zone libre. Grâce à lui, ils ont été arrêtés, jugés, fusillés avant que la Gestapo et la Commission d'armistice aient eu le temps de les protéger.

— Quant à Geneviève...

Le commandant soupire, ferme à demi les yeux :

— Vous la connaissez..., lâche-t-il sobrement.

Bertrand ne sait si le commandant ne s'adresse qu'à lui ou bien parle aussi à son frère, à son fils et à son neveu.

— Au musée de l'Homme, à l'initiative de Geneviève, ils ont tiré un tract à plusieurs milliers d'exemplaires. Ils l'ont intitulé *Vichy fait la guerre*. Ils dénoncent l'action des troupes de Vichy à Dakar, ouvrant le feu sur les Français libres.

Il réfléchit longuement, puis ajoute :

— Geneviève, c'est du silex. Ou du cristal.

Thorenc s'emporte : pourquoi Luber devait-il la rencontrer ? Est-il chercheur au musée de l'Homme ?

— Ce sont des amis, murmure le commandant. C'est grâce à Geneviève et à moi que Luber a pu quitter l'Allemagne. Il nous en est reconnaissant. Il a acquis la nationalité française. Il veut nous aider. En quoi cela vous concerne-t-il, Thorenc ?

366

Bertrand a baissé la tête. Il se sent tout à coup exlu de cette famille au sein de laquelle, assis entre Raymond et Philippe, l'oncle et le frère de Geneviève, il avait eu l'illusion d'être entré. Mais Joseph Villars vient de le rejeter, de le réduire au rôle d'un simple rouage de la machine qu'il est en train de monter contre les Allemands. Thorenc aurait espéré et voulu bien davantage.

Il se tient coi.

— Mais je veux que vous, vous rencontriez Geneviève le plus vite possible, reprend le commandant.

Bertrand se redresse, est tout ouïe.

— Il faut protéger Geneviève contre elle-même, ajoute Joseph Villars. Son frère Pierre, que vous avez vu à Marseille, est celui d'entre nous qui la connaît le mieux. Elle est téméraire, tranchante. Je ne crois pas qu'elle soit faite pour le combat clandestin. Je voudrais qu'elle accepte de passer en zone libre, et, de là, nous l'aiderions à gagner Alger ou Londres. Essayez de la convaincre, Thorenc, mais — il soupire une nouvelle fois — ce sera difficile. Pour le reste...

Il a un geste vague de la main tandis que Raymond, Mathieu, Philippe Villars se lèvent, s'apprêtent déjà à quitter la pièce.

Du pas de la porte, Mathieu laisse tomber d'une voix sèche :

— Ne soyez pas dur avec le peuple de ce pays, mon oncle. Il a eu de très mauvais bergers et ce sont eux qu'il faut accuser, non le troupeau. D'ailleurs, au contraire de vous, je découvre dans ce pays des ressources humaines immenses. À Brive, l'un de nos chrétiens les plus exemplaires, Edmond Michelet, diffuse depuis plusieurs semaines des tracts appelant à la résistance. À Toulouse, le cardinal Saliège ne cache pas son hostilité au statut des Juifs. Ici même, à Lyon, nous avons réuni au couvent Fra Angelico des chrétiens comme Emmanuel Mounier, Stanislas Fumet, Louis Terrenoire, tous décidés à agir, peut-être à publier un hebdomadaire. Que d'initiatives! C'est comme le jaillissement un peu partout de petites sources. Des centaines de milliers de Français, j'en suis sûr, sont prêts à répéter avec de Gaulle : « Je suis un Français libre! Je crois en Dieu et en l'avenir de ma patrie... J'ai une mission et n'en ai qu'une seule : celle de poursuivre la lutte pour la libération de mon pays. »

Le commandant hausse les épaules et murmure :

— Très bien, très bien, Mathieu ; moi, je vois surtout des catholiques face contre terre, adorateurs de saint Philippe Pétain et célébrant des messes en son honneur, pour son salut, bénissant son action. Encore heureux que votre Église n'ait pas excommunié de Gaulle! Elle approuve la Révolution nationale mise en œuvre par Vichy! Elle se félicite de la dissolution de la franc-maçonnerie, et même du statut des Juifs!

Villars a parlé de plus en plus fort. Il continue :

— Travail, Famille, Patrie : voilà qui l'enchante. Pétain, c'est la divine surprise. L'Église rêve que le bon et saint maréchal en finisse avec la République. Quelle erreur! Quelle complicité!

— Il y a plusieurs chapelles dans l'Église, répond d'un ton feutré le jeune religieux.

— Propos hérétique! s'exclame le commandant en levant les bras. Je ne suis pas de taille à débattre avec un dominicain. Mais si, mon cher neveu, tu parviens à rassembler les catholiques décidés à résister, tant mieux!

Il a pris Thorenc par le bras et l'entraîne dans

un angle de la pièce, tout en prêtant à peine l'oreille aux propos de Philippe Villars qui dit se reconnaître dans le constat de son cousin Mathieu.

— Il ne faut pas juger ce peuple sur l'attitude de ceux qui l'ont trahi et surtout abandonné, explique-t-il.

Il sent chez les cheminots, souvent communistes, la volonté de se battre et même, si nécessaire, d'organiser des sabotages. Ce sont des gens organisés, courageux; ils ont manifesté leur solidarité envers les réfugiés, les persécutés qui s'entassent dans les gares.

— Le communisme, riposte le commandant Villars d'un ton sarcastique, c'est comme le catholicisme : chacun y trouve ce qu'il cherche. Pierre, explique-t-il à Thorenc, s'est presque converti et travaille avec eux.

D'un geste, il invite le journaliste à s'asseoir, puis attend d'être seul avec lui.

La pluie continue de marteler les vitres, et bien qu'on ne soit encore qu'en début d'après-midi, la pénombre a envahi la pièce.

SEPTIÈME PARTIE

47

Thorenc avait découvert le silence gris qui enveloppait Paris. Il bruinait mais, parfois, une courte averse inondait les rues brusquement plongées dans l'obscurité, puis le nuage sombre s'éloignait, et c'était à nouveau une grisaille humide qui collait à la peau.

Il avait marché de la gare de Lyon jusqu'à chez lui, boulevard Raspail.

Il lui avait semblé que les passants fuyaient. Personne ne regardait personne. Dans les queues qui s'étiraient devant les boutiques, les femmes en noir se taisaient, tête baissée, comme si elles avaient eu honte ou peur les unes des autres.

Il s'était dit que lui-même se comportait comme ces gens qui le croisaient sans le regarder. Seuls les hommes en uniforme jetaient des regards arrogants, parlaient fort; leurs voix résonnaient dans tout ce silence.

Il faudrait, pensait-il, qu'un jour ils aient peur, eux aussi, et se retournent à chaque pas de crainte d'être suivis, poignardés, abattus d'un coup de feu.

Dans le train, il avait lu qu'on avait arrêté deux garçons de seize ans qui portaient sur eux un revolver. Ils avaient été déférés devant un tribunal militaire allemand et risquaient la peine de mort.

Il s'était senti coupable de ne pas être armé et d'avoir, lui aussi, comme tous les autres voyageurs du train, présenté timidement, au passage de la ligne de démarcation, l'ausweis que le commandant Villars lui avait procuré et qui indiquait qu'il était membre du cabinet du ministre des Colonies du gouvernement du maréchal Pétain, chargé d'une mission à Paris et autorisé à circuler librement sur tout le territoire, à l'exception des zones interdites ou annexées, telle l'Alsace-Lorraine. L'officier allemand l'avait salué et, dans un français hésitant, avait même dit : « Bon voyage, monsieur. »

Thorenc avait eu l'impression qu'on lui serrait la gorge, et cette angoisse ne l'avait plus quitté.

Il avait commencé à vivre dans le mensonge et s'en voulait de ne pas avoir refusé de jouer ce rôle, ce double jeu. Il s'était persuadé qu'il ne saurait pas le tenir. Toute sa vie il n'avait été qu'un spectateur recueillant les idées des autres, veillant à ne pas faire état des siennes propres. Il avait écouté Hitler et Mussolini, Queipo de Llano et Benès. Il aurait dû, puisqu'il voulait se battre, choisir de le faire en arborant les couleurs de sa cause.

Il avait eu la nausée; et s'avouait qu'il avait peur, comme sans doute tous ces passants qui hâtaient le pas.

Il s'était arrêté au coin de la rue Delambre et du boulevard Raspail et avait soudain aperçu, garée devant chez lui, une voiture noire. Il avait fait quelques pas, oppressé, reconnaissant ce policier allemand, adjoint d'Oscar Reiler, qui l'avait interrogé à Moulins, il y avait quelques mois, et dont le nom lui revenait : Klaus Wenticht.

Mme Maurin était à ses côtés, appuyée à son balai, petite et déférente.

Thorenc s'était éloigné sans se retourner, essayant de ne pas courir jusqu'à la station de métro, puis restant longuement sur le quai, les rames passant, pleines, sans qu'un seul passager en descendît.

Il avait eu le sentiment d'être poursuivi, traqué, même, et l'angoisse s'était diffusée dans sa poitrine. Il s'était méprisé. Il avait pensé à Pierre Villars, à Lévy-Marbot, à José Salgado, à Jan Marzik, à Joseph Minaudi, ainsi qu'au commandant Pascal qui était rentré clandestinement de Londres.

Qu'était-il donc ? Un couard ? Saurait-il jamais marcher dans une ville occupée avec une arme dans sa poche, une mission à accomplir, autrement périlleuse que celle consistant à circuler sous sa véritable identité avec des papiers officiels du gouvernement collaborationniste ?

Et il avait osé juger Stephen Luber !

C'est à cet instant qu'il avait pris la décision de se rendre chez Isabelle Roclore qui devait vivre seule, puisque l'Allemand se trouvait à présent à Marseille.

Il s'était installé dans un petit café de la rue de la Tombe Issoire d'où il avait vue sur la rue d'Alésia. Il avait bu une tasse d'eau brune, tiède et fade qu'on appelait « café ». Il avait attendu, puis avait cru remarquer que le garçon s'approchait souvent de lui, manifestant curiosité ou impatience. Il avait eu à nouveau une poussée d'angoisse, imaginant qu'on allait avertir la police. Il s'en était voulu de ressentir cette inquiétude — ou plutôt, pour utiliser un mot qui le salissait : cette trouille. Il s'était repris. Il voulait simplement agir avec prudence, ne pas laisser de traces. Et il s'était souvenu de Stephen Luber qui ne sortait pas de son réduit, dans l'appartement d'Isabelle, craignant même de passer devant les fenêtres au quatrième étage de l'immeuble !

Il avait quitté le café, choisissant de guetter depuis une porte cochère pour demeurer dans la pénombre et à l'abri de la pluie.

Enfin, il l'avait vue.

Isabelle Roclore marche vite, elle aussi tête baissée, un foulard noué sous le menton cachant ses cheveux blonds. Elle a glissé ses mains dans les poches de son imperméable noir et serre son sac sous son bras gauche.

Elle marque un moment d'hésitation avant de pénétrer dans l'immeuble, regardant rapidement autour d'elle comme si elle avait craint d'avoir été filée ; puis elle se décide, franchissant presque d'un bond le seuil de la porte.

Thorenc a attendu quelques minutes, puis l'a suivie.

Elle a tardé à ouvrir, même après qu'il a répété son nom. Avant même de lui parler, elle repousse la porte sans le quitter des yeux. Ses cheveux mouillés sont plaqués sur son front et son crâne, mais le bout des mèches frise.

Elle chuchote :

— Qu'est-ce que vous faites là ? Stephen m'a dit qu'il allait vous retrouver en zone libre, à Marseille.

— Je n'ai jamais été à Marseille, répond-il sans réfléchir.

L'appartement est plongé dans l'obscurité, tous rideaux tirés.

— La police est venue après son départ, reprend-elle sans élever la voix.

Dans le salon, une seule petite lampe est allumée.

— Les Allemands?

— La police française. Deux commissaires des Brigades spéciales. Mais...

Elle sourit enfin.

— J'ai pu appeler le journal. Michel Carlier a été parfait. Il a fait intervenir je ne sais qui. On m'a relâchée.

Elle devine son étonnement, peut-être sa peur.

— Oui, ils m'ont emmenée, gardée toute une nuit d'abord à la préfecture de police, puis rue Lauriston, un drôle d'endroit, avec de drôles de gens. Des tueurs. C'est inscrit sur leur visage, et il faut voir leurs mains.

Elle hoche la tête.

— Ils m'ont un peu bousculée, mais tout s'est bien terminé. Ils m'ont ramenée ici en voiture.

Tout à coup, elle se laisse tomber dans un fauteuil, lasse, les bras pendant jusqu'au parquet, le menton sur la poitrine.

— Qu'est-ce que vous voulez? demande-t-elle sans bouger.

Il ne répond pas.

Il se dit qu'il pourrait dormir chez elle deux ou trois nuits, échappant ainsi à la surveillance de Klaus Wenticht, reprenant contact avec Jean Delpierre et son imprimeur Juransson, puis rencontrant Geneviève Villars. Ce n'est qu'après qu'il se réinstallerait chez lui.

— On a beaucoup parlé de vous au journal..., se met-elle à raconter.

Michel Carlier l'a plusieurs fois interrogée. Il voulait savoir si elle avait reçu de ses nouvelles. D'aucuns avaient prétendu que Thorenc était passé en Angleterre, d'autres qu'il était réfugié en Suisse.

Carlier l'avait aussi chargée de rendre visite à Cécile de Thorenc, place des Vosges. La mère de Thorenc l'avait à peine écoutée. Elle ignorait tout de son fils, avait-elle répondu, un idiot qui avait toujours laissé passer sa chance.

Isabelle Roclore relève la tête :

— Selon votre mère, vous n'êtes qu'un idiot, répète-t-elle.

Depuis qu'Otto Abetz avait été nommé ambassadeur du Reich en France, Cécile de Thorenc était de toutes les réceptions officielles. Elle organisait des conférences à l'Institut allemand du docteur Epting. Elle recevait Alexander von Krentz et le capitaine Weber, de la Propagandastaffel, et, bien sûr, les écrivains à la mode : Rebatet, Brasillach, Drieu La Rochelle, et même Philippe Henriot.

— Avec cette mère-là, vous ne risquez rien, ajoute Isabelle Roclore en se levant.

Elle a posé deux verres sur une table basse, murmuré qu'elle n'a plus grand-chose : pas de champagne, pas de whisky, mais un reste de cognac.

Après avoir servi Thorenc, elle se rassied, tenant son propre verre à deux mains.

— Vous voulez quoi ? demande-t-elle à nouveau.

Il a hésité. Il y avait quelques mois, il l'avait laissée, spontanée, joyeuse, directe, presque insouciante, et il la retrouvait soucieuse, toujours séduisante et élégante dans sa robe bleue qui lui moulait le corps, mais comme retenue, sur ses gardes, presque aux aguets.

— Dormir ici, Isabelle, deux ou trois nuits, répond-il enfin sans la quitter des yeux.

Puis, en s'efforçant de prendre un ton léger, il ajoute que, naturellement, il n'espère pas qu'elle l'invite à partager son lit, comme autrefois.

— Les choses ont changé, n'est-ce pas ? conclut-il.

Elle le dévisage longuement.

— Et votre grand amour, Geneviève Villars ?

Il s'affole comme si l'on venait de le ferrer. Il n'a pas bronché, cependant, les mains bien à plat sur les accoudoirs du fauteuil.

— Stephen m'a parlé d'elle, reprend Isabelle.

— C'est un bavard, murmure Thorenc.

Elle sourit, se relève.

— Vous pouvez rester, dit-elle, mais nous ne serons pas seuls.

Il balbutie qu'il ne veut certainement pas... qu'il va partir...

— Mais non, mais non, reprend-elle en se plaçant devant lui. C'est la sœur de Stephen.

Elle se penche vers lui :

— Vous aimez toujours les jolies femmes ? Ça, ça ne change pas !

Thorenc a l'impression que le souffle lui manque. Il s'efforce de prendre une expression désinvolte, marmonnant qu'il n'aurait jamais espéré une aussi heureuse surprise : deux femmes au lieu d'une !

Mais Isabelle paraît ne pas l'entendre ; elle explique que Karen Luber a réussi à se réfugier en France peu de temps après son frère. Elle était recherchée et devait gagner à tout prix la zone libre, puis, de là, l'Espagne ou les États-Unis. Elle se cachait, naturellement.

— La police n'a pas fouillé l'appartement ? demande Thorenc.

Karen Luber est arrivée deux jours plus tard.

— Nous avons eu de la chance.

Pendant qu'Isabelle Roclore raconte, Thorenc imagine un piège tendu par la Gestapo ou l'Abwehr pour surveiller l'appartement d'Isabelle et gagner sa confiance.

Il a froid. Il répète qu'il va partir, mais Isabelle a déjà ouvert la porte du réduit qu'a occupé autrefois Stephen Luber, et Bertrand voit s'avancer une jeune femme grande et mince. Au-dessus de son front large, ses cheveux blonds coupés court lui donnent une expression virile.

Elle a des yeux noirs dans un visage à la peau très pâle.

48

Durant toute la soirée, Thorenc n'a pas quitté des yeux Karen Luber.

Ils sont assis l'un en face de l'autre dans le salon aux rideaux tirés; la lampe à abat-jour rouge éclaire les mains de Karen posées sur ses genoux serrés. Elle porte une robe noire plissée et un chandail à col montant de même teinte, trop grand pour elle. Malgré les plis de la laine, Thorenc devine ou imagine que la jeune femme a la taille bien marquée, des seins lourds sur un buste maigre.

Elle soutient le regard du visiteur, ne détournant les yeux qu'au moment où Isabelle Roclore place sur la table basse une nouvelle bouteille de cognac et remplit les verres. Mais, même à cet instant, elle garde cette expression de défi et d'ironie, lèvres légèrement entrouvertes, qui, dès la première seconde, a tout à la fois attiré et irrité Thorenc.

Il lui demande d'un ton brusque pourquoi son frère ne lui a jamais parlé d'elle, et, sans bouger, mais en fermant à demi les yeux, comme pour les rendre plus perçants, elle répond :

— Pourquoi Stephen vous aurait-il parlé de moi ? Il me disait : « Un problème à la fois, pour les Français, c'est déjà presque trop. Quand le mien sera résolu, ce sera ton tour. Si on est deux, jamais ils n'accepteront. » Voilà pourquoi il s'est tu à mon sujet.

Bertrand se penche un peu vers elle ; elle n'a pas de mouvement de recul, son visage à la bouche un peu boudeuse marquant seulement une nuance de dédain.

— Vous parlez parfaitement le français, constate-t-il.

Il y a chez Karen Luber quelque chose qui le fascine, peut-être sa manière de se tenir : raide, si peu féminine, les formes de son corps dissimulées par cet ample pull-over, cette jupe longue qui masque ses mollets. Avec ses cheveux courts, son visage sans aucun maquillage, elle pourrait, habillée en garçon, être prise pour un adolescent.

Isabelle Roclore a de nouveau rempli les verres. D'une voix un peu éraillée, comme si elle avait envie de rire, elle explique que Karen a quitté l'Allemagne depuis plusieurs années, mais qu'elle avait suivi auparavant les cours de l'Institut de linguistique de Berlin, puisqu'elle avait vécu à Rome avant de s'installer en France, à la veille de la déclaration de guerre.

— Je ne me trompe pas ? interroge-t-elle, tournée vers la jeune Allemande.

Karen se contente d'un battement de paupières, puis Thorenc retrouve aussitôt son regard aigu.

Il se souvient que Stephen Luber avait suivi à Berlin les cours de français de Geneviève Villars. Mais, alors qu'il hésite à interroger Karen, c'est elle qui lui dit avoir connu la fille du commandant à l'Institut de linguistique, puis, après s'être interrompue quelques secondes, elle ajoute que son frère a été amoureux fou de cette Française et que c'est grâce à elle qu'il a pu quitter l'Allemagne.

— Moi, conclut-elle, elle n'avait pas de raison de m'aider, mais...

Elle renverse tout à coup la tête en arrière et rit aux éclats.

— Mais j'ai fait la connaissance d'un Italien...

Isabelle Roclore rit à son tour et remplit encore une fois les verres en disant que l'alcool va disparaître comme la viande, le sucre, l'huile, le beurre, le chocolat, le café, le papier. Il faut se dépêcher de boire ! Elle pousse un verre plein en direction de Thorenc.

— Je crois qu'après cette bouteille, il ne me reste plus que du porto.

Elle avale une longue rasade, puis vient s'asseoir auprès de Bertrand, sur l'accoudoir du fauteuil, tout en lui entourant le cou de son bras gauche.

— Je sais pourquoi vous n'aimez pas Stephen !

Elle se tourne vers Karen Luber et lève son verre.

— Car il ne l'aime pas du tout !... Il l'a vidé de son bureau à *Paris-Soir*, mais c'est par pure jalousie. Stephen a couché avec toutes les femmes de Thorenc : Geneviève... et même moi !

Elle pose sa tête sur l'épaule de Thorenc et ajoute :

— Parce que Stephen me l'a dit, je sais qu'il y en a d'autres dont j'ai oublié le nom... À Bucarest, vous lui avez soufflé sa dernière conquête. Je cherche comment elle s'appelle, je vais trouver... En tout cas, celle-là aussi, il l'avait eue avant vous !

Il se redresse et repousse Isabelle Roclore jusqu'à son siège.

Elle se dégage, s'ébroue, marmonne que boire le ventre vide ne lui réussit pas, mais qu'elle n'a pas de quoi leur préparer un dîner. D'ailleurs — elle s'est relevée et a titubé jusqu'à la porte — elle n'en a aucune envie. Elle va se coucher.

Karen Luber et Thorenc sont restés seuls, assis de part et d'autre de la table basse. La jeune Allemande a tourné la tête vers la fenêtre comme si elle avait voulu écouter le gargouillis de l'eau cascadant dans la gouttière, puis elle fixe Bertrand, vide son verre et dit :

— Je me moque de vos sentiments envers Stephen.

Elle secoue la tête.

— Je ne l'aime pas beaucoup. Il n'a que deux obsessions : les femmes et puis — elle ricane — la révolution !

De l'épaule gauche, elle esquisse un mouvement désinvolte, méprisant :

— Il ne le dit pas, mais c'est un communiste. Il ne pense qu'à ça. C'est pour cela que les nazis l'ont pourchassé. Il raconte des histoires avec sa fiancée juive, le chantage que la Gestapo aurait exercé sur lui. Mais non : il veut la révolution partout, en Allemagne comme en France. Il m'a déclaré une fois : « Je suis un soldat », et c'est toute notre famille qui a payé pour lui, mes parents aussi bien que moi. Mais, de cela, il ne se soucie pas. C'est la *loi de l'Histoire* : voilà comment il parle !

Penchée en avant, le coude gauche appuyé sur

sa cuisse, le menton dans la paume, elle tend son verre à Thorenc. Il semble à ce dernier que le corps de la jeune femme a subi une métamorphose. Elle se révèle souple, successivement se cambre, resserre les épaules, s'étire, se passe la main gauche sur la nuque, les doigts glissés dans ses cheveux courts et bouclés.

— Vous êtes communiste, vous aussi ? demande-t-elle.

Puis elle hausse les épaules, ajoute qu'elle se moque bien de ce que pensent les gens. Elle veut seulement échapper aux hommes de la Gestapo, parce que ceux-là, elle sait comment ils se conduisent. Mais elle n'a guère confiance en Stephen qui a promis de l'aider à passer en zone libre dès qu'il s'y trouverait. En fait, elle sait qu'il ne songe qu'à couper tous les liens avec ceux qu'il a connus, afin de ne laisser derrière lui aucun indice, et, sous une nouvelle identité, continuer à se battre.

— Vous êtes comme lui ?

Elle a elle-même rempli son verre avec le fond de la bouteille de cognac. Elle souhaite, dit-elle, vivre aux États-Unis, devenir américaine, car l'Europe c'est fini, c'est la guerre. Leur père n'avait pas cessé de parler pendant dix ans des tranchées de Verdun, des gaz, puis ç'a été Stephen avec Rosa Luxemburg et la révolution allemande, le mouvement spartakiste, et maintenant, la voici à Paris, seule, avec un type qu'elle ne connaît pas, à boire du cognac, à vivre terrée, parce que si la Gestapo vient à lui mettre la main dessus, elle est bonne pour être décapitée dans la cour de la prison de Moabit, à Berlin.

— Votre frère m'a dit ça aussi, murmure Thorenc.

384

— Mais, pour lui, mourir est un honneur... ou une vétille !

Elle s'est levée et a commencé à arpenter le salon, se heurtant aux fauteuils, oscillant mais se redressant, faisant effort pour rester droite, mains derrière le dos.

— Pas pour moi, reprend-elle. Je veux m'en tirer, moi, rester en vie !

Elle s'est approchée de Thorenc.

— Et vous ? demande-t-elle en se penchant, les deux mains appuyées à l'accoudoir du fauteuil, bras tendus.

— Qui veut mourir ? répond Thorenc.

— Mais si vous faites certaines choses, vous allez sûrement mourir.

— Je ne fais rien, grommelle-t-il. J'étais journaliste, je vais devenir écrivain... Je travaille pour le gouvernement.

— Alors, pourquoi êtes-vous venu vous cacher ici ? Pourquoi n'êtes-vous pas chez vous ? Qu'est-ce que vous craignez ? Vous ne vouliez même pas coucher avec Isabelle...

Elle s'est encore approchée.

— Je sais quand les gens ont peur, quand ils sont aux abois. Vous avez peur. Vous vous méfiez parce que vous faites quelque chose d'anormal, d'illégal. Quoi ? Stephen voulait vous voir, il a toujours des idées derrière la tête quand il rencontre des gens. Vous êtes antinazi, anti-allemand comme Isabelle ? Mais elle, elle couchait avec Stephen. Vous, vous faites ça pour quoi ?

Il a envie de la faire taire.

Il la saisit aux épaules et l'attire contre lui.

Il ne s'est pas trompé sur le corps de Karen Luber.

49

Thorenc n'a pas voulu se souvenir de cette nuit-là.

C'est le froid qui l'a réveillé. Il a d'abord vu la table basse avec les bouteilles de cognac et les verres vides, puis, au pied du fauteuil dans lequel il était recroquevillé, la jupe noire de Karen Luber, et ses propres vêtements. Il s'est levé, a ramassé son pantalon et sa chemise, ses chaussures, et il a quitté le salon. Il a commencé à se rhabiller dans l'entrée, le temps d'apercevoir, par la porte entrouverte du réduit, Karen Luber allongée sur le lit, jambes nues, son pull-over noir lui couvrant le sexe et le haut des cuisses.

Il a eu hâte de quitter l'appartement, mais, au moment où il s'apprêtait à le faire, Isabelle Roclore a surgi, ses cheveux blonds ébouriffés, les paupières gonflées, le visage enflé. Elle a jeté un coup d'œil à l'intérieur du salon, puis dans le réduit.

— Vous allez sûrement revenir ce soir, a-t-elle chuchoté d'un ton ironique.

Il a fait non de la tête, puis a répété « Merci, merci », et son attitude lui a paru à ce point ridicule qu'il a ouvert précipitamment la porte et dévalé l'escalier, achevant de nouer sa cravate dans l'entrée de l'immeuble et enfilant son imperméable sur le trottoir.

Il bruine encore. Il a froid.

Il s'en veut de cette imprudence, de ce moment d'abandon. Karen Luber a peut-être cherché à savoir s'il était engagé dans une activité anti-allemande. C'est sans doute un agent de la Gestapo ou de l'Abwehr, comme son frère.

Mais, au fur et à mesure qu'il marche, le cercle

d'aiguilles brûlantes qui lui enserre la tête se dis-tend, puis s'estompe. Il finit par trouver cette hypothèse absurde.

C'est Karen qui a livré des informations sur son frère : un communiste, donc, sans doute un agent soviétique chargé de s'infiltrer, en France, dans les services de renseignement, et c'est pour-quoi il s'est lié à Geneviève Villars, et, par elle, à son père, le commandant. D'ailleurs, si Luber a retrouvé Pierre Villars à Marseille, c'est bien la preuve qu'il fait partie des réseaux communistes.

Il lui faut donc conserver son calme. La nuit qu'il vient de passer ne l'a pas mis en péril. Son identité est claire, ses papiers sont en règle, sa mission officielle. Et il est le fils de Cécile de Thorenc. Que risque-t-il ?

D'être considéré comme un collaborateur, un pétainiste...

Il s'est réchauffé et tranquillisé tout en mar-chant et gagnant la rue Royer-Collard, une étroite et courte voie en pente joignant la rue Saint-Jacques à la rue Gay-Lussac, derrière le Panthéon.

Pour trouver l'imprimerie Juransson, il a dû pénétrer dans des cours intérieures. Au numéro 10, enfin, il a découvert l'atelier qui occupe le rez-de-chaussée d'un immeuble vétuste.

Homme petit mais vigoureux, un béret enfoncé jusqu'aux sourcils, un mégot au coin des lèvres, les mains dans les poches de sa veste de toile bleue maculée de taches noires, Juransson l'a regardé s'approcher avec méfiance, ne répon-dant même pas quand il a évoqué Jean Delpierre dont, lui a-t-il dit, il était l'ami.

D'un simple mouvement de tête, sans pronon-cer un mot, Juransson a nié le connaître. Puis il a juré explicitement n'avoir jamais travaillé pour ce Delpierre.

— Vous avez imprimé un texte, que j'ai moi-même écrit, sur l'attitude à avoir envers les Allemands, a répondu Thorenc.

Juransson a sorti son carnet de commandes, feuilleté les pages. Non, il devait y avoir confusion.

Thorenc a cité son nom et son numéro de téléphone, précisant que si Delpierre passait par hasard à l'atelier, l'imprimeur devrait les lui transmettre.

— Je ne connais pas votre Delpierre, a répété Juransson. Voilà mon travail, monsieur !

Et il a montré de grandes affiches rouges et noires où le visage d'un homme au nez crochu, aux cheveux frisés, à la lippe repoussante, était barré d'une inscription : « LE JUIF DE FRANCE. TOUT SUR LES SANGSUES QUI ONT RUINÉ LE PAYS ! »

Il a observé Thorenc en souriant, expliquant qu'il était l'imprimeur officiel des suppléments de *Je suis partout*, et qu'il travaillait aussi pour *La Gerbe* et *L'Œuvre*.

Ses clients étaient les amis de Marcel Déat, qu'il avait connu autrefois quand celui-ci était étudiant à l'École normale supérieure.

— De la rue d'Ulm, c'est tout près, a-t-il poursuivi. Tous les socialistes venaient chez moi faire imprimer leurs brochures. Déat était le plus enragé. Ils ont tous changé : Déat, Doriot, Laval, maintenant, c'est la Révolution nationale. Et partout Pétain... Quand il vient ici, Déat me dit toujours que le Maréchal n'a de dur que le cerveau...

Juransson a rigolé et reconduit Thorenc jusqu'à la porte de l'atelier.

Aucune voiture noire ne stationne devant chez lui.

Il se glisse dans l'entrée, traverse rapidement le hall sans un regard vers la loge de madame Maurin, puis il gravit les escaliers à grandes enjambées, ne reprenant son souffle qu'une fois dans l'atelier.

Dès ses premiers pas dans la pénombre, il devine l'étendue du désordre. Il a heurté un fauteuil qui n'est pas à sa place habituelle. Il s'est immobilisé et, peu à peu, ses yeux se sont habitués à l'obscurité.

Il a vu les livres répandus sur le parquet, les chaises renversées. Il a allumé. Les tiroirs de son bureau sont béants. Des draps et couvertures ont été jetés depuis la loggia. Les tableaux sont décrochés. On a fouillé avec une volonté de saccage. On a même dû chercher dans le conduit de la cheminée, car de la suie s'est répandue sur le parquet, tout autour du foyer.

Thorenc s'est agenouillé, cherchant la latte sous laquelle il a caché la photo de Geneviève Villars. On ne l'avait pas déplacée. Il l'a retirée et, assis à même le parquet, il a longuement examiné le cliché. Au moment où il le remettait en place, on a sonné plusieurs fois, de petits coups brefs. Il a enfoncé la lame d'un coup de talon et est allé ouvrir.

Mains jointes devant ses lèvres, Mme Maurin le dévisage, pleine de compassion.

— Mon pauvre monsieur de Thorenc! Ils m'ont demandé les clés et m'ont dit qu'autrement ils allaient enfoncer la porte, alors je les leur ai remises. Ils ont voulu non seulement que j'ouvre, mais que je reste là. Il y avait un Allemand, le plus poli, et puis deux Français. Maurin les connaît, et eux savaient que j'étais la femme d'un policier. Ce sont les gens des Brigades spéciales. Ils m'ont dit de les prévenir quand vous rentreriez. Je suis obligée de le faire, m'a dit Maurin. Vous comprenez, monsieur de Thorenc? Il est policier : un ordre, c'est un ordre, et ils sont commissaires.

Elle suit Thorenc à l'intérieur de l'atelier, répétant :

— Ils ont fouillé partout, je ne sais pas ce qu'ils cherchaient au juste. Ils m'ont demandé si vous receviez des visites, si je connaissais un certain Luber, journaliste, un Allemand qui travaillait à *Paris-Soir* et qui a commis des crimes en Allemagne avant de s'enfuir en France. Et ça, c'est vrai, monsieur de Thorenc : on a accueilli n'importe qui et vous voyez le résultat, c'est le Français comme vous qui souffre !

Elle s'approche de lui :

— Les commissaires Marabini et Bardet, ils font ce qu'ils veulent. Ils reçoivent directement leurs ordres de très haut, m'a dit Maurin, et personne ne peut s'opposer à eux. Ils ont l'appui des Allemands.

Thorenc s'assied à son bureau, y remet machinalement de l'ordre, rassemblant ses papiers, repoussant les tiroirs.

Marinette Maurin s'est appuyée à la table.

Elle va tout ranger, dit-elle, faire le ménage à fond. Elle commence à ramasser les livres, à les replacer sur les rayonnages, ajoutant :

— Une seule chose m'a fait plaisir, parce qu'il y a quand même une justice...

Elle se retourne, hoche la tête :

— Ils sont allés aussi chez les Waldstein. Les commissaires, les mêmes, sont revenus sans l'Allemand, hier soir, tard, et ont fait pire que chez vous. Ils ont emporté des tableaux, des vases. Ils en ont rempli deux voitures. Waldstein était pâle comme un mort. Il répétait, je l'entendais : « J'ai un sauf-conduit, j'ai la double nationalité, je suis américain, je suis en relation avec... » Il a cité des noms allemands, des gens importants dont on parle tout le temps à la radio : Otto Abetz, etc. Il a même parlé du maréchal — oh, pas Pétain! Ces gens-là, c'est jamais des Français qu'ils ont pour amis, mais le gros, le maréchal Goering. Les deux commissaires, ils ont éclaté de rire! Ils n'étaient pas seuls, ils étaient accompagnés de deux jeunes voyous. Quand j'ai raconté ça à Maurin, il m'a dit que Marabini et Bardet, ils allaient dans les prisons pour faire sortir des condamnés qui devenaient pour eux comme des chiens prêts à tout, obéissant au doigt et à l'œil. Il m'a recommandé : « Ne t'en mêle pas; nous, à la préfecture, on fait comme si on ne voyait rien, n'entendait rien, ne savait rien. » Il a raison, Maurin : comment nous, des petits, on pourrait empêcher ça? Non, il faut qu'on obéisse, et justement, monsieur de Thorenc, il va falloir...

Madame Maurin s'est collée au bureau :

— Il va falloir que je téléphone à cet Allemand. Il m'a laissé son nom.

— Klaus Wenticht, dit Thorenc.

Marinette Maurin écarquille les yeux, puis elle paraît rassurée, répétant : « Vous le connaissez? » Elle ajoute que ce devait être un officier, qu'il avait été très poli; lui, il n'avait touché à rien. C'étaient les commissaires qui avaient fouillé.

Thorenc sort deux billets qu'il tend à madame Maurin pour le ménage, le travail de rangement qu'elle va accomplir.

Bien sûr, elle doit téléphoner au lieutenant Klaus Wenticht, a-t-il ajouté; mais seulement ce soir. Elle peut dire qu'elle n'a vu Thorenc qu'en fin de journée. Elle ne risque rien. Elle exécute les ordres, mais comme une bonne Française...

Elle murmure :

— Oui, comme une bonne Française.

Et elle quitte l'atelier en enfouissant les deux billets dans la poche de son tablier...

C'est peu après que Jean Delpierre a téléphoné.

50

Ils marchent dans les jardins de l'Observatoire, épaule contre épaule, sous le grand parapluie de Delpierre. Ce dernier porte des lunettes et a laissé pousser sa moustache. Il ressemble à un professeur. Il s'appelle Vernet.

La nuit tombe déjà comme une nappe de laque noire et humide.

— Ne rentre pas chez toi ce soir, dit Delpierre. Fais comme moi, prends une nouvelle identité, perds-toi dans la foule, modifie tes habitudes, vis dans un autre quartier. Pourquoi pas le onzième arrondissement ? C'est le plus peuplé de Paris. J'ai une adresse, rue du Chemin-Vert, une jeune femme — il s'arrête, fait face à Thorenc —, jolie, douce, discrète, dévouée. Veuve. L'utile et l'agréable. Avec la vie que je mène, tendue, pleine d'angoisse, il me faut des moments de répit et de plaisir. Elle comprend ça, mais je ne suis pas jaloux. Il y en a pour deux. Ça ne te choque pas ? Si tu veux, je la préviens : Julie Barral. Elle ne posera pas de question et se mettra à ta disposition. C'est une patriote. Tu verras, tu aimeras ce patriotisme-là.

Delpierre se remet à marcher.

— Marabini, Bardet, ce sont les pires. Ils ont créé ces Brigades spéciales qui agissent comme bon leur semble. Ils se sont acoquinés avec des voyous. Ils dévalisent les Juifs, qui sont terrorisés et ne portent jamais plainte. D'ailleurs, leurs dépositions ne seraient pas enregistrées. Ils se sont mis au service de la Gestapo. Les Allemands seraient impuissants sans l'aide que leur apportent certains Français, et d'abord les flics. Ceux-là respectent l'uniforme, même s'il est allemand ; donc, ils obéissent. En échange, les Boches ne les touchent pas. Pour eux, tout continue comme avant, ils ont simplement de nouveaux maîtres ; ils traquent les Juifs, les gaullistes, et d'aucuns, parmi eux, comme Marabini et Bardet, se paient en nature. Mais — il prend le bras de Thorenc — le climat a changé en l'espace de trois mois.

Il raconte. Les gens décidés à résister tâtonnent encore, mais se retrouvent. Il y a les syndicalistes, les officiers de réserve : ce sont les ferments. Des mouvements surgissent de toutes parts ; ce ne sont d'abord que quelques hommes qui les constituent, mais ça finit par faire nombre : Libération, l'Organisation civile et militaire, le réseau du Musée de l'Homme...

— Tu connais Geneviève Villars ! Elle est admirable. Juransson imprime les tracts du Musée de l'Homme, les journaux clandestins comme *Pantagruel*, *La France vivra*. Tu n'imagines pas comme ils pullulent ! Il faut qu'on sache ça en zone libre, en Angleterre, chez de Gaulle. Nous récoltons des milliers de renseignements, mais il faut les faire passer à Londres, même s'il y a ici des agents de l'Intelligence Service.

Il presse le pas.

— Le plus significatif, ce sont les actes sponta-nés, continue-t-il d'une voix exaltée qu'il étouffe comme si, jusque dans ces allées tapissées de feuilles mortes, il craignait encore d'être entendu. Ils ne sont pas déterminants, bien sûr, mais ils créent un nouveau contexte. On voit de plus en plus de croix de Lorraine dessinées sur les murs, barrant les affiches allemandes. Les câbles téléphoniques de la Wehrmacht sont régu-lièrement sectionnés. Et tu sais ce qui s'est passé à Étampes ? Les « terroristes » — c'est comme ça qu'on nous désigne, mon cher — ont coupé les jarrets des chevaux que les Allemands venaient de réquisitionner. Tout le monde écoute la radio anglaise, et comme on commence à ne plus rien trouver dans les épiceries, sur les marchés, et qu'il faut maintenant des tickets pour tout, je crois que l'hiver va changer la donne...

Thorenc écoute. Les propos et l'enthousiasme de Delpierre le gagnent quelques instants, puis le mirage se dissipe.

Il se souvient de madame Maurin, de l'attitude de soumission de la foule, de son silence, des têtes baissées dans les files d'attente devant les boutiques ou dans les rues. Seuls une poignée d'hommes et de femmes, par conviction ou parce qu'ils se savent menacés du pire, sont capables d'engager la lutte. Les autres, les millions d'autres resteront spectateurs, peut-être bienveil-lants, mais d'abord soucieux de protéger leur vie et parfois prêts à livrer leur voisin pour acheter leur tranquillité.

— Ma propre concierge, murmure Thorenc, une bonne Française, si vous l'entendiez...

— Bon ! Et alors ? Il suffit de quelques héros et de la complicité de tout un peuple pour gagner une guerre.

Bertrand préfère ne pas répondre. Il est si rassurant de se laisser convaincre!

— Tu verras demain, murmure Delpierre.

Il prend son compagnon par l'épaule, tenant de guingois son parapluie, et les gouttes glacées ruissellent sur le visage de Thorenc.

— Demain, 11 novembre... Tu as lu le communiqué de la préfecture de police? « Les cérémonies commémoratives n'auront pas lieu. Aucune démonstration publique ne sera tolérée. » Ils ont peur, et ils ont raison. La radio anglaise a appelé à manifester. Et ça bouge : les gens commencent à sortir de leur léthargie. En banlieue, les syndicalistes, les communistes ont organisé des manifestations d'ouvriers au chômage; les étudiants ont protesté devant le Collège de France contre l'arrestation du professeur Paul Langevin. Si les nazis ont voulu faire un exemple en frappant un savant qui était membre en 1939 du Comité de vigilance des intellectuels contre le fascisme, ils ont au contraire mis en branle un engrenage qui va tourner de plus en plus vite. Il y avait des centaines d'étudiants devant le Collège de France; la police a été surprise. Tiens, Thorenc, voilà le texte le plus émouvant que j'aie lu depuis des mois; il circule dans les lycées et les facultés...

Il fait presque nuit noire, mais il y a çà et là des zones faiblement éclairées par des lampadaires bleutés.

Delpierre entraîne Thorenc à la lisière d'un de ces cônes plus clairs, tout en veillant à rester dans la pénombre. Bertrand se penche, discerne une feuille manuscrite où la trace de la pliure dessine comme une grande croix de Lorraine sur le papier quadrillé. Il lit :

ÉTUDIANT DE FRANCE !

Le 11 novembre est resté pour toi un jour de fête nationale !
Malgré l'ordre des autorités opprimantes, il sera jour de
recueillement !
Tu iras honorer le Soldat inconnu à 17 h 30.
Tu n'assisteras à aucun cours.
Le 11 novembre 1918 fut le jour d'une grande victoire.
Le 11 novembre 1940 sera le signal d'une plus grande encore.
Tous les étudiants sont solidaires pour que
VIVE LA FRANCE !

Recopie ces lignes
Et diffuse-les.

Repliant le papier, Delpierre s'éloigne promptement de la lumière.

Prenant le bras de Thorenc, il ajoute qu'un appel a été lancé par diverses personnalités — « des socialistes, enfin des socialistes ! » souligne-t-il d'une voix un peu plus haute — pour que les Parisiens aillent fleurir la statue de Clemenceau.

— Il va y avoir du monde sur les Champs-Élysées, demain, chuchote Delpierre en étreignant le bras de Thorenc. Tu ne risques pas de te faire cueillir ce soir en rentrant chez toi ?

Thorenc répète qu'il est en mission officielle, qu'on ne peut rien lui reprocher, que sa mère, Cécile de Thorenc...

— Ils en savent toujours plus long que nous ne pensons, objecte Delpierre. Ils ont des complices et des agents partout. Sans compter les dénonciations qu'ils reçoivent. C'est si facile, aujourd'hui, de régler son compte à un vieil adversaire ou à un rival. C'est si commode ! Les Allemands se chargent de tout. Si tu as dans ta vie un seul ennemi, tu es en danger !

Thorenc se tait.

Rue du Chemin-Vert... Cela sonne comme une escapade, une promesse.

51

Thorenc écoute la voix de la locataire qui lui était inconnue il y a quelques minutes encore. Il sent s'accentuer en lui le malaise qu'il a ressenti dès qu'il est entré dans ce petit appartement au plafond bas où Delpierre l'a conduit.

Il ne voit pas la jeune femme qui, après lui avoir montré la salle à manger, est passée dans la cuisine, de l'autre côté du couloir étroit et sombre. Elle parle d'une voix aiguë, trop haute ; parfois elle rit ou bien chantonne. Elle veut paraître gaie, insouciante, spontanée, mais son ton est artificiel, et Thorenc imagine qu'elle doit guetter ses réactions, peut-être même tourner vivement la tête du côté de la porte, espérant ou craignant qu'il ne s'approche.

Elle l'interpelle, s'excuse de ne pas avoir encore de poste de radio à ondes courtes. Elle ne peut donc capter Radio Londres. Mais on lui a promis un appareil pour demain ou après-demain.

Elle se tient maintenant sur le seuil de la salle à manger et lui lance un regard pareil à un aveu de détresse :

— Mais vous serez parti, dit-elle.

Elle dresse rapidement la table, se penche, allume le poste.

— En tout cas, si vous revenez un jour, ajoute-t-elle tout en tournant le bouton, vous pourrez écouter autre chose que ça !

Elle secoue la tête, murmure que, quand on est seule, la radio est une compagnie. Et puis, Radio Paris est bien obligé de dire ce qui se passe — à sa manière, bien sûr, mais on peut écouter entre les mots... Elle répète, satisfaite de sa formule.

Thorenc approuve tout en la regardant mettre le couvert.

Julie Barral est menue. Ses cheveux noirs coupés à la garçonne sont plaqués en arrière, laissant nu un visage maigre au menton effacé, au nez trop fort. Elle n'est pas belle, mais peut être émouvante, comme un oiseau qui se traîne sur le sol, sa petite tête levée ballant de droite et de gauche, comme pour tenter de s'envoler alors que ses ailes sont brisées.

Elle s'appuie à la table :

— Vous entendez ça ?

Un journaliste interviewe Viviane Ballin qui vient de visiter l'exposition *Le Juif de France* en compagnie de son mari, le producteur de cinéma Michel Carlier, directeur de *Paris-Soir*.

L'actrice explique que, durant toute sa carrière, elle a eu à subir la domination des Juifs, ces gens qui parlaient à peine le français mais corrigeaient les scénarios et se mêlaient de donner des leçons de diction aux comédiens de ce pays !

— C'était insultant ! conclut-elle. Mais les Juifs contrôlaient tout le cinéma français. Il fallait en passer par là si l'on voulait jouer. Heureusement, cette période est bien terminée !

— J'aimais bien Viviane Ballin, commente Julie Barral. C'est une grande actrice. Pourquoi parle-t-elle comme ça, même si ce qu'elle dit est vrai ?

Elle quitte la salle à manger.

— Les gens cherchent d'abord leur intérêt personnel, continue-t-elle. Je suis sûre qu'elle va faire des films pour les Allemands.

Il y a de l'amertume dans sa voix. Comme une incertitude, aussi.

— Moi, à sa place..., reprend-elle.

Puis elle se tait, et ce silence est si empreint de tristesse que Thorenc se lève, traverse d'un pas le couloir, découvre la cuisine, une sorte de grand placard où Julie peut à peine bouger. Une lucarne entrouverte laisse passer un souffle d'air humide. On entend le bruit de la pluie sur l'avant-toit qu'il aperçoit au-dessus de la lucarne.

Il imagine tout à coup la police ou la Gestapo frappant à la porte du logement, et lui s'échappant par cette lucarne, gagnant par l'avant-toit les immeubles voisins...

Julie Barral a lu dans ses pensées. Elle baisse entièrement la vitre.

— L'immeuble a été surélevé, indique-t-elle. L'appartement occupe le dernier étage.

Elle sourit.

— Pour vous, les plafonds sont trop bas, vous devez baisser la tête. Mais vous êtes si grand !

Elle a dit cela d'un ton enfin naturel, celui d'une petite fille un peu perdue, aux rêves héroïques.

— Qu'est-ce que vous faites ? Vous travaillez ? l'interroge Bertrand.

Elle ne répond pas, le prie d'un geste de s'écarter pour qu'elle puisse porter le pot-au-feu jusque dans la salle à manger.

— Moi, dit-elle tout à coup, je ne veux rien savoir de vous. Vous êtes l'ami d'un ami, un point c'est tout. Et vous — la voix se fait à nouveau aiguë, le ton trop enjoué —, vous allez tout oublier : mon adresse, l'appartement, moi, mon visage, et même ce pot-au-feu... Pourtant, j'ai eu beaucoup de chance, le boucher...

Elle rit et Thorenc a l'impression qu'elle pousse de petits cris de désespoir.

Elle parle, elle parle des tickets qu'heureusement on lui fournit afin qu'elle puisse nourrir les visiteurs — et de rire encore! —, et du boucher qui n'est pas dupe mais qui lui réserve les meilleurs morceaux parce qu'elle lui refile en échange des médicaments qu'elle se procure à l'hôpital.

— Je suis infirmière-chef, murmure-t-elle.

Elle se passe la main dans les cheveux, comme un garçon, et hausse les épaules. Chaque fois, elle dit ce qu'elle veut taire! explique-t-elle. Mais, après tout, qu'est-ce qu'elle risque? Mourir? Elle est veuve. Son mari a été tué en Espagne en 1939. Il avait voulu rester là-bas, malgré le départ des Brigades internationales. On pense qu'il a été fusillé par les franquistes, à moins que ce ne soit par les communistes. C'était un socialiste anarchiste, un peu trotskiste sur les bords. Mais qu'est-ce que ça change? Il est mort.

— J'étais enceinte, j'ai fait une fausse couche.

Elle se lève, commence à débarrasser la table.

— Le passé, le passé, répète-t-elle en reposant les assiettes, je n'y pense jamais, mais vous, vous êtes si silencieux, il faut bien dire quelque chose! On ne peut pas toujours parler des nazis, de l'occupation, des restrictions, du débarquement des Anglais en Crète... Tiens, il paraît que les Italiens se font battre par les Grecs!

Le rire avec lequel elle termine ses phrases accable Thorenc. C'est comme la réverbération du vide. D'une vie noire et vide.

Julie Barral s'approche de Bertrand, le frôle tout en ramassant les couverts.

C'est sans doute à cet instant-là qu'il faudrait l'enlacer. Thorenc devine qu'elle attend et espère ce geste, celui que doit faire Delpierre quand il se cache dans cet appartement et oublie ainsi ses propres angoisses.

Il semble à Thorenc qu'au contraire cette femme lui collerait son désespoir.

Il reste figé, attendant qu'elle s'écarte et passe dans la cuisine, emportant les assiettes et les verres.

Il n'entend plus sa voix.

— Vous êtes courageuse, dit-il quand elle revient. Vous prenez des risques.

Elle le regarde avec étonnement.

— Vous aussi, murmure-t-elle.

Et, pour la deuxième fois, il semble à Thorenc qu'elle parle sans se soucier des apparences.

— Vous êtes seul aussi ? s'enquiert-elle.

Il évite de la regarder.

— C'est plus facile de prendre des risques quand on n'a personne, continue-t-elle. Ni mari, ni femme ; pas d'enfant. Qu'est-ce qu'on a de mieux à faire ? Rien !

Il a envie de lui répondre que les raisons profondes de ses choix, on ne les connaît jamais complètement. Les décisions ont toujours des racines qui s'enfoncent loin dans le passé, dans ce qu'on ne sait pas de soi, ou qu'on se cache.

Mais il reste que certains agissent, et d'autres pas. Les premiers sont des héros ; les seconds, des lâches. Les uns résistent, les autres collaborent.

— Ce n'est jamais facile, pour personne, dit Thorenc. La pente naturelle, ce n'est pas l'action, mais l'inertie, l'abandon, la lâcheté.

Julie Barral s'assied, le dévisage et murmure :

— Presque tous les autres, vous savez à quoi ils pensent quand ils sont ici avec moi ? À coucher ! Et moi, qu'est-ce que vous voulez que je fasse ? Que je joue les jeunes filles effarouchées ? Ça me rassure aussi de les avoir dans mon lit. Mais, après, ils s'en vont, et j'ai froid. Vous...

Elle se lève, dit qu'elle part tôt le matin pour l'hôpital, qu'il suffira qu'il tire la porte et pose la clé au-dessus du compteur électrique.

Il peut aussi rester toute la journée, s'il veut.

— Même demain soir, ajoute-t-elle.

Depuis la cuisine, elle lance :

— Les choses, on les fait presque toujours parce qu'on ne peut pas faire autrement.

Encore une fois, sa voix sonne juste.

52

Il fait froid et déjà sombre, ce lundi 11 novembre 1940, vers seize heures.

Thorenc se retourne. Il voit ces immenses taches rouges et noires qui maculent les façades de la rue de Rivoli.

Il se trouve au milieu de la place de la Concorde.

D'autres drapeaux à croix gammée flottent au balcon du ministère de la Marine et de l'hôtel de Crillon.

Ils éclaboussent de sang et de mort cette place d'un gris minéral qui tient lieu de blason à la nation.

Il s'immobilise. Le vent humide et glacé qui coule depuis l'Étoile lui cingle le visage et le saisit comme l'annonce inopinée d'un plein hiver.

Qui osera braver les interdictions de la préfecture de police, affronter le danger d'une intervention allemande sur les Champs-Élysées, et même seulement s'aventurer dans ce silence, ce

402

désert, cette place nue et vide qu'on prendrait pour le centre abandonné d'une capitale morte?

Il avance et, tout à coup, aperçoit les quelques bouquets déposés au pied de la statue de Strasbourg. Il est empoigné par l'émotion. Il se sent à la fois exalté et anxieux, emporté par un mélange d'espoir et d'angoisse.

Il commence à remonter les Champs-Élysées sur le trottoir opposé à la statue de Clemenceau.

Il devine comme un murmure. Ce ne sont pas des voix, c'est le lent piétinement d'une foule aussi dense que celle des promeneurs d'un dimanche de printemps.

Il traverse.

Des bouquets de fleurs tricolores s'amoncellent autour du socle de la statue du Tigre. Les gens les déposent, puis, l'espace de quelques secondes, demeurent figés dans un garde-à-vous solennel, cependant que ces agents de police répètent :

— Allons, pas d'attroupements, je vous en prie, c'est interdit !

Quelqu'un réplique à voix basse :

— Le Tigre n'a jamais voulu capituler, n'a jamais désespéré de la patrie !

Thorenc a envie de pleurer. Il ne se souvient pas d'avoir jamais été aussi bouleversé.

Il observe le commissaire de police qui se baisse pour mettre de l'ordre dans les bouquets tout en répétant :

— Allons, allons, pressons-nous !

Il reconnaît quelques visages d'anciens députés, puis Delpierre passe, lui souffle qu'il ne faut pas quitter les Champs-Élysées, mais remonter vers l'Étoile et surtout — il serre le poignet de

Thorenc — ne pas se faire prendre. Ce n'est qu'un début. Il faudra partir à temps.

— Les voilà! s'écrie-t-il tout à coup en le laissant sur place.

Une camionnette allemande chargée de soldats vient de s'arrêter au bord du trottoir. Les hommes descendent, crosse levée, écartent la petite foule, cependant que le commissaire lance à haute voix à ses agents :

— Le commandement allemand ne veut pas de manifestation! Il faut que ça finisse!

Thorenc s'éloigne, passe de l'autre côté de l'avenue et commence à se diriger vers l'Étoile.

Il regarde les groupes de jeunes gens qui marchent à vive allure, certains se tenant par le bras.

Au premier rang de l'un de ces petits cortèges, il lui semble reconnaître Henri Villars, le plus jeune fils du commandant.

Il les suit et, tout à coup, à la hauteur du cinéma George-V, un cri s'élève, poussé d'abord par quelques voix, puis repris par toute la foule : « Vive la France! »

On lui prend le bras.

Il se retourne vivement tout en essayant de se dégager, mais reconnaît Geneviève Villars qui l'entraîne et lui dit :

— Vous êtes là! Vous avez vu mon frère?

Elle parle sans le regarder, le visage et le buste projetés en avant, les cheveux dénoués. Elle porte une sorte de blouson de laine et une jupe droite.

Elle se penche vers lui et ajoute dans un souffle :

— Je n'espérais pas qu'il y aurait autant de monde!

Les trottoirs sont noirs d'une foule qui chante

La Marseillaise, en reprend sans fin le refrain d'une voix éclatante, énergique et cadencée :

> *Aux armes, citoyens ! Formez vos bataillons !*
> *Marchons, marchons !*
> *Qu'un sang impur abreuve nos sillons !...*

Thorenc aperçoit des officiers allemands sur le seuil du cinéma George-V. Ils ont le revolver au poing, ils vocifèrent, mais leurs ordres sont à présent couverts par *Le Chant du départ* :

> *La République nous appelle*
> *Sachons vaincre ou sachons mourir...*

Brusquement, percutant ces voix, des coups de sifflet. Des soldats en uniforme noir jaillissent du cinéma le Biarritz, mitraillette à la main, cependant que des camions chargés d'hommes en armes débouchent des rues adjacentes. Des voitures amphibies montent sur les trottoirs et foncent vers la foule, l'obligeant à se disperser.

Thorenc prend Geneviève par la main. Ils ne se parlent pas, mais, tout en courant, se regardent. Ils s'engouffrent dans une porte cochère à l'instant où une voiture allemande dévale dans leur direction. Ils montent deux étages, attendent, serrés l'un contre l'autre, hors d'haleine.

Ils entendent des chants, des cris, puis le crépitement d'armes automatiques. Ils s'approchent de l'une des étroites fenêtres de l'escalier.

Thorenc aperçoit des soldats qui ont mis deux mitrailleuses en batterie au milieu de la chaussée et ouvert le feu.

Il reconnaît le bruit de grenades qui explosent, sans doute place de l'Étoile d'où montent des cris.

— Il faut sortir d'ici. Ils vont fouiller les immeubles, dit-il.

Ils descendent. La foule a disparu. Des policiers français stationnent en bordure des trottoirs où zigzaguent à vive allure les voitures allemandes.

Ils s'élancent, longeant les façades contre lesquelles des hommes et des femmes, des jeunes gens se sont réfugiés.

On entend encore des détonations, des ordres hurlés en allemand, des coups de sifflet. Ils réussissent à atteindre le coin de la rue Balzac. La voie est libre.

Au moment de s'y engager, Thorenc aperçoit tout en haut de l'avenue des Champs-Élysées, sur le terre-plein de l'Arc de triomphe, un homme à la silhouette juvénile qui, seul, alors que la foule reflue, brandit un drapeau tricolore.

Table

Table

Max Gallo
dans Le Livre de Poche

La Chambre ardente n° 32382

Et si le Versailles de Louis XIV cachait derrière ses splendeurs « un abîme de crimes » ? Le Roi-Soleil lui-même a institué une « Chambre ardente » chargée d'enquêter et de juger. Mais peut-on poursuivre la favorite du roi, la marquise de Montespan, soupçonnée d'avoir empoisonné des rivales et usé de philtres et de poudres pour retenir le roi et ranimer ses ardeurs ? Max Gallo raconte la célèbre affaire des poisons. Il nous conduit dans les bas-fonds du Grand Siècle, là où l'on célèbre des messes noires et prépare des « poudres de succession » qui facilitent les héritages. « Il y a des modes de crimes comme d'habits », écrit Saint-Simon. Du temps de Louis XIV, « ce n'étaient qu'empoisonnements ».

Les Clés de l'histoire contemporaine n° 30449

Un événement par an, choisi dans l'histoire mondiale, qu'il appartienne au domaine politique, économique, militaire, technique, ou qu'il soit un « fait » de civilisation. La Révolution française de 1789, Trafalgar ou Austerlitz, la guerre de Sécession, le krach de 1929 ou celui de 1987, la bataille de Stalingrad, la fondation du Marché commun, la conquête de l'espace, la catastrophe de Tchernobyl ou la grande peur du sida, la guerre du Golfe et les attentats du 11 septembre 2001 à New York font partie de l'histoire. Ce livre peut se lire comme *une histoire du monde contemporain* depuis 1789. Il est aussi un *dictionnaire chronologique raisonné* des deux derniers siècles et une *chronique* des années les plus riches de l'histoire mondiale dont nous sommes issus. Publié initialement sous le titre *Les Clefs de l'histoire contemporaine* (Robert Laffont), cet ouvrage a été réédité par la librairie Arthème Fayard sous le titre *Histoire du monde de la Révolution française à nos jours en 212 épisodes*. Pour la présente édition complétée et mise à jour, nous revenons au titre de la première publication.

Les Fanatiques   n° 30970

Claire est devenue Aïsha. Elle a choisi, en se mariant, de se convertir à l'islam. Son père, Julien Nori, professeur à la Sorbonne, vit cette décision comme un échec personnel. Homme des Lumières, il craint le retour des inquisitions, des fanatismes. Il redoute le choc des civilisations. Le choix de sa fille le bouleverse et il veut comprendre, renouer le dialogue avec Claire. Mais il ne rencontre qu'Aïsha. Un jour d'octobre, il est assassiné à Paris, à quelques pas de la Sorbonne. Vengeance d'un fanatique ou fait divers sordide, maquillé en crime islamique ? Max Gallo mène l'enquête. Il n'esquive aucune question. Son roman, émouvant et lucide, dévoile, derrière les apparences, les tentations du fanatisme. Et les raisons de vivre et de mourir de Claire et de Julien. À chacun sa vérité.

Fier d'être français   n° 30700

Il faut bien que quelqu'un monte sur le ring et dise : « Je suis fier d'être français. » Qu'il réponde à ceux qui condamnent la France pour ce qu'elle fut, ce qu'elle est, ce qu'elle sera : une criminelle devenue vieillerie décadente. Or nos princes, qui devraient la défendre, au lieu de pratiquer la boxe à la française, s'inspirent des lutteurs de sumo ! Comment ne pas chanceler dans ces conditions ? Et les procureurs de frapper fort. Ils exigent que la France reconnaisse qu'elle les opprime, qu'elle les torture, qu'elle les massacre. Seule coupable ! Pas de héros dans ce pays ! Renversons les statues, déchirons les légendes. Célébrons Trafalgar et Waterloo, et renions Austerlitz ! Il est temps de redresser la tête, de hausser la voix, de monter sur le ring… et de boxer à la française !

« Moi, j'écris pour agir. » Vie de Voltaire   n° 31899

La statue et la gloire de Voltaire cachent l'homme de chair. C'est celui-là que Max Gallo veut ranimer dans cette *Vie de Voltaire*. De sa naissance à sa mort, à quatre-vingt-quatre ans, à une décennie de la Révolution, on voit surgir un homme décidé à forger son destin jour après jour, mot après mot. Des dizaines de tragédies, d'essais, de contes, de pamphlets, d'études historiques, et des milliers de lettres : cette œuvre, cette vie reflètent tout le XVIIIe siècle, celui des Lumières, du parti philosophique, de la lutte pour l'abolition de la torture… Mais il y a plus. Max Gallo nous donne à voir d'autres facettes du personnage : son ambition, sa cupidité. Impitoyable et méprisant, grincheux, pourtant capable de passion pour la « sublime Émilie ». Homme de contradictions, plaçant la liberté au-dessus de tout. Voltaire, éblouissant de vie, notre contemporain nécessaire.

Le Pacte des assassins   n° 31620

Elle s'appelle Julia Garelli. Un jour de l'hiver 1917, le destin de cette jeune comtesse bascule. Elle aime un révolutionnaire allemand proche de Lénine et, comme lui, rêve d'une révolution mondiale. Mais, très vite, elle découvre, sous l'utopie et l'espoir, la terreur et la barbarie. Espionne, aventurière, Julia devient le témoin lucide des événements majeurs de son époque. Elle rencontre Staline et Hitler. Elle voit s'élaborer le pacte des assassins entre communistes et nazis. Elle en sera l'une des victimes, déportée en Sibérie, puis livrée à la Gestapo par Staline. Elle survit et témoigne. Max Gallo raconte cette vie de passion. Et des décombres d'un siècle tragique surgit Julia Garelli, émouvante et héroïque.

2. *La flamme ne s'éteindra jamais* n° 15209

Automne 1940. Tandis que Geneviève crée un réseau de résistance au musée de l'Homme, Thorenc côtoie tous les milieux. Militaires, hommes d'affaires, artistes, policiers ou truands lui dévoilent à la faveur des événements toutes les facettes de l'ambition, de la cupidité, de la lâcheté ou de l'héroïsme. Il s'éprend d'une jeune juive, Myriam Goldberg, qu'il sauve de la déportation. Il connaîtra les geôles de la Gestapo. L'espoir renaît avec l'entrée en guerre des Russes et des Américains, mais du même coup le danger grandit. La Résistance a encore devant elle ses jours les plus tragiques…

3. *Le Prix du sang* n° 15265

Automne 1942 : depuis deux ans déjà, Bertrand Renaud de Thorenc, Geneviève Villars, Myriam Goldberg et tant d'autres autour d'eux résistent. Chaque jour, la vie des uns et des autres se fait plus dangereuse. La Gestapo resserre son étau. Thorenc est au centre de la Résistance. Il rencontre Jean Moulin, organise des réseaux, contrôle les maquis, exécute des traîtres. Il va de cache en cache. C'est une femme, Catherine, qui l'accueille à Lyon, et l'amour surgit à nouveau. Mais Myriam est déportée, Geneviève traquée. Jean Moulin lui-même tombe. Thorenc est capturé. Il va tout tenter pour s'évader et sauver ceux qu'il aime.

4. *Dans l'honneur et pour la victoire* n° 15305

Printemps 1943. Bertrand Renaud de Thorenc devient l'un de ceux que de Gaulle a reconnus comme « compagnons pour la libération de la France dans l'honneur et par la victoire ». Pour retrouver Geneviève et Myriam, il parcourt la France, des maquis paysans l'accueillent. Malgré les dangers, Catherine veut un enfant. Elle l'appellera Max, en souvenir de Jean Moulin. La victoire est proche, mais il faut survivre dans l'angoisse : Bertrand ne sait ce que sont devenus Catherine et le petit Max, et il découvre la trahison des uns, les calculs de ceux qui ne pensent déjà qu'à s'emparer du pouvoir.

Le Livre de Poche s'engage pour
l'environnement en réduisant
l'empreinte carbone de ses livres.
Celle de cet exemplaire est de

700 g éq. CO_2
Rendez-vous sur
www.livredepoche-durable.fr

**PAPIER À BASE DE
FIBRES CERTIFIÉES**

Imprimé en France par CPI
en juillet 2016
N° d'impression : 2023842
Dépôt légal 1re publication : mars 2003
Édition 07 - juillet 2016
LIBRAIRIE GÉNÉRALE FRANÇAISE
31, rue de Fleurus - 75278 Paris Cedex 06